BESTSELLERWORLDBOOK 23

안네의 일기

안네 프랑크 지음 | 김재천 옮김

소담출판사

김재천

김현승 시인의 추천으로 문단 등단
다형시 문학상 수상. 현 국민일보 주간국 취재부장
역서로 『귀향』, 『위대한 유산』, 『가진자와 안 가진자』, 『향수』 등 다수

BESTSELLER WORLDBOOK 23

안네의 일기

펴낸날 | 1992년 3월 2일 초판 1쇄
       1996년 4월 6일 중판 1쇄
       2013년 2월 28일 중판 50쇄

지은이 | 안네 프랑크
옮긴이 | 김재천
펴낸이 | 이태권
펴낸곳 | (주)태일소담
        서울시 성북구 성북동 178-2 (우)136-020
        전화 | 745-8566~7 팩스 | 747-3238
        e-mail | sodam@dreamsodam.co.kr
        등록번호 | 제2-42호.(1979년 11월 14일)
        홈페이지 | www.dreamsodam.co.kr

ISBN 978-89-7381-023-9 00850

The Diarys Anne Frank

Anne Frank

*Ik zal hoop ik aan jou allerhande
toevertrouwen, zoals ik het nog aan
niemand gekund heb, en ik hoop dat
ji mi een grote steun voor me zult zijn.
Anne Frank. 12 Juni 1942.*

나는 이제까지 아무에게도 털어놓고 이야기할 수 없었던 것들을
하나도 남김없이 너(일기장)에게 털어놓고 이야기할 수 있게 되기를 빌어.
그리고 네가 나에게 있어 크나큰 마음의 뒷받침이 되고 위로가 될 거야.

1942년 6월 12일
안네 프랑크

The Diarys Anne Frank

차례

1942년 9page

1943년 87page

1944년 165page

에필로그 340page

작가와 작품 해설 354page

작가 연보 359page

1942년

1942년 6월 14일 일요일

6월 12일 금요일, 나는 오전 6시에 잠이 깼다. 왜냐하면 오늘은 내 생일이니 당연한 일이다. 하지만 물론 그렇게 일찍 일어나면 꾸중을 듣기 때문에 호기심을 꾹 누르며 가만히 기다리고 있어야만 했다.

7시 15분 전에 마침내 견디다 못해 식당으로 가니, 모르체(고양이. 검둥이라는 뜻)가 나를 따뜻하게 맞아 주었다. 7시 조금 지나서 아빠와 엄마에게 인사를 하고 거실로 가서 선물 꾸러미를 풀어 보았다. 맨 처음에 나온 것이 너(일기장)였다. 처음 받아 보는 제일 좋은 선물이었다. 테이블 위에는 장미꽃 한 다발, 화분 하나, 작약꽃 등이 있었다. 나중에 여러 가지가 더 도착했다.

아빠와 엄마는 굉장히 많은 선물을 해주셨고 친구들도 아주 많이 해준 편이다. 그중에는 힐데브란트가 쓴 유명한 사회 풍자 소설 『검은 상자』, 파티용 장난감, 많은 과자, 초콜릿, 퍼즐, 브로치, 요셉 코헨 『네덜란드의 신화와 전설』, 데이지 『산의 휴일(굉장한 책!)』 그리고 돈도 조금 있었다. 자, 이 돈으로는 『그리스와 로마 신화』를 살 생각이다. 아이, 좋아라!

얼마 뒤, 리스가 집으로 찾아와서 둘이 학교에 갔다. 쉬는 시간에 모두에게 비스킷을 나누어 주었다. 자아, 이쯤에서 그만두고 안녕을 해야겠다. 우리는 아주아주 좋은 친구가 될 거야!

1942년 6월 15일 월요일

일요일 오후 집에서 내 생일 파티를 열었다. 명견(名犬) 린 틴틴이 나오는 『등대지기』라는 영화를 보여 주었더니 학교 친구들이 아주 기뻐했다. 남자 친구와 여자 친구가 많이 모여서 참으로 즐거웠다. 엄마는 언제나 나의 신랑감을 궁금해하신다. 그가 피터 베셀이라는 것을 알면 깜짝 놀라실 거야. 엄마가 그런 말을 하실 때면 나는 천연덕스럽게 얼굴도 붉히지 않고, 눈도 깜빡이지 않고 엄마에게 그런 쓸데없는 상상은 그만두시라고 말한단다.

리스 호센스와 산네 하우트만은 오래전부터 나와 가장 친한 친구였다. 그런데 그 뒤 나는 유태인 학교에서 조피 드 발을 알게 되면서부터 우리 둘은 늘 함께였고, 지금은 단짝이 되었다. 리스는 다른 여자 아이와 친해졌고, 산네는 다른 학교에 다니게 되어 거기서 새 친구들을 사귀었다.

1942년 6월 20일 토요일

요 며칠 동안 일기를 쓰지 않은 것은 무엇보다 일기에 대한 생각을 정리하기 위해서였다. 나 같은 사람이 일기를 쓰다니, 어딘지 모르게 이상한 것 같다. 왜냐하면 이제까지 일기를 써 본 적이 없을 뿐만 아니라 나는 물론 다른 어떤 사람도 열세 살짜리의 고백에 관심을 가질 리 없기 때문이다. 하지만 그런 게 무슨 상관이람? 나는 쓰고 싶은걸. 아니, 그뿐만 아니라 난 가슴 깊이 묻혀 있는 것을 모조리 털어놓고 싶은걸.

'종이는 인간보다 참을성이 있다'라는 속담이 있다. 조금 우울한 어느 날, 밖으로 나갈까 집에 있을까를 결정하는 것조차도 귀찮아서 힘없이 턱을 괴고 멍하니 앉아 있는데, 문득 이 속담이 생각났다. 그래, 종이가 참을성 있다는 것은 의심할 여지도 없다. 그리고 나는 남자 아이든 여자 아이든 진실한 친구가 생길 때까지 잘난 체하고 '일기'라고 쓴 이 마분지 뚜껑의 일기장을 아무에게도 보이지 않으리라. 이제 내가 어째서 일기를 쓰기 시작했는가 하는 근본적인 문제에 이르렀다. 그것은 내게 진실한 벗이 없기 때문이다.

열세 살짜리 소녀가 이 세상에서 고독을 느끼리라고 믿는 사람은 없을 것이고, 또 사실 그럴 리는 없을 것이므로 문제를 보다 확실히 해야겠다. 나에게는 사랑하는 부모님과 열여섯 살 된 언니가 있다. 나는 친구라고 말할 수 있는 사람을 서른 명이나 알고 있고 많은 남자 친구들이 있다.

그들은 나를 만나려고 안달을 하고 그게 안 되면 교실에서 거울을 이용하여 나를 훔쳐보곤 한다. 나에게는 많은 친척이 있다. 그리고 다정한 아저씨와 아주머니가 있다. 그들은 훌륭한 집도 있고 아무것도 부족한 것이 없다. 그러나 아무리 친구와 아는 사람이 많아도 마찬가지다. 그저 장난을 치거나 농담을 주고받을 뿐이다. 나는 주위의 공통된 일말고는 이야기하고 싶지가 않다. 우리들은 조금도 친해지지가 않는다. 더 가까워질 수 없다는 데 문제의 원인이 있다. 내게 신뢰심이 부족한 것일까? 아무튼 난 고집스럽게도 그것을 고칠 수가 없다.

그래서 이 일기를 쓰기로 한 것이다. 이 일기가 내 마음의 눈에는 오랫동안 기다리던 친구 같다. 다른 사람들처럼 너무 노골적인 것을 일기로 쓰고 싶지는 않다. 그리고 나는 이 일기장을 마음의 벗으로 삼으려고 한다. 그리고 이 친구를 '키티'라고 부르기로 했다. 그러나 갑자기 키티에게 편지를 쓴다면 내가 무슨 이야기를 하는지 도대체 모를 테니까, 조금 내키진 하지만 우선 내가 자라온 과정을 간단히 적어 보겠다.

우리 아빠는 서른여섯 살 때 엄마와 결혼했는데, 그때 엄마는 스물다섯 살이었다. 언니 마르고트는 1926년 독일의 프랑크푸르트 암 마인에서 태어났고, 나는 1929년 6월 12일에 태어났다. 우리는 유태인이기 때문에 1933년 독일에서 네덜란드로 옮겨 왔으며, 이곳에서 아빠는 트라피스 상회의 지배인이 되었다. 이 회사는 같은 건물에 있는 코룬 상회와도 관계가 있는데, 아빠는 이 상회에도 관여하고 있다.

그러나 우리 친척들은 히틀러의 유태인 탄압 정책 때문에 독일에서 불안한 생활을 하고 있었다. 1938년 유태인 학살 사건이 일어난 뒤 두 외삼촌은 미국으로 망명하고, 외할머니는 우리 집으로 오셨다. 할머니는 그때 일흔세 살의 나이였다. 그 1940년 5월부터는 좋은 시대가 물러갔다. 첫째는 전쟁이 일어났고, 네덜란드의 항복, 이어서 독일군이 몰려왔다. 우리 유태인들의 고난이 시작된 것은 그때부터이다. 유태인을 탄압하는 포고령이 차례로 내려졌고, 유태인은 노란 별을 달아야만 했다. 유태인은 자전거를 모두 갖다 바쳐야만 했고, 전차도 자동차도 탈 수가 없었다. 유태인은 오후 3시에서 4시 사이에만 물건을 살 수 있고 더구나 '유태인 상점'이라고 쓴 곳에서만 사야 했다. 유태인은 밤 8시 이후로는 집안에 있어야만 했고 이 시간이 지나면 자기 집 뜰에 나가도 안 된다. 유태인은 극장이며 영화관, 그 밖의 오락장에도 들어가지 못할 뿐더러 일반 스포츠 경기에도 참가할 수 없고, 풀장, 테니스 코트, 하키 경기장, 그 밖의 모든 경기장에 들어갈 수도 없다. 유태인은 유태인 학교에만 다녀야 한다. 이 밖에도 수많은 제한이 있다.

　이렇게 우리는 이것을 해서는 안 된다, 저것은 금지되어 있다는 것들투성이다. 하지만 그럭저럭 삶은 계속되고 있다. 조피는 나에게 "너는 금지되어 있지나 않을까 해서 뭐든지 하기를 겁내고 있구나." 하고 곧잘 말했다. 우리들의 자유는 극도로 제한되어 있지만 그래도 아직은 참을 수 있을 정도이다.

　할머니는 1942년 1월에 돌아가셨는데, 할머니는 지금도 내 마음속에 살아 계시고 내가 얼마나 할머니를 사랑하고 있는지 아무도 모를 거다.

1934년 나는 몬테소리 유치원에 들어갔고 초등학교도 거기를 다녔다. 그 초등학교를 졸업하고 마침내 K선생님과 헤어질 때 얼마나 슬펐던지 우리 두 사람은 몹시 울었다. 1941년 나는 언니 마르고트와 함께 유태인 중학교에 입학했다. 언니는 4학년이고 나는 1학년이다. 지금까지 우리 네 식구는 무사히 오늘에 이르고 있다.

키티에게

이제 시작하자. 지금 집은 조용해. 엄마와 아빠는 외출하셨고, 마르고트는 친구와 탁구를 치러 갔단다. 나도 요즈음 탁구를 자주 해. 탁구 친구들은 모두 아이스크림을 좋아해. 특히 여름에는 탁구를 치고 난 뒤, 더우니까 가까이에 있는 아이스크림 가게 델피나 오아시스로 가지. 그곳은 유태인도 들어갈 수 있는 곳이거든. 우리는 용돈을 좀더 달라는 노력을 포기했어. 오아시스는 언제나 손님들로 들끓고, 가끔 손님 중에는 우리가 일주일 걸려도 다 못 먹을 정도로 많은 아이스크림을 사 주는 친절한 아저씨나 남자 친구가 있기도 해.

넌 내가 이렇게 어린데도 남자 친구 이야기를 하다니, 틀림없이 놀랐을 거야. 하지만 학교에 다니다 보면 어쩔 수 없는 일이야. 남학생이 집에 갈 때 자기의 자전거로 같이 돌아가자고 하여 도중에서 이야기라도 하게 되면, 십중팔구는 내게 열중하여 나한테서 눈길을 떼지 못하곤 한단다. 그러나 한참 동안 아무리 그가 열렬히 나를 바라보고 있어도, 내가 전혀 모른체하면 대부분 시간이 지나면서 열은 식어 버려.

만일 아빠를 만나게 해 달라면 나는 슬쩍 몸을 기울여서 일부러 가방을 떨어뜨린단다. 남학생은 하는 수 없이 자전거에서 내려 가방을 주워 주게 되고, 그때 이미 나는 다른 이야기를 시작하고 있단다.

이런 것은 그래도 순진한 편이야. 더러는 입으로 키스하는 소리를 내기도 하고, 팔을 잡으려는 뻔뻔스러운 아이도 있어. 하지만 크게 실수한 거야. 이런 때에는 나는 자전거에서 내려 함께 갈 수가 없다고 말해. 아니면 모욕을 당하여 화가 난 듯한 얼굴로 분명하게 "내 곁에 오지 마." 하고 말해 준단다.

자아, 우리의 우정은 이제 시작이야. 그럼, 또 내일…….

안네로부터

1942년 6월 21일 일요일

키티에게

우리 반 아이들은 모두 겁에 질려 있어. 곧 학교의 직원회의가 있기 때문이야. 누가 진급하고, 누가 낙제할 것인가에 대해 별의별 소문이 다 나돌고 있어. 미에프 드 용과 나는 뒷자리에 앉은 두 남학생 빔과 자크 때문에 무척 재미있어. 두 사람은 "너는 진급할 거야.", "아니, 못할 거야.", "아니, 문제없어." 하고 아침부터 밤까지 내기를 하고 있으므로 일요일의 용돈을 다 털었을 거야. 미에프가 조용히 하라고 부탁해도, 내가 화를 내어도 아무 소용이 없었어.

나는 우리 클래스의 4분의 1은 낙제를 시켜야 한다고 생각해. 그러나 선생님이란 세상에서 제일 변덕쟁이들이니까 이번에도 적당히 변덕을 부릴 거야. 나는 나와 여자 친구들의 걱정은 하지 않아. 나는 수학에는 별로 자신이 없지만 그래도 어떻게든 진급은 할 것 같아. 내 여자 친구들도 마찬가지이고. 하지만 참을성 있게 기다리는 수밖에. 그때까지는 서로 격려하고 지낸단다.

나는 모든 선생님에게 사랑을 받고 있어. 선생님은 모두 아홉 분인데, 남자 선생님이 일곱 분, 여자 선생님이 두 분이야. 나이 많은 켑틀 수학 선생님은 내가 너무 재잘대기 때문에 나에게 '수다쟁이'라는 제목으로 작문을 쓰라고 했어. 수다쟁이! 뭐라고 쓰면 좋을까? 그러나 나중에는 어떻게든 써 보려고 노트에 작문 제목만 써 놓고 그날은 되도록 재잘거리지 않으려고 노력했단다.

그날 밤 다른 숙제를 마쳤을 때 문득 노트에 적어 놓은 작문 제목이 생각났어. 만년필 끝을 씹으면서, 말도 안 되는 소리라도 큼직하게 쓰면 될 것 같았는데 막상 수다의 필요성을 증명하는 게 어려웠어. 나는 궁리 끝에 갑자기 좋은 생각이 떠올라 지시받은 3페이지 분량을 단숨에 쓰고 기분이 썩 좋아졌어.

'수다를 떠는 것은 여자의 특성으로 나는 되도록 수다를 떨지 않으려고 노력하지만, 엄마도 나 이상으로 수다쟁이므로 나의 수다를 떠는 버릇은 고쳐지지 않는다. 유전은 어쩔 도리가 없는가 보다.' 이것이 내가 주장한 내용이었어.

켑틀 선생님은 나의 작문을 보고 웃으셨지만, 내가 다음 시간에도 여전히 재잘댔기 때문에 또 작문을 짓게 했어. 이번에는 '구제불능성 수다쟁이'라는 것이었어. 나는 이 작문을 써서 선생님께 드렸단다. 켑틀 선생님은 두 시간은 야단을 안 치셨는데, 세 번째의 수업에서 나의 수다를 도저히 견디지 못해 "안네, 수다를 떤 벌로 '재잘재잘재잘 네테르비크 부인이 말합니다'라는 작문을 써 와요." 하고 말했으므로 아이들은 와아 하고 웃음을 터뜨렸어. 쓸 이야깃거리도 이제 없다고 생각했지만 나도 어쩔 수 없이 웃었단다.

나는 뭔가 다른 것, 전혀 새로운 것을 생각해야만 했어. 그런데 다행스럽게도 시를 잘 쓰는 친구 산네가 시 형식으로 이 반성문을 써 주겠다고 해서 나는 너무나 좋아했어.

켑틀 선생님은 이 바보 같은 제목으로 나를 곯려 주려고 했지만, 나는 그것을 거꾸로 이용해서 선생님을 클래스의 웃음거리로 만들어 주려고 생각했던 거야.

시는 지어졌고 완벽했단다. 그것은 세 마리의 아기 오리를 가진 엄마 오리와 아빠 백조의 이야기인데, 아기 오리는 너무 수다를 떨었기 때문에 아빠 백조에게 물려 죽고 말았다는 줄거리야. 다행히 켑틀 선생님은 이 농담을 알아차리시고 비평을 하면서 이 시를 클래스 모든 학생들에게 큰 소리로 읽어 들려주시고, 다른 클래스에 가서도 읽어 주셨대.

그 다음부터는 수다를 떨어도 꾸중하지 않았고, 숙제도 내주지 않으셔. 다만 켑틀 선생님은 언제나 시 이야기를 하고는 웃으신단다.

인네로부디

1942년 6월 24일 수요일

키티에게

오늘은 너무나 더워서 모두 녹아 버릴 것만 같았는데 나는 여러 곳을 걸어 다녀야만 했다. 이제야 전차가 얼마나 고마운 것인지 절실하게 알겠어. 그러나 전차는 유태인에게는 허락되지 않는 사치품이야. 우리들 유태인은 두 발로 걸어 다닐 수 있는 것도 고맙게 생각해야 한단다. 나는 어제 점심 시간에 얀 루켄 거리에 있는 치과 의사에게 가야만 했어. 스태팀메르튜넨의 우리 학교에서는 꽤 먼 거리야. 나는 오후에 대기실에 앉아서 꾸벅꾸벅 졸았어. 다행히 치과 의사의 조수는 매우 친절한 사람으로, 나에게 마실 것을 주었어.

우리들은 나룻배는 탈 수 있단다. 요셉 이스라엘 안벽(岸壁)에서 떠나는 작은 배가 있어서 부탁했더니 곧 태워 주었단다. 우리가 이처럼 고생하는 것은 네덜란드 사람들 때문이 아니야.

나는 감사절 휴일에 자전거를 도둑맞았기 때문에 학교에 가기가 싫어졌어. 엄마의 자전거는 아빠가 그리스도 교인의 집에 맡겨 놓았단다. 앞으로 일주일이면 이 고생도 끝날 거야. 곧 방학이거든.

어제 조금 재미있는 일이 있었어. 학교 갈 때 자전거 보관소 앞을 지나는데 누군가 나를 부르는 사람이 있었어. 주위를 살펴보니 전날 밤 나의 친구 에바네 집에서 만난 잘생긴 남자 아이가 서 있었어. 그는 부끄러운 듯이 나에게로 다가와서 자기는 하리 골드베르크라고 소개했단다. 나는 약간 놀라며 도대체 무슨 볼일일까 하고 생각했지만, 곧 알 수 있었어. 그는 학교에 같이 가지 않겠느냐고 물었단다.

나는 "어차피 같은 방향이니 함께 가요."라고 대답하고 나란히 학교로 갔어. 하리는 열여섯 살인데 여러 가지 재미있는 화제를 갖고 있더라. 그는 오늘 아침에도 나를 기다린 것을 보면 앞으로 매일 그럴지도 몰라.

안네로부터

1942년 6월 30일 화요일
키티에게

그동안 일기 쓸 시간이 없었구나. 목요일에는 하루 종일 친구와 함께 있었고, 금요일에는 집에 손님이 오셔서 오늘까지 이런저런 일로 시간을 낼 수가 없었어. 하리와 나는 일주일 사이에 매우 친해졌단다. 그는 나에게 자신에 대한 이야기를 많이 해주었어. 그는 혼자 네덜란드로 와서 할아버지와 할머니와 함께 살고 있대. 부모님은 벨기에에 계신대.

하리에게는 화니라는 여자 친구가 있는데, 나도 화니를 잘 알아. 조금 멍청해 보이는 그다지 영리하지 못한 아이야. 하리는 나를 만난 뒤부터 화니 앞에서 자기가 헛된 꿈을 꾸고 있었음을 깨달은 듯해. 내가 그의 눈을 뜨게 하는 자극제 구실을 한 셈이야. 사람은 대개 자신이 어떤 이용 가치가 있는지 잘 모르고 지내긴 하지만 말야.

조피는 토요일 밤에 우리 집에서 잤지만 일요일에는 리스네 집으로 가 버렸기 때문에 나는 무척 심심했어. 하리는 밤에 오기로 되어 있었는데, 오후 6시에 전화가 왔어.

내가 전화를 받자 그는 "여보세요, 저는 하리 골드베르크입니다만, 안네 좀 바꿔 주세요." 하고 말했어.

"하리, 나 안네야."

"안네? 어때?"

"고마워. 덕분에 아주 기운이 났어."

"미안하지만, 사실은 오늘 밤 갈 수 없어. 그렇지만 안네에게 할 애기가 있는데, 10분쯤 뒤에 그리로 가도 좋아?"

"좋아, 기다릴게. 안녕."

"안녕, 곧 갈게."

나는 급히 옷을 갈아입고 머리를 살짝 매만지고 나서, 창가에 서서 약간은 들뜬 마음으로 그가 오기를 기다리고 있었어. 이윽고 그가 오는 것이 보였단다. 내가 생각해도 이상하게 나는 당장 뛰어 내려가서 그를 맞이하지 않고, 그가 벨을 누를 때까지 가만히 기다리고 있었어. 벨이 울리고 나서야 나는 내려갔지. 문을 열자 그는 뛰어들 것처럼 들어왔단다.

"안네, 우리 할머니가 안네는 아직 어리니까 자주 불러내서는 안 된다고 말씀하셨거든. 하지만 나는 이제 화니와는 만나지 않는다는 것만 알아줘."

"왜? 화니하고 싸웠어?"

"아니, 싸운 게 아니야. 나는 화니에게 우리 두 사람은 서로 잘 맞지 않으니까 이제부터는 만나지 않는 편이 서로를 위해 좋을 거라고 말해 주었어. 하지만 화니가 우리 집에 오면 언제든지 환영하고 나도 화니네 집에서 환영받았으면 해. 나는 처음에 화니가 다른 남자아이도 만나는 것으로 생각했기 때문에 그렇게 대해 왔었는데, 그건 전혀 잘못 생각했던 거야. 할아버지는 화니에게 사과하라고 하지만, 물론 나는 사과 같은 건 하고 싶지 않으므로 깨끗이 정리하고 말았어. 할머니는 안네보다도 화니와 데이트하기를 바라고 있지만, 난 이제 지긋지긋해. 노인들은 너무 구식이어서 곤란하단 말이야. 나는 절대로 그분들 말을 따를 수가 없어. 물론 내겐 할아버지와 할머니가 필요해. 할아버지와 할머니 쪽에서도 어떤 의미로는 나를 필요로 하고 있어. 앞으로 나는 수요일 밤엔 얼마든지 시간이 있어. 그분들을 기쁘게 해 드리기 위해서 겉으로는 목각(木刻)을 배우러 간다고 말하지만, 사실은 시몬주의자 모임에 가는 거야. 할아버지 할머니는 이 시몬주의자 모임을 반대하니까 이건 비밀이야. 나는 열성 분자는 아니지만 관심이 많고 아주 재미있어. 그러나 요즘은 여러 가지로 복잡하니까 그만두겠어. 그러니까 다음 수요일로 그것도 마지막이야. 그 다음부터는 수요일 밤과 토요일, 그리고 일요일 오후에는 안네를 만날 수 있어. 더 시간이 날 수도 있고."

"하지만 하리네 할아버지와 할머니는 나를 만나는 것을 반대하시잖아? 몰래 그런 짓을 해서는 안 돼."

"사랑은 강요해서 되는 게 아냐."

우리가 집을 나와 거리 모퉁이의 책방 앞을 지나는데 거기에 피터 베셀이 두 소년과 함께 서 있었어.

그는 나를 보자 "안녕?"이라고 했어.

너무도 오랜만에 말을 걸어와서 몹시 기뻤어.

하리와 나는 끝없이 걷고 또 걷다가 마침내 내일 저녁 7시 5분 전에 그의 집 앞에서 만나기로 약속했어.

안네로부터

1942년 7월 3일 금요일

키티에게

하리는 어제 우리 집을 방문하여 엄마와 아빠를 만났단다. 나는 크림 케이크며 과자며 차, 비스킷 등 맛있는 것을 많이 준비해 두었지만, 하리도 나도 언제까지나 뻣뻣하게 앉아만 있는 것이 싫어 함께 산책을 나갔어. 그가 나를 우리 집까지 바래다 주었을 때는 이미 8시를 10분이나 지나 있었지 뭐야. 아버지는 몹시 화가 나 계셨어. 유태인이 오후 3시 이후에 외출하는 것은 위험하기 때문이었어. 나는 앞으로는 8시 10분 전까지는 무슨 일이 있더라도 돌아오겠다고 약속해야 했단다.

나는 내일 그의 집에 초대를 받았어. 조피는 하루 종일 하리와 나 사이를 놀려댔지만 나는 절대로 연애 같은 것을 하고 있지는 않아. 나도 남자 친구를 가져도 된다고 생각해. 그리고 누구든 그런 것은 아무렇지도 않게 여긴단다. 그러나 오직 한 사람의 남자 친구라고 하면 문제가 달라지는 거야.

하리가 에바네 집에 놀러 왔을 때 에바가 하리에게 물어 보았대.

"너는 화니와 안네, 어느 쪽을 더 좋아하니?"

"그건 네가 알 문제가 아냐."

그리고 그것으로 두 사람은 입을 다물었지만, 그는 돌아갈 때에 "잘 들어. 내가 좋아하는 것은 안네야. 안녕. 누구에게도 말하면 안 돼." 하고는 급히 가 버렸대.

하리가 나를 좋아한다는 건 나도 잘 알 수 있어. 기분 전환으로 재미있을 거야. 언니 마르고트는 "하리는 점잖은 아이더구나." 하고 칭찬을 많이 해. 물론이지. 그는 그 이상이야. 엄마도 "잘생긴 데다 얌전하고 착실한 아이야."라고 무척 칭찬을 한단다. 나는 가족들이 모두 그를 좋아해서 아주 기뻐. 그도 우리 집 식구들을 좋아하지만 내 여자 친구들을 너무 어리다고 생각하고 있어. 정말 그래.

안네로부터

1942년 7월 5일 일요일
키티에게

지난주 금요일, 유태인 극장에서 시험 성적이 발표되었어. 난 아주 잘했어. 만점이 하나, 대수는 5점이고 6점이 둘 있었어. 나머지는 7점과 8점이야. 우리 식구들은 물론 기뻐해 주었단다. 나의 부모님은 다른 부모님들과 달리 내가 건강하고, 행복하고, 거기다 행실이 그다지 나쁘지만 않다면 상관없다고 생각하셔서 학교 성적이 좋고 나쁘고에는 전혀 신경을 쓰지 않으셔. 그러나 나는 그와 반대야. 성적이 나쁜 학생이 되고 싶지는 않아. 나는 원래 몬테소리 학교에서 일년을 더 다녀야 신학할 수 있었지만, 유태인 중학교에서 나를 받아 준 거야. 교장 선생님의 설득에 따라서 리스와 내가 입학할 수 있었어. 교장 선생님은 우리들이 열심히 공부할 것으로 믿고 있기 때문에 그분을 실망시키고 싶지 않아. 언니 마르고트는 여전히 성적이 우수해. 언니는 우등으로 진급했어. 머리가 좋아. 아빠는 일이 없기 때문에 요즈음 집에 계시는 일이 많아졌어. 자기가 필요 없는 인간이라고 생각한다면 누구든지 기분이 나쁠 거야. 코프하이스 씨가 트라피스 상회를, 크라이렐 씨가 코룬 상회를 인수했거든.

며칠 전 우리 집 옆의 광장을 아빠와 함께 거닐고 있을 때, 아빠는 어딘가 숨어 살 집으로 옮길 거라는 이야기를 꺼냈어. 나는 깜짝 놀라 도대체 어째서 그런 얘기를 하시느냐고 물었지.

그러자 아빠는 "안네, 너도 알고 있듯이 우리들은 이미 일년 훨씬 이전부터 이웃집으로 식량이며 가구며 의복들을 옮겨 왔단다. 재산을 독일인에게 빼앗기는 것도 싫었지만, 독일인에게 붙잡히는 것은 더 못할 일이다. 그러니까 그들이 잡으러 오기 전에 먼저 손을 써서 미리 자취를 감추어 버리는 거야."

"하지만 아빠, 언제요?"

아빠가 무척 진지한 얼굴로 이야기하기 때문에 나는 몹시 걱정스러워졌단다.

"너는 걱정하지 않아도 된단다. 아빠가 다 알아서 할 테니까. 너는 아직 어린아이니까 할 수 있는 동안은 고생 없는 어린 시절을 충분히 즐기도록 하려무나."

그뿐이었어. 아아, 하느님! 아빠의 슬픈 말이 실현되더라도 그날은 훨씬 먼 미래의 일이기를!

안네로부터

1942년 7월 8일 수요일

키티에게

일요일부터 오늘까지 몇 해나 지난 것처럼 느껴져. 마치 온 세계가 뒤집힌 듯이 여러 가지 일이 일어났단다. 하지만 나는 아직 살아 있어. 아빠는 그 사실이 중요하다고 말씀하셨어. 그래, 나는 아직 살아 있어. 하지만 어디서 어떻게 살아가고 있느냐고 묻지 말아 줘. 넌 아마도 이해하지 못할 거야. 일요일 오후에 일어난 일부터 이야기를 시작해야겠어.

오후 3시, 누군가 바깥문의 벨을 눌렀어. 하리는 마침 돌아간 뒤였는데, 나중에 다시 오기로 되어 있었어. 나는 베란다에서 햇볕을 쬐며 누워서 멍하니 책을 읽고 있었으므로 벨 소리를 듣지 못했는데 조금 뒤 마르고트가 매우 흥분하며 부엌문 앞으로 와서 "SS(나치의 친위대)에서 아빠께 호출장이 왔단다. 엄마는 아까 팬 던 씨를 만나러 갔어." 하고 조그맣게 말했어. 팬 던 씨는 아빠의 회사 동료야. 나는 언니의 말을 듣고 깜짝 놀랐단다. 호출장! 그것이 무엇을 의미하는지는 누구나 다 알고 있으니까. 나는 강제 수용소와 쓸쓸한 감방을 상상했어. 아빠를 그런 곳에 보낼 수 있을까? 마르고트는 엄마가 돌아오기를 기다리는 동안 이렇게 말했어.

"물론 아빠는 가시지 않아. 엄마는 우리가 내일 아프텔하이스(겹

집으로 된 집의 뒤쪽. 뒷집이라는 뜻의 네덜란드 말)로 옮기는 게 좋을지 어떨지 팬 던 씨에게 의논하러 가셨어. 팬 던 씨네 가족도 우리와 같이 가야 하니까 모두 일곱 명이야.”

그 다음에는 두 사람 다 입을 다물고 말았지. 아빠를 생각하니 아무 말도 할 수가 없었어. 아빠는 아무것도 모르고 조제 요양소로 아는 노인들을 위문하러 가셨거든. 엄마가 돌아오기를 기다리면서 더위와 두려움으로 우리는 떨었어.

갑자기 다시 벨이 울렸어. “하리다.” 하고 나는 말했지. “문을 열면 안 돼.” 하고 마르고트는 나를 말렸지만 엄마와 팬 던 씨가 하리와 이야기하는 소리가 아래층에서 들려 왔어. 세 사람은 집안으로 들어오자 문을 꼭 닫았지. 벨이 울릴 때마다 아빠인지를 확인하기 위해 마르고트나 내가 살금살금 아래층으로 내려가곤 했어.

마르고트와 나는 다른 방으로 갔어. 팬 던 씨는 엄마하고만 이야기하고 싶었던 거야. 마르고트는 나와 침실에 있게 되자, 호출장은 아빠에게 온 것이 아니라 자기에게 왔다고 말했어. 나는 너무도 무서워서 울음을 터뜨리고 말았단다. 마르고트는 겨우 열여섯 살인데 이런 소녀를 정말로 혼자 데려가는 것일까? 엄마가 절대 보낼 수 없다고 말했어. 아빠가 언젠가 숨어 살 집으로 옮기겠다던 말을 그제야 이해할 수 있었단다. 숨는다지만 어디로 가는 것일까? 시내일까, 아니면 시골일까. 살 곳은 집일까, 아니면 움막일까……?

이런 것을 물으면 안 된다고 했지만 나는 아무래도 생각하지 않을 수가 없었어. 마르고트와 나는 저마다 가장 중요한 것을 책가방에 챙기기 시작했어. 내가 가장 먼저 넣은 것은 이 일기장이야. 그리고 머리를 컬하는 도구, 손수건, 교과서, 빗, 오래된 편지 등이었어. 숨으러 가는데 이런 것을 가방에 넣다니, 미친 짓이라고 남들은 생각할지 모르지만 나는 후회하지 않아. 나에게는 옷보다도 추억이 더 소중하니까.

오후 5시에야 아빠가 돌아오셨으므로 코프하이스 씨에게 전화를 걸어 저녁때 집으로 와 달라고 부탁했어. 팬 던 씨는 미프를 데리러 갔어. 미프는 1933년부터 아빠와 함께 일해 왔기 때문에 친한 친구가 되었고, 결혼한 지 얼마 안 되는 그녀의 남편 헹크도 모두 잘 아는 사이였어. 미프는 우리들의 신이며 옷, 코트, 속옷, 양말 같은 것을 챙겨 넣고는 저녁때 돌아오겠다고 약속하고 나갔어. 미프가 가 버리자 모두 입을 다물고 말았어. 아무도 식사를 하려고 하지 않았지. 날씨는 덥고, 모든 것이 낯설게만 느껴졌어.

우리는 2층의 방 하나를 고트스미스라는 사람에게 빌려 주고 있었는데, 부인과 헤어진 30대 남자로, 그날 밤은 우리들과 전혀 관계가 없는 사람이지만 곁에 있는 것을 가라고 쫓아 보낼 수가 없었어. 그래서 그는 10시까지 우물쭈물하고 있었어.

11시에 미프가 남편인 헹크 팬 산텐과 함께 도착했어. 미프는 또 신이며 양말, 책, 속옷가지를 가방에 챙겨 넣고 헹크는 윗옷의 큰 호주머니에 여러 가지 물건을 넣은 다음, 11시 반에 두 사람은 나갔어. 나는 몹시 지쳐 있었으므로 이것이 내 침대에서 자는 마지막 밤이라는 것을 알면서도 곧 잠이 들어 버려, 다음날 아침 5시 반에 엄마가 깨울 때까지 잤단다. 다행히 일요일만큼 덥지 않았고, 하루 종일 비가 내렸지.

우리들은 될 수 있는 대로 옷을 많이 가져가고 싶은 마음에 마치 북극에라도 가는 듯이 잔뜩 껴입었어. 우리들 같은 처지의 유태인이 옷이 든 가방을 가지고 밖으로 나간다는 것은 상상도 못할 일이니까.

나는 속옷을 두 벌 입고, 팬티를 세 개나 입은 위에 드레스를 입었으며, 그 위에 스커트를 입고, 재킷과 여름 코트를 입고 양말을 두 켤레나 신은 위에 신을 신고, 털모자를 쓰고, 스카프를 목에 감고 그리고 몇 가지를 더 껴입어서 떠나기도 전에 숨이 막힐 것만 같았지만 아무도 입을 여는 사람은 없었어.

마르고트는 책가방에 교과서를 챙겨 넣어 자전거를 타고, 미프를 따라 어디론지 가 버렸어. 물론 숨어 살 집으로 간 것이지만, 그것이 어디쯤인지 나는 아직 모르니까. 7시 반에 모두들 밖으로 나가 문을 닫았어. 내가 이별의 인사를 한 것은 아기 고양이 모르체뿐이었어. 모르체는 어떤 이웃집에 가더라도 귀여움을 받을 거야. 고트스미스 씨에게 쓴 편지에는 고양이에 대한 부탁도 해 두었어.

부엌에는 고양이를 위해 고기 한 덩어리를 꺼내 놓고, 아침 먹은 것도 안 치우고 침대도 벗겨진 채로여서 우리가 허둥지둥 달아났다는 인상을 주었지만, 그런 것은 아무래도 괜찮아. 우리는 다만 안전한 곳으로 가고 싶을 뿐이었어. 내일 계속할게.

안네로부터

1942년 7월 9일 목요일

키티에게

이리하여 아빠와 엄마와 나, 세 사람은 저마다 여러 가지 물건들을 터질 만큼 가득 담은 가방과 바구니를 들고, 억수같이 퍼붓는 비를 맞으며 걸어갔단다.

일하러 나가는 사람들은 불쌍한 듯이 바라보고 있었어. 우리를 차에 태워 주지 못하는 것을 미안해하는 눈치였어. 눈에 두드러져 보이는 노란 별표를 단 사람들을 아무도 태워 줄 리가 없었으니까.

아빠와 엄마가 앞으로의 계획에 대해 나에게 이야기하기 시작한 것은 큰길로 나온 뒤였어. 몇 달 전부터 될 수 있는 대로 많은 가구와 생활 필수품을 운반해 내어, 7월 16일까지는 은신처로 갈 준비가 끝날 계획이었다고 해.

그런데 호출장이 왔으므로 예정을 열흘 앞당겨야만 했던 거야. 때문에 은신처의 준비는 아직 충분치 못하지만 참고 견디는 수밖에. 은신처는 아빠의 사무실이 있던 건물 안에 있어. 모르는 사람들은 이해하기 힘들겠지만, 나중에 설명할게.

아빠를 위해 일하는 사람은 크라이렐 씨와 코프하이스 씨와 미프, 그리고 스물세 살의 타이피스트 엘리 포센, 이렇게 네 명뿐으로 모두 우리가 오는 것을 알고 있었어.

엘리의 아버지 포센 씨와 두 소년이 창고에서 일하고 있었지만, 그들에게는 비밀로 하고 있었지.

이제 건물을 실명하겠어. 긴물 1층에 큰 창고가 있고, 창고 입구

곁에 사무실로 들어가는 바깥문이 있어. 바깥문을 들어서서 조금 가면 계단이 있고(A), 계단을 오르면 또 하나의 문이 있어. 그 문의 비치지 않는 유리에 검은 글씨로 사무실이라고 쓰여 있어. 이것이 가장 큰 사무실로 매우 넓고 밝은 방이야. 엘리와 미프와 코프하이스는 낮에 여기서 일해.

그 옆에 금고와 옷장과 큰 찬장 등이 있는 어둡고 작은 방이 있고, 또 그 안쪽에 작고 조금 어두운 제2의 사무실이 있지. 거기에는 전에 크라이렐 씨와 팬 던 씨가 있었지만, 지금은 크라이렐 씨만 있어. 복도를 통해 이 방으로 들어갈 수 있지만 유리가 끼워진 문은 안에서만 열리게 돼 있고, 밖에선 좀처럼 열리지 않아. 크라이렐 씨의 사무실에서 석탄 창고 곁을 지나 긴 복도를 가면 복도 끝에 네 단의 층계가 있고, 그 층계를 올라가면 이 건물 안에서 가장 훌륭한 사무실이 있단다.

집기는 검은빛이 도는 고급품이고, 바닥에는 리놀륨과 융단이 깔려 있으며, 라디오와 스마트한 전등 등 모두 가장 좋은 것들이야. 그 옆에는 가스 조리대와 물 끓이는 그릇이 딸린 넓은 주방이 있고, 그에 잇따라 화장실이 있어. 이것이 2층이야.

나무 계단(B)을 오르면 3층의 좁은 층계참으로 나가게 되고 층계참 양쪽에는 문이 있고, 오른쪽 문을 열면 앞길 쪽으로 난 창고와 지붕 밑 다락방으로 가는 복도로 나가게 돼. 이 복도 끝에 있는 네덜란드식의 경사가 가파른 계단(C)을 다 오른 곳에 앞길 쪽으로 난 창문이 있어.

〈안네가 살던 은신처의 평면도〉

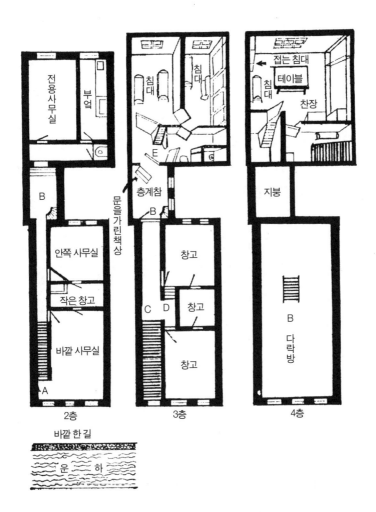

안네의 일기 31

층계참 왼쪽 문이 우리들의 은신처로 통하는 입구야. 이 사무실속의 소박한 문 안쪽에 이처럼 많은 방이 감추어져 있으리라고는 누구도 상상할 수 없을 거야. 문 앞에는 계단이 하나 있고, 그것을 오르면 바로 은신처야.

문을 들어서면 맞은편에 경사가 급한 계단(E)이 있고 계단 왼쪽의 좁은 통로로 들어가면 프랑크 집안의 침실 겸 거실, 그 옆의 작은 방이 우리 두 자매의 침실 겸 공부방으로 되어 있어. 문을 들어서서 바로 오른쪽으로 세탁실과 화장실이 있는 창문 없는 방이 있고, 우리들의 방에는 이 방으로 통하는 문이 있어. 또 계단을 올라 문을 열면 운하가 내다보이는 이처럼 낡은 집에 이토록 크고 밝은 방이 있었던가 하고 놀랄 만한 방이 나온단다. 이 방은 실험실로 쓰고 있었던 덕분에 가스 스토브가 달려 있고, 또 세탁실도 있어. 이 방은 팬 던 씨 댁의 거실이며 식당 겸 주방으로 되어 있어. 복도의 작은 방이 피터 팬 던의 방으로 쓰일 거야. 이 밖에 큰 지붕 밑 다락방이 있어. 자, 이만하면 우리의 아름다운 은신처가 상상되겠니?

안네로부터

1942년 7월 10일 금요일
키티에게
지루한 은신처의 설명을 듣고 넌더리가 났을 거야. 그러나 너도 우리가 사는 곳을 알아 두어야 하지 않겠니?
이야기가 다 끝나지 않았으니 계속할게. 우리가 프리센 운하 거리의 은신처에 도착하자 미프가 황급히 우리를 3층으로 안내했어. 그리고 모두가 들어가자 미프는 문을 재빨리 닫았지. 자전거로 먼저 도착한 마르고트는 우리가 오기를 기다리고 있었어.

거실은 물론 다른 방들도 지저분하기 짝이 없었어. 몇 달 전부터 살림 도구를 이 은신처로 나르는 데 썼던 보드지 상자가 방바닥과 침대 위에 쌓여 있었고, 작은 방은 침구가 천장에 닿을 것같이 쌓여 있었어. 그날 밤 깨끗이 정리를 하고 침대에서 자려면 곧 청소를 시작해야 했지만, 엄마와 마르고트는 청소를 할 상태가 아니었어.

지치고 처량한 생각이 들었던 거야. 아니, 좀더 복잡한 심정이었을 거야. 하지만 아빠와 나는 곧 청소를 시작했지. 우리 두 사람은 하루 종일 상자의 짐을 풀기도 하고, 옷장에 옷을 정리해 넣기도 하고, 못을 박기도 하고, 대충 정리를 하고 나니 녹초가 되도록 지쳐 버렸어. 그러나 우리들은 그날 밤 깨끗한 침대에서 잠잘 수 있었어. 그날은 하루 종일 따뜻한 음식을 먹지 못했지만 아무렇지도 않았어. 엄마와 마르고트도 피로와 마음의 긴장으로 식욕이 없었고, 나와 아빠는 바빠서 먹을 겨를이 없었던 거야.

화요일은 아침부터 모두 함께 어제 못다 한 남은 정리를 했어. 엘리와 미프는 우리들을 위해 배급을 타러 갔고, 아빠는 등화관제(燈火管制)의 불완전한 곳을 고치고, 우리는 주방의 마루를 물로 닦는 등 또 온종일 바쁘게 지냈단다. 우리들은 수요일까지 자신의 생활에 일어난 큰 변화에 대해 생각할 틈이 없었어. 수요일에야 처음으로 네게 이야기할 징신이 났던 거야. 그리고 내게 무슨 일이 일어났는지,

앞으로 어떤 일이 일어날지 생각해 본단다.

　안네로부터

1942년 7월 11일 토요일

키티에게

　아빠와 엄마와 마르고트는 15분마다 시간을 알리는 웨스터토렌(서쪽 시계탑)의 시계 소리에 익숙지 못해 애를 먹고 있지만, 난 그 소리가 처음부터 좋았단다. 특히 밤에는 아주 친한 친구처럼 생각된단다. 너는 '자취를 감춘다'라는 것이 어떤 기분인지 알고 싶지 않니? 사실 나도 잘 몰라. 이 집은 내 집 같진 않지만 싫지는 않아. 묘한 하숙집에서 휴가를 즐기고 있는 듯한 느낌이야. 엉뚱한 것 같지만 그런 느낌이야. 이 집은 이상적인 은신처야. 조금 기울어져 있고 습기도 차 있지만, 이처럼 쾌적한 은신처는 암스테르담의 어디에도, 아니 온 네덜란드를 다 찾아보아도 없을 거야.

　우리의 작은 방은 처음에는 벽에 아무런 장식도 없어 아주 살풍경했지만, 아빠가 미리 영화 배우의 사진과 그림 엽서를 가져다 주셨기 때문에 풀과 솔로 벽 전체를 하나의 큰 그림으로 만들었어. 그랬더니 방이 훨씬 밝아 보이지 뭐야. 팬 던 집안이 오면 지붕 밑의 창고에서 나무를 가져다가 작은 선반을 두어 개 만들어야겠어.

　엄마와 마르고트는 조금 기운을 차리기 시작했어. 엄마는 어제 비로소 수프를 만들 정도로 기운을 차렸는데, 아래층으로 잡담하러 갔다가 깜빡 잊어서 콩이 새까맣게 타 버렸단다. 코프하이스 씨는 『소년영감』이라는 책을 가져다 주었어. 우리들 네 식구는 어젯밤 2층에 있는 전용 사무실로 가서 라디오를 들었어. 나는 누가 듣지나 않을까 몹시 겁이 나서 아빠에게 3층으로 가자고 졸랐어. 엄마는 나의 심정을 알아차리고 나를 따라 돌아와 주셨어. 우리는 이웃 사람들이 우리의 말소리를 듣거나, 우리의 행동을 보지나 않을까 하고 무척 신경이 날카로워 있어. 도착한 날에 곧 커튼을 만들었는데, 이것은 모양도 품질도 무늬도 다른 여러 천 조각을 주워 모아 아빠와 내가 서툰 솜씨로 꿰맨 것으로, 커튼이라고 할 수도 없는 거야. 이 예술품은 떨어지지 않도록 압핀으로 고정되어 있단다.

우리의 은신처 오른쪽에 큰 회사 건물이 있고, 왼쪽에는 가구 공장이 있어. 근무 시간이 지나면 아무도 없지만 소리가 벽을 따라 전달될까 봐 두려워. 마르고트가 악성 감기에 걸렸을 때, 밤중에 기침을 하지 않도록 감기약을 잔뜩 먹었어. 나는 화요일에 팬 던 집안이 옮겨 오기를 기다리고 있단다. 사람이 많아지면 재미있고 떠들썩해지겠지. 저녁때나 밤에 우리를 두렵게 하는 것은 너무 고요하다는 거야. 밤엔 우리를 지켜 줄 수 있는 누구라도 있어 주었으면 좋겠어.

한 발짝도 밖에 나갈 수 없다는 것이 얼마나 답답한 일인지 네가 알 수 있을까? 하지만 총살을 당한다고 생각해 봐. 결코 유쾌한 일이 아니야. 우리는 낮에는 속삭이듯 낮은 소리로 말하고, 소리가 나지 않도록 조용히 걸어야만 해. 그렇지 않으면 아래 창고에 있는 사람들에게 들릴 염려가 있으니까. 누군가가 나를 부르고 있어.

안네로부디

1942년 8월 14일 금요일

키티에게

한 달 동안이나 만나지 못했지만 솔직히 말해서 별다른 일도 없었고, 날마다 너에게 알릴 만한 재미있는 일도 없었어. 팬 던 씨 식구들은 7월 13일에 왔어. 14일에 올 예정이었는데, 독일군이 여기저기 사람들에게 7월 13일에서 16일 사이에 출두하라는 호출장을 보냈기 때문에 유태인들 사이에는 불안한 마음이 생겨, 팬 던 씨 가족들은 하루라도 빠른 게 안전하다 싶어 예정을 하루 앞당겼다고 해.

오전 7시 반, 우리가 아직 아침 식사를 하고 있을 때 팬 던 씨 아들인 피터가 왔는데, 아직 열여섯 살이 다 차지 않은 소년으로 얌전하고 부끄럼쟁이인 얼간이야. 같이 놀아도 재미가 없을 것 같았어. 그는 못시라는 고양이를 데리고 왔단다. 팬 던 부부는 30분쯤 뒤에 왔는데, 아주머니는 모자 상자에 커다란 침실용 변기(便器)를 넣어 가지고 왔단다. 아주 우스웠어.

"나는 내 변기가 없으면 도무지 불편해서요." 하고 그녀는 말했어. 그래서 우선 그것을 놓을 장소를 찾아내는 것이 가장 급한 문제였단다. 아저씨는 자기의 변기는 가져오지 않고 접는 티 테이블을 안고 오셨어.

팬 던 씨네가 온 날부터 모두 함께 즐거이 식사를 하게 되어 우리는 하나의 대가족 같았지. 팬 던 씨는 우리가 숨어 버린 뒤의 세상일을 여러 가지로 전해 주었단다. 그중에서도 우리가 듣고 싶었던 것은 살던 집에 대한 이야기와 고트스미스 씨의 일이었어.

"고트스미스 씨가 월요일 아침 7시쯤 전화를 걸어 나더러 빨리 와 달라지 않겠소. 곧 가 보니 그는 몹시 흥분해 있더군요. 그는 당신들이 두고 간 편지를 내게 보이며, 편지에 쓴 대로 고양이를 이웃집에 맡겨야겠다고 말했지요. 나도 반가웠소. 고트스미스 씨는 가택 수색을 겁내고 있었으므로 우리 두 사람은 주인이 떠난 방을 돌아보고, 대강 청소한 뒤 아침 식탁도 정리했지요. 그러다가 나는 프랑크 씨의 책상 위에서 마스트리히트의 주소가 적힌 종이 쪽지를 발견했다오. 일부러 그런 것인 줄 알면서도 나는 깜짝 놀란 것처럼 고트스미스 씨에게 이 불길한 쪽지를 당장 찢어 버리라고 말했지요. 나는 당신네가 자취를 감춘 데 대해서는 아무것도 모른체했지만, 그 쪽지를 보고는 어떤 생각이 떠올랐지요. '고트스미스 씨, 이 주소가 어디를 말하는 것인지 갑자기 생각이 났습니다. 6개월쯤 전에 회사에 어느 고급 장교가 온 적이 있었지요. 그 사람은 프랑크 씨와 대단히 친한 듯, 무슨 일이 생기면 언제든지 도와 주겠노라고 말하더군요. 그 사람은 마스트리히트에 주재하고 있었다오. 내 생각으로는 틀림없이 그때의 약속대로 프랑크 씨네 식구를 벨기에로 도피하게 하고, 거기서 다시 스위스로 가게 한 것 같군요. 프랑크 씨의 친구들이 묻거든 그렇게 말해 줍시다. 물론 마스트리히트를 말해서는 안 되오.' 나는 이렇게 말하고 고트스미스와 헤어졌소. 당신의 친구들은 이미 거의 다 이렇게 알고 있지요. 나 자신이 여러 사람으로부터 이런 얘기를 들었으니까요."

우리는 무척 새미있게 이 이야기를 들었지만, 펜 던 이저씨기 보

안네의 일기 37

다 자세히 여러 가지 이야기를 했을 때는 세상 사람들의 제멋대로의 공상에 웃음을 터뜨리고 말았단다. 어떤 사람은 우리 자매가 아침 일찍 자전거로 지나가는 것을 보았다고 하고, 또 어느 부인은 우리가 한밤중에 군용차에 실려 가는 것을 확실히 보았다고 장담하더래.

안네로부터

1942년 8월 21일 금요일
키티에게

은신처의 입구는 묘하게 감춰져 있어. 크라이렐 씨는 숨긴 자전거를 찾느라고 수색이 심하기 때문에 문 앞에 책장을 놓는 것이 좋겠다고 말했던 거야. 물론 문처럼 열 수 있는 이동식 책장으로 했어.

이것은 포센 씨가 모두 해주었단다. 우리는 이미 그에게 비밀을 털어놓았는데, 별로 우리의 일을 도와 줄 수가 없었으므로 하다못해 이것만이라도 해주겠다고 하셨어. 문 앞의 계단은 떼어냈기 때문에 아래로 내려갈 때는 몸을 숙이고 뛰어내려야만 한다. 처음 사흘 동안은 낮은 문 입구에 이마를 부딪혀 모두 혹투성이가 되었지. 그러나 이제는 문 위에 대팻밥을 넣은 자루를 못에 걸어 놓았어. 글쎄, 얼마나 도움이 되는지는 두고 볼 일이야.

나는 요즈음 그다지 공부를 하지 않아. 7월까지는 방학으로 정했어. 9월이 되면 아빠가 학과를 가르쳐 주시기로 되어 있지만, 너무 많이 잊어버려서 나 자신도 놀랐단다. 여기의 생활은 거의 변화가 없어. 나와 팬 던 아저씨는 늘 싸우지만 마르고트는 그와 정반대여서, 아저씨는 마르고트를 무척 귀여워해. 엄마는 가끔 나를 아기처럼 취급하기 때문에 참을 수가 없어. 그 밖에는 모든 일이 점점 좋아지고 있어. 피터는 여전히 마음에 들지 않는단다. 정말 지긋지긋해! 그는 언제나 반나절은 침대에 드러누워 있다가 못질을 조금 하는가 하면 금방 침대로 기어 들어가 낮잠을 잔단다. 참으로 멍청해!

요즈음은 날씨가 너무 좋아. 이런 생활이지만, 우리는 열린 창문으로 햇볕이 들어오는 지붕 밑 다락방에 캠프 베드를 놓고 그 위에 드러누워 되도록이면 즐거운 생활을 하려고 애쓰고 있어.

안네로부터

1942년 9월 2일 수요일

키티에게

팬 던 부부가 무섭게 싸웠어. 나는 이제까지 이토록 굉장한 싸움을 본 적이 없었어. 우리 아빠와 엄마는 서로 큰 소리로 말하는 것조차 꿈에도 생각지 못할 일이야. 싸움의 원인은 참으로 하찮은 것으로, 정말 괜한 짓이야. 하지만 사람마다 제각각이니까.

피터는 정말 불쾌했을 거야. 그는 잠자코 곁에 서서 보는 수밖에 없었지. 하지만 신경질적이고 게을러서 아무도 잘 대해 주지 않아. 어제는 혀가 새파래졌다고 그앤 몹시 흥분했었어. 하지만 곧 나았단다. 오늘은 목이 몹시 아파 돌아가지 않는다며 목에 스카프를 감고 있어. 게다가 '나리' 신경통으로 허리가 아프다고 호소하고 있단다. 심장이며 신상, 폐 부근에 아픔을 느끼는 것은 그다지 이상할 것도 없겠지. 그는 정말로 우울증 환자지 뭐야(이 말은 그와 같은 사람에게 쓰는 것이란다). 엄마와 팬 던 아주머니도 사이가 별로 좋지는 않아. 사소하게 불쾌한 일이 종종 있어. 조그마한 예로, 팬 던 아주머니는 우리와 함께 쓰는 벽장에서 자기네의 깔개를 석 장이나 치워버렸어 말하자면 우리 것만을 쓰는 게 당연하다는 식이야. 엄마는 화가 나서 우리 깔개도 치워 버렸는데, 아주머니는 이것을 알면 깜짝 놀라며 화를 낼 거야.

또 아주머니는 우리 것이 아닌, 자기네 접시를 썼다고 해서 기분이 상해서 우리의 접시를 어디다 두었는지 늘 알고 싶어해. 우리 접시는 아주머니가 생각하는 것보다 가까운 곳에 있어. 지붕 밑 광의 잡동사니 뒤에 있는 벽장에 있거든. 우리 접시는 우리가 여기 있는 동안 꺼내기 힘들 거야. 나는 늘 운이 나쁜 편이야. 어제 아주머니네 수프 접시를 한 장 깨뜨려 버렸어. 아주머니는 화가 나서 "어머나! 어째서 좀더 조심을 못하니? 하나 남은 그릇인데." 하고 소리쳤단다. 팬 던 아저씨는 요즈음 내게 친절하게 대해 주셔. 이 상태가 언제까지나 계속되기를.

엄마로부터 오늘 아침에도 굉장한 설교를 들었어. 나는 참을 수가 없단다. 엄마와 나의 사고 방식은 정반대야. 아빠는 나와 친한데 말이야. 아빠는 가끔 야단칠 때도 있지만 5분만 지나면 그만이거든.

지난 주일 우리의 단조로운 생활 속에 작은 사건이 있었어. 여자에 대한 책과 피터 때문이야. 마르고트와 피터는 코프하이스 씨가 빌려 주는 책은 거의 다 읽도록 허락이 되었는데, 어른들은 여자에 대한 책만은 읽지 못하게 했던 거야. 피터는 당장 호기심이 일어났겠지. 두 사람이 읽어서는 안 될 무엇이 이 책에 쓰여 있단 말인가? 피터는 아주머니가 아래층에서 잡담을 하는 사이에 몰래 그 책을 가지고 지붕 밑 다락방에 숨었어. 2, 3일 동안은 아무 일도 없었지. 아주머니는 피터가 무엇을 하고 있는지 알고 있었지만 잠자코 있었던 거야. 그러나 아저씨가 발견하고 피터에게서 책을 빼앗아 버렸단다.

아저씨는 그것으로 모든 일이 끝났다고 생각했지만, 아들의 호기심에 대해서는 미처 생각이 미치지 못했던 거야. 피터는 아버지의 태도로 호기심이 줄어들기는커녕 오히려 더욱더 호기심이 늘어 이 책을 끝까지 읽으려 마음먹고, 책을 다시 손에 넣을 기회만 노렸어. 한편 아주머니는 우리 엄마에게 이 문제를 어떻게 생각하느냐고 물었지. 엄마는 이 책은 적당하지는 않지만, 대개의 책은 마르고트에게 읽게 해도 괜찮을 것이라고 대답했어.

"팬 던 부인, 마르고트와 피터는 매우 달라요. 첫째 마르고트는 여자 아이예요. 여자는 남자보다 조숙하지요. 둘째로 마르고트는 좋은 책을 많이 읽었고, 읽어서는 안 되는 책 같은 건 찾지 않아요. 셋째로 마르고트는 중학교 4학년이니까 피터보다는 훨씬 어른이고, 지혜도 발달되어 있어요."

팬 던 아주머니도 엄마의 말에 동의했지만 역시 성인용 책을 아이들에게 읽게 하는 것은 근본적으로 잘못된 일이라고 말했어. 드디어 피터는 책을 훔쳐내기 좋은 시간을 알아냈어. 저녁 7시 반이면 모두 전용 사무실에 가서 라디오를 듣기 때문이야. 그가 책을 가지고 다락방으로 간 것은 그때였어. 그가 8시 반까지 돌아왔으면 좋았을 것을, 책에 열중한 나머지 시간을 잊어버려서 아래로 내려왔을 때 방으로 들어가려던 아저씨와 부딪혔단다. 어떤 장면이 떠오르니? 아저씨는 다짜고짜 피터의 뺨을 후려치고 책을 빼앗아 책상 위에 놓았어. 피터는 지붕 밑 방으로 달아나 버렸고. 우리는 식사 중이었는데 아무도 그에게 신경을 쓰지 않았어.

그는 저녁을 굶고 자야만 했단다. 우리가 명랑하게 잡담을 즐기며 식사를 하고 있는데, 갑자기 삐익 하고 휘파람 소리가 들렸어. 모두 식사를 멈추고 파랗게 질려서 얼굴을 마주 보았지. 그러자 굴뚝을 통해 "어어이, 나는 아무튼 내려가지 않을 테니까 그리 알아요." 하는 피터의 목소리가 들렸어. 팬 던 아저씨가 벌떡 일어나는 바람에 냅킨이 바닥에 떨어졌어. 아저씨는 화가 나 얼굴이 빨개져서 "절대로 용서할 수 없다."고 소리쳤지. 아버지는 걱정이 되어 아저씨의 팔을 잡고, 둘이서 함께 지붕 밑 다락방으로 올라갔어. 오랫동안 씨름한 끝에 피터는 방으로 끌려 오고, 자기 방으로 가서 문을 잠갔어. 우리들은 식사를 계속했지. 아주머니는 귀여운 아들에게 빵을 한 조각 남겨 주려고 했지만 아저씨는 "당장 사과하지 않으면 다락방에서 자게 할 테다." 하고 아주 강경한 태도를 취했어. 우리는 저녁을 굶기는 것만으로도 충분히 벌을 준 셈이라고 생각했으므로 그것은 너무 지나치다고 아저씨에게 항의했단다. 게다가 피터가 다락방에서 자게 되면 감기에 걸릴지도 모르고, 그렇게 되면 의사를 부를 수 없기 때문이야.

피터는 사과하지 않고 스스로 지붕 밑 다락방으로 가 버렸어. 아저씨는 내버려두었어. 다음날 아침, 나는 피터의 침대에 사람이 잔 흔적이 있음을 알아차렸지. 피터는 7시에 다락방으로 돌아갔지만 아저씨가 설득을 해서 데리고 내려오신 거야. 사흘쯤 두 사람은 얼굴을 찡그린 채 말도 하지 않았지만, 이제는 모두 풀린 것 같아.

안네로부터

1942년 9월 21일 월요일

키티에게

오늘은 너에게 우리의 일반적인 뉴스를 전할게.

팬 던 아주머니는 정말 참을 수 없는 사람이야. 나보고 너무 재잘거린다고 매일 야단을 치면서 우리를 괴롭히고 있단다. 최근에 있었던 일이야. 아주머니는 냄비에 뭐든지 남아 있으면 냄비를 씻기가 싫어서, 우리가 늘 하듯이 그것을 유리 그릇에 옮겨 담지 않고 그냥 냄비에서 썩혀 버리고 말아.

식사가 끝나고 마르고트는 가끔 냄비를 일곱 개나 씻어야 할 때가 있어. 그런 때 아주머니는 천연덕스럽게 "어머나, 마르고트, 일이 많구나." 하고 말하지.

나는 아빠를 도와 아버지 쪽 계보(系譜) 작성에 열중하고 있어. 집안 사람들 이야기를 듣는 것은 아주 재미있단다. 코프하이스 씨는 일주일마다 우리를 위해 책을 몇 권씩이나 가져다 주셔. 『조프텔 호일』 전집은 참으로 좋아. 시시팬 마르크스펠트도 모두 재미있어. 나는 『에인 조메르조데이드(여름의 우스개 이야기)』를 네 번이나 되풀이해서 읽었는데, 거기에 나오는 우스운 장면을 생각하면 지금도 웃음이 터져 나와.

다시 새 학기가 시작되었어. 나는 프랑스어를 열심히 공부하여, 날마다 불규칙 동사를 다섯 개씩 외우고 있어. 피터는 영어 때문에 한숨과 신음의 연속이야. 교과서 몇 권이 막 도착했어. 나는 여기 올 때 가지고 왔기 때문에 연습 문제 책이며 연필, 지우개 등이 풍부해. 나는 가끔 런던에서 방송되는 네덜란드 뉴스를 듣는데 최근 줄리아나 공주의 부군(夫君) 버나드 공의 이야기를 들었어. 줄리아나 공주는 다음달 1일 아기를 낳을 예정이래. 멋져. 다른 사람들은 내가 왕실에 관심이 있는 걸 알고 무척 놀라지 뭐야.

난 학습 평가에서 아주 바보는 아니란 칭찬을 들었어. 그 결과 다음날부터는 훨씬 공부를 많이 하게 되었지만 열네 살이나 열다섯 살에 1학년에 들어가긴 싫으니까 할 수 없지 뭐.

내게 어떤 책은 아직 읽어서는 안 된다는 이야기도 나왔어. 엄마는 지금 『헤렌 프라우엔 운트 크네히텐(신사 숙녀와 사환)』을 읽고 계시단다. 마르고트에게는 그것을 읽어도 된다는 허락이 내렸지만 내게는 허락되지 않았어. 우선 나는 머리 좋은 언니처럼 좀더 어른이 되지 않으면 안 돼. 그리고 내가 철학이나 심리학을 모르는 데 대해 이야기가 오갔어. 나는 사실 아무것도 모르지. 아마 다음해가 되면 나는 매우 영리해질 거야(나는 급히 사전을 뒤져 이 어려운 말의 뜻을 찾아보았어). 나는 이번 겨울에 입을 옷이 소매가 긴 드레스 한 벌과 카디건 세 벌밖에 없다는 것을 깨닫고 무척 당황했어. 아빠의 허락을 얻어 흰 털실로 점퍼를 뜨기로 했단다. 그다지 고급 털실은 아니지만 따뜻하기만 하면 되지 뭐. 우리는 친구 집에 옷을 조금 맡 겼지만 안타깝게도 전쟁이 끝나기까지는 그 사람들을 만날 수가 없 을 거야. 내가 팬 던 아주머니의 이야기를 쓰고 있을 때 그분이 들어 오셨어. 깜짝 놀라 얼른 일기장을 덮었더니 아주머니는 "얘, 안네, 좀 보 여 주면 안 되겠니?" 하고 말씀하시는 거야.

"싫어요."

"그럼 맨 끝장만. 괜찮겠지?"

"안 돼요, 싫어요."

끝 페이지에 아주머니 험담이 적혀 있기 때문에 가슴이 철렁했지.

안네로부터

1942년 9월 25일 금요일

키티에게

어젯저녁, 4층의 팬 던 씨네를 방문했어. 가끔 잡담을 하러 가는데 나프탈렌 냄새가 물씬 나는 비스킷(나프탈렌을 넣어 둔 벽장에 함께 두었기 때문이야)과 레모네이드를 내놓아 무척 즐거울 때도 있어.

어젯저녁에는 피터와 이야기를 했어. 피터는 곧잘 내 뺨을 만지는 데, 나는 남자 아이가 그렇게 하는 것은 싫다고 말해 주었지. 그러자 아저씨와 아주머니는 부모다운 태도로, 피터가 나를 좋아하니까 나 노 그를 좋아해 줄 수 없느냐고 말하시지 뭐야. 어머나, 기가 막혀!

나는 피터가 무뚝뚝하고 상냥하지 못한 아이라고 생각하지만, 그것은 여자 아이들과 별로 놀아 보지 않은 남자 아이들이 대개 그렇듯이 아마 부끄러워서 그럴 거라고 말해 주었단다.

은신처의 난민(難民) 위원회(남자부)는 매우 유능해. 우리의 재산을 몰래 숨겨 준 트라피스 상회의 대표인 팬 디크 씨에게 위원회가 어떤 식으로 우리의 소식을 전했는지 들어봐. 위원회는 우리 회사와 거래하는 남(南) 제이런드 약국에 타이프로 찍은 편지를 보낸단다. 이때 주소를 쓴 회신용 봉투를 함께 넣어 두는 거지. 주소는 사무소로 되어 있거든. 회답이 든 이 봉투가 도착하면 안의 편지를 꺼내, 아빠가 직접 쓰신 편지로 바꾸어 넣는 거야. 이렇게 하면 팬 디크 씨는 편지를 읽어도 의심하지 않겠지. 특별히 제이런드 약국을 택한 이유는, 벨기에의 국경과 가깝고 특별히 허가 없이는 아무도 갈 수 없으므로 우리가 거기 있다고 생각해도 찾을 수가 없기 때문이야.

안네로부터

1942년 9월 27일 일요일
키티에게

엄마와 몇 번째의 큰 싸움을 했어. 요즈음 엄마와는 아무래도 잘 지낼 수가 없어. 마르고트와 나도 그다지 좋지 않아. 집에서는 잘 지냈는데 요즈음은 늘 불쾌해. 엄마와 마르고트의 성격을 나는 전혀 이해할 수가 없어. 나는 우리 엄마보다도 오히려 친구들을 이해하기가 쉬우니 딱한 일이야.

우리는 전쟁이 끝난 뒤의 문제, 예를 들면 사환을 뭐라고 부르면 좋을까 하는 점에 대해 이야기했지만, 나와 엄마는 의견이 달라.

팬 던 아주머니도 굉장히 화를 잘 내는 사람이야. 그리고 자기의 물건은 자꾸만 감춰 버려. 엄마도 똑같이 대항했으면 좋겠어. 세상에는 자기의 아이뿐만 아니라 남의 아이까지도 버릇을 가르치려고 하는 사람이 있는데, 팬 던 부부가 꼭 그런 타입이야. 마르고트는 얌전하고 착한 아가씨니까 버릇을 가르칠 필요가 없지만, 나는 두 사람 몫의 단점을 갖고 있는 거야. 식사 때에 꾸지람과 말대꾸가 항상 오가는데, 아빠와 엄마는 언제나 내 편이 되어 주셔. 그렇지 않으면 나는 벌써 폭발했을 거야. 아저씨들은 나에게 너무 수다를 떨지 말고 얌전히, 그리고 무슨 일에 나서는 것은 고쳐야 한다고 말하지만, 나는 아무래도 그렇게 할 수 없는 성격인 것 같아. 만일 아빠가 이처럼 너그럽지 않았다면 나는 그분들에게 실망을 드리고 골칫거리가 되었을 거야. 아무튼 우리 부모님은 내게 아주 너그러우셔.

내가 식사 때 싫어하는 야채를 별로 먹지 않고 감자만 먹으면 팬 던 부부, 특히 아주머니는 그냥 넘기지 않고 버릇을 가르치려고 해.

"자아 자, 안네, 좀더 야채를 먹어라."

"아주머니, 더 못 먹겠어요. 감자를 실컷 먹었는걸요."

"야채는 몸에 좋아요. 엄마도 그렇게 말씀하시지 않던? 좀 더 먹어요."

이렇게 말하며 억지로 먹이려고 해. 이런 때는 마침내 아빠가 나를 도와 주시지. 그러면 아주머니는 언제나 "너는 우리 집에서 자랐더라면 좋았을 걸 그랬다. 우리는 엄격하게 교육을 받았어요. 안네를 이렇게 응석받이로 만들어서는 안 되는데…… 내 딸이라면 가만 놔두지 않을 거예요."라고 하시지.

'안네가 내 딸이라면.'이라는 건 아주머니가 입버릇처럼 하는 말이야. 아주머니의 딸이 아닌 것이 천만다행이지 뭐야!

'교육' 하니까 생각나는데, 어제 아주머니의 설교가 끝난 뒤 잠시 어색한 침묵이 흐른 뒤 이윽고 아빠가 입을 여셨어.

"안네는 아주 교육이 잘되어 있다고 나는 생각합니다. 안네는 아무튼 아주머니의 긴 설교에 말대답을 하지 않았지요. 그것은 하나의 진보입니다. 야채라면 아주머니의 접시를 보세요."

아주머니의 완전한 패배였어. 아주머니는 잠시 후에 자기 접시의 남은 야채를 먹었어. 이래도 아주머니는 자기가 교육이 잘되어 있다는 거야. 말하자면 저녁 식사 때 여러 가지 야채를 많이 먹으면 변비가 되기 때문에 곤란하다는 식으로 변명을 늘어놓는 거야. 그렇다면 도대체 어째서 내게는 먹으라고 하는 걸까?

내게 간섭하지만 않았더라면 이처럼 괴로운 변명을 할 필요도 없었을 텐데. 아주머니는 얼굴을 붉히셨지만 나는 붉히지 않았어. 아주머니는 그 점이 속상한 모양이야.

안네로부터

1942년 9월 28일 월요일
키티에게

어제는 이야기를 도중에서 그만두었지. 너에게 또 한 가지 싸움에 대한 이야기를 해야겠지만, 그전에 잠깐 다른 이야기를 할게.

어른들이란 어째서 하찮은 일로 금방 싸움을 하는 걸까? 나는 오늘까지 싸움을 하는 것은 아이들뿐이며, 어른이 되면 하지 않는 것으로 생각하고 있었거든. 물론 때로는 당연히 싸움이 일어날 이유가 있기도 하겠지만, 그러나 어른들이 하는 짓이란 하찮은 말다툼이야.

나도 이런 것에 익숙해지는 것이 좋겠다고 생각하지만 거의 모든 토론(싸움이라는 말 대신 토론이라는 말을 쓸게)의 주제가 '나'인 이상 참을 수가 없어. 나에게는 한 가지도 좋은 점이 없다는 거야. 나의 용모와 성격과 모습 등이 하나에서 열까지 토론에 부쳐져. 아무리 꾸중을 듣거나 야단을 맞아도 나는 오직 잠자코 있으라는 거야. 그러나 나는 그런 일에 익숙하지 않아. 또 사실 그렇게는 할 수 없어. 나는 잠자코 모욕만 당하고 있을 수는 없으니까. 나는 저 사람들에게, 안네 프랑크는 어제 태어난 갓난아이가 아님을 보여 줄 거야. 내가 그들의 교육을 시작하겠다고 말하면, 그들은 놀라서 아마 잔소리를 하지 않게 되겠지. 나 정말 그래 버릴까? 나는 그들의 무례한 태도며 특히 아주머니의 바보스러움에는 언제나 아연해질 뿐이지만, 이에 익숙해지면 — 곧 습관이 되고 말겠지만 — 철저하게 보복을 해주겠어. 그렇게 하면 그 사람들의 태도도 바뀌겠지.

나는 그 사람들이 말하듯이 그처럼 버릇없고 건방지고 고집스러우며 되바라지고, 바보에다 게으름뱅이일까? 물론 그렇지는 않아. 나에게도 다른 사람들과 마찬가지로 약간의 단점은 있어. 그건 나도 인정해. 하지만 그 사람들은 모든 것을 너무 과장하고 있어.

키티, 이런 모욕과 조롱을 받고 내가 얼마나 치를 떨지 상상할 수 있겠니? 이 분노를 참고 견딜 수 있을지 나 자신도 알 수 없어. 언젠가는 폭발할 거야.

이 얘기는 이것으로 그만 하자. 싸움 이야기는 너도 지긋지긋할 거야. 그러나 나는 식탁에서 있었던 아주 재미있었던 토론에 대해 말해야겠구나. 우리는 이야기를 하는 동안 핌(아버지의 애칭)이 대단히 겸손하다는 것이 화제가 되었단다. 멍청한 사람들도 우리 아빠에 대해서만은 인정하나 봐. 그런데 갑자기 아주머니가 그러는 거야.

"나도 우리 남편보다는 겸손한 성격이랍니다."

어머나, 기막혀라! 이 말부터 아주머니가 얼마나 잘난 체하는 성격인지를 분명히 증명하고 있지 않니? 아저씨도 자기 말이 나온 이상 한마디 하지 않을 수 없었어.

"나는 겸손한 것은 싫어. 내 경험에 따르면 겸손은 어울리지 않아요."라고 말하고, 나를 보고 "안네, 내 말을 잘 들어요. 인간은 너무 겸손해선 안 돼요. 손해만 보게 되지." 하고 말하시는 거야.

엄마도 이 의견에 찬성했지만 아주머니는 예에 따라 자신의 의견을 덧붙였지. 아주머니의 다음 말은 아빠와 엄마에게로 돌려졌단다. 그녀는 이렇게 말하는 거야.

"당신들은 묘한 인생관을 갖고 있군요. 안네에게 그런 말을 하다니. 내가 어렸을 때는 전혀 그렇지 않았어요. 당신네 같은 현대적인 가정말고는 지금도 그럴 거라고 생각해요."

이것은 우리 엄마의 딸에 대한 교육을 정면에서 공격한 거지 뭐야. 아주머니는 흥분하여 얼굴이 새빨개졌단다. 엄마는 그와 반대로 참으로 냉정했고.

금방 얼굴을 붉히며 흥분하는 사람은 이런 때에 손해야. 엄마는 어디까지나 동요하지 않고 빨리 이 이야기를 끝내고 싶어서 조금 생각한 끝에 이렇게 말했어.

"저도 지나치게 겸손한 건 이롭지 못하다고 생각해요. 나의 남편이나 피터는 너무 겸손하고, 당신의 주인 양반과 당신 그리고 안네와 나는 그 반대라고까지는 할 수 없지만 그다지 내성적이 아니잖아요?"

"프랑크 부인, 나는 부인의 말을 납득할 수가 없군요. 내가 이처럼 겸손하고 내성적인데 당신은 어째서 그렇지 않다고 하시지요?"

"나는 뭐 당신이 정확히 나서기 좋아한다고는 하지 않았어요. 하지만 아무도 당신을 내성적인 성격이라고는 말하지 않을 거예요."

"문제를 분명히 하는 게 좋겠어요. 어째서 내가 나선다고 생각하시죠? 그렇다면 한 가지 있긴 해요. 그것은 나 자신의 일은 나 스스로가 걱정한다는 거예요. 그렇지 않으면 난 굶어 죽을 거예요."

이 엉뚱한 변명을 듣고 엄마가 웃음을 터뜨리자 아주머니는 짜증이 나서 독일어와 네덜란드어를 섞어 가며 마구 떠들어댔지만, 마침내는 혀가 굳어서 아무 말도 못하게 되었고, 마침내 의자에서 일어나 방을 나가려고 했어.

이때 갑자기 아주머니의 눈길이 내게 쏠렸지 뭐야. 너에게 그때의 아주머니 모습을 보여 주고 싶구나. 불행히도 난 그때 한심하다는 듯이 슬픈 표정으로 머리를 가로젓고 있었거든. 고의는 아니야. 이 대화를 끝까지 듣고 있었기 때문에 자연히 그렇게 되었던 거지. 이 것을 본 아주머니는 휙 돌아서서 천박한 독일어로 마구 퍼부어 댔어. 마치 얼굴이 붉은 천박한 생선 장수 같았다고. 놀라운 광경이었 단다. 어리석고 바보 같은 사람!

그러나 이것으로 한 가지를 배웠어. 남과 크게 싸울 때야말로 비로소 그 사람의 진정한 성격을 알 수 있다는 거야.

안네로부터

1942년 9월 29일 화요일

키티에게

숨어 사는 사람들에게는 이상한 일이 일어나는 법인가 봐. 욕조가 없기 때문에 우리는 빨래통을 이용하고 있어. 사무실에 더운물이 나오므로 우리 일곱 사람은 차례로 목욕을 즐길 수 있지. 내가 사무실 이라 부르는 것은 언제나 2층을 두고 하는 말이야.

그러나 우리는 서로 성격이 다르고, 조심스러운 사람과 그렇지 않은 사람이 있기 때문에 목욕하는 장소가 모두 다르단다. 피터는 문이 유리로 되어 있는데도 주방에서 해. 목욕하기 전에 우리에게 일일이, 30분 동안 주방을 지나다니지 말라고 부탁하며 돌아다니지.

그러면 안전하다고 생각하는 모양이야. 아저씨는 4층 자기 방에서 목욕해. 더운물을 나르기가 힘들지만 누구에게도 폐가 되지 않는 자기 방이 좋은 모양이야. 아주머니는 요즈음 전혀 목욕을 하지 않아. 어디가 가장 좋은 장소인가를 찾고 있는 것 같아. 아빠는 2층 전용 사무실에서, 엄마는 주방의 방화(放火) 철판 뒤에서 하시고, 나와 마르고트는 2층의 가장 큰 사무실을 골랐어. 거기는 토요일 오후에는 커튼이 쳐져 있으므로 어둑해서 목욕을 할 수 있거든.

하지만 이젠 거기가 싫어졌기 때문에 보다 좋은 장소를 찾고 있어. 피터가 큰 사무실의 화장실이 좋을 거라고 가르쳐 주었단다. 거기는 앉을 수도 있고 전등도 켤 수 있고 문을 잠글 수도 있으며, 사용한 목욕물을 쏟아 버리기에도 편리하고, 누가 엿볼 염려도 없으니까. 나는 일요일에야 비로소 이 훌륭한 욕탕을 시험해 봤어. 바보 같은 소리로 들리겠지만 여기가 가장 좋은 장소라고 생각해. 지난 주일 파이프공이 2층에 와서 배수관과 수도관을 화장실에서 복도로 옮겼단다. 겨울에 파이프가 어는 것을 막기 위해서야. 파이프공이 왔기 때문에 불쾌한 일이 일어났어. 온종일 물이 나오지 않을 뿐더러 화장실에도 갈 수 없었기 때문이지. 이 곤란을 어떻게 극복했는지 이야기하는 것은 점잖지 못한 일이지만, 난 원래 그런 사람이니까 이야기 못할 것도 없지.

이곳에 파이프공이 온 첫날, 나와 아빠는 요강을 마련했단다. 적당한 것이 없었기 때문에 유리 항아리를 희생시켰지. 파이프공이 와 있는 동안 거실에서 이 항아리를 사용했는데, 이것보다도 말하지 않고 하루 종일 가만히 있는 편이 더 괴로웠어. 나 같은 수다쟁이에게 말을 하지 않고 있는 것이 얼마나 괴로운 일인지 상상해 봐. 여느 때도 속삭이듯 말해야 하지만, 말을 할 수도 움직일 수도 없는 것은 그 열 배나 고통스러운 일이야. 3일 동안을 계속 가만히 앉아만 있었으므로 엉덩이가 뻣뻣해져 아프기 시작했어. 잠들기 전에 체조를 했더니 조금 좋아졌어.

　안네로부터

1942년 10월 1일 목요일

　어제는 놀라운 일이 있었단다. 8시에 갑자기 벨이 요란하게 울렸던 거야. 물론 나는 누가 온 줄로 알았어. 내가 누구를 의미하는지 너는 상상할 수 있지? 그러나 모두 아이들의 장난이거나 우체부일 것이라고 말했기 때문에 나는 얼마쯤 마음이 가라앉았어.

　이곳의 생활은 차츰 조용해졌어. 레윈이라는 몸집이 자그마한 유태인 약제사가 크라이렐 씨 밑에서 일하고 있는데, 이 남자는 건물의 구석구석까지 알고 있기 때문에 예전의 실험실을 들여다보려고 하지나 않을까 하고 우리는 늘 마음이 조마조마한단다. 나는 생쥐처럼 조용히 지내고 있어. 이 말괄량이 안네가 몇 시간이나 꼼짝 않고 있어야 하다니. 아니, 꼼짝하지 않고 있을 수 있다고 3개월 전에는 누가 상상이나 했겠어?

　23일은 아주머니의 생일이었어. 물론 요란한 축하는 할 수 없었지만 아주머니의 방에서 조촐한 파티를 열고, 특별 요리를 만들고, 아주머니에게 약간의 선물과 꽃을 드렸단다. 아저씨는 빨간 카네이션을 선사했고. 이것이 아저씨 댁의 습관인 듯해. 또 잠시 아주머니 이야기를 해야겠구나. 아주머니가 우리 아빠를 대하는 태도가 난 자꾸 신경 쓰여. 아주머니는 아빠의 수염이나 얼굴을 만지고, 자기의 스커트를 살짝 들어올리고, 자기 딴은 기발하다고 생각되는 문구를 말해서 핌의 주의를 끌려고 해. 그러나 다행스럽게도 아빠는 아주머니를 전혀 매력적이라거나 우습다고 생각지 않기 때문에 상대가 되지를 않아. 우리 엄마는 팬 던 아저씨에게 결코 그런 태도를 취하지 않는데 말야. 나는 아주머니에게 직접 그렇게 말해 주었어.

피터는 가끔 자기 보금자리에서 기어 나오는데, 그럴 때면 무척 재미있는 일도 있어. 나와 피터는 한 가지 공통점이 있단다. 그것은 분장(扮裝)을 좋아한다는 거야. 피터가 아주머니의 통이 좁은 드레스를 입고 여자 모자를 썼단다. 그리고 내가 그의 옷을 입고 남자 모자를 썼더니 어른들은 배꼽을 잡고 웃었을 뿐 아니라 우리도 즐거웠어. 엘리는 마르고트와 나를 위하여 바이젠콜프 백화점에서 새 스커트를 사다 주었어. 형편없는 옷감인데도 값은 놀랍게도 마르고트의 것이 24플로린, 내 것이 7플로린이나 돼. 전쟁 전과 비교해서 엄청나게 올랐어.

또 하나 특별 뉴스가 있단다.

엘리는 어느 비서 양성학교에 편지를 내어 마르고트와 나와 피터를 위해 속기 통신 강좌를 신청했대. 내년까지 우리 세 사람이 어느 정도나 속기의 명수가 될지 즐거운 마음으로 기대하라고. 아무튼 속기를 익힌다는 것은 대단히 중요한 일이야.

안네로부터

1942년 10월 3일 토요일

키티에게

어제 또 한바탕 소동이 있었어. 엄마는 내게 대단히 화가 나서, 아빠에게 내 욕을 마구 늘어놓으셨어. 그러고는 엉엉 우셨지. 나도 물론 울고 말았어. 아무튼 나는 갑자기 머리가 아파졌단다. 나중에 아빠에게 엄마보다 아빠가 훨씬 좋다고 말했더니 아빠는 이제 곧 괜찮아질 거라고 대답했어. 하지만 나는 그렇게 생각하지 않아. 나는 엄마에게는 그저 꾹 참고 있을 수밖에 없어. 아빠는 나에게, 엄마가 기분이 언짢다거나 머리가 아프다고 말할 때는 자진해서 도와 드리라고 말했지만 난 그러기도 싫어.

나는 프랑스어를 열심히 공부하는 중이야. 『라 벨 니베르네이즈』를 읽고 있어.

안네로부터

1942년 10월 9일 금요일

키티에게

오늘은 우울한 뉴스를 알려야겠다. 많은 유태인 친구들이 한꺼번에 열 명, 열다섯 명씩 끌려가고 있어. 이들은 게슈타포로부터 털끝만한 동정도 없이 구박을 받으며 가축용 트럭에 실려 드렌테에 있는 가장 큰 유태인 수용소 베스테르부르크로 실려 가고 있어. 베스테르부르크라는 말만 들어도 소름이 끼쳐. 씻을 수 있는 곳이 1백 명당 한 군데뿐이고 화장실 시설도 형편없대. 분리 수용도 시키지 않아서 남자도 여자도 아이들도 한곳에 뒤섞여 있으며, 부도덕한 일이 일어나서 많은 여자들과 심지어 어린 소녀까지도 임신을 하게 된다는구나.

탈출도 불가능하대. 거기 수용된 사람은 대부분 머리를 깎였고, 또 많은 사람들이 유태인 특유의 얼굴을 하고 있으므로 금방 알아볼 수 있기 때문이야. 네덜란드에서조차 이렇게 심하니 멀리 미개한 지역으로 보내지면 어느 정도일까? 내 생각엔 대부분 살해되었을 것 같아. 영국의 방송은 사람들이 독가스로 살해되고 있다고 말해.

독가스가 가장 빨리 죽이는 방법이겠지. 나는 속이 뒤집힐 것 같아. 미프가 이 무서운 이야기를 할 때, 나는 듣지 않으려고 하면서도 듣지 않을 수가 없었어. 미프도 나와 마찬가지로 흥분하고 있었어. 아주 최근의 일인데, 가난하고 늙은 불구자인 유태인 여자가 자기네 집 문앞에 앉아 있었대. 게슈타포가 거기서 기다리라고 했다는 거야. 게슈타포는 그녀를 데려갈 차를 가지러 갔는데도 말이야. 이 가엾은 노파는 공중의 영국 비행기가 내는 소리와 눈부신 서치라이트에 겁을 먹고 떨면서 하라는 대로 거기에 가만히 앉아 있었대. 미프도 노파를 안으로 들어오라고 하지 않았대. 누구든 그런 위험한 짓은 하지 않아. 그런 짓을 했다가는 독일군이 사정없이 후려치기 때문이야.

엘리도 아주 말수가 적어졌어. 그녀의 남자 친구인 딜크가 독일로 끌려갔기 때문이야. 엘리는 연합군 비행기가 딜크의 머리 위에 1백만 킬로그램의 폭탄을 떨어뜨릴까 봐 겁을 내고 있단다. "한 사람에게 1백만 킬로그램의 폭탄은 떨어지지 않아요."라든가 "한 방만 맞

으면 끝장이지 뭐." 하는 따위의 짓궂은 농담도 오간단다. 물론 끌려
간 것은 딜크만이 아니야. 날마다 수많은 젊은이들이 여러 대의 기
차에 가득 실려서 끌려가. 기차가 도중의 작은 역에 섰을 때를 틈타
도망치는 사람도 있어. 그러나 몇 사람이나 성공할까? 언짢은 뉴스
는 이것만이 아니야. 너는 인질(人質)이라는 말을 들어 본 적이 있니?
이것이 파괴 행위에 대한 최근의 처벌 방법이래. 이처럼 무서운 일
을 상상이나 할 수 있겠니?

무고한 저명 인사들도 감옥에 갇혀 운명의 날을 기다리고 있어.
만일 파괴 행위의 범인이 발견되지 않으면 게슈타포는 약 다섯 명의
인질을 그야말로 간단히 총살해 버려.

이러한 사람들의 사망이 가끔 신문에 발표되지만, 이처럼 무도하
게 죽여 놓고도 '사고에 의한 사망'이라고 씌어진단다. 독일인이란
어쩌면 이렇게도 훌륭한 국민일까! 나도 옛날에는 독일 국민의 한
사람이었다고 생각하니 한심해진다. 히틀러는 오래전에 우리들 유태
인으로부터 국적을 빼앗아 버렸어. 독일인과 유태인은 이 세상에서
가장 큰 적이야.

안네로부터

1942년 10월 16일 금요일
키티에게

오늘은 몹시 바빠. 『라 벨 니베르네이즈』를 한 장 번역하고 새로
운 낱말을 노트에 적었어. 이제부터 하기 싫은 수학 문제 하나와 프

랑스어 문법을 3페이지 해야 해. 날마다 수학을 공부하는 것은 정말 지긋지긋해. 아빠도 수학은 싫다고 말했어. 나도 아빠도 수학은 그다지 잘하지 못하기 때문에 가끔 마르고트의 도움을 받아야 하지만, 그래도 아빠보다는 내가 잘하는 편이란다. 속기는 내가 세 사람 중에서 가장 잘해.

이제 『더 에솔트』를 다 읽었어. 아주 재미있지만 『조프텔 호일』보다는 못해. 정말 시시팬 마르크스펠트는 일류 작가야. 나는 내 아이에게는 반드시 그녀의 작품을 읽게 하겠어. 엄마와 마르고트와 나, 세 사람은 다시 아주 사이가 좋아졌단다. 이러는 편이 훨씬 낫지. 어젯밤에는 마르고트와 함께 잤는데 비좁았지만 즐거웠어. 마르고트는 내게 일기를 읽어도 괜찮겠느냐고 물었어. 나는 "좋아, 조금은."이라고 말하고, 그녀의 일기도 읽게 해주겠냐고 물었더니 좋다고 승낙했어. 그리고 둘이서 앞날에 대한 이야기를 했단다. 마르고트에게 앞으로 무엇이 되고 싶으냐고 물었지만, 비밀이라며 대답하지 않았어. 아마도 그녀는 학교 선생이 되고 싶을 거라고 나는 상상했단다. 잘은 모르지만 그런 생각이 들거든. 아무튼 지나친 호기심은 좋지 않아.

오늘 아침 나는 피터를 그의 침대에서 쫓아내고 거기서 잤어. 그는 매우 화를 냈지만 그런 것쯤 문제도 아니지. 그는 나를 좀더 상냥하게 대해도 좋을 거야. 어제 그에게 사과를 한 개 주었으니까.

마르고트에게 내가 못생겼느냐고 물었더니, 아주 매력적이고 예쁘대. 뭔가 막연한 말 같지? 그럼, 다음에 또.

안네로부터

1942년 10월 20일 화요일

키티에게

몹시 놀라서 두 시간이나 지났는데도 아직 손이 떨려. 집안에 소화기(消火器)가 다섯 개 있는데 누군가가 그 속에 약을 채우러 오게 되어 있는 것을 알고 있었지만, 아무도 우리에게 목수나 누가 언제 올 것인가를 미리 알려 주지 않았어.

그래서 내가 책장으로 카무플라주한 우리의 입구 저쪽 층계참에서 나는 망치 소리를 듣기까지는 아무도 조용히 있으려고 하지 않았단다. 나는 곧 목수가 온 것이라고 생각하고, 우리와 함께 식사를 하던 엘리에게 아래로 내려가선 안 된다고 주의를 주었어. 아빠와 나는 와 있던 사람이 갔는지를 확인하기 위해 문 곁에 지키고 서서 귀를 기울이고 있었어. 15분쯤 일을 하고 나서 그 사람은 망치와 다른 도구를 벽장 위에 올려놓고 — 우리는 그렇게 짐작했었음 — 이윽고 문을 두드리는 거야. 우리들은 파랗게 질려 버렸어. 아마 그 사람은 뭔가 소리를 듣고 우리의 은신처를 조사하려는 것 같았어. 아무래도 그랬던 것 같아. 잠시 문을 두드리기도 하고 당기기도 하고 밀기도 하고 손잡이를 틀기도 했어. 나는 이 낯선 사람이 우리의 훌륭한 은신처를 발견할지도 모른다고 생각하자 기절할 것 같았어. 마침내 마지막이 왔다고 생각한 순간 "문을 열어 줘요. 나입니다." 하는 코프하이스 씨의 목소리가 들렸어. 우리는 곧 문을 열었지. 비밀을 알고 있는 사람이라면 문제없이 벗길 수 있는, 책장을 눌러 두는 고리가 잠겨서 열 수 없었던 거야. 그래서 아무도 목수가 온다는 소식을 전

60

하지 못했던 거고. 일을 하러 왔던 사람은 이미 아래로 내려갔으므로 코프하이스 씨가 엘리를 데리러 왔는데 문이 열리지 않았던 거야. 나는 정말로 안도의 한숨을 쉬었단다. 밖에 있는 사람이 누군지 몰라서 떨고 있을 때 내 상상 속에는 그의 몸이 점점 커져서 거인이 되고 이 세상에서 제일 큰 파시스트로 변해 갔었어.

아아, 천만다행으로 이제 다 잘됐어. 월요일에는 아주 재미있었단다. 미프와 헹크가 여기서 잤어. 나와 마르고트는 그날 밤 아빠 방에서 자고, 우리들의 방은 미프 부부에게 내주었어. 저녁 식사는 무척 맛이 좋았지만, 식사 중에 아빠 방의 전등 퓨즈가 끊어졌기 때문에 갑자기 사방이 깜깜해져 버렸어. 집에 퓨즈가 조금 있었지만 퓨즈 박스가 있는 장소가 어두운 광 뒤였어. 밤이었기 때문에 전선에 손대는 게 쉬운 일이 아니었지만 남자들이 애를 써서 10분 뒤에는 불을 켤 수가 있었어.

아침에 일찍 일어났단다. 헹크는 8시 반에 떠나야만 했거든. 즐거운 아침 식사를 마치고 나서 미프는 아래로 내려갔어. 밖에는 비가 몹시 내리고 있었는데, 미프는 자전거로 사무실에 나올 필요가 없게 되어서 기쁘다고 했어. 다음 주일에는 엘리가 자러 올 거야.

안네로부터

1942년 10월 29일 목요일
키티에게
아빠가 몸이 편찮으셔서 걱정이야. 열이 많고, 빨간 발진(發疹)이

돈았어. 아무래도 홍역 같아. 의사도 부를 수 없다니! 엄마는 아빠가 땀을 흘리시도록 했어. 그렇게 하면 아마 열이 내리겠지.

아침에 미프가 말하기를 팬 던네의 가구들을 옮겨갔다고 해. 아주머니에게는 아직 알리지 않았단다. 그녀는 그렇잖아도 말이 많은 사람인데, 집에 남기고 온 고운 도자기며 훌륭한 의자 등으로 해서 또 자꾸만 불평을 늘어놓는다면 야단이거든. 우리도 좋은 것은 거의 다 두고 왔지만 이제 와서 한탄한들 어쩌겠니?

나는 요즈음 어른들의 책을 좀더 읽어도 좋다는 허락을 받았어. 지금은 니코펜 스크테렌의 『에바의 청춘』을 읽고 있는데, 여학생의 사랑 이야기와 그다지 다를 바가 없다고 생각해. 하긴 뒷골목에서 낯 모르는 남자에게 몸을 파는 여자의 이야기가 조금 쓰여 있기는 해. 그 대가로 돈을 요구하는 거야. 내가 그런 처지가 되면 부끄러워서 죽어 버릴 거야. 그리고 에바에게 월경이 있다는 이야기가 쓰여 있었어. 아아, 나도 빨리 그렇게 되고 싶어. 그것은 여자에게는 매우 중요한 일이라고 생각되거든.

아빠는 큰 책장에서 괴테와 실러의 희곡을 꺼내 와서 밤마다 내게 읽어 주시기로 했어. 먼저 『돈 카를로스』부터 시작했단다.

아빠의 그런 모습을 보고 엄마는 나에게 자기의 기도서를 억지로 주었단다. 나는 체면상 독일어로 된 기도문을 조금 읽었어. 확실히 아름다운 문장이기는 하지만 내 마음을 그다지 감동시키는 것은 없단다. 엄마는 어째서 나에게 신앙을 강요하는 것일까? 다만 자신을 만족시키기 위해서라고밖에는 생각되지 않아.

내일은 처음으로 불을 피울 거야. 틀림없이 연기 때문에 숨이 막힐 거야. 굴뚝은 여러 해 동안 사용하지 않았대. 안이 막히지 않았으면 좋으련만.

　안네로부터

1942년 11월 7일 토요일

키티에게

　엄마는 매우 초조해하고 있어. 그것은 곧 내게 영향을 미치지. 엄마도 아빠도 마르고트는 나무라지 않으면서, 뭐든지 좋지 않은 일은 내 탓으로 돌리는데 과연 우연일까? 어젯저녁 일만 해도 그래. 마르고트는 예쁜 그림이 들어 있는 책을 읽고 있었는데, 별안간 벌떡 일어나 나중에 계속해서 읽을 수 있도록 책을 제자리에 두고 아래로 내려갔어. 그때 나는 아무것도 하지 않고 있었기 때문에 그 책을 집어 들어 그림을 보기 시작했어. 마르고트는 돌아와서 내가 책을 들고 있는 것을 보자, 이맛살을 찌푸리며 책을 내놓으라고 하는 거야. 내가 조금만 더 보고 주겠다니까 마르고트는 마구 화를 냈어. 그러자 엄마가 마르고트의 편을 들어서 “마르고트가 그 책을 읽고 있었으니까 돌려줘라.” 하시는 거야. 이때 아빠가 방으로 들어오셨어. 아빠는 사정도 모르면서 마르고트의 화난 얼굴을 보자 “마르고트가 만일 너의 책을 빼앗았다면 어떻게 했을까?” 하고 나를 꾸짖었어. 나는 곧 체념하여 책을 놓고 방을 나왔어. 모두들 내가 화가 났다고 생각하겠지만 나는 오히려 비참한 기분이야. 아빠가 싸움의 원인도 모르면서 판단을 내리는 것은 잘못된 거야. 나는 만일 엄마와 아빠가 참견을 하지 않았더라면 좀더 일찍 마르고트에게 자진해서 책을 돌려주었을 거야. 아빠도 엄마도 마르고트가 마치 뭔가 크게 옳지 못한 일의 희생자이기라도 한 듯이 곧 마르고트를 편들었기 때문에 나는 슬펐던 거야.

엄마가 마르고트를 편드는 것은 뻔한 일이야. 두 사람은 언제나 서로 감싸 준단다. 나는 그것에 익숙하기 때문에 엄마의 잔소리나 마르고트의 기분 따위엔 신경도 쓰지 않아.

나는 두 사람을 사랑하고 있지만 그건 엄마와 언니이기 때문일 거야. 아빠는 달라. 만일 아빠가 마르고트를 착한 아이의 본보기라고 말하고 그녀가 한 일을 칭찬하며 그녀를 포옹하거나 하면, 나는 뭔가 온몸이 찢기는 듯한 아픔을 느낄 거야. 나는 아빠를 뜨겁게 사랑하고 있기 때문이야. 아빠는 내가 존경하는 오직 한 사람이야. 나는 이 세상에서 아빠말고는 아무도 사랑하지 않아. 아빠는 자신이 마르고트와 나를 차별하고 있음을 못 느끼셔.

마르고트는 이 세상에서 가장 예쁘고 가장 귀여운 여자 아이일는지도 모르지만, 나도 그만한 대접을 받을 권리가 있다고 생각해. 나는 언제나 우리 집에서 잘못만 하는 바보로 취급받아 왔어. 나는 무엇을 해도 처음에는 언제나 꾸중을 듣고 기분이 상하기 때문에 같은 일을 해도 언니의 두 배나 힘이 들어. 나는 이제 차별 대우를 더 이상 참을 수 없어. 나는 아빠가 나에게 줄 수 없는 무엇인가를 아빠에게 바라고 있나 봐. 나는 마르고트를 질투하지 않아. 이제까지도 질투한 적은 없어. 마르고트의 아름다움도 부럽지 않아. 내가 바라는 건 아빠의 사랑뿐이야. 아빠의 딸로서뿐 아니라 안네라는 나 자신으로서 사랑을 받고 싶어.

내가 아빠에게 매달리는 것은 아빠가 있음으로써 가족적인 분위기를 느낄 수 있기 때문인데, 아빠는 내가 엄마에 대한 불만을 가끔 해소해야 한다는 걸 이해 못하셔. 아빠는 그것에 대해 이야기하는 것도 싫어하셔. 아빠는 엄마의 결점에 대한 이야기는 일체 피하려고 해. 내 입장에서 보면 엄마의 결점은 도저히 참기 힘들어. 내가 이것을 내 가슴속에만 담아 둘 수 있겠니? 그렇다고 해서 엄마의 야무지지 못한 점이며 짓궂음이며 박정한 점 등을 끊임없이 충고할 수도 없지. 나는 언제나 내가 틀렸다고는 생각지 않아.

나와 엄마는 모든 것이 정반대이므로 충돌하는 것은 당연하지. 엄마의 성격을 비판하고 싶지 않아. 엄마를 엄마로서만 볼 뿐인데 내게 엄마 노릇을 잘 못해 주고 있는 거야. 결국 나는 나 스스로 나의 어머니가 되어야 한단다. 나는 우리 가족들로부터 고립되어 있어. 나는 나 스스로가 내 운명의 배의 선장과도 같은 거지. 어디에 닿을 것인지는 두고 봐야지. 이런 생각을 하는 것은 내 마음속으로 생각하는 훌륭한 엄마와 아내의 상이 있기 때문이야. 그런데 내가 '어머니'라고 부르는 사람에게서는 그런 모습의 흔적도 찾을 수가 없구나.

나는 언제나 엄마의 나쁜 점만을 보지 않기로 하고, 좋은 면만을 보고 엄마에게 없는 것을 나 자신에게서 찾아내려고 생각하고 있어. 하지만 그게 도무지 쉽지가 않구나. 더 나쁜 것은 엄마 아빠가 이런 고통을 몰라준다는 거야. 이것은 공평치 못해. 하느님이 날 시험하는 거란 생각이 들 때도 있어. 나는 본보기도 없이 충고도 받지 못하고, 스스로의 노력으로 훌륭한 인간이 되어야만 한다고. 그렇게 하면 나는 보다 강해지겠지. 나 이외에 이 일기를 읽는 사람이 있을까? 나말고 누구에게서 나는 위로를 받을 수 있을까? 나는 가끔 위안을 필요로 할 때, 자신이 약한 것을 통감하고 나 자신에게 불만을 느껴. 나는 너무도 결점이 많은 인간이야. 나는 이것을 알고 있으므로 매일매일 더 나은 사람이 되기 위해 노력하고 있단다.

나를 다루는 방법은 그날그날에 따라 매우 다르단다. 어느 날은 안네는 퍽 영리하다면서 무엇이든지 가르침을 받지만, 다음날이 되면 안네는 책에서 여러 가지 훌륭한 것들을 배웠다고 생각하고 있으나 사실은 아무것도 모르는 바보라는 말을 듣는단다. 나는 이미 어린아이도 아니고 웃음거리 응석받이도 아니란다. 아직 말로는 표현할 수 없지만 나 자신의 이상도, 계획도, 의견도 갖고 있지. 나의 심정을 잘 이해하지 못하는 사람들에게는 정말 넌더리가 나는구나. 이런 사람들을 참고 견뎌야만 한다고 생각하면, 나는 침대에 눕기만 해도 불만들이 부글부글 끓어.

그러다가 마침내는 일기장을 찾게 되지. 너는 참을성이 있으니까 끝까지 내 말을 들어주겠지? 난 절대 울지 않고 모든 일을 참으며 그 속에서 나의 길을 찾겠다고 너에게 약속할게. 나는 가끔 내가 노력한 결과를 보고, 누군가 나를 사랑하는 사람으로부터의 격려가 그리워. 나를 나무라지 마. 나도 때로는 폭발할 때가 있다는 것을 이해해 줘.

안네로부터

1942년 11월 9일 월요일

키티에게

어제는 피터의 열여섯 번째 생일이었단다. 그가 받은 선물 속에는 모노폴리 게임 도구와 면도기, 라이터 등이 있었어. 그는 허세만 부릴 뿐 정말은 담배를 피우지 않아.

오후 1시, 팬 던 아저씨가 큰 뉴스를 전해 주었어. 영국군이 튀니스와 알제리, 카사블랑카, 오랑에 상륙했다고 해. "이것은 종말의 시작이다."라고 모두가 말했지만, 영국에서 같은 뉴스를 들은 처칠 수상은 "이것은 종말이 아니다. 종말의 시작도 아니다. 아마 시작의 종말일 것이다."라고 딴소리만 해. 너는 무엇이 다른지 알겠어? 아무튼 낙관해도 좋을 상황이 되었어. 석 달째 전쟁을 계속하고 있는 소련의 스탈린 그라드는 아직도 독일군에 함락되지 않고 있단다.

그러나 우리들의 은신처에 대해서 말한다면, 식량 이야기를 하지 않을 수 없구나. 너도 알고 있듯이 4층에는 식성 좋은 돼지들이 살고 있지. 코프하이스 씨의 친구에게서 빵을 구해 오고 있단다. 전처럼 많이 살 수 없다는 것은 당연하지. 그러나 그런대로 충분하단다. 우린 암시장에서 배급 카드 넉 장을 샀어. 값은 날로 오르고 있어서 지금은 27플로린에서 33플로린이나 된대. 그까짓 종이 한 장이. 지금 갖고 있는 야채 통조림 150캔 외에 뭔가 오래갈 만한 것을 저장하려고, 말린 완두콩과 누에콩을 270파운드어치나 샀어. 모두 다 우리를 위한 것은 아니며, 일부는 사무실 사람들의 것이야. 콩은 자루에 넣어서 비밀문 안쪽 복도의 못에 걸어 두었으나, 무거워서 자루가 터졌기 때문에 다락방에 두는 편이 좋겠다고 하여 피터가 자루를 위로 끌어올리는 일을 맡았어.

피터는 다섯 개까지는 무사히 끌어올렸지만, 마지막 자루를 끌어올릴 때 자루 밑바닥의 꿰맨 부분이 터져서 완두콩이 소나기처럼 — 아니, 그야말로 우박 섞인 폭풍우 같은 기세로 — 층계에서 쏟아져 내렸단다. 자루에는 약 50파운드의 콩이 들어 있었기 때문에 그 소리는 죽은 사람도 깨어날 만큼 굉장한 것이었어. 아래층에 있던 사람들은 이 낡은 건물이 무너져 내리는 줄 알았대. 집안에 낯선 사람이 없었기에 다행이었지. 그 순간 피터는 몹시 놀랐지만, 층계 아래 콩의 바닷속에 작은 섬처럼 서 있는 나를 보자 위층에서 크게 웃음을 터뜨리는 거야! 콩들이 내 발목까지 차올랐거든. 모두들 곧 콩을 줍기 시작했지만, 콩은 미끄러운 데다 작아서 저쪽 구석 이쪽 구멍으로 굴러 들어가 좀처럼 쉽게 주울 수가 없었단다. 지금도 누구든 아래로 갈 때마다 허리를 굽혀 줍다 남은 콩을 한 움큼씩 주워서는 팬 던 아주머니에게로 가져간단다.

깜빡 잊고 아빠가 나았다는 얘길 빼먹었구나.

안네로부터

추신 : 방금 라디오에서 알제리가 함락되었다는 소식을 전해 주었

어. 모로코, 카사블랑카, 오랑은 이미 며칠 전에 영국군이 장악했어. 이번에는 튀니스 차례야.

1942년 11월 10일 화요일

키티에게

기쁜 소식이야. 우린 여덟 번째의 가족을 맞게 되었단다. 정말이야. 우리는 언제나 한 사람분의 식량과 장소가 여유 있다고 생각하고 있었거든. 다만 우리는 코프하이스 씨나 크라이렐 씨에게 더 이상 수고를 끼치고 싶지 않았을 뿐이야. 하지만 밖에서 들리는 유태인 소식이 너무 잔인해서 아빠가 그 두 분에게 의논했더니 좋은 생각이라고 하셨다는 거야. "일곱이 여덟이 되어도 위험하기는 마찬가지죠."라고 하면서. 정말 그래. 이것이 결정되자 우리의 가족과 잘 어울릴 만한 독신자를 염두에 두고 친구들 사이에서 물색해 봤어. 어려운 일은 아니었어. 아빠는 팬 던네의 친척은 모두 거절했어. 그리고 마지막으로 알베르트 뒤셀이라는 치과 의사를 선택했어. 그의 부인은 다행스럽게도 전쟁이 일어났을 때 외국에 가 있었대. 그는 온순한 사람으로 우리나 팬 던 아저씨가 적당한 교제를 통해 판단한 바 우리 두 가족과 마음이 맞을 사람으로 생각되었단다. 미프는 이 사람을 알고 있으니까 모든 것을 잘 주선해 줄 거야. 만일 그 사람이 오면 내 방의 마르고트 자리에서 자야 돼. 마르고트는 캠프용 침대를 쓰게 될 거야.

안네로부터

1942년 11월 12일 목요일

키티에게

뒤셀 씨는 미프에게서 숨을 곳이 있다는 이야기를 듣고 몹시 기뻐
했대. 미프는 그에게 될 수 있는 대로 빠른 게 좋으니까 토요일에 가
자고 했지만 그는 진료 카드를 정리하고 환자를 두세 명 진찰하고,
여기저기의 계산을 끝내야 하므로 토요일은 좀 어렵겠다고 말했대.
미프는 오늘 아침에 이 소식을 전해 왔어. 우리는 우물쭈물하는 것
은 현명하지 않은 일이라고 생각해. 그런 준비를 한다면 눈치챌 사
람이 있을지 모르니까. 미프가 토요일에 올 수 없는지 그에게 다시
묻기로 되어 있어.

뒤셀 씨는 도저히 안 된다면서 월요일에 오겠대. 이처럼 좋은 조
건에 선뜻 덤벼들지 않는 것은 좀 이상하다고 생각돼. 만일 거리에
서 붙잡히면, 진료 카드를 정리하거나 계산을 끝낼 수가 있을까? 그
렇다면 무엇 때문에 늦추는 것일까? 아빠가 그렇게 하라고 한 것은
바보짓이야. 이 밖에 다른 소식은 없구나.

안네로부터

1942년 11월 17일 화요일

키티에게

마침내 뒤셀 씨가 왔단다. 모든 것이 잘되었어. 그 상황을 간단히
이야기할게. 미프가 그에게 11시에 우체국 앞에서 기다리면 어떤 남
자가 나갈 거라고 했어. 뒤셀 씨는 지정된 장소에 시간 맞추어 나와

있었어. 그를 알고 있는 코프하이스 씨가 다가가, 마중 올 사람이 못 오게 되었는데 사무실로 가서 미프를 만나는 게 좋을 것이라고 말하고, 전차를 타고 사무실로 돌아왔대.

뒤셀 씨는 전차를 탈 수 없기 때문에 걸어서 왔어. 11시 20분쯤 그는 사무실에 도착했고, 미프는 그의 노란 별표가 남의 눈에 띄지 않게 하기 위해서 그를 도와 외투를 벗겨 주고 그를 전용 사무실로 안내했어. 거기서 코프하이스 씨는 청소부가 갈 때까지 그와 잡담을 하고 있었고. 청소부가 돌아가자, 미프는 전용 사무실이 다른 일로 필요하기 때문이라는 구실로 뒤셀 씨를 데리고 3층으로 올라가 예의 그 비밀 책장을 밀치고 깜짝 놀라는 그를 모르는 척하며 안으로 들어왔단다. 그리고 그에게도 빨리 들어오라고 손짓했어.

이때 우리는 모두 팬 던네 방에서 새로 오는 사람을 환영하기 위해 커피와 코냑을 준비해 놓고, 테이블에 둘러앉아 기다리고 있었지. 미프는 그를 먼저 우리의 거실로 안내했단다. 그는 곧 가구가 우리 것임을 알았지만, 우리가 바로 위층에 있으리라고는 꿈에도 생각지 못한 거야. 미프가 그 이야기를 하자 그는 몹시 놀랐지만, 미프는 지체하지 않고 그를 위층의 우리가 있는 방으로 데리고 왔어. 뒤셀 씨는 마음이 가라앉기를 기다리기라도 하는 듯이 가만히 의자에 앉은 채, 잠시 우리의 얼굴을 둘러보고 조금 뒤 "그런데, 그렇다면 당신네들은 벨기에로 간 것이 아니었습니까…… 독일 군인은 오지 않았나요…… 결국 용케 달아나지를 못한 것이로군요." 하고 더듬거리며 말했어. 그래서 우리는 군인이나 자동차 이야기는 사람들, 특히 독일군을 속이기 위해 일부러 퍼뜨린 것이라고 그에게 모두 털어놓았단다. 뒤셀 씨는 우리의 작전에 새삼 놀랐으며, 은신처의 내부 이야기를 듣자 단순한 실용에 알맞은 이상으로 잘되어 있는 데 감탄하며 말없이 주위를 둘러볼 뿐이었어.

다 함께 점심을 마치고 나서 뒤셀 씨는 잠시 낮잠을 잤는데, 차 마시는 시간에는 일어나서 우리들 틈에 끼었으며, 미프가 가져다 놓았던 자기의 짐을 정리했어. 그는 차츰 마음이 가라앉았으며 특히 '은신처의 규칙'이라는 타이프 친 종이를 받아 보았을 때는 훨씬 마음이 놓인 눈치였어. 이 규칙은 팬 던 아저씨가 작성한 것으로 다음과 같이 쓰여 있단다.

은신처의 취지 및 안내

유태인 임시 주거지로서의 특별 시설. 연중 무휴. 암스테르담의 중심지에 있으며, 아름답고 한적함. 13번 및 17번 전차 또는 자동차, 자전거로도 올 수 있음. 독일군이 교통 수단의 사용을 금하는 경우는 걸어서도 올 수 있음.

방값, 식사는 일체 무료.

특별 체중 조절 식단.

화장실 및 벽 안팎에 수도가 통해 있음. 단, 욕조는 없음.

모든 짐을 보관할 만한 장소 있음.

독립 라디오 센터 있음. 런던, 뉴욕, 텔아비브 등지의 여러 방송을 직접 수신할 수 있음. 라디오는 오후 6시 이후 은신처 거주자의 전용임. 어느 방송을 듣거나 상관없지만 독일 방송은 고전 음악 등 특별한 것에 한함.

휴식 시간 : 저녁 10시부터 아침 7시 반까지. 단, 일요일은 오전 10시 15분까지. 거주자는 상황이 허락하는 한 지휘자의 지시에 따라 낮에도 휴식을 취할 수 있음. 공공(公共)의 안전을 위해 휴식 시간을 엄수할 것!

휴일 : 옥외에서의 휴일은 무기한 연기.

언어 : 언제나 조용히 이야기할 것. 이것은 명령이다! 문명국의 언어는 무엇을 사용해도 상관없음. 그러나 독일어 사용은 금함!

학과 : 주 1회 속기 강의 있음. 영어, 프랑스어, 수학, 역사 수업은 매일 있음.

애완용 동물 : 허가를 요함. 우대함. 단, 빈대, 이 종류는 거절함.

식사 : 아침은 일요일과 은행 휴일을 빼고 오전 9시, 일요일과 은행 휴일에는 오전 11시 반 무렵. 점심(간소함)은 오후 1시 15분부터 45분까지. 저녁은 라디오 방송에 따라 시간이 일정하지 않음. 저녁에는 찬 것 또는 따뜻한 것, 또는 양쪽이 다 나오는 경우도 있음.

의무 : 거주자는 언제나 단체 행동에 협조할 준비를 하고 있을 것.

목욕 : 일요일 오전 9시부터 거주자는 목욕을 위해 빨래통을 사용할 수 있음. 화장실, 주방, 2층의 전용 사무실, 그 밖의 어디서든 취향에 맞는 곳에서.

알코올 음료 : 의사가 허가하는 경우에 한함. 이상.

안네로부터

1942년 11월 19일 목요일

키티에게

뒤셀 씨는 모두가 상상했던 대로 아주 좋은 분이셔. 물론 그는 우리의 작은 방에서 함께 지낼 것을 동의했어. 솔직히 말해서 나는 남에게 내 물건을 쓰게 하는 것은 그다지 기분 좋지 않지만, 좋은 일을 위해서는 누구든 조금은 희생을 각오해야겠지. 그러므로 나는 기꺼이 작은 봉사를 하기로 했어. 아빠는 "한 인간을 구할 수 있다면 아무리 소중한 것이라도 아무것도 아니야."라고 말씀하셨거든. 정말 아빠의 말씀이 맞아.

뒤셀 씨는 여기 온 첫날, 나에게 곧 여러 가지를 물어 보는 거야. 청소부는 언제 오며 욕실은 언제 사용할 수 있으며 화장실은 언제 사용할 수 있는가 등등. 너는 웃을지 모르지만 이러한 것은 숨어 사는 생활에서는 그리 간단한 문제가 아니란다. 낮 동안 우리는 아래층에 소리가 들릴 만한 일을 해서는 안 돼. 특히 청소부같이 낯선 사람이 와 있을 때는 굉장히 조심을 해야 하거든. 나는 뒤셀 씨에게 모든 것을 자세하게 설명해 주었지만, 놀랍게도 그는 이해력이 매우 좋지 않더라고. 그는 같은 일을 두 번 되묻고도 그래도 기억을 못하는 모양이야. 그러나 차츰 나아지겠지. 틀림없이 갑작스레 환경이 바뀌어 머릿속이 엉망진창일 거야.

이 밖에는 모든 것들이 순조롭게 진행되고 있어. 뒤셀 씨는 우리가 이미 오랫동안 듣지 못한 세상 이야기를 많이 들려주었단다. 매우 비참한 이야기도 있었어. 셀 수 없을 만큼 많은 우리의 친구며 친

74

지들이 끔찍한 운명 속으로 빠져들었어. 밤마다 유태인을 가득 실은 초록색과 회색 칠을 한 독일 군용 트럭이 거리를 지나간대. 독일군은 집집마다 벨을 눌러서 유태인이 없느냐고 묻고, 만일 있으면 하나도 남기지 않고 모조리 끌고 간대. 없으면 다음 집으로 간대. 그러므로 은신처에 숨어 있지 않는 한 절대로 그들을 피할 도리가 없어. 독일군은 명부를 들고 다니며 많은 사냥감이 있다고 짐작되는 집만을 습격할 때도 가끔 있대. 때로는 얼마간의 돈을 집어 주면 놓아주는 수도 있지만 한 사람 값이 굉장하단다. 마치 옛날의 노예 사냥과 똑같아.

농담이 아니야. 농담으로 돌리기에는 너무도 비참한 이야기잖니? 저녁때 어두워지고 나서 선량하고 죄 없는 한 떼의 사람들이 아이들을 데리고 독일 병사들에게 사정없이 매를 맞으면서 비틀비틀 걸어가는 것을 나는 창문으로 자주 봤어. 노인이건 어린아이건 임신부건 또 병자건 간에 모두가 죽음의 행진에 참여해야만 해.

붙잡히지도 않고 도움을 받으며 여기에 잘 있는 우리는 참으로 운이 좋은 거야. 우리의 비참함 따위는 걱정할 일도 아니야. 다정하게 지내던 사람들을 도와 줄 수 없다는 게 답답할 뿐이야. 자기의 친한 친구가 매를 맞고 쓰러지거나 추운 밤에 어디선가 도랑에 떼밀려 떨어지거나 하는데, 나만 따뜻한 침대에서 자는 것이 나쁜 것 같아. 친한 친구들이 이 세상에서 가장 잔인한 짐승들의 손에 잡힌 것을 생각하면 두려워져. 오직 유태인이라는 이유만으로!

안네로부터

1942년 11월 20일 금요일

키티에게

우린 이런 상태를 어떻게 받아들여야 할지 모르겠어. 지금까지는 유태인에 대한 소식이 별로 전해지지 않았기 때문에 우린 가능한 한 명랑하게 지내자고 생각했었지. 미프가 가끔 친구들의 신상에 일어난 일을 이야기할 때마다 엄마와 팬 던 아주머니는 꼭 울음을 터뜨리기 때문에, 미프는 이제 아무 얘기도 하지 않는 게 낫다고 생각하고 있어.

하지만 뒤셀 씨는 우리 질문에 똑바로 대답을 해주는데, 그의 이야기는 너무도 비참하고 끔찍해서 잊으려 해도 잊혀지지가 않아.

그래도 조금 잊을 만하면 또 서로 농담을 하기도 하고 놀려대기도 한단다. 우울하게 있어 봐야 아무런 소용도 없으며, 바깥 사람들을 도울 수도 없지 뭐야. 우리의 은신처를 '우울한 은신처'로 만들어 봐야 무슨 도움이 되겠니? 우리는 무엇을 하든 늘 바깥 사람들을 생각해야만 할까? 나는 뭔가 웃으려다가도 곧 반성하고, 유쾌해지는 것을 부끄러워해야만 할까? 그리고 온종일 울고 있어야만 할까? 아니, 나는 그렇게 할 수 없어. 그리고 이 우울한 마음도 곧 사라지겠지.

이 밖에도 내게는 또 한 가지 슬픈 일이 있단다. 그러나 그것은 내 개인적인 일로 내가 지금 이야기한 것에 비하면 하찮은 것에 지나지 않아. 그래도 나는 지금 고독한 기분에 사로잡히기 시작한 것을 네게 이야기하지 않을 수 없구나. 나는 버림받은 기분이야. 완전히 허무에 휩싸여 있어. 이제까지 나의 마음은 재미있는 일, 즐거운 일, 여자 친구의 일 등으로 가득해서 요즈음 같은 심정이 된 적은 없었거든. 요즈음 나는 불행한 일이라든가 나 자신의 일밖에 생각하지 않아. 그리고 나는 아빠를 몹시 좋아하지만 그 아빠조차 옛날처럼 나를 채워 줄 수 없다는 것을 깨달았어.

나는 어째서 이처럼 쓸데없는 이야기를 할까? 나는 감사하는 마음이 매우 모자라나 봐. 그것은 나 자신도 알고 있지만. 그러나 모든 사람에게 너무 꾸중만 듣고, 게다가 이처럼 여러 가지 불행한 일을 생각하니 머리가 너무나 혼란스러워.

안네로부터

1942년 11월 28일 토요일

키티에게

전기를 규정된 것보다 너무 많이 썼기 때문에 최대한 절약을 해야만 송전(送電)이 중단될 염려가 없대. 2주일 동안의 전등 없는 생활을 생각하니, 좀 유쾌해지기는 하지만 결국 그렇게는 되지 않겠지. 요즘은 오후 4시나 4시 반이 되면 너무 어두워서 책을 읽을 수 없으므로 우리는 영어나 프랑스어로 이야기하기도 하고, 수수께끼를 하거나 어둠 속에서 체조도 하고, 책에 대한 비평을 하기도 하며, 그 밖에 여러 가지로 바보 같은 짓들을 하면서 시간을 보내고 있어. 그러나 그것도 마침내는 시시해졌어. 그런데 어제 나는 새로운 재미를 하나 발견했단다.

잘 보이는 쌍안경으로 전등이 켜진 뒷집을 엿보는 거야. 낮에는 커튼을 조금도 열어선 안 되지만 밤이라면 상관없으니까. 나는 이제까지 이웃 사람들이 이처럼 재미있는 관찰 대상이 되는 줄은 몰랐어. 아무튼 우리 이웃 사람들은 재미있어. 한 집에서는 부부가 식사를 하고 있고, 또 어느 집은 영화 속의 한 장면같이 보인단다. 또 건너편 치과 의사는 노부인을 치료 중인데, 그 노부인은 몹시 겁을 먹고 있었어.

뒤셀 씨는 아이들을 좋아하기 때문에 아이들과 잘 어울린다고 늘 말해 왔는데, 요즈음 그 본성을 드러내기 시작했어. 그는 딱딱하고 구식 사고 방식을 가진 데다 예절에 대해서 지겨울 만큼 설교를 많이 한단다.

나는 영광스럽게도(!) 그와 침실을 함께 쓰고 — 아아, 그것도 좁은 — 더구나 나는 세 아이 가운데 가장 버릇이 좋지 않다고 여겨지고 있으므로 그로부터 끊임없이 되풀이되는 잔소리와 경고들을 참아내기 위해서 귀머거리가 된 것처럼 살아야 해. 잔소리를 나에게만 하는 것이라면 또 몰라도, 그는 대단한 고자질쟁이여서 무슨 일이든지 일일이 엄마에게 일러바치기 때문에 엄마가 다시 똑같은 잔소리를 되풀이한단다. 마치 앞뒤로 태풍을 맞는 것과 같아. 운수 나쁘게 팬 던 아주머니가 어찌된 일이냐고 묻기에 말했다가 진짜 태풍을 만났지 뭐니.

솔직히 말해서 은신처 생활을 하고 있는 말많은 가정에서 '버릇이 좋지 않은' 중심 인물이 되기란 그리 쉽지가 않단다. 나는 밤에 침대에 누워서 내게 붙여진 수많은 잘못과 단점들을 다시 생각해 보면 너무나 골치가 아파서 웃어야 할지 울어야 할지 몰라 그때그때의 기분에 따른단다.

그러다가 난 지금의 나와 다른 인간이 되고 싶다든가, 나 자신이 되고 싶어하는 인간과는 다른 인간이 되고 싶다거나, 자신이 취하고 싶다고 생각하는 행동과는 다른 행동을 취해야겠다는 등 엉뚱한 일들을 생각하며 잠들어 버린단다.

오, 맙소사! 내가 너를 혼란케 하고 말았구나. 미안해. 하지만 써버린 것을 지우고 싶지는 않아. 요즈음처럼 종이가 귀한 때에 종이를 버리는 것은 용서될 수가 없지. 그러니 네가 맨 끝부분은 다시 읽지 말아 줘. 읽어도 틀림없이 모를 거야.

안네로부터

1942년 12월 7일 월요일

키티에게

올해는 하누카(유태의 축제)와 성 니콜라우스 데이가 단 하루 차이로 왔어. 우리는 하누카에 대해서는 별로 떠들지 않았어. 서로 약간의 선물을 주고받고, 촛불을 켰을 뿐이란다. 초가 모자랐기 때문에 10분쯤 켰을 따름이지만, 노래를 불러서 위안이 되었어. 팬 던 아저씨는 나무 촛대를 만들었어. 모든 준비는 그것으로 끝이었어. 토요일, 성 니콜라우스 데이의 전날 밤은 더욱 즐거웠단다. 미프와 엘리가 아빠의 귀에 대고 뭐라고 줄곧 속삭이고 있었기 때문에, 우리는 무슨 일이 틀림없이 있을 것이라고 짐작했어. 정말 그랬지 뭐야. 8시에 우리는 한 줄로 늘어서서 캄캄한 어둠 속에서 복도를 돌아 나무 계단을 내려가 작고 어두운 방으로 들어갔어(나는 무서워서 3층에 남아 있는 편이 좋았겠다고 생각했단다). 그 방에는 창문이 없었기 때문에 전등을 켤 수가 있었어. 전등이 켜지자 아빠는 큰 책장을 열었단다.

"아아, 어쩌면!" 하고 모두 일제히 탄성을 지르고 말았어. 성 니콜라우스 종이로 꾸며진 큰 바구니가 책장의 한구석에 놓이고, 그 위엔 블랙 피터의 마스크가 얹혀 있었단다. 우리는 서둘러 그 바구니를 가지고 3층으로 올라왔어. 바구니 안에는 그럴듯한 시가 적힌 예쁘고 자그마한 선물들이 들어 있었단다. 나는 인형을 받았는데 인형의 주머니에 잡동사니들을 넣을 수 있게 되어 있단다. 아빠는 책꽂이를 받았어. 아무튼 좋은 발상이었어. 우리는 이제까지 아무도 성 니콜라우스 데이를 축하한 적이 없었지만, 이것은 멋진 시작이었어.

안네로부터

1942년 12월 10일 목요일

키티에게

팬 던 아저씨는 전에 소시지며 조미료 등을 파는 장사를 했었대. 아빠의 사업에 끼게 된 것은 이 방면에 지식이 있었기 때문이래. 아저씨는 여기 온 뒤로 소시지 만드는 솜씨를 발휘하시는데 꽤 유익해.

우리는 앞으로의 식량난에 대비해서 상당량의 고기를 샀단다(물론

암거래로). 우선 고기를 두세 번 갈아서 양념을 섞고 창자에 넣어 소
시지를 만드는데 구경만 해도 아주 재미있어. 우리는 그날 저녁 식
사에 기름으로 소시지를 볶아서 사워크라우트(발효시킨 시큼한 캐비
지 절임)와 함께 먹었단다. 그러나 겔더랜드 소시지는 우선 잘 말려
야 하므로 실로 천장에 매단 막대에 걸었단다. 소시지가 줄을 지어
널려 있는 것을 보고는 모두 웃음을 터뜨렸단다. 무척 우스웠어.

소시지를 만드는 방은 굉장했어. 팬 던 아저씨는 아주머니의 에이
프런을 큰 몸에 두르고(아저씨는 더욱 뚱뚱해 보였어) 고기를 처리하
느라 정신이 없으셨어. 손은 피투성이고 에이프런은 더러워졌으며,
게다가 얼굴이 붉기 때문에 마치 진짜 고깃간 아저씨 같았단다. 아
주머니는 책으로 네덜란드 말을 배우기도 하고, 수프를 휘젓기도 하
고, 고기가 조리되는 것을 보기도 하고, 한숨을 쉬며 갈비뼈 다친 것
을 한탄하기도 하고(늙은 부인이 엉덩이의 살을 빼려고 무리한 운동
을 해서 다쳤지 뭐야), 한꺼번에 뭐든지 다 하려고 했단다.

뒤셀 씨는 한쪽 눈이 염증을 일으켰기 때문에 불 곁에 앉아서 눈
을 씻고 있었어. 창문으로 새어드는 햇살을 쬐면서 의자에 앉아 있
던 아빠는 방해물 취급을 당해서 저쪽으로 밀렸다가 이쪽으로 끌렸
다가 했고. 아빠는 류머티즘 때문에 괴로우신가 봐. 우울한 얼굴을
하고 아저씨가 하는 일을 바라보며 의자에 웅크리고 앉아 있는 모습
으로 그것을 알 수 있단다. 그 모습이 마치 양로원에 있는 노인 같
아. 피터는 방안에서 고양이에게 재주를 부리게 하며 놀고 있었어.
엄마와 마르고트와 나는 감자 껍질을 빗기고 있었는데, 아저씨가 하

는 일에 정신을 팔고 있었기 때문에 제대로 할 수가 없었어.

뒤셀 씨는 치과 의사 일을 시작했단다. 재미있으니까 첫 환자의 이야기를 해줄게. 엄마는 다림질을 하고 있었기 때문에 아주머니가 첫 환자가 되어 방 한가운데 의자에 앉았단다. 뒤셀 씨는 매우 의젓한 태도로 도구 상자를 열기 시작했지. 소독제로 오 드 콜로뉴와 왁스 대신 바셀린을 부탁했단다.

입 안을 살펴본 뒤셀 씨는 문제의 이를 두 개나 찾아냈는데, 아주머니는 이를 건드리기만 해도 기절할 것처럼 움츠리면서 이상한 비명을 지르는 거야. 잠시 검사를 하고 나서(아주머니의 경우는 2분밖에 걸리지 않았어) 뒤셀 씨는 벌레 먹은 구멍 하나를 긁어냈단다. 그러자 아주머니는 손발을 바둥거리며 몸부림쳤기 때문에 뒤셀 씨가 스크레이퍼(충치를 파내는 도구)를 놓고 말았는데, 그것이 아주머니의 이에 꽂힌 채로 있는 거야.

그러자 난리가 났어. 아주머니는 울부짖으며 — 그런 것을 입에 넣고도 지를 수 있는 가장 큰 소리로 — 스크레이퍼를 입에서 빼려 했지만 더욱 깊이 박힐 뿐이었단다. 뒤셀 씨는 손을 허리에 대고 냉정히 바라보고 있었어. 이 광경을 보고 있던 다른 사람들은 웃음을 참지 못해 와아 웃음을 터뜨리고 말았단다. 나 같으면 틀림없이 더 큰 소리로 울었을 텐데 웃다니, 정말 잔인하지 뭐야. 아주머니가 줄곧 버둥대고 비명을 지르다가 마침내 스크레이퍼가 빠졌는데 뒤셀 씨는 아무 일도 없었다는 듯이 다시 치료를 시작했단다.

뒤셀 씨는 재빨리 일을 시작했기 때문에 이번에는 아주머니가 소

란을 부릴 틈이 없었어. 아무튼 뒤셀 씨는 오늘처럼 훌륭한 조수의
도움을 받아 본 적이 없었을 거야. 아저씨와 내가 조수 일을 훌륭하
게 해냈단다. 그 광경은 마치 '작업 중인 돌팔이 의사'라는 중세기의
그림과 같았어.

한편 환자는 자신의 수프와 식사가 걱정이 되어 계속 감시했단다.
어쨌든 오늘의 모습으로 보아 한 가지 확실한 점은, 아주머니는 다
시는 그렇게 성급하게 치료를 자청하지 않을 거라는 사실이야.

안네로부터

1942년 12월 13일 일요일
키티에게
나는 큰 사무실에 편안히 앉아 커튼 사이로 밖을 내다보고 있어.
해질녘이지만 일기를 쓸 수 있을 정도야. 사람들이 걸어가는 모습이
이상하게 느껴져. 모두들 몹시 바쁘게 서두르는 것 같아. 자전거를
타고 가는 사람은 굉장한 속력으로 달려가. 어떤 사람이 타고 있는
지도 모를 정도야.

이 근처 사람들은 별로 호감이 안 가. 특히 아이들은 아주 더러워.
가까이에서 바라보는 것조차 싫단다. 코를 흘리는 진짜 빈민굴의 아
이들이야. 나는 그들이 무엇을 이야기하는지 거의 알 수가 없어.

어제 오후 마르고트가 목욕하고 있을 때, 내가 "만일 우리가 낚싯
대로 저 지나가는 아이들을 하나하나 낚아 올려 목욕을 시키고 옷을
깨끗이 손실해 주어서 돌려보내고, 그리고……."라고 말하자, 마르고

트는 입을 삐죽 내밀며 "내일이면 다시 더러워질걸." 하고 말했어. 나는 다만 농담을 하고 있을 뿐인데. 여기서는 또 달리 볼 게 있어. 자동차, 보트, 기차 등. 나는 특히 전차 지나가는 소리가 좋아.

우리가 생각하는 것은 뻔하단다. 회전목마처럼 유태인에 대한 것에서 먹을 것에 대한 것, 먹을 것에 대한 것에서 정치에 대한 것이 머릿속을 빙글빙글 돌고 있을 뿐이란다. 나는 어제 커튼 사이로 두 유태인을 봤단다. 도저히 내 눈을 믿을 수가 없었어. 비참한 그들의 모습을 보고만 있는 것이 꼭 내가 그들을 배반한 것처럼 무서웠어.

우리 집 바로 건너편에 있는 보트 집에는 사공과 그의 가족들이 살고 있단다. 거기에는 무척이나 짖어 대는 강아지가 있어. 우리는 이 강아지를, 짖어 대는 소리와 갑판을 뛰어다닐 때 보이는 꼬리만으로도 알고 있었어.

어머, 비가 내리기 시작했어. 사람들은 우산 속으로 숨어 버렸구나. 지금은 레인코트와 가끔 누군가의 모자 뒤만이 보일 뿐이야. 이제 더 볼 필요도 없지. 나는 거리를 지나가는 여자들을 차츰 한눈에 알아볼 수 있게 되었어. 감자를 잔뜩 인 여자, 빨간 또는 파란 코트를 입은 여자, 구두를 신고 조심스레 걷는 여자, 가방을 든 여자들이야. 그녀들의 얼굴은 우울할 때도 있고 명랑할 때도 있지만, 그것은 아마도 남편의 기분에 달린 듯해.

안네로부터

1942년 12월 22일 화요일

키티에게

'은신처'에 살고 있는 사람들에게 기쁜 소식이 생겼단다. 크리스마스 날 한 사람 앞에 버터 4분의 1파운드씩을 특별 배급한다는 거야.

신문은 반 파운드라고 말하고 있지만 이것은 정부에서 배급표를 탈 수 있는 행운의 사람들이고, 은신처에 있는 우리 유태인은 여덟 명분으로 넉 장의 암표밖에 살 수가 없으므로 한 사람 앞에 4분의 1파운드가 되는 거야.

우리는 저마다 버터로 무엇이든지 구워 먹으려고 생각하고 있단다. 나는 아침에 비스킷과 케이크를 두 개 구웠단다. 위층에서는 모두들 바쁜 모양이야. 엄마는 나에게 우리 일이 끝날 때까지 위에서 돕거나 공부를 하라고 했어.

아주머니는 갈비뼈를 다쳐서 하루 종일 끙끙거리며 누워 있어. 자주 붕대를 갈지만 무엇을 해주어도 마음에 들지 않나 봐. 나는 아주머니가 빨리 일어나서 자기 일을 할 수 있게 되기를 빌고 있단다. 이것은 나의 진심이야. 아주머니는 몸과 마음이 모두 건강할 때는 부지런하고 깨끗하신 분이거든. 또 쾌활하시지.

뒤셀 씨는 낮에 내가 조금만 소리를 내도 언제나 쉿 하지만, 요즈음은 낮뿐만 아니라 밤에도 마구 쉬쉬거려. 나는 돌아눕지도 말아야 해! 다음부터는 내가 쉿쉿 하며 복수해 주겠어.

일요일에는 그 사람 때문에 더욱 화가 난단다. 아침 일찍 그가 체조를 하기 위해 전등을 켜는 거야. 체조는 몇 시간이나 걸리는 것처럼 느껴져. 그동안 침대의 길이를 늘리느라고 머리맡에 놓아둔 의자가 끊임없이 나의 졸린 머리 밑에서 이리 빠지고 저리 빠진단다. 그는 마지막으로 근육을 부드럽게 하기 위하여 팔을 두세 번 세게 흔들고 나서 옷을 입는데, 걸어 둔 바지를 내리려고 쿵쾅거리며 돌아다니지. 그게 끝났는가 하면 테이블 위에 있는 넥타이를 잊어버려서 그것을 가지러 오기 위해 또 의자를 밀고 당겨야 해.

하지만 노인들의 이야기는 그만둘게. 이야기해 봐야 아무 소용 없으니까. 나는 전등을 끈다거나 문을 닫는다거나, 또는 그의 옷을 감춘다는 등 여러 가지 복수 계획을 생각했었지만, 평화를 깨뜨릴 뿐이므로 그만두었어. 아아, 나는 정말 철이 들어가나 봐. 여기서는 복종하고, 수다를 삼가고, 심부름 잘하고, 얌전하고, 고집 부리지 않고, 모든 것을 이성에 호소하지 않으면 안 돼. 또 뭐가 있었던가? 내 머릿속은 너무 빨리 소비만 하고 받아들이는 것은 없으니 전쟁이 끝나면 머리가 텅 비지나 않을까 걱정스럽단다.

안네로부터

1943년

1943년 1월 13일 수요일

키티에게

오늘 아침, 또 너무나도 화가 나서 어느 것 하나도 만족스럽게 하지를 못했어.

바깥의 상태는 말로 표현할 수가 없어. 밤낮으로 가엾은 유태인들이 가방 하나에 돈 몇 푼을 지닌 채 끌려가고 있어. 하지만 그것마저도 도중에 빼앗겨 버린단다. 남자와 여자와 아이들은 따로따로 떨어지고, 가족은 나뭇가지 쪼개지듯이 뿔뿔이 흩어져 아이들이 학교에서 돌아오면 부모의 모습이 보이지 않고, 주부가 시장에서 돌아와 보면 집은 폐쇄되고, 가족들은 온데간데없어지는 사건의 연속이야. 네덜란드 사람들도 불안하기는 마찬가지야. 그들의 아이들은 모두 독일로 보내지거든. 모두들 공포에 사로잡혀 있어.

그리고 매일 밤 몇 백 대의 비행기가 네덜란드의 하늘을 지나 독일로 폭격을 하러 가고 독일의 도시는 폭탄에 쑥대밭이 되어 가고 있어. 또 소련과 아프리카에서는 시간마다 몇 백, 몇 천 명의 사람들이 죽어 가고 있대. 아무도 전쟁에서 제외될 수 없어. 전세계가 전쟁을 하고 있는 거야. 전세는 연합군 측이 점점 유리해져 가지만 언제 끝날지는 아직 짐작조차 할 수 없어.

그래도 우리는 운이 좋은 편이지. 그래, 우린 수백만 명의 저 사람들보다 운이 좋은 거야. 여기는 조용하고 안전해. 우리는 전쟁이 끝난 후를 이야기할 만큼 이기적이고, 새 옷이나 새 구두를 생각하고 즐거워한단다. 다른 사람을 도우려면 저축을 하고 전쟁이 끝난 후까지도 물자를 절약해야 할 텐데 말이야. 이웃 아이들은 얇은 셔츠를 입고 나막신을 신었을 뿐, 윗옷이며 모자도 없이 놀고 있단다. 그들을 도와 주는 사람은 하나도 없어. 그들의 배는 늘 비어 있어서 시든 홍당무를 씹고 다닌단다. 그리고 추운 집에서 추운 거리를 지나 학교에 가면 학교는 더 춥지. 네덜란드에서는 생활이 더없이 빈곤해지고 셀 수 없을 만큼 많은 아이들이 지나가는 사람에게 매달려 한 조각의 빵을 구걸해.

전쟁이 가져다 준 고난에 대해 몇 시간을 이야기해도 부족하지만 그럴수록 난 더 절망할 뿐이야. 우리는 불행이 끝날 때까지 가만히 기다리고 있을 수밖에. 유태인도 그리스도 교도도 기다리고 있어. 그러나 바로 지금 죽음을 기다리고 있는 수많은 사람들도 있어.

안네로부터

1943년 1월 30일 토요일

키티에게

나는 지금 몹시 화가 났어. 하지만 그것을 얼굴에 나타내서는 안되지. 엄마가 날마다 마치 화살로 과녁을 맞히듯 나에게 심한 말을 퍼붓고 무시하는 듯한 표정을 짓기 때문에 나는 발을 동동 구르고 소리를 지르며 엄마에게 달려들고 싶어져.

나는 마르고트와 팬 던 씨와 그리고 뒤셀 씨에게 ― 아니, 아빠에게까지도 ― '나를 가만히 내버려두세요. 하룻밤이라도 울지 않고 자게 해주세요! 그런 것은 모두 잊게 해주세요!' 하고 소리치고 싶은 심정이야. 하지만 나는 그렇게 할 수가 없어. 나의 절망을 눈치채게 해서는 안 돼. 나는 그들이 나에게 준 상처를 보이고 싶지 않아. 나는 그들의 동정이나 친절한 농담 따위는 견딜 수가 없어. 동정을 받거나 농담을 들으면 나는 더욱더 소리치고 싶어질 테니까.

내가 입을 열면 모두들 잘난 체한다고 하지. 잠자코 있으면 우스꽝스럽다고들 해. 말대답을 하면 건방지다고 하지. 뭔가 좋은 생각이 떠올라 말하면 교활하다고 한단다. 피곤해하면 게으르다 하고, 한입만 더 먹으면 이기적이라고 해. 이 밖에도 바보며 비겁하고 교활하다는 등등 끝이 없어. 온종일 내가 듣는 것은 참을 수 없는 아이라는 거야. 나는 웃어 넘기며 마음을 쓰지 않는 체하지만, 아무래도 마음에 설려 상처로 남아.

나에게 남을 화나지 않게 하는 또다른 성질을 주십사고 하느님께 기도하지만 그것은 불가능한 일이야.

나는 하늘이 준 성격을 갖고 있고 그 성격은 나쁠 리가 없어. 나는 그들이 상상하는 이상으로 모두를 기쁘게 해주려고 최선을 다하고 있어. 내가 모든 것을 웃음으로 받아넘기는 까닭은 그들에게 나의 고통을 알리고 싶지 않기 때문이야. 이유도 없이 몹시 꾸중을 들었을 때는 여러 번 엄마에게 "모두가 뭐라 하든 상관 안 해요. 제발 좀 가만둬 주세요. 어차피 나는 손을 쓸 수 없는 아이니까요." 하고 덤벼든 적이 있단다. 물론 그럴 때는 건방지다고 야단을 맞고 이틀쯤은 철저히 외면당하지. 그러다가 곧 잊어버리고 전처럼 다른 사람과 같이 대해 줘. 그러나 나는 오늘은 아주 착한 아이이고, 다음날에는 감당할 수 없는 나쁜 아이가 될 리 없잖아. 나는 중용(中庸)—그다지 중용은 아니지만—의 덕을 지켜야겠어. 그리고 내 마음은 가슴속에 간직해 두어야겠어. 그러나 단 한 번—만일 가능하다면—그들이 나에게 건방지게 대하듯이 나도 그들에게 건방지게 굴어 봐야겠어!

안네로부터

1943년 2월 5일 금요일

키티에게

나는 한동안 우리의 말다툼에 대한 이야기를 쓰지 않았으나, 달라질 리가 있겠니? 뒤셀 씨는 처음에 우리에게는 당연한 것으로 되어 있는 불화(不和)에 놀랐지만, 이제는 익숙해져 그런 건 생각하지 않기로 한 듯해.

마르고트와 피터는 이제 이른바 '어린아이'가 아니야. 둘 다 얌전하고 착실하단다. 나는 언제나 두 사람과 비교되어 "너는 마르고트와 피터가 하는 행동을 모르는 모양이로구나. 어째서 두 사람을 본받지 않느냐?"라는 말을 들어. 두 사람을 본받다니. 오오, 맙소사. 나는 조금도 마르고트처럼 되고 싶지는 않아. 그녀는 너무 소극적이고 얌전하며, 무슨 말을 들어도 잠자코 있을 뿐 아니라 다른 사람이 하자는 대로 한단다. 나는 좀더 강한 성격이 되고 싶어. 그러나 나는 그러한 생각을 내 마음속에만 살짝 담아 둘 뿐이란다. 내가 이런 식의 견해를 말하면 모두가 날 조롱할 테니까.

식사 때의 분위기는 언제나 불편하단다. 물론 다행히도 '수프를 먹는 사람'이 자리를 같이 했을 때는 표면화된 싸움으로까지는 번지지 않아. '수프를 먹는 사람'이란 수프를 먹고 가는 사무실 사람들을 가리키는 말이야.

오늘 오후, 팬 던 아저씨가 요즘 다시 마르고트가 별로 먹지 않는 데 대해서 이야기를 하고 있었어. 아저씨는 마르고트를 놀려 줄 셈으로 "마르고트는 날씬해지고 싶어서 안 먹는 거지?"라고 말했어. 그러자 언제나 마르고트의 편을 드는 엄마는 "당신의 어리석은 농담은 더 이상 못 참겠어요." 하고 소리쳤어. 아저씨는 얼굴이 새빨개져 아무 말도 못하고 앞만 바라보았어.

우리는 곧잘 여러 가지 일 때문에 웃어. 얼마 전에는 팬 던 아주머니가 참으로 어이없는 이야기를 했어. 옛날에 자기가 아버지와 얼마나 가까웠는지 모르며 자기가 바람둥이였다는 거야. 더욱 신이 나서 "그래서 남자들이 너무 적극적으로 나올 때면 나의 아버지는 언제나 나에게 '그때는 얘야, 남자를 보고 네가 숙녀라는 것을 잊지 말라고 말해야 한다. 그렇게 하면 그 남자는 네 말뜻을 알게 될 거다.'라고 가르쳐 주셨답니다."라고 말했어. 결국 우리는 참지 못하고 웃음을 터뜨리고 말았단다.

피터는 평소엔 조용한 편이지만 가끔 잘 웃겨. 그는 외국어를 좋아해서 아무 뜻도 모르면서 쓰는 경우가 있어. 어느 날인가 사무실에 손님이 와 있었기 때문에 화장실을 쓸 수가 없게 되었는데 그는 참다 못해 화장실에 들어가야만 했어. 물로 씻지 않은 채 두고 화장실 문에다 'SVP 가스'라고 써서 붙였단다. 물론 피터는 '가스에 요주의'라고 쓴 줄로 생각했고, SVP가 더 점잖다고 여겼기 때문이야. SVP란 프랑스어인 스르 브 프레의 약자로, '괜찮으시다면'이라는 뜻임을 전혀 몰랐던 거지.

안네로부터

1943년 2월 27일 토요일
키티에게
아빠는 곧 상륙 작전이 있을 것이라고 생각하셔. 처칠은 폐렴을 앓았지만 차츰 나아지고 있대. 자유를 사랑하는 인도의 간디는 몇 십 번째인가의 단식을 계속하고 있대.

팬 던 아주머니는 운명론자라고 큰소리치지만 폭격이 시작되면 누가 제일 겁을 내는데? 바로 자신일걸.

헹크는 우리더러 읽으라고 신부님이 신자에게 보낸 편지 사본을 가져왔어. 편지는 모든 사람들의 정신을 격려하는 매우 훌륭한 것으로서 "네덜란드 국민이여, 멈추어서는 안 됩니다. 국가와 국민과 그 종교를 해방시키기 위하여 우리 모두 무기를 들고 싸우고 있습니다."라고 쓰여 있었어. "도움을 주라. 그리고 낙담해서는 안 된다."는 말은 그들이 언제나 설교단에서 부르짖는 말이잖니. 그것이 도움이 될까? 우리 종교인들에게는 도움이 되지 않아.

우리에게 이번에 어떤 일이 일어났는지 너는 모를 거야. 이 건물의 주인이 우리의 은신처를 크라이렐 씨와 코프하이스 씨에게 알리지도 않고 팔아 버린 거야. 어느 날 아침, 새 주인이 건축가를 데리고 집을 보러 왔대. 다행히 코프하이스 씨가 있어서 은신처만 빼고 구석구석을 안내해 주었단다. 그는 통로의 문 열쇠를 잊고 왔다고 하니까 건물 주인은 더 이상 아무것도 묻지 않더래. 건물 주인이 다시 와서 '은신처'를 보자고 하면 모르겠지만 그렇지 않는 한 걱정은 없겠지. 아빠는 나와 마르고트를 위해 상업용 색인 카드 상자를 비우고, 새 카드를 넣어 주었단다. 이것은 책의 카드 시스템에 쓰는 것으로, 우리가 누구의 어떤 책을 읽었는지를 카드에 적어 넣는 거야. 나는 이 밖에 외국어 단어를 쓰는 작은 노트를 받았어.

요즈음 나와 엄마는 전보다 잘 지내는 편이지만 아직도 서로의 본심을 털어놓지는 않아. 마르고트는 이제까지보다 더 얄밉게 행동하고, 아빠는 뭔가 혼자 생각하는 일이 있는 듯하지만, 여전히 다정한 분이셔.

새 버터와 마가린이 식탁에 놓여졌어. 모두 조금씩 나누어 먹었어. 내가 보기에 팬 던 부인이 공평하게 나눈 것 같지 않지만, 엄마도 아빠도 싸움이 될까 봐 아무 말씀도 안 하셔. 나는 화가 나서 견딜 수가 없단다. 이런 사람들에게는 말을 해주지 않고 그냥 내버려두면 버릇이 되거든.

안네로부터

1943년 3월 10일 수요일
키티에게

어젯밤 전등이 순식간에 나가더니 밤새도록 곡사포가 터졌단다. 나는 아직도 대포와 비행기에 관련된 모든 것에 대한 공포에서 벗어나지 못하고, 거의 매일 밤 겁이 나서 아빠의 침대로 파고들어. 너무 어린아이 같은 짓인 줄은 잘 알지만, 얼마나 무서운지 넌 모를 거야. 곡사포 소리가 너무 요란해서 내 말이 들리지 않을 정도야. 운명론자인 아주머니는 금방이라도 울음을 터뜨릴 것처럼 떨리는 목소리로 "아아, 싫어. 어쩜 저렇게 마구 쏘아 댈까."라고 말했어.

어둠 속에 있기보다는 촛불이라도 켜면 나을 것 같았어. 나는 열이라도 있는 것처럼 자꾸만 떨려서 아빠에게 한 번 더 촛불을 켜 달라고 부탁했단다. 아빠는 절대로 들어주지 않았고, 등불은 꺼진 채로였어. 갑자기 기관총 소리가 들리기 시작했어. 기관총 소리는 대포 소리보다 열 배나 더 무서워. 엄마는 침대에서 뛰어 일어나 아빠가 말리는데도 불구하고 촛불을 켰단다. 아빠가 나무라시자 엄마는 화를 벌컥 내며 "어쨌든 안네는 전쟁에 익숙한 군인이 아니잖아요."라고 단호하게 대답하셨단다.

이 말에는 아빠도 입을 다물고 말았지.

너에게 팬 던 아주머니가 무서워하는 또 하나의 이야기를 해주었던가? 아니, 아마 하지 않았을 거야. 너에게 은신처에서 일어난 사건을 모두 이야기하는 이상 이것도 알려야만 되겠지. 어느 날 밤, 아주머니는 지붕 밑 다락방에 도둑이 들어오는 소리를 들었다고 생각했단다. 그녀는 큰 발소리를 듣고 무서워서 아저씨를 깨웠대. 마침 그 때 도둑은 없어지고, 아저씨에게 들린 것은 공포에 질린 운명론자의 헐떡이는 숨소리뿐이었지. "프티(아저씨의 애칭), 도둑들은 아마도 소시지와 콩을 모조리 훔쳐 가지고 달아난 게 틀림없어요. 아, 게다가 피터는 어떻게 되었을까? 그애는 별일 없을까?" 하고 아주머니가 떨면서 말하자, 아저씨는 "설마 피터를 훔쳐가지는 않았겠지. 걱정 말아요. 이제 잠 좀 자게 해주오." 하고 침대 속으로 기어 들어갔대. 결국 그날 밤에는 아무 일도 없었지만, 아주머니는 조금도 잠을 잘 수가 없었대. 며칠이 지난 어느 날 밤, 팬 던네는 이상한 소리에 잠을 깼어. 피터는 램프를 들고 지붕 밑 방으로 달려 올라갔지. 정체가 무엇이었다고 생각되니? 한 떼의 큰 쥐였지 뭐야. 도둑의 정체를 알고 나서 우리는 못시(고양이)를 지붕 밑 다락방에서 자게 했더니, 다시는 불청객들이 나타나지 않았어. 적어도 그날 밤은.

그러나 며칠 전 밤, 피터가 헌 신문을 가지러 다락방으로 올라갔
다가 사다리를 타고 내려올 때 한눈을 팔면서 창문에 손을 댄 순간,
앗 하고 외마디 소리를 지르며 사다리에서 굴러 떨어졌단다. 그는
저도 모르게 큰 쥐를 건드려 손을 크게 물렸던 거야. 파랗게 질린 얼
굴로 벌벌 떨면서 우리에게로 왔을 때, 그의 잠옷은 피로 물들어 있
었어. 큰 쥐를 건드리기만 해도 소름이 끼치는 일인데, 거기다 물리
기까지 했으니 생각만 해도 끔찍해.

안네로부터

1943년 3월 12일 금요일
키티에게
너에게 소개할 사람이 있어. 젊은이의 옹호자 우리 엄마! 아이들
에게 특별히 버터를 더 나눠 주셨어. 엄마는 늘 아이들을 변호해 주
고, 싸워서라도 자신의 고집을 밀고 나가신단다.
큰 병에 담아둔 마른 카레이가 상했기 때문에 못시와 보쉬는 푸짐
한 대우를 받았단다. 너는 아직 보쉬를 만난 적이 없지? 그녀는 우리
가 오기 전부터 이 집에 있었던 고양이야. 창고와 사무실의 고양이
로, 곳간의 쥐를 잡아 준단다. 보쉬(독일병)라는 이상한 이름이 붙여
진 데는 까닭이 있어. 이 사무실에는 얼마 동안 두 마리의 고양이가
있었대. 한 마리는 창고, 또 한 마리는 지붕 밑을 지켰다는 거야. 그
런데 두 고양이는 가끔 만나면 크게 싸움을 했대. 그러나 싸움을 거
는 것은 언제나 창고의 고양이였지만 이기는 것은 언제나 지붕 밑

고양이였대. 마치 나라와 나라 사이의 싸움처럼. 그래서 창고의 고양이는 독일병 보쉬, 지붕 밑의 고양이는 영국병 토미라고 이름이 붙여졌던 거래. 그 뒤 토미는 쫓겨났지만 보쉬만은 남아서, 우리가 아래로 내려가면 좋아하며 재롱을 부린단다.

요즈음 우리는 강낭콩만 먹어서 보기조차 싫어졌어. 생각만 해도 넌더리가 나. 저녁 식사에는 이제 빵도 없어. 아빠는 단지 기분이 안 좋다고만 말씀하셨지만 눈이 너무나 슬퍼 보였어. 가엾은 아빠.

나는 지금 이나 보르딜 버커의 『문을 두드리는 소리』라는 책을 손에서 놓을 수가 없어. 가정의 이야기가 참으로 잘 쓰여 있어. 그밖에 전쟁이며 작가, 여성 해방 등에 대해서도 쓰여 있어. 솔직히 말해 나는 여성 해방에 대해선 흥미가 없지만 왠지 끌려서 읽고 있어.

독일에 굉장한 폭격이 있었대. 팬 던 아저씨는 기분이 몹시 나빠 있어. 그 까닭은 담배가 모자라기 때문이야. 야채 통조림을 먹을 것인가 아닌가에 대해 모두 토론을 했지만, 우리가 이겨서 먹기로 결정이 났어.

신발을 사지 못해서 스키화밖에는 신을 게 없단다. 집안에서는 별로 쓸모가 없는 신발이지. 6플로린 반을 주고 산 샌들은 일주일 신으니 다 떨어져 버렸어. 미프가 암거래로 또 사다 주겠지.

나는 아빠의 머리를 깎아 드려야 해. 내 솜씨가 좋기 때문에 아빠는 전쟁이 끝나도 이발소에 가지 않겠대. 가끔 지금처럼 귀를 베지만 않는다면!

안네로부터

1943년 3월 18일 목요일

키티에게

터키가 연합군에 가담하여 참전을 했어. 엄청난 뉴스지! 모두들 흥분하고 있어. 모두 긴장 속에서 뉴스를 기다린단다.

1943년 3월 19일 금요일

키티에게

기쁨은 한 시간 만에 실망으로 변했어. 터키는 아직 참전하지 않았대. 어느 장관이 터키는 곧 중립을 포기할 것이라고 말했을 뿐이었다는구나. 궁전 앞의 댐 광장에서 신문팔이가 "터키는 영국 편에 섰다!"라고 외쳤더니, 사람들이 몰려들어 신문팔이의 손에서 신문을 빼앗다시피 했다고 해. 그래서 이런 뉴스가 우리 귀에 전해진 거야.

또 한 가지 실망을 말하자면, 앞으로는 5백 플로린과 1천 플로린 지폐는 사용이 금지되었어. 이 조치의 한 가지 이유는 암상인을 잡기 위한 계략이지만, 다른 종류의 돈을 '몰래' 갖고 있는 사람들이나 우리처럼 숨어 있는 사람들을 잡으려는 함정이기도 해. 1천 플로린 지폐를 쓸 경우에는 어떻게 그것을 입수했는가를 신고하고 증명해야 해. 1천 플로린 지폐는 세금을 내는 데에는 쓸 수 있지만 그것도 다음 주일까지야. 뒤셀 씨는 구식인, 발로 밟는 치료 기계를 구했어. 다음 주일에 내 이를 치료해 줄 예정이야. 히틀러가 부상병과 대화한 내용을 들었는데 아주 서글퍼.

"내 이름은 하인리히 쉐펠입니다."

"어디서 부상당했는가?"

"스탈린 그라드에서입니다."

"어디를 어떻게 다쳤는가?"

"두 다리는 동상으로 잘려지고, 왼팔은 관절이 부서졌습니다."

라디오에서 이렇게 소름끼치는 꼭두각시놀음을 방송해 주다니. 부상병은 자기의 부상에 긍지를 느끼고 있는 듯했어. 부상병의 한 사람은 히틀러와 악수하는 영광에 감격한 나머지(만일 아직 손이 있다면) 거의 말도 못하더라. 모두 미쳤어.

안네로부터

1943년 3월 25일 목요일

키티에게

어제 아빠와 엄마와 마르고트와 내가 즐겁게 이야기를 하고 있는데, 갑자기 피터가 달려와서 아빠에게 뭐라고 귓속말로 속삭였어. "창고의 술통이 뒤집혔다."느니 "누군가가 문 있는 데에서 바스락거린다."고 말하는 것을 나는 들었어. 마르고트도 같은 말을 들었지.

아빠와 피터가 곧 달려나간 후 내가 파랗게 질려 떨고 있었더니 마르고트가 나를 진정시켜 주었지.

우리 세 사람이 불안한 마음으로 기다리고 있노라니 2, 3분 뒤에 팬 던 아주머니가 3층으로 올라오셨어. 아주머니는 2층의 전용 사무실에서 라디오를 듣고 있었는데, 아빠가 라디오를 끄고 조용히 3층으로 가라고 하셨다는 거야. 특별히 조심스럽게 조용히 하려고 해도,

낡은 계단이 디딜 때마다 삐걱 소리를 낼 때의 마음이 어떠한 것인지 알겠니? 그리고 5분쯤 지나자, 아빠와 피터가 파리한 얼굴로 돌아와서 우리에게 사정을 설명해 주었어.

두 사람은 계단 아래에 숨어서 가만히 있었는데, 처음에는 아무 일도 없는 것 같더니 갑자기 집안의 두 문이 잇달아서 쾅쾅 닫히는 듯한 큰 소리가 들렸대. 아빠는 재빨리 3층으로 뛰어 올라왔대. 피터는 우선 뒤셀 씨에게 알렸고, 뒤셀 씨는 시끄러운 소리를 내면서 간신히 위로 가셨대. 그리고 우리는 신을 벗고, 양말 바람으로 위의 팬던 씨네로 살금살금 갔어. 아저씨는 감기에 걸려 며칠 전부터 자리에 누워 있었기 때문에, 우리는 그의 침대가에 모여 그때까지 생긴 일들을 그에게 조그만 목소리로 속삭였어. 그런데 난처한 것은 아래층의 라디오가 영국 방송을 듣게끔 다이얼이 맞추어져 있고, 라디오 둘레에 의자가 가지런히 놓여 있지 뭐니.

아저씨는 자꾸만 기침을 했으므로 아주머니와 나는 완전히 겁을 먹고 금방이라도 기절할 것처럼 되었어. 누군가가 코데인을 생각해 냈지. 그걸 드시니까 기침은 곧 멎었어. 우리는 계속 가만히 있었지만 아무 소리도 들리지 않았어. 도둑은 집안의 발소리를 듣고 달아난 것이라고 결론을 내렸지.

만약 경비병이 문을 열고 들어와 경찰에 알린다면……. 생각만 해도 끔찍해. 아저씨는 일어나서 옷을 입고 모자를 쓴 다음 아빠와 함께 조심스럽게 아래로 내려가셨어. 피터는 만일을 위해 망치를 들고 맨 뒤에 서서 따라갔어. 여자들은 불안한 마음으로 기다리고 있었는데, 5분쯤 지나자 남자들이 돌아와 집안은 어디나 조용하다고 말해 주었어.

우리는 수돗물도 틀지 않고 화장실의 물도 쓰지 않기로 약속했지만, 너무 흥분했기 때문에 오줌이 마려워서 화장실에 들락날락했어. 그 악취를 상상이나 할 수 있겠니?

뭔가 이런 일이 생기면 나쁜 일들이 겹치는 모양이야. 첫째는 우리에게 언제나 용기를 주는 웨스터토렌의 시계가 울리지 않는 거야. 둘째는 포센 씨가 어젯저녁, 전에 없이 일찍 사무실을 나갔기 때문에 엘리가 열쇠를 받았는지 어떤지…… 어쩌면 문단속을 잊지나 않았을까 하는 점이야. 도둑이 들어온 듯한 소리에 놀란 저녁 8시부터 10시 반까지 아무 소리도 들리지 않아 얼마쯤 마음이 놓였지만, 아직도 완전히 마음을 놓을 수는 없어.

그러나 잘 생각해 보면 거리에 아직 사람들이 지나다니는 초저녁에 도둑이 그렇게 일찍 남의 집에 쳐들어왔을 것 같지는 않아. 또 우리들 가운데 한 사람은 옆 창고지기가 아직도 일을 하고 있었으며 벽이 얇으므로, 이쪽이 괜히 지레 흥분하였던 까닭에 도둑으로 착각했었는지도 모른다고 생각했어. 긴장된 순간에 우리의 상상력이 마구 뻗어 나간 거지. 그래서 모두 잠자리에 들었지만 아무도 잠을 잘 수가 없었어. 아빠도 엄마도 뒤셀 씨도 눈을 뜬 채였어. 우리는 솔직히 말해서 한숨도 자지 못했어. 아침에 남자들이 그 문이 잠겨 있는지 어떤지 확인하러 간 결과, 아무 일도 없었음을 알았어. 우리는 오는 사람마다, 이 신경이 닳아 빠지는 듯한 사건을 자세하게 이야기해 주었는데 모두들 웃었어. 지금이니까 웃지, 그때는 전혀 살아 있다고 여겨지지 않았단다. 엘리만은 진지한 표정으로 들어주었어.

안네로부터

1943년 3월 27일 토요일

키티에게

속기 공부가 끝났어. 이제부터는 그 속도 연습을 해야 해. 우리가 점점 똑똑해지는 것 같지 않나? 우리의 시간 보내기 작전에 대하여 이야기해 줄게. '시간 보내기'라는 말을 쓰는 까닭은 은신처의 생활이 지루하지 않도록, 되도록 재미있게 시간을 소비하는 것말고는 할 일이 없기 때문이야. 나는 신화, 특히 그리스와 로마 신화에 열중하고 있어. 다른 사람들은 이것이 일시적인 열중으로, 나 같은 어린아이가 신화에 흥미를 갖고 있다는 말은 들어 본 적이 없다고 말한다. 그렇다면 나는 최초의 예외가 되는 거야!

팬 던 아저씨는 감기에 걸려 목이 아파서 양치질도 하고, 목에 빨간 약을 바르기도 하고, 가슴과 코·이·혀 등에 유칼립투스를 문지르는 등 굉장한 소동을 벌이고 있어. 그렇게 하고도 기분이 나쁜가 봐.

독일의 거물 라우터가 연설을 했어.

"유태인은 7월 1일 전에 독일 점령 지역에서 나가야 한다. 4월 1일부터 5월 1일 사이에 우트레히트 주(州)를 청소해야만 한다(유태인을 마치 바퀴벌레로 생각하고 있지 뭐야). 그리고 5월 1일부터 7월 1

일까지 남북 네덜란드 주를 청소한다."라고 말했대. 가엾은 유태인은 버림받은 병든 가축 떼처럼 더러운 도살장으로 끌려가게 될 거야. 이제 이런 이야기는 그만둬야지. 밤새 악몽만 꾸게 될 뿐이니까.

작으나마 좋은 뉴스는 독일의 노동 알선소에 불을 질렀다는 거야. 그 뒤 며칠 후엔 등기소도 같은 일을 당했어. 독일 경찰 제복을 입은 사람들이 수비병의 눈을 속이고 들어가서 중요 서류를 태워 버렸대.

안네로부터

1943년 4월 1일 목요일

키티에게

오늘은 만우절이지만 농담할 기분이 전혀 아니란다. 오히려 그 반대야. 나는 오늘 '불행은 혼자서 오지 않는다'라는 속담을 진지하게 생각해 보았어. 우선 언제나 우리를 격려해 주는 코프하이스 씨가 위궤양으로 적어도 3주일 동안은 누워 있어야 한대. 둘째는 엘리가 감기에 걸렸고, 셋째로는 포센 씨가 다음 주일 입원할 예정이래. 십이지장궤양에 걸리셨나 봐. 그리고 넷째로 중요한 상거래상의 회의가 있기 때문에 아빠는 중요한 점은 이미 코프하이스 씨와 협의했지만, 크라이렐 씨에게 자세한 이야기를 할 시간이 없었다는 거야. 모이기로 한 사람들은 예정 시간에 왔어. 아빠는 그 사람들이 오기 전부터 이야기가 어떻게 진행될지 불안해하셨어.

"내가 거기 있을 수만 있다면. 만일 아래층으로 갈 수만 있다면……." 하고 아빠는 안타까운 듯이 말했으므로 내가 "마루에 귀를 대고 있으면 모두 들릴 거예요."라고 말했더니 아빠는 갑자기 밝은 표정이 되었단다. 그리고 어제 오전 10시 반, 아빠와 마르고트는(하나보다는 두 개의 귀가 낫다!) 마루에 귀를 대고 아래층 이야기를 엿들었어. 그런데 이야기가 길어져서 오후까지 계속되었기 때문에 아빠는 너무 힘든 자세 때문에 괴로워하셨어.

오후 2시 반, 복도에서 사람 소리가 들리자 나는 곧 아빠 대신 마르고트와 둘이서 마루에 귀를 댔어. 가끔 얘기가 잘 진행되지 않아 지루했으므로 나는 어느 틈에 리놀륨의 마룻바닥에서 잠들어 버렸단다. 마르고트는 아래층 사람들에게 들리면 곤란할 것 같아서 나를 그냥 자게 내버려두었대. 나는 반 시간은 넉넉히 자고 나서, 중요한 이야기를 깨끗이 잊어버렸음을 깨닫고 아차 했지만 다행스럽게도 마르고트는 많이 들었나 봐.

안네로부터

1943년 4월 2일 금요일

키티에게

나는 또 실수를 저질렀어. 어젯밤, 아빠가 오셔서 같이 기도해 주기를 침대에 누워 기다렸어. 그런데 엄마가 들어와서 내 침대에 걸터앉아 아주 상냥하게 "안네, 아빠는 아직 오실 수 없으니 오늘 밤은 엄마가 너와 기도를 드릴까?" 하고 물었단다. 나는 "아니, 괜찮아요, 엄마."라고 말해 버렸어. 엄마는 벌떡 일어나 잠시 내 침대 곁에 서 있다가 조용히 문 쪽으로 걸어가더니 갑자기 돌아보며 일그러진 얼굴로 "나도 까다로운 사람이 되고 싶진 않지만 사랑을 억지로 줄 수는 없구나."라고 말했어. 방을 나갈 때 엄마의 눈에는 눈물이 괴어 있었어.

나는 곧 엄마를 그토록 매정하게 돌려보낸 것을 뉘우치면서 침대에 가만히 누워 있었지만, 역시 그렇게 말할 수밖에 없었다고 생각해. 엄마에게 몹시 미안한 생각이 들지만. 생전 처음 엄마가 내 냉정함을 슬퍼하시는 것 같았어. "사랑을 억지로 줄 수는 없구나."라고 말했을 때 엄마는 슬픈 표정을 지었거든. 사실 말하기는 좀 뭣하지만 나에게 거리감을 갖게 한 것은 엄마 자신이야. 엄마의 사려 깊지 못한 말이나, 나에게는 조금도 우습지 않은 엄마의 노골적인 농담이 나를 엄마의 애정에 대해 무감각하게 만들어 버린 거지.

내가 엄마의 엄격한 말에 위축되듯이 엄마의 사랑에도 꽁무니를 빼게 되었으므로, 엄마와 나 사이에는 이미 애정이 없어졌다고 깨달았던 거야. 엄마는 밤새도록 울고 거의 잠들지 못했나 봐. 아빠는 되도록 내 얼굴을 보지 않으려 하고 있지만, 어쩌다 흘끗 볼 때 그 눈은 "너는 어쩌면 그렇게도 냉정하냐. 어째서 엄마를 그토록 슬프게 하느냐?"라고 말하는 것 같았어.

엄마도 아빠도 내가 사과하기를 기다리고 계셔. 그러나 나는 사실대로 말했을 뿐이므로 사과하지 않을 거야. 엄마도 언젠가는 알아야 할 일이니까. 나는 엄마의 눈물에도 아빠의 표정에도 관심이 없어. 왜냐하면 아빠와 엄마는 내가 여느 때 늘 느껴 오던 것을 지금에야 비로소 알게 되었으니까. 다만 나는 내가 엄마 자신의 대도를 흉내

낸 것을 이제야 깨달은 엄마를 가엾다고 생각할 뿐이야. 나는 잠자코 태연히 지낼 거야. 진실로부터 도망치지 않을 거야. 이젠 더 미룰 수도 없고 더 지나서 알게 되면 견디기 어려울 뿐이니까.

　　안네로부터

1943년 4월 27일 화요일

키티에게

　　엄마와 나, 팬 던 부부와 아빠, 엄마와 팬 던 아주머니, 이런 식으로 온 집안이 싸움의 소용돌이야! 모두가 상대에 대해 화를 내고 있어. 참으로 멋진 환경이지? 싸울 때마다 안네의 단골 단점들이 화제에 오르는 거야.

　　포센 씨는 이미 비넨게스튜이스 병원에 입원했고, 코프하이스 씨는 위의 출혈이 여느 때보다 빨리 멈추어서 사무실에 나오게 되었어. 그는 등기소에 불이 났을 때, 소방대는 불만 끈 것이 아니라 서류든 뭐든 건물을 온통 물바다로 만들었다고 우리에게 이야기해 주었어. 너무나 고소하지 뭐야.

　　칼튼 호텔이 산산이 부서졌대. 소이탄(燒夷彈)을 가득 실은 영국 비행기 두 대가 이 독일군의 장교 클럽을 공격한 거야. 바리첼스트라트 거리와 싱겔 거리가 합쳐지는 곳은 모두 타 버린 모양이야. 독일의 도시에 대한 공습은 날로 심해지고 있어서 하룻밤도 조용한 날이 없다는구나. 나는 잠이 모자라 눈 가장자리에 꺼멓게 기미가 끼었어. 우리가 먹는 것은 비참해. 아침에는 뻣뻣하게 말라빠진 빵과

106

커피뿐이야.

저녁에는 2주일 동안이나 계속해서 시금치나 레터스를 먹었단다. 길이 20센티미터나 되는 감자는 썩은 부분도 있어. 여위고 싶은 사람은 부디 이 '은신처'로 오세요. 팬 던네 사람들은 불평이 심하지만 우리는 그다지 슬프다고는 생각지 않아. 1940년 군대에 동원되었던 남자들은 모두 포로로서 총통을 위해 전쟁터로 끌려가는 모양이야. 연합군의 상륙 작전에 대비하기 위해서인가 봐.

안네로부터

1943년 5월 1일 토요일

키티에게

숨지 못한 유태인들은 어떻게 살고 있을까 생각하면 이곳의 생활은 천국과 같아. 하지만 전쟁이 끝나고 나서 지금의 생활을 돌이켜 보면, 집에서 정상적인 생활을 하던 우리가 그처럼 지독한 생활을 잘도 견뎌 냈구나 하고 놀랄 것이 틀림없어. '지독하다'는 것은 예절을 무시하게 되었다는 뜻이야. 이곳에 온 뒤로는 식탁용 오일 클로스는 한 장밖에 없고, 오래 썼기 때문에 그다지 깨끗하지 못한단다. 나는 가끔 그것을 더러운 구멍투성이의 걸레로 닦지. 식탁 역시 아무리 닦아도 마찬가지야. 팬 던네는 겨울 내내 한 장의 플란넬 담요로 지냈어. 배급 비누가 부족하고, 게다가 질이 나쁘기 때문에 빨래를 할 수가 없어. 아빠는 낡은 바지를 입고 계시고 넥타이도 낡아졌어. 엄마의 코르셋은 찢어져 버렸지만 이젠 너무 낡아 꿰맬 수도 없어. 마르고트는 사이즈가 둘이나 작은 브래지어를 하고 있지. 엄마와 마르고트는 겨우내 세 벌의 속옷으로 그럭저럭 났어. 내 속옷은 작아져서 배가 다 드러난단다. 이런 것은 견딜 수 있지만, 나의 팬티에서 아빠의 면도 솔에 이르기까지 벌써부터 이런 상태이니 과연 전쟁 전의 생활로 돌아갈 때가 올까 하고 생각하면 충격을 받곤 해.

어젯밤, 대포 소리가 너무도 심했기 때문에 나는 네 번이나 내 소지품을 정리했어. 오늘 나는 피난할 때의 준비로 가장 필요한 물품을 슈트케이스에 넣었단다. 그랬더니 엄마는 "대체 어디로 달아날 생각이니?" 하고 말했어. 정말 그래. 네덜란드 전체가 각지에서 일어난 파업 때문에 벌을 받고 있거든. 계엄령(戒嚴令)이 선포되고, 국민은 버터 배급표가 한 장씩 줄어들었어. 지독한 독일인!

안네로부터

1943년 5월 18일 화요일

키티에게

독일과 영국 비행기가 무섭게 공중전을 벌이는 것을 봤어. 불행하게도 비행기가 불붙는 바람에 연합군 두 명은 뛰어내려야만 했어.

헬프 백에 살고 있는 단골 우유집 아저씨가 말했다고 하는데, 캐나다 병사 네 명이 길가에 앉아 있는 것을 보았대. 그 가운데 한 사람은 네덜란드어를 잘했대. 그는 우유집 아저씨에게 담뱃불을 빌려 달라고 하며 승무원은 여섯 명이었는데 조종사는 타 죽고, 또 한 사람은 어딘가에 숨었다고 말하더래. 조금 후 독일 경찰이 와서 부상당하지 않은 이 네 남자들을 체포해 갔대. 낙하산으로 뛰어내렸는데도 어쩌면 조금도 다친 데가 없다는 사실이 놀라워.

아직은 꽤 따뜻하지만 야채 껍질이나 쓰레기를 태우기 위해 하루 걸러 불을 피워야만 해. 창고지기 소년을 생각해야 하므로 쓰레기통에 아무것도 버릴 수가 없단다. 하찮은 부주의로 꼬리가 잡힐지도 모르니까.

올해에 학위를 받고 싶은 사람이나, 공부를 계속하고 싶은 사람은 독일에 공명(共鳴)하여 새 질서를 승인한다고 기록된 문서에 서명하기를 강요당하고 있대. 80퍼센트의 학생은 그들의 양심과 신념을 저버리는 것을 거부했지만, 이들 서명하지 않은 학생은 모조리 독일의 노동 수용소로 끌려간대. 그들이 모두 독일에서 중노동을 하게 된다면 과연 이 나라에 젊은 사람이 몇이나 남을까?

어젯밤 대포 소리가 너무 심했기 때문에 엄마는 창문을 닫았어. 나는 아빠의 침대로 기어 들어갔는데, 팬 던 아주머니가 보쉬에게라도 물린 것처럼 갑자기 침대에서 벌떡 일어나는 소리가 들렸어. 그리고 곧 폭탄이 떨어지는 듯한 소리가 들렸고 내가 "전등! 전등!" 하고 소리치자 아빠는 스위치를 켰어. 방이 금방 불타 버리는 줄 알았거든. 그러나 아무 일도 없었어. 우리는 도대체 무슨 일이 일어난 것일까 하고 위로 달려 올라갔어. 이야기를 듣고 보니, 팬 던 아저씨와 아주머니는 열린 창문의 저편이 번쩍 하고 붉게 빛나는 것을 보았던 거야. 아저씨는 이웃에 불이 난 줄 알았고, 아주머니는 영락없이 이 집에 불이 붙었다고 생각했대. 쾅 소리가 났을 때 아주머니는 이미 일어나 떨고 있었어. 그러나 결국 아무 일도 아니었기에 모두 침대로 돌아왔어.

그러고 난 뒤 채 15분도 지나기 전에 다시 대포 소리가 들리기 시작했어. 아주머니는 곧 막대기처럼 다시 벌떡 일어났으며, 그리고 자기 남편과 함께 있어서는 얻을 수 없는 안식을 구하기라도 하려는 듯이 3층의 뒤셀 씨 방으로 내려왔어. 뒤셀 씨는 아주머니를 맞아, "자아, 내 딸아, 내 침대로 들어오렴." 하고 놀렸기 때문에 모두 와아 하고 웃음을 터뜨렸단다. 이제 대포 소리도 겁나지 않게 되었어. 웃음이 공포심을 날려 버렸지 뭐야.

안네로부터

1943년 6월 13일 일요일
키티에게

아빠가 나의 생일을 기념하여 써 주신 시가 너무나 좋아. 아빠는 언제나 독일어로 시를 쓰므로, 마르고트가 번역해 주었어. 마르고트가 번역을 잘했는지 어떤지 평가해 보렴. 지난 일 년 동안에 일어난 일들을 대충 돌이켜보고 나서 이렇게 이어졌어.

너는 여기서 가장 나이가 어리지만 이미 어린애는 아니다. 그러나 인생은 매우 어렵다. 그러므로 우리는 모두 네 선생이 되어 주마. 우리의 말을 잘 들어 두어라.

'경험이 있는 우리에게 배워 가렴.'

'우리는 오래전에 경험했단다.'

'나이 많은 사람은 그만큼 아는 게 많단다.'

이것은 적어도 인류가 생긴 이래 변함없는 법칙 아니겠니?

자기의 결점은 조그맣게 보이는 법이란다. 그러므로 남의 결점을 비판하기가 쉽지. 남의 결점은 두 배로 보이는 법이니까. 우리들, 너의 부모를 참을성 있게 대해 다오. 우리는 너를 공평하게 이해하려고 노력한단다. 자신의 결점을 고치는 일은 쓴 약을 마시는 것과 같지만, 자기의 의사를 억누르고 이 약을 마셔야 한단다.

가정의 평화를 지키려면 너는 참아야 한단다.

머지않아 이 괴로움은 끝나겠지.

넌 하루 종일 책을 읽지. 그러다 보면 하루는 화살처럼 날아가지. 누가 이처럼 달라진 생활을 한 적이 있을까? 너는 결코 지루해하지 않고 우리에게 기운을 북돋워 주지.

단지 불평이라면 "뭘 입지? 운동화가 없어, 내 옷은 모두 작아져 버렸어, 내 속옷은 몽당 옷이야, 신을 신으려면 발가락을 잘라 내야 해, 아아! 난 걱정이 왜 이렇게 많은 거야……." 하지만 한창 크는 여자 아이에게 맞을 옷이 없다는 걸 알겠지!

먹는 것을 주제로 지은 시도 있었지만, 마르고트가 운문으로 번역하지 못했기 때문에 생략하겠어. 내 생일 선물이 멋지다고 생각되지? 나는 많은 선물을 받았어. 그 가운데는 내가 좋아하는 두꺼운 『그리스와 로마 신화』가 있었단다. 과자에 대해서도 불평을 말할

수 없었어. 모두 마지막 남았던 것을 꺼내 주었으니까. 나는 은신처
의 막내인데도 굉장한 대우를 받은 셈이야.

안네로부터

1943년 6월 15일 화요일

키티에게

여러 가지 일들이 일어났단다. 그렇지만 내 재미없는 잡담들에 넌
관심이 없고 편지 받기도 싫어할 것 같아서 간단히 소식만 적을게.

포센 씨는 십이지장궤양의 수술을 받지 못했어. 수술을 받기는 했
지만 배를 열어 보니까 궤양이 아니라 암(癌)이고, 더구나 병은 이미
꽤 악화되어 있어서 수술을 해봐야 소용없어서 그냥 다시 꿰맸대.
의사들은 3주일 동안 그를 입원시키고 충분히 영양을 섭취시킨 후에
퇴원시켰어. 나는 포센 씨가 너무도 가여워. 날마다 위문을 가서 격
려해 주고 싶지만 여기서 나갈 수가 없으니 딱한 일이야. 저 선량한
포센 씨가 세상일이며 창고에서 들은 이야기들을 우리에게 알리지
못하게 되는 것은, 우리들로서는 큰 타격이야. 그는 우리에게 있어
가장 훌륭한 원조자였으며, 몸의 안전을 지키기 위한 조언자였는데,
우리는 그를 만날 수 없다니…….

코프하이스 씨는 집에 비밀리에 작은 라디오를 갖고 있기 때문에
우리의 대형 필립스 수신기와 바꿔 주기로 했어. 좋은 세트를 내보
내는 것은 아쉽지만 은신처에서는 당국의 주의를 끌 만한 일은 절대
로 경계해야만 되거든. 우리는 숨어 사는 유태인으로 몰래 돈을 가

112

지고, 몰래 물건을 사들이고, 게다가 비밀 라디오를 갖고 있는 거야.
모두들 '용기의 샘'이던 낡은 라디오 대신 작은 것을 내주려고 하고
있어. 밖으로부터 나쁜 뉴스가 들려 옴에 따라 라디오는 매력적인
목소리로 우리의 기운을 북돋워 주었던 것은 사실이야. 우린 라디오
를 듣고 "힘을 내자, 견뎌 내자, 좋은 시절이 올 거다."라고 했었어.
　안네로부터

1943년 7월 11일 일요일
키티에게
　또 '버릇' 이야기를 해야겠구나. 나는 자신에 대한 비난이 적어지
도록 남을 돕고 친절하고 선량하며, 내가 할 수 있는 일은 뭐든지 하
려고 진지하게 애쓰고 있어. 솔직히 말해서 내가 참을 수 없는 사람
들에 대해 이처럼 모범적인 행동을 하기란 매우 어려운 일이지만,
자신의 생각을 그대로 노골적으로 말했던 이제까지의 버릇을 그만두
고, 얼마쯤 멍청하게 남과 사이좋게 지내도록 조심할 생각이야(물론
아무도 나의 의견을 물은 적도 없고, 내 의견 같은 것은 문제시하지
도 않아). 그런데 가끔 결심을 잊어버리고 불의를 보면 화를 낼 때가
있어. 결국 한 달 동안이나 이 세상에서 제일 못된 여자 아이의 이야
기를 되풀이하고 있어. 나에게도 얼마쯤 불평거리가 있을 수 있잖
아? 만약 내가 진짜 불평가였다면 굉장히 성질이 못돼졌을 거야.
　속기 연습은 중단하기로 했어. 그것은 첫째로 다른 공부를 더 하
기 위해서이고, 둘째로는 눈이 나쁘기 때문이야. 나는 심한 근시가

되어서 진작 안경을 썼어야 했지만(안경을 쓰면 부엉이 같겠지!) 여기서는 물론 안경을 살 수가 없잖니. 그래서 나는 몹시 슬퍼. 엄마가 코프하이스 부인에게 나를 안경점에 데려가면 어떻겠느냐고 말했기 때문에, 어제는 모두 내 눈에 대해서만 이야기했어. 나는 엄마의 이야기를 들었을 때 다리가 후들후들 떨렸어. 너무나 엄청난 일이니까.

생각해 봐. 거리로 외출을 하다니! 아아, 생각만 해도 머리가 멍해져. 처음엔 무서울 것 같았는데 점점 신이 났어. 하지만 그런 모험은 모든 사람들이 쉽게 동의하는 것이 아니어서 그렇게 쉬운 것이 아니야. 미프는 언제든지 나와 외출을 하기로 되어 있었지만, 먼저 모든 곤란과 위험을 계산해 봐야 하니까.

모두가 의논하는 동안 나는 벽장에서 회색 코트를 꺼내 입어 보았는데, 작아서 마치 동생 옷을 입은 것 같지 뭐야.

나의 외출 문제가 어떻게 마무리될는지 호기심은 갖고 있지만, 영국군이 시칠리아 섬에 상륙했다고 하고, 아빠 역시 '조기종전(早期終戰)'에 대한 희망을 갖기 시작했으므로 그것은 결국 실현되지 않으리라고 생각해.

엘리는 마르고트와 나에게 사무실 일을 많이 맡기고 있어. 우리는 일이 있어서 좋고 그녀는 도움이 되니까 좋고. 상업상의 서신을 정리하거나 판매장부에 적어 넣는 일은 누구나 할 수 있지만, 우리는 특별히 정성을 들여 한단다.

미프는 마치 짐을 나르는 당나귀같이 여러 가지를 가져다 준단다. 거의 매일처럼 야채를 찾아내기도 하고, 뭐든지 구해 내어 그것을 시장 바구니에 담아서 자전거에 싣고 오지. 우리는 선물을 받는 어린아이처럼 미프가 책을 가져다 주는 토요일을 언제나 고대한단다.

일반 사람들은 여기에 틀어박혀 있는 우리에게 책이 얼마나 큰 즐거움을 주는가를 도저히 이해하지 못할 거야. 독서와 공부와 라디오가 우리들의 오락이거든.

안네로부터

1943년 7월 13일 화요일

키티에게

어제는 아빠의 허락을 받고, 뒤셀 씨에게 우리 방의 작은 테이블을 일주일에 두 번, 오후 4시부터 5시 반까지 쓰게 해주실 수 없느냐고 공손히 부탁했단다. 나는 날마다 오후 2시 반부터 4시까지 뒤셀 씨가 낮잠을 자는 동안 그 테이블을 사용할 뿐, 그 밖의 시간에는 테이블도 방도 쓰지 못한단다. 그와 내가 함께 쓰는 방에서는 언제나 뒤셀 씨가 일을 하고 있으므로 나는 공부를 할 수가 없어. 게다가 아빠도 가끔은 그 테이블에서 일을 하고 싶어하시는데.

그러므로 이 부탁은 정말 조리에 맞는 것으로, 더구나 나는 아주 공손히 부탁했단다. 그러나 학식 높은 뒤셀 씨는 "안 돼." 오직 "안 돼."라고 한마디 했을 뿐이야. 그럴 수가 있니? 나는 그런 식의 일방적인 거절에 화가 나서 이유가 뭐냐고 물었어.

"어째서 안 되는지 그 까닭을 말해 주세요."

뒤셀 씨는 처음에 싫은 소리를 해서 나를 쫓아 버리려다가 큰 소리로 이렇게 말을 하는 거야.

"나는 여기서 일을 해야 돼. 만일 오후에 일을 하지 않으면 일을 할 시간이 없어. 나는 일을 완성해야 되거든. 그렇지 않으면 시작한 의미가 없어져. 그러나 네가 진지하게 하는 일이란 아무것도 없잖니. 뜨개질이나 책을 읽는 것은 일이 아니야. 나는 테이블을 쓰고 있고, 앞으로도 계속 쓰겠다."

"뒤셀 씨, 나는 진지하게 공부하고 있습니다. 게다가 나는 오후에 공부할 장소가 없습니다. 부디 부탁이니 한 번 더 생각해 봐주세요."

이렇게 말하고 나는 휙 돌아서서 그를 싹 무시하는 것처럼 나와 버렸어. 내 가슴은 분노로 불타고 있었어. 나는 내가 그처럼 공손히 말했는데도 뒤셀 씨가 그렇게 나오는 것은 아주 실례라고 생각해. 저녁때 아빠를 만났을 때 나는 이 이야기를 하고, 어떻게 하는 게 좋겠느냐고 의논했단다. 나는 이대로 주저앉을 생각은 없었고, 스스로 문제를 해결하고 싶었거든. 아빠는 이 문제를 어떻게 처리하는 것이 좋은가에 대해 가르쳐 주셨지만, 내가 흥분하고 있는 듯하니 다음날까지 미루는 것이 좋겠다고 충고해 주셨어.

그러나 나는 이 충고를 무시하고 식사 뒤의 설거지를 끝낸 다음 뒤셀 씨가 오기를 기다리고 있었어. 아빠가 옆방에 있다는 사실이 내 마음을 차분하게 해주었단다. 이윽고 뒤셀 씨가 방으로 들어왔어.

"뒤셀 씨, 당신은 나와 그 문제를 토론해도 이제 소용없다고 생각하겠지만, 부디 한 번 더 이야기를 나누도록 해요."

뒤셀 씨는 싱글벙글 웃으며 "나는 언제든지 그 문제를 이야기할 생각이다. 하지만 이미 끝난 일 아니냐?"라고 말했어. 나는 도중에 몇 번이나 뒤셀 씨가 가로막는데도 계속해서 이렇게 말했단다.

"당신이 처음에 여기 오셨을 때, 우리는 둘이서 이 방을 쓰기로 결정했었어요. 그러니까 만일 공평하게 나눈다면 당신이 오전 중에 쓰고, 내가 오후에 쓰면 되겠지요. 그러나 나는 그렇게 많이 요구하지도 않아요. 일주일에 이틀만 그것도 오후에 내가 쓰도록 해 달라는 것은 결코 무리한 부탁이 아니라고 생각해요."

내가 여기까지 말하자 그는 갑자기 바늘에라도 찔린 듯 의자에서 벌떡 일어났어.

"너는 여기서 너의 권리를 주장할 수는 없어. 그렇다면 나는 어디로 가야 하지? 나는 팬 던 씨에게 지붕 밑에다 작은 칸막이를 만들어 주겠느냐고 물어 보겠다. 만일 만들어 준다면 나는 거기 가서 앉아 있을 수 있겠지. 하지만 나는 다른 데서는 일할 수 없어. 너는 누구하고나 문제를 일으키는구나. 너의 언니 마르고트라면 그렇게 요구할 만도 하고, 만일 마르고트가 같은 말을 해 왔다면 나는 거절할 생각이 없어. 하지만 너는……."

이렇게 또 신화와 뜨개질 이야기를 꺼내어 나를 마구 모욕했단다.

그러자 나는 성난 표정도 짓지 않고 그의 말이 끝나기를 기다렸어. 그는 다시 이렇게 말했어.

"너랑은 말이 안 통해. 너는 철저한 이기주의자야. 자기만 좋으면 남을 어디에 몰아붙이든 상관 안 해. 나는 너 같은 아이를 본 적이 없어. 하지만 결국 나는 네 말대로 하지 않으면 안 되겠지. 그렇지 않으면 나중에, 뒤셀 씨가 테이블을 양보하지 않았기 때문에 안네가 시험에 떨어졌다는 말을 들을 테니까."

그의 독설은 끝없이 계속되었고 나중에는 분류(奔流)처럼 쏟아져 내렸기 때문에 나는 그가 한 말을 일일이 기억할 수도 없을 정도였어. 나는 도중에 따귀를 갈겨 주려고 생각했지만, 생각을 고쳐 나 자신을 달랬단다. '진정해. 이런 남자는 화를 낼 가치도 없으니까.'

분풀이를 끝낸 뒤셀 씨는 호주머니에 먹을 것을 가득 넣고 분노와 승리가 엇갈린 표정으로 나가 버렸어. 나는 아빠에게로 달려가서 아빠가 듣지 못한 부분을 모두 이야기했어. 아빠는 그날 밤 뒤셀 씨와 30분 이상이나 이야기를 나누셨어.

우선 첫째는 나에게 테이블을 쓰게 할 것인가 아닌가 하는 점이었어. 아빠는 전에도 뒤셀 씨와 이 문제로 이야기를 했었지만 그때는 아이들 앞에서 그의 체면을 생각하여 그의 말에 따랐던 것이라고 말했단다. 그러나 아빠는 그때, 그것이 공평했다고는 생각지 않았던 거야. 뒤셀 씨는 내가 그의 것을 뭐든지 독차지하려 하고 또 그가 침입 자인 것처럼 말하는 건 좋지 않다고 이유를 붙였지만, 아빠는 내가 그런 말을 한마디도 하지 않았음을 직접 들어서 알고 있었으므로 나를 강력히 변호해 주었단다.

아빠는 내가 이기적이 아니며 나의 공부가 하찮은 것이 아니라고 설명했고, 뒤셀 씨는 끊임없이 투덜투덜 불평하는 식으로 두 사람의 줄다리기는 계속되었어.

그러나 결국 뒤셀 씨가 양보하여 나는 매주 이틀만 오후 5시까지

118

방해 없이 테이블에서 공부할 수 있게 되었단다. 뒤셀 씨는 날 무시하는 듯한 표정으로 이틀 동안이나 내게 말을 걸지 않았고, 5시 반이 지나서야 테이블에 앉는 거야. 마치 어린아이처럼!

쉰네 살이나 되어서 아직 저토록 알은체하는 속 좁은 사람은 타고난 성질이니까 결코 고쳐지지 않을 거야.

안네로부터

1943년 7월 16일 금요일

키티에게

또 도둑 소동이야. 그러나 이번에는 진짜야. 아침 7시 피터가 여느 때처럼 창고로 갔을 때, 창고 문과 큰길 쪽으로 난 문이 둘 다 열려 있는 것을 보았대. 그는 곧 우리 아빠에게 알렸지. 아빠는 전용 사무실의 라디오를 독일 방송으로 맞추고는 문을 잠그고 피터와 함께 3층으로 올라갔단다.

이런 경우 언제나 지켜야 할 규칙은 수도를 틀어서는 안 되며 따라서 절대로 손을 씻어서도 안 되는 거야. 그리고 말을 하지 말고 오후 8시까지 그렇게 지내야 하며 화장실을 써서도 안 돼. 우리는 지난밤 깊이 잠들어 아무 소리도 듣지 못한 것을 기뻐했단다. 도둑이 쇠막대기로 바깥문을 열고 창고로 들어갔다는 것을 코프하이스 씨에게 들은 것은 오전 11시 반쯤이었어. 그러나 창고 속에는 그다지 훔칠 만한 것이 없었으므로 도둑은 계단을 올라가 40플로린의 돈과 우편환(換)과 수표 대장(臺帳), 그리고 가장 슬픈 일은 150킬로그램분의 설탕 배급표가 든 손금고를 둘이나 훔쳐 간 거야.

코프하이스 씨는 6주일 전에 들어왔던 도둑일 거라고 말씀하셨어. 그때는 아무것도 도둑맞지 않았었잖아? 어쨌든 3층의 우리 옷장에 넣어 둔 타이프라이터와 돈이 무사해서 다행이야.

안네로부터

1943년 7월 19일 월요일
키티에게

일요일에 북암스테르담이 큰 폭격을 당했대. 시가지가 완전 폐허가 되고 파묻힌 사람들을 꺼내는 데만도 상당한 시간이 걸리겠대. 이제까지 밝혀진 바로는 사망자가 2백 명이고, 부상자도 헤아릴 수 없을 정도래. 병원들이 부상자로 가득 찼대. 아직도 불타고 있는 집터에서 부모를 찾던 아이가 없어졌다는 이야기도 들었어. 멀리서 들리던 폭격 소리를 생각하면 소름이 끼치는구나. 우리도 언제 그렇게 당할지 모르니까.

안네로부터

1943년 7월 23일 금요일
키티에게

우리가 다시 밖으로 나가게 되면 맨 먼저 무엇을 하고 싶은지 모두 말해 보았어. 마르고트와 팬 던 아저씨는 무엇보다도 욕조에 철철 넘치도록 더운물을 채우고 30분쯤 들어앉아 있겠다고 말했어.

팬 던 아주머니는 크림 케이크를 먹고 싶대. 뒤셀 씨는 그의 아내 로체를 만나고 싶은 생각밖에 없어. 엄마는 뜨거운 커피를 마시고 싶어하고, 아빠는 포센 씨를 만나고 싶어해. 피터는 거리로 나가 극장에 가겠다고 말했지. 나는 너무 기뻐서 무엇부터 시작해야 좋을지 모르지만, 첫째로 자유롭게 돌아다닐 수 있는 내 집을 갖고 싶어. 그 다음에는 공부를 할 수 있는 곳, 말하자면 학교에 가는 거야. 엘리가 과일을 조금 사다 주겠다고 말했어. 거의 공짜야. 포도가 1킬로그램에 5플로린, 복숭아 한 개가 반 플로린, 멜론이 1킬로그램에 1플로린 반이거든. 그런데도 신문에는 날마다 커다란 글씨로 '물가를 내려라!'고 실리더라.

안네로부터

1943년 7월 26일 월요일

키티에게

어제는 불안과 소란의 하루였어. 우리는 아직도 흥분을 가라앉힐 수 없단다. 너는 하루도 조용한 날이 없다고 말하겠지?

어제는 점심 식사 때 공습 경보가 울렸지만, 우린 해변에 비행기가 지나가려니 생각하고 대단하게 여기지 않았어.

나는 머리가 몹시 아팠기 때문에 점심 식사 뒤 한 시간쯤 누웠다가 아래로 내려갔어. 마르고트는 오후 2시 반에 사무실 일을 마쳤지만, 아직 자기 물건들을 가방에 챙기기도 전에 두 번째 공습 경보가 울렸지 뭐야. 우리는 재빨리 3층으로 올라갔어. 그러자 5분도 채 못

되어서 곡사포가 마구 터지기 시작했어. 너무나 요란해서 우리는 복도에 서 있었는데, 건물이 덜컹덜컹 울렸어. 그리고 곧 폭탄이 떨어지기 시작했어.

나는 피난용 가방을 가슴에 꼭 안았단다. 그것은 달아나겠다는 생각보다도 무엇인가에 매달리고 싶다는 심정에서였어. 도망치고 싶어도 갈 데가 없으니까. 만일 여기서 달아나야 할 최악의 사태가 일어난다 할지라도, 거리가 위험하다는 점에 있어서는 공습이나 다를 바가 없어. 30분쯤 뒤 공습이 잠잠해지자 피터는 지붕 밑의 파수대에서 내려왔어. 역시 지붕 밑에서 망을 보던 팬 던 아저씨로부터 항구 쪽에 연기가 피어 오르고 있다는 말을 듣고, 나는 그것을 보러 지붕 밑으로 갔단다. 이윽고 뭔가 타는 듯한 냄새가 나고, 밖은 짙은 안개가 꽉 낀 것 같았어. 큰불을 구경하는 것은 그다지 유쾌하지 않았지만, 다행히도 사태가 가라앉아서 우린 각자가 맡은 일을 시작했어. 저녁 식사 때, 공습 경보가 또 울렸단다. 오늘따라 저녁 식탁에는 맛있는 요리가 나왔지만, 우리는 경보를 듣는 것만으로도 입맛이 사라져 버렸어. 그러나 아무 일도 없이 45분 뒤에 경보가 해제되었어. 하루 종일 설거지를 하지 않았기 때문에 씻지 않은 접시가 산더미처럼 쌓여 있었지 뭐야. 공습 경보, 곡사포 소리, 많은 폭격기들. "어휴, 하루 두 번은 좀 지나친데."라고 모두들 말했지만 어쩔 수 없지.

또 폭격이 시작됐어. 영국 측의 발표에 따르면, 이번에는 반대쪽인 스키폴 비행장을 공격한다는군. 비행기는 차례차례로 급강하하고는 다시 올라갔어. 그때마다 들리는 엔진 소리가 몹시도 음산했어.

'또 한 대가 급강하를 시작했구나. 이쪽으로 오고 있어.'라고 나는 속으로 생각했단다.

저녁 9시에 침대에 누웠지만 다리가 후들거리고 있었어. 나는 밤 12시쯤 비행기 소리에 눈을 떴는데 마침 뒤셀 씨가 옷을 벗고 있었어. 하지만 그런 것에 신경 쓸 여유가 없었어. 맨 처음의 곡사포 소리에 나는 침대에서 뛰어 일어나 아빠의 침대에 파고들었단다. 두 시간쯤 있었지만 비행기는 계속 날아왔어. 이윽고 곡사포 소리가 그쳤으므로 나는 내 침대로 들어가 2시 반쯤에 잠들었어.

아침 7시쯤 나는 깜짝 놀라 침대에서 벌떡 일어났단다. 팬 던 아저씨와 아빠가 같이 들어왔으므로 나는 처음에 또 도둑이 아닌가 생각했어. 아저씨가 "무엇이든." 하는 말을 듣고 나는 무엇이든 다 훔쳐 갔나 보다고 여겼지. 그런데 그게 아니고 이번에는 몇 달 만에, 아니 적어도 전쟁이 시작된 뒤로 들어보지 못했던 멋진 뉴스였어. '무솔리니가 사임하고 이탈리아의 국왕이 정권을 인수했다'는 거야. 나는 좋아서 펄쩍 뛰었어. 무서운 하루가 지나고 나서 마침내 희망이 생긴 거야. 희망이, 평화의 희망이 !

크라이렐 씨가 와서 독일의 포커 기(機)가 참패를 당했다고 말했어. 오늘도 공습 경보가 울리고 머리 위로 비행기가 날고, 그 뒤에 경계 경보가 다시 한 번 울렸어. 나는 놀라움에 지쳐서 아무 일도 할 수 없을 정도로 피곤해. 전쟁이 끝날 거라는 희망을 다시 가져다 주었어. 올해 안에 끝나지 않을까?

안네로부터

1943년 7월 29일 목요일

키티에게

팬 던 아주머니와 뒤셀 씨와 나는 설거지를 했어. 내가 특별히 조용하니까 두 사람 다 그것을 눈치챈 듯했어.

나는 "어째서 오늘은 그처럼 얌전하니?"라는 말을 듣고 싶지 않아 곧 별 지장이 없을 화제를 생각했는데, 『헨리 프롬 디 아더 사이드』라는 책 이야기가 좋겠다고 생각했어. 그런데 그게 실수였어.

팬 던 아주머니가 가만히 있을 때는 뒤셀 씨가 날 자꾸 긁는단다. 뒤셀 씨는 전에 이것을 아주 좋은 책이라고 하여 우리들에게 권한 적이 있는데, 마르고트와 나는 그다지 좋다고 생각하지 않았단다. 소년의 성격은 잘 묘사되어 있지만, 그 밖에는 나라도 그보다는 더 잘 쓸 수 있을 것 같았거든. 그가 접시를 씻고 있을 때 내가 뭔가 그런 의미의 말을 했더니 문제가 시작된 거야.

"네가 어떻게 인간의 심리를 이해할 수 있니? 그 책은 너한테는 너무 어려워요. 스무 살 된 젊은이들도 거기에 쓰인 것을 이해할 수는 없을 거다."

그렇다면 어째서 우리에게 그 책을 권했단 말인가? 그리고 이번에는 아주머니까지 끼어들어 둘이서 이런 말을 했어.

"네가 어린아이답지 않다는 것은 잘 알고 있어. 부모의 교육이 잘못된 거야. 이제 자라면 너는 아무것에도 흥미를 느끼지 못할 거야. '그건 20년 전에 책으로 읽었다'고 말할걸. 결혼이나 연애를 하고 싶으면 빨리 하는 편이 좋아요. 안 그러면 무슨 일에든 실망할 테니까.

너는 이론에 있어서는 벌써 어른이야. 모자라는 것은 경험뿐이야!"

이 사람들이 늘 하는 말을 들으면 부모에게 반항하는 것이 좋은 양육법 같아. 나같이 어린애한테 부모의 잘못을 이야기하는 게 올바른 태도일까? 이런 양육이 어떤 결과를 가져올지 나는 잘 알아.

나는 화가 나 두 사람의 따귀를 갈겨 주고 싶었어. 아아, 나는 이런 사람들과 하루빨리 헤어지고 싶어.

아주머니는 좋은 사람이지! 좋은 본보기를 보여 주니까! 그녀는 매우 주제넘고 이기적이며, 교활하고 타산적이고 결코 만족을 몰라. 게다가 허영심이 강하고 바람둥이라고 덧붙여 두겠어. 아무튼 말하기조차 싫은 사람이라는 것만은 틀림없어. 나는 아주머니에 대해 책을 한 권 쓸 수도 있을 것 같아. 언젠간 그렇게 할 테야. 누구라도 겉은 번지르르하게 칠할 수 있는 법이야. 아주머니는 모르는 사람, 특히 남자들에게는 친절하므로 짧은 교제로는 좋은 사람으로 착각하기 쉬워. 우리 엄마는 아주머니를, 너무나 어리석어 말할 가치조차 없다고 생각해. 아빠는 지극히 불쾌한 여자라고 생각하고 있지.

나는 오랫동안 관찰한 결과—나는 누구에게도 처음부터 편견이라는 것을 절대로 갖지 않아.—그녀는 이 세 가지를 합한 것, 아니 그 이상이라는 결론에 이르렀어. 그렇게 나쁜 점이 많은데 그 한 가지를 예로 들어 봐야 무슨 소용이 있겠니?

안네로부터

추신 : 내가 이 글을 쓰는 동안에도 화가 가라앉지 않았어.

1943년 8월 3일 화요일

키티에게

정치 뉴스가 신나는구나. 이탈리아에서는 파시스트당이 금지되고, 인민은 각지에서 파시스트와 싸우고 있대. 육군까지도 전투에 가담했대. 이런 나라가 영국과 전쟁을 할 수 있겠니?

세 번째 공습이 끝난 참이야. 나는 이를 악물고 용기를 내려고 했단다. 팬 던 아주머니는 언제나 "어떤 참혹한 종말도 종말이 없는 것보다는 낫다."라고 하지만 우리들 중 가장 겁쟁이야. 아주머니는 오늘 아침에 부들부들 떨면서 끝내는 울음을 터뜨리고 말았단다. 일주일쯤 아주머니와 싸우다가 겨우 화해를 한 아저씨는 아주머니를 위로하고 있었어. 나는 아주머니의 얼굴을 보기만 해도 슬퍼져.

고양이를 기르면 좋은 일도 있지만 나쁜 점도 있어. 보쉬가 있기 때문에 집안에 벼룩이 번져서 점점 심해지고 있단다. 코프하이스 씨는 구석구석에 노란 가루를 뿌려 주었지만 여전히 극성이란다. 모두 신경이 날카로워져서 팔이며 다리며 온몸이 가려운 것 같다고 해. 일어나 있을 때면 목뒤나 다리 뒤를 둘러보게 되니까 덕분에 운동도 하게 되는 셈이지. 하지만 몸이 너무 굳어서 목을 돌리는 것도 쉽지 않아. 오랫동안 운동을 하지 않았으니까.

안네로부터

1943년 8월 4일 수요일

키티에게

은신처 생활을 시작한 지 이미 일년이 지났어. 넌 우리들의 생활을 어느 정도는 알겠지만 설명하기 어려운 점도 있어. 할말도 많고 게다가 모두 여느 때의 보통 사람들과는 너무도 다르거든. 그러나 너에게 우리의 생활을 좀더 잘 이해시키기 위하여 가끔은 평범한 일상 생활을 이야기할 작정이야. 오늘은 저녁때와 밤의 일에 대해서 얘기할까?

저녁 9시 : 모두 잠자리 준비가 부산스러워진단다. 하지만 조용히 진행되지. 의자를 치우고, 침대를 끌어내리고, 담요를 펴고…… 낮 동안의 모습은 완전히 사라져 버려. 나는 긴 의자 위에서 자는데, 그 길이가 150센티미터도 못 되기 때문에 의자를 더 갖다 붙여야만 한단다. 낮에 뒤셀 씨의 침대에 쌓아 두었던 이불, 시트, 베개, 담요들을 꺼내노라면 삐걱거리는 소리가 들린단다. 마르고트가 접는 침대를 끌어내고 있는 거야. 이것이 끝나면 담요와 베개를 꺼내는 소리가 나지. 우리의 머리 위에서는 마치 멀리서 들리는 천둥 소리 같은 것이 난단다. 팬 던 아주머니의 침대를 창가로 끌고 가는 소리야. 이것은 핑크빛 잠옷을 입은 '여왕 폐하'의 참으로 우아한 코를 신선한 공기로 시원하게 하려는 거야!

피터가 씻고 나면 우리는 욕실로 가서 몸을 깨끗이 닦고 살짝 화장을 해(더울 때는 흔히 작은 벼룩이 물에 떠 있는 경우가 있어). 그리고 이를 닦고 머리를 컬하고 매니큐어를 바르고, 얼굴의 검은 솜털이 안 보이게 옥시풀을 바르지. 이 모든 것을 30분 안으로 해.

저녁 9시 반 : 급히 드레싱 가운을 입고 비누와 더운물을 담는 그릇, 팬티, 머리핀, 클립 같은 걸 갖고 욕실을 나오지만 대개는 다시 들어가야 해. 왜냐하면 다음 사람이 우아한 곡선으로 욕실에 붙어 있는 나의 머리카락들을 좋아하지 않거든.

저녁 10시 : 소등. 안녕히 주무세요. 불을 끄고 적어도 15분 동안은 침대가 삐걱거리거나 끊어진 용수철의 '한숨 소리'가 들리지만, 곧 조용해진단다. 위층 사람들이 자리에 누워서 싸우지만 않는다면.

저녁 11시 반 : 침실 문이 삐걱 열리고, 가느다란 빛이 방으로 스며든단다. 신발 소리, 조금 헐렁한 윗옷을 입은 사람의 그림자, 곧 크라이렐 씨의 사무실에서 일을 하던 뒤셀 씨가 돌아오는 거야. 10분쯤 방안을 돌아다니는 소리, 버석거리는 종이 소리—먹을 것을 치우는 소리야.—그리고 잠자리를 만들지. 그 뒤로는 사람이 사라지고 수상스런 소리만이 들릴 뿐이야.

새벽 3시 : 볼일 때문에 깬 나는 침대 아래 넣어 둔 양철 변기를 꺼낸단다. 이때만 되면 난 숨을 죽이곤 해. 내 오줌 소리가 꼭 산 속의 시냇물 소리 같거든. 변기를 제자리에 놓고 나서, 하얀 나이트 가운을 입은 뒤 다시 침대로 파고들어. 마르고트는 나의 하얀 나이트 가운을 무척 싫어해서, 매일 밤 이걸 볼 때마다 "아이, 그 나이트 가운 보기 싫어." 하고 말한단다. 침대에 누워 15분간 귀를 기울인 채 가만히 눈을 뜨고 있는단다.

먼저 아래층에 도둑이 들어오지 않았나, 다음에는 모두 잘 자고 있는가를 알아보기 위해서지. 옆방과 윗방과 내 방에 차례로 귀를 기울여보면, 모두 잘 자고 있는지 아니면 잠들지 못한 사람이 있는지 곧 알 수 있거든.

남이 잠들지 못하고 있는 것을 보면 불쾌한데, 뒤셀 씨의 경우는
특히 그래. 그는 먼저 물고기가 가쁘게 헉헉거리는 듯한 소리를 내.
이것을 한 열 번쯤 되풀이하고 나서 이번에는 뒤척이기도 하고, 몸
을 뒤틀기도 하며, 베개를 고쳐 베고, 혀를 차는가 하면 입술을 핥
고 — 참으로 요란해. — 5분쯤 조용해져서 잠이 들었는가 하면, 같은
짓을 적어도 세 번은 되풀이한단다. 밤 1시에서 4시 사이에 곡사포
소리가 들리는 수도 있어. 이럴 때는 나는 습관적으로 나도 모르게
침대 곁에 우뚝 서 버려. 때로는 프랑스어의 불규칙 동사를 생각하
기도 하고, 4층 사람들이 싸움하는 꿈을 꾸기도 하여 곡사포 소리가
울려도 잠시 깨닫지 못하고 가만히 있는 경우도 있지만, 대개는 나
도 모르는 사이에 침대 곁에 서게 돼. 그러고는 급히 드레싱 가운을
입고 슬리퍼를 신고는 베개와 손수건을 가지고 아빠한테로 달려가
지. 마르고트는 이것을 나의 생일 시 속에 다음과 같이 썼더라.

한밤중에 최초의 곡사포가 울리면
끼익, 저것 봐요. 삐걱 소리와 함께 문이 크게 열리고,
한 소녀가 베개를 꼭 껴안고 들어옵니다.

아빠의 큰 침대에 들어가면 폭격이 심해지지 않는 한, 마음이 가
라앉아.
아침 6시 45분 : 자명종 시계가 울린딘다(울리지 말았으면 할 때

울리는 수도 있어). 팬 던 아주머니가 그걸 재빨리 멈추게 하지. 아저씨는 일어나 주전자를 가스레인지에 얹고 급히 욕실로 가셔.

아침 7시 15분 : 문이 또 삐걱 열리고 뒤셀 씨가 욕실로 간단다. 나는 혼자가 되어 등화관제의 차광막(遮光幕)을 벗기지.

이리하여 은신처의 새로운 하루가 다시 시작되는 거야.

안네로부터

1943년 8월 5일 목요일

키티에게

오늘은 점심 시간의 이야기를 해줄게.

12시 반 : 온 집안이 다시 안도의 한숨을 쉬는 시간이야. 창고 사람들이 식사하러 나가기 때문이지. 팬 던 아주머니가 그녀의 오직 하나뿐인 아름다운 융단을 전기 청소기로 청소하기 시작하고, 마르고트는 몇 권의 책을 안고, 뒤셀 씨의 말을 빌리면 '머리 둔한 학생을 위한' 네덜란드어를 배우러 간단다. 아버지는 언제나 손에서 뗀 적이 없는 디킨스의 책을 가지고 조용한 곳으로 물러가시지. 엄마는 '부지런한 주부'를 도우러 급히 가시고, 나는 욕실로 가서 청소도 하고 또 나의 몸차림을 고친단다.

12시 45분 : 은신처는 왁자지껄해진단다. 먼저 팬 산텐 씨가, 다음에는 코프하이스 씨와 크라이렐 씨와 엘리가 온단다. 더러는 미프도 낄 때가 있어.

1시 : 모두가 작은 라디오를 둘러싸고 앉아 영국의 BBC 방송을 들어야 해. 이때 은신처 사람들은 진지하게 방송에 귀를 기울이고, 아무도 입을 여는 사람이 없어. 팬 던 아저씨조차 입을 열지 못한단 다. 라디오 방송 중이기 때문이야.

1시 15분 : 성대한 식사 시간. 아래층 사람들에게도 수프를 한 그 릇씩, 푸딩이 있을 때는 그것도 나누어 먹는단다. 그러면 팬 산텐 씨 는 기분이 좋아져서 긴 의자에 앉거나 책상에 기대지. 그의 곁에는 신문과 수프 그릇이 놓여 있고, 대개는 고양이가 있어. 그는 그 가운 데 어느 하나가 빠져도 불만이야. 코프하이스 씨는 최근의 거리 소 식을 우리에게 전해 주시지. 그는 훌륭한 정보원(情報員)이거든. 크라 이렐 씨는 급히 3층으로 뛰어 올라와 문을 짧고 힘차게 두드리고 손 을 비비면서 들어오는데, 그때의 기분에 따라 즐겁게 이야기하며 들 어오는 수도 있고, 시무룩하니 말이 없을 때도 있단다.

1시 45분 : 모두 테이블에서 일어나 저마다 자기 일을 시작하지. 마르고트와 엄마는 설거지를 하고, 팬 던 부부는 자기네의 긴 의자 로, 피터는 지붕 밑 방으로, 아빠는 아래층 소파로, 뒤셸 씨는 침대 로 제각각 가. 모두 잠을 자기 때문에 아무도 방해를 받지 않는단다. 뒤셸 씨는 맛있는 요리를 먹는 꿈을 가끔 꾸나 봐. 그것은 그의 표정 으로 알 수 있거든. 그러나 시간이 아깝기 때문에 나는 그것을 마냥 보고 있을 수만은 없단다. 오후 5시가 되면 뒤셸 씨는 시계를 들고 내 곁에 서 있어. 내가 그를 위해 테이블을 비우는 것이 1분 늦어졌 기 때문이야.

안네로부터

1943년 8월 9일 월요일

키티에게

오늘은 은신처의 일상 생활 가운데 저녁 식사 이야기야.

팬 던 아저씨가 맨 먼저 배급을 받는데, 그는 자기가 좋아하는 것이면 뭐든지 많이 가져가. 그는 대개 음식을 쟁반에 덜면서 이야기를 시작하지. 무엇이든 자기 의견만이 들을 가치가 있다는 태도로. 그때는 가만 내버려둬야 해. 만일 누군가가 그의 의견에 의문이라도 던진다면 당장 험악한 기세로 덤벼들어. 화난 고양이가 털을 곤두세운 것과 같은 모습으로. 나는 아무튼 조용히 있기로 했어. 한 번 당한 사람은 다시 덤비지 않아. 그는 훌륭한 의견을 잘 내고 다방면으로 아는 것도 많지만 그분에겐 자기 만족의 정도가 지나쳐.

아주머니에 대해서는 잠자코 있는 것이 가장 좋아. 특히 기분이 언짢을 때는 얼굴을 봐서는 안 돼. 어떤 토론이든 가만히 생각해 보면 언제나 아주머니가 나빠. 아무도 말다툼을 하고 싶지 않지만 아주머니가 자꾸 싸움을 걸어오는 거야. 예를 들면 엄마와 나를 싸우게 하듯이, 그녀는 싸움을 붙이는 일에 흥미를 갖고 있어. 하지만 마르고트와 아빠를 싸우게 하는 것은 그리 쉽지 않지.

아주머니는 식탁에서 자기 딴은 체면을 차린다고 생각하는 모양이지만, 전혀야. 그녀는 뭐든지 가장 좋은 것을 골라 먹지. 제일 좋은 것을 고르고 나야 다음 사람 차례가 되는 거야. 그것이 끝나면 이번에는 수다를 떤단다. 다른 사람들이 자기의 이야기에 흥미를 가지든 말든, 이야기를 듣건 말건 상관하지 않아. 모두 자기 이야기에 흥미를 가지고 있다고 생각하는 거지. 요염한 미소, 뭐든지 다 이해하고 있다는 듯한 태도, 모두들에게 조언을 하고 또 격려도 하고. 이러한 것들은 확실히 좋은 인상을 준다. 그러나 잠시 보고 있으면 그 좋은 인상은 곧 사라지고 말아.

첫째 부지런하다, 둘째 명랑하다, 셋째 바람기가 있다, 때로는 아름다워 보인다. 이것이 페트로네일러 팬 던이라는 사람이야.

식탁의 세 번째 친구 : 피터는 그다지 말이 없어. 그러나 식욕은 아주 왕성해서 실컷 먹고 나서야 조용히 "아아, 2인분을 먹었다."라고 말해.

네 번째 : 마르고트는 생쥐처럼 살금살금 먹고, 절대로 잡담을 하지 않아. 먹는 것은 야채와 과일뿐이야. 팬 던 부부는 버릇이 없다고 하고 우린 맑은 공기와 오락이 모자란다고 생각하지.

마르고트의 옆 : 엄마는 식욕도 왕성하고, 말도 잘해. 엄마는 팬 던 부인 같은 인상을 주지 않아. 가정 주부형이거든. 그 차이가 뭐냐고? 그건 아주머니가 요리를 만들고, 엄마가 설거지를 하는 거지 뭐.

여섯 번째와 일곱 번째 : 나와 아빠에 대한 이야기는 그다지 하지 않겠어. 아빠는 가장 겸손해서 우리 모두에게 음식이 제대로 나누어졌는가를 보시지. 자기는 별로 먹지 않고 좋은 것은 아이들에게 먹이려 하신단다. 그는 완전한 본보기야. 아빠 곁에는 은신처에서 가장 신경질적인 남자가 앉아 있어.

뒤셀 씨는 절대로 얼굴도 들지 않고 잡담도 하지 않으며 부지런히 먹기만 하는데, 자꾸만 주어도 사양하는 법이 없이. 그가 식탁에서 이야기를 꺼낼 때는 언제나 요리에 대한 것인데, 요리 때문에 싸우는 건 그만두어라, 이 정도의 요리를 먹을 수 있으니 다행이라는 거야. 그리고 대식가여서 맛있는 요리일 때는 결코 "아니, 그만 먹겠습니다."라고 말하지 않아. 맛이 없을 때에도 절대로 "그만두겠습니다."라고는 말하지 않아. 가슴까지 올라오는 긴 바지와 빨간 윗옷과 검은 슬리퍼와 뿔테 안경, 이것이 일할 때나 식탁에서 볼 수 있는 그의 모습이야.

그는 낮잠 잘 때와 식탁에 있을 때 그리고 가장 좋아하는 화장실에 갈 때말고는 늘 일을 하고 있단다. 화장실이라면 하루에 서너 번 때론 다섯 번도 가니까. 반드시 누군가가 화장실 밖에서 발을 동동 구르며 괴로워하는 일도 있지만 그는 전혀 태평이야. 아침 7시 15분부터 반까지, 오후 12시 반부터 1시까지, 2시부터 2시 15분까지, 4시 반부터 4시 45분까지, 6시부터 6시 15분까지, 11시 반부터 12시까지. 이것이 정해 놓고 그가 화장실에 있는 시간이란다. 그는 밖에서 누군가가 더 참을 수 없으니 제발 좀 나오라고 애걸해도 결코 서두르지 않고 비키지도 않아.

아홉 번째 : 엘리는 은신처의 사람은 아니지만 가족이라고 할 수 있어. 그녀는 식성이 좋아서 전혀 음식을 가리지 않고 뭐든지 깨끗이 먹어치운단다. 성격이 쾌활하면서 온순하고 호인답다는 게 그녀의 특징이야.

안네로부터

1943년 8월 10일 화요일

키티에게

식사 때는 절대로 입을 열지 않고 마음속으로 자신과 이야기하기로 했어. 두 가지 장점이 있거든. 첫째로 내가 수다를 떨지 않으면 모두 기뻐하거든. 둘째로 다른 사람들의 의견에 속상해할 필요가 없어져. 나는 내 의견이 모두 바보스럽다고는 생각하지 않지만 다른 사람들은 그렇게 생각하나 봐. 그러므로 잠자코 있는 편이 낫지. 나는 싫은 요리를 먹어야만 할 때도 같은 방법을 쓴단다. 접시를 내 앞에 놓고, 참으로 맛있는 듯한 태도를 하고, 그러면서도 되도록이면 그 요리를 보지 않으려 하고 있으면 어느새 없어지고 말지.

아침에 일어날 때도 몹시 불쾌한 과정을 거쳐야만 해. 나는 졸린 눈을 비비면서 용기를 내어 침대에서 벌떡 일어나. 마음속으로는 다시 침대로 되돌아가고 싶다는 생각을 하면서도 억지로 창가에 가서 차광막을 벗기고, 창틀 사이로 들어오는 조금 신선한 공기를 마시면 간신히 눈이 떠진단다. 다시 침대로 들어가고 싶은 마음이 들면 안 되므로 되도록 빨리 침대를 치운단다. 엄마가 이것을 가리켜 뭐라고 말하는지 아니? '생활의 예술'이래. 우스운 이야기지?

지난 일주일 전부터 우리는 시간을 몰라 쩔쩔매고 있단다. 우리가 사랑하는 웨스터토렌의 시계추를 전쟁용으로 떼어 갔는지 밤이나 낮이나 정확한 시간을 알 수가 없어. 그러나 나는 지금도 구리 시계라도 대신 갖다 놓을 거라는 희망을 버리지 않고 있어.

요즈음 내가 어딜 가든, 어디에 있든 모두 날 긴틴의 눈길로 바라본단다. 멋진 구두 때문이야. 이 구두는 미프가 27플로린 반을 주고 산 중고품인데 포도빛의 스웨이드제(製)로 뒤축이 꽤 높은 신이야. 이것을 신고 있으면 마치 죽마(竹馬)를 탄 듯 키가 훨씬 커 보여.

뒤셀 씨는 간접적이나마 하마터면 우리의 목숨을 위태롭게 할 뻔 했지 뭐야. 그는 무솔리니와 히틀러의 욕을 쓴 판매 금지된 책을 미프에게 가져오게 했던 거야. 그녀는 가져오는 도중에 SS(독일 친위대)의 자동차와 부딪힐 뻔해서 홧김에 "이 바보 새끼야!" 하고 소리치고 말았대. 만일 SS 본부에 끌려갔더라면 어떻게 되었을지, 생각만 해도 소름이 끼쳐.

안네로부터

1943년 8월 18일 수요일

키티에게

오늘의 제목은 <공동 작업, 감자 벗기기>야.

한 사람이 신문지, 또 한 사람이 나이프(물론 가장 좋은 것을 갖지), 그 다음 사람이 감자, 네 번째 사람이 물이 담긴 냄비를 가져오지. 뒤셀 씨가 감자를 벗기기 시작해. 능숙하지는 못하지만 오른쪽 왼쪽을 기웃거리며 꾸준히 벗기지. 모두 자기처럼 하고 있나 보려는 것처럼.

"그렇게 하는 게 아니야, 안네. 자, 봐. 오른손에 나이프를 들고, 위에서 아래로 벗기는 거야. 그렇게가 아니고 이렇게!"

"하지만 이렇게 하는 것이 더 잘 벗겨져요, 뒤셀 씨."

"아냐, 역시 이렇게 하는 것이 좋아. 하지만 난 아무래도 괜찮아. 너는 잘 알고 있을 테니까."

나는 내 방식대로 껍질을 벗기면서 흘끔 뒤셀 씨 쪽을 보니까, 그는 참으로 어쩔 수 없다는 듯이 머리를 흔들지 뭐니(아마 나를 고집 스러운 아이라고 어이없어하는 것이겠지). 그러나 더 이상은 말하지 않았어.

나는 계속 껍질을 벗기면서 이번에는 반대쪽에 있는 아빠를 봤어. 아빠로서는 감자 벗기기가 하찮은 일이 아니라 정밀 작업이야. 또 책을 읽을 때는 목에 주름이 잡히지만 감자나 강낭콩이나 그 밖의 야채 다듬는 일을 도울 때는 아무 생각도 하지 않는 것 같아. 그렇게 되면 '감자 얼굴'이 되는 거야. 덜 깎은 감자는 절대로 내놓지 않으신단다. 나는 쉬지 않고 일을 계속하다가 잠깐 옆을 바라봤는데 예상대로 팬 던 아주머니가 열심히 뒤셀 씨의 관심을 끌려고 애쓰고 있는 거야. 아주머니는 먼저 뒤셀 씨를 보지만 그는 전혀 깨닫지 못하거든. 그러면 윙크를 해. 그래도 그는 계속 일을 하지. 그러자 아주머니는 이번에는 소리내어 웃는단다. 그래도 그는 머리를 들지 않는 거야. 이번에는 엄마까지도 웃는단다. 그래도 그는 태연하지. 아주머니는 성공하지 못했기 때문에 뭔가 다른 방법을 생각해 내야 했어. 한참 사이를 두고 나서 아주머니는 말하시지.

"프티, 에이프런을 두르세요. 안 그러면 내일 내가 당신 옷의 얼룩을 모두 **빼내야** 하잖아요?"

"더럽히시 않았어!"

다시 조금 침묵이 흐른 다음 아주머니는 말했어.

"프티, 당신은 왜 앉지 않아요?"

"난 서 있는 게 좋아."

또다시 조금 있다가 아주머니가 말했어.

"프티, 당신은 엉터리로 했잖아요?"

"알았어요, 조심할게."

아주머니는 이번에는 다른 화제를 찾아내야 해.

"이봐요, 요즈음은 어째서 영국 공군의 폭격이 없을까요?"

"날씨가 나빠서 그래."

"어제는 날씨가 무척 좋았잖아요. 그런데도 역시 오지 않았어요."

"그런 이야기는 그만둡시다."

"누구든 이야기하고 의견을 말할 권리는 있어요."

"그만둬요."

"왜 안 돼요?"

"조용히 하라니까."

"프랑크 씨는 부인이 묻는 말에는 언제든지 대답해 줄 거예요."

팬 던 아저씨는 화를 꾹 참으려고 애쓴단다. 이것이 아저씨가 가장 싫어하는 말이니까 그 말만 나오면 꼼짝 못하시거든. 아주머니는 또 시작하시지.

"상륙 작전은 안 할 건가 봐!"

아저씨는 얼굴이 하얘진단다. 아주머니는 그것을 보고 얼굴이 새빨개지지만 그래도 말을 계속해.

"영국군은 다 낮잠 자나?"

드디어 폭탄이 터지고 만단다.

"그만둬!"

드디어 아저씨가 소리를 지르고 엄마는 웃음을 참지 못해 터뜨릴 것만 같아. 나는 앞만 똑바로 쳐다보지. 두 분이 큰 싸움을 해서 둘 다 입을 다물고 있지 않는 한 이런 일은 매일 되풀이되고 있어.

내가 감자를 가지러 다락방으로 갔더니 피터는 거기서 고양이와 장난을 치고 있었어. 피터가 잠깐 내 쪽을 보는 사이에 고양이는 창 너머로 달아나 버렸지. 피터는 분한 듯이 혀를 차지 뭐니. 나는 웃으며 내려왔단다.

안네로부터

1943년 8월 20일 금요일

키티에게

창고의 사람들이 5시 반에 퇴근하고 나면 우린 자유의 몸이야.

5시 반 : 엘리가 저녁 일을 도우러 오면 우리는 곧 일을 시작해. 나는 먼저 엘리와 위로 올라가지. 엘리는 거기서 대개 뭔가 남은 음식을 먹는단다.

엘리가 앉기도 전에 팬 단 아주머니는 뭔가 갖고 싶은 것을 생각해 내. 그러고는 "저어, 엘리, 부탁이 있는데……." 하고 시작한단다.

엘리는 나에게 눈짓을 하지. 아주머니는 누가 올라오든지 무엇인가 부탁할 기회를 절대로 놓치는 법이 없어. 이것이 아무도 위로 올라가고 싶어하지 않는 이유 가운데 하나야.

5시 45분 : 엘리가 돌아갔어. 나는 2층까지 내려가 본단다. 먼저 주방에, 다음에는 전용 사무실에, 그리고 보쉬에게 창문을 열어 주기 위하여 석탄 창고로 가지. 여기저기를 둘러보고는 맨 마지막으로 크라이렐 씨의 방으로 들어간단다. 팬 던 아저씨는 그날의 우편물을 찾기 위해 서랍이며 서류철을 모조리 뒤지고 있어. 피터는 창고 열쇠를 갖고 가서 고양이를 안고 와. 아빠는 3층에서 타이프라이터를 청소하고 계셔. 마르고트는 사무실 일을 할 조용한 장소를 찾고 있어. 팬 던 아주머니는 주전자를 가스 불에 얹고 있고, 엄마는 감자 담은 냄비를 가지고 아래로 내려오셔. 저마다 자기가 할 일을 잘 알고 있으니까.

피터는 곧 창고에서 돌아온단다. 그가 처음으로 묻는 말은 "빵은?" 하는 거야. 빵은 엄마나 팬 던 아주머니가 언제나 주방 찬장에 넣어 두는데 거기에 없었어. 잊은 걸까? 피터는 큰 사무실을 찾아보자고 말한단다. 그는 밖에서 보이지 않도록 가능하면 몸을 움츠려 엉금엉금 기어 강철제 로커로 다가가 빵을 갖고 돌아오지. 그러면 보쉬가 그를 뛰어넘어 사무실 저쪽 테이블 아래로 냉큼 앉는 거야.

피터는 놀라서 주위를 둘러보고 보쉬를 발견하곤 기어서 사무실로 다시 들어가 보쉬의 꼬리를 잡아당기는 거야. 보쉬는 화를 내고 피터는 한숨을 쉰단다. 그러면 어떻게 되겠니? 보쉬는 피터의 손에서 벗어난 것을 기뻐하며 벌써 창가에 앉아 앞발로 열심히 얼굴을 닦고 있단다. 피터는 이번에는 빵 조각을 보이면서 꾀어 보지만 보쉬는 결코 넘어가지 않는단다. 피터는 체념하고 문을 닫지. 난 문틈으로 그 광경을 모두 훔쳐봤어. 조금 뒤 딱딱딱 하고 세 번 가벼운 소리가 나는구나. 이것은 식사를 알리는 신호야.

안네로부터

1943년 8월 23일 월요일

키티에게

은신처의 일과 이야기를 계속할게.

아침 8시 반이 되면 마르고트와 엄마는 초조해진단다.

"쉿, 아빠, 조용히……. 8시 반이에요. 이쪽으로 오세요. 이제 물을 쓰면 안 돼요. 조용히 걸어요!"

욕실에 있는 아빠에게 속삭이는 소리야. 시계가 8시 반을 칠 때면, 아빠는 방으로 돌아와 있어야 하거든. 한 방울의 물도 흘려 보내서는 안 돼. 사무실에 아무도 없을 때에는 창고에 있는 사람들에게 뭐든지 다 들리고 말거든. 8시 20분에 4층 문이 열리고, 곧 마루를 가볍게 세 번 두드리는 소리가 나. 내 죽이 다 되었다는 거야. 위로 올라가서 죽을 우묵한 그릇에 받아 가지고 다시 3층의 내 방으로 돌아온단다. 그것을 다 먹으면 머리를 손질하고 요란한 소리를 내는 나의 양철 변기를 치운 다음 방안을 정리해. 모든 것을 아주 빠른 속도로 하지. 시계가 울려. 위에서는 아주머니가 신을 벗고 슬리퍼로 갈아 신는단다. 아저씨도 물론. 모든 게 조용해졌어.

이제부터 진짜 가정적인 분위기야. 우리 네 식구는 책을 읽거나 일을 시작해. 아빠는 디킨스의 책과 또 사전을 가지고, 납작하고 삐걱거리는 침대에 걸터앉으셔. 매트리스가 엉망이라서 베개 두 개를 깔고 앉으시라고 해도 "그럼 안 돼. 난 없어도 괜찮다." 하시면서 고집을 부리시는 거야.

아빠는 책을 읽기 시작하면 얼굴도 들지 않고, 고개도 돌리지 않아. 가끔 웃으면서 엄마에게 이야기를 들려주려고 하지만, 엄마는 "지금 바빠요." 하고 상대를 해주지 않아. 아빠는 조금 실망한 듯한 표정을 짓지만 다시 계속 책을 읽는단다. 조금 읽다가 특별히 재미있는 대목에 이르면 아빠는 또 "여보, 이건 읽어야 해." 하고 권하셔. 엄마는 접는 식 침대에 생각 없이 걸터앉아, 그때그때의 기분에 따라 뭔가를 읽기도 하고 바느질도 하며 뜨개질도 하시지. 그러다가 엄마는 갑자기 뭔가를 생각해 내고 "안네, 너 ……를 아느냐? 마르고트, 너 급히 ……를 메모해 다오."라고 빠른 말투로 말하신단다. 잠시 뒤 다시 고요가 계속돼.

마르고트가 소리내어 책을 덮으면 아빠는 눈썹을 치켜 올리고 이마에 주름을 잡지만 다시 열심히 책을 읽으셔. 엄마와 마르고트가 잡담을 시작하면 나는 호기심에서 귀를 기울이고, 아빠도 이야기에 끼어든단다. ……9시 아침 식사다!

안네로부터

1943년 9월 10일 금요일
키티에게

네게 글을 쓸 때마다 뭔가 특별한 일들이 생기는 것 같지만, 유쾌한 일보다는 불쾌한 일이 더 많은 것 같아. 그러나 오늘은 멋진 뉴스야. 9월 8일 수요일 저녁 7시 뉴스를 들으려고 라디오 앞에 모였을 때, 처음으로 들려 온 것은 "지금부터 전쟁을 통해서 가장 반가운 뉴스를 전해 드리겠습니다. 이탈리아가 항복을 했습니다!"라는 발표였어. 이탈리아가 무조건 항복을 했다! 영국의 네덜란드 방송은 8시 15분부터 시작되었어.

"청취자 여러분, 한 시간 전에 제가 하루의 기록을 다 썼을 때, '이탈리아 항복'이라는 큰 뉴스가 들어왔습니다. 이제까지 저는 제가 쓴 기록을 이처럼 큰 기쁨을 안고 휴지통에 버린 적이 한 번도 없었음을 여러분에게 전해 드립니다! 가드 세이브 더 킹."

이어서 미국의 국가와 <인터내셔널>이 연주되었어. 네덜란드어 방송은 여느 때처럼 우리에게 용기를 주었지만, 그다지 낙관적인 것은 아니었단다.

우리에게는 아직 걱정이 있어. 그것은 코프하이스 씨의 일이야. 너도 알다시피 우리는 모두 그를 아주 좋아하지. 코프하이스 씨는 건강이 좋지 않고, 위가 아파서 제대로 식사를 못해 걸을 수도 없지만, 언제나 명랑하고 놀랄 만큼 용감하단다. "코프하이스 씨가 들어오면 태양이 빛나는 것 같다."라고 지난번에 엄마가 말했지. 정말 그래. 그는 이번에 수술을 받기 위해 적어도 4주일 동안 병원에 입원해야만 한대. 그는 입원하러 갈 때, 잠깐 쇼핑이라도 가는 것처럼 여느 때와 다름없는 말투로 우리에게 "안녕!" 하고 말했지만, 네가 그때 그를 봤었더라면…….

안네로부터

1943년 9월 16일 목요일
키티에게

이곳 사람들은 날이 갈수록 사이가 나빠져. 식사 때에도 음식을
입에 넣을 때말고는 아무도 입을 열지 않아. 무슨 말을 하면 오해를
받거나, 누군가를 괴롭히기 때문이지. 나는 우울하지 않도록 날마다
진정제를 먹지만, 다음날에는 더욱 비참한 심정이 될 뿐이야. 진정제
10알을 먹느니 진심으로 웃는 편이 낫겠지만, 우리는 거의 웃음을
잃어버렸단다. 이렇게 우울해하다가는 마침내 얼굴이 길어져서 입가
가 축 처지지나 않을까 걱정이야. 다른 사람들도 마찬가지야. 모두
공포와 의혹을 안고, 무서운 겨울이 닥쳐오는 것을 지켜보고 있어.

또 한 가지 우리의 마음에 걸리는 것은 창고지기가 은신처가 있다
는 사실을 의심하기 시작했다는 거야. 그저 그뿐이라면 그다지 걱정
이 안 되겠지만, 이 창고지기는 무척 파고들기를 좋아하고 속이기
어려우며 신용할 수 없는 남자거든.

어느 날, 크라이렐 씨가 1시 10분 전에 코트를 입고 길모퉁이를
돌아가는 곳에 있는 약국에 간다고 사무실을 나왔대. 5분 만에 돌아
온 그는 도둑처럼 발소리를 죽여 살금살금 계단을 올라와서 우리 방
으로 들어왔어. 1시 15분 크라이렐 씨가 돌아가려고 하자 엘리가 와
서 창고지기가 사무실에 있다고 주의를 주었어. 크라이렐 씨는 곧

돌아서서 1시 반까지 우리 방에 있다가 신발을 벗고 양말 바람으로 지붕 밑의 앞쪽 문으로 계단이 삐걱거리지 않도록 조심하며 15분이나 걸려 한 계단씩 천천히 내려가, 밖으로 돌아서 무사히 사무실로 들어갔단다. 그전에 엘리는 창고지기를 쫓아 보내고 크라이렐 씨를 데리러 우리 방으로 왔지만, 크라이렐 씨는 이미 돌아간 뒤였어. 그러나 그때 크라이렐 씨는 아직 계단을 내려가는 중이었던 거야. 만일 길 가던 사람들이 회사 지배인이 밖에서 신을 벗고 있는 것을 봤다면 뭐라고 생각하겠니?

안네로부터

1943년 9월 29일 수요일

키티에게

오늘은 팬 던 아주머니의 생일이야. 우리 집에서는 병에 담은 잼과 치즈와 고기, 빵 배급표 등을 선물로 주었어. 아저씨와 뒤셀 씨와 우리의 보호자는 먹을 것과 꽃을 선물했어. 생일에 이런 선물을 하다니 어떻게 된 세상일까?

이번 주일에 엘리는 너무 심부름을 많이 했기 때문에 마침내 지치고 말았어. 심부름을 갔다 돌아오면 또 심부름, 그것이 끝나면 또 심부름이므로 견딜 수가 없었던 거야. 자기가 일을 잘못한 것 같은 기분이 드는 것도 당연해. 게다가 아래층 사무실의 일도 남아 있거든. 코프하이스 씨는 아프고, 미프는 감기로 결근이고, 자기는 자기대로 발목을 삐고 애인괴는 냉전 중이고 집에는 까다로운 아버지가 있고…… 이러니 지치는 것도 무리가 아니지. 우리는 그녀를 위로하면서 한두 번만 더 심부름을 해 달라고 부탁했는데 시간이 없다는 거야. 사 올 물건들의 목록을 줄여야겠어.

팬 던 아저씨에게도 무슨 일이 있나 봐. 그에게 무슨 일이 일어날 것 같다는 걸 예감으로 알 수 있어. 아빠는 무엇 때문인지 몹시 화가 나 계시고. 이번에는 어떤 폭발이 일어날까? 나는 이런 싸움에는 말려들고 싶지 않아. 어디로든 가고 싶어. 난 곧 미쳐 버릴 거야!

안네로부터

1943년 10월 17일 일요일

키티에게

코프하이스 씨가 돌아왔어! 아이, 좋아라! 그는 얼굴이 파리하지만, 그래도 팬 던 아저씨의 부탁을 받고 힘차게 옷을 팔러 나갔단다. 아저씨네가 돈이 떨어진 것은 곤란한 일이야. 아주머니는 옷이며 코트며 신발 등을 많이 갖고 있으면서도 자기 것은 하나도 팔려고 하지 않아.

아저씨는 비싸게 팔려고 하기 때문에 그의 옷은 여간해서 팔리지 않아. 그러면 어떻게 해야 되겠니? 아주머니는 결국 털 코트를 팔아야만 할 거야. 두 사람은 이것 때문에 크게 싸움을 했지만 이미 화해를 하고 "저어, 여보.", "나의 소중한 프티."가 시작되었단다.

나는 지난 한 달 동안 이 집에서 일어난 싸움에 머리가 멍해지고 말았어. 아빠는 늘 입을 꼭 다물고 계시단다. 누군가가 말을 시키면,

또 뭔가 귀찮은 싸움을 말려야 하는가 하고 얼굴을 드셔. 엄마는 흥분되어 얼굴이 빨갛고, 마르고트는 골치가 아프대. 뒤셀 씨는 잠을 이룰 수 없다고 불평이야. 아주머니는 하루 종일 불평이야. 나도 미칠 것 같아! 솔직히 말해서 나는 가끔 누가 누구와 싸우고 누구와 화해를 했는지 잊을 때가 있어.

모든 것을 잊는 유일한 수단은 공부하는 것뿐이야. 나는 열심히 공부를 하고 있어.

안네로부터

1943년 10월 29일 금요일
키티에게

아저씨와 아주머니가 또 크게 싸움을 했어. 싸움을 하게 된 경위는 이래. 아저씨는 돈이 떨어졌거든. 벌써 며칠 전의 일인데, 아저씨는 코프하이스 씨로부터 단골 모피점의 이야기를 듣고, 아주머니의 털 코트를 팔아야겠다고 생각한 거야. 토끼털 코트인데 17년이나 된 거야. 그 코트는 335플로린에 팔렸어. 굉장한 값이야. 그런데 아주머니는 전쟁이 끝나면 새 옷을 사기 위해 이 돈을 넣어 두고 싶어했고, 아저씨는 생활비로 급히 써야겠다고 해서 싸움이 벌어진 거야.

두 사람은 고함을 치고 비명을 지르며 발을 구르며 서로 욕지거리를 하고…… 아아, 넌 상상도 못해! 정말 무서웠어. 우리 가족들은 싸움이 너무 심해지면 두 사람을 떼어놓으려고 숨을 죽이고 계단 아래에 서 있었단다. 두 사람의 외침 소리와 울음소리와 마음의 긴장

등으로 말미암아 나는 녹초가 되어 저녁때 침대에 쓰러져 30분 동안 이나 울었단다.

코프하이스 씨는 또 오지 못하게 되었어. 역시 위장이 좋지 않기 때문이야. 위의 출혈이 멎었는지 어떤지 자신도 모르는 거니까. 아무 래도 상태가 좋지 않아 집으로 돌아가야겠다고 우리에게 말했을 때에는, 언제나 쾌활하던 그가 처음으로 풀이 죽어 있었어.

나는 식욕이 없는 것말고는 대체로 이상이 없어. "너는 기운이 조금도 없어 보이는구나."라는 말을 늘 듣지만, 그것은 모두의 탓이라고 말해 주고 싶단다. 나의 기운을 돋워 주기 위해 포도당이며 간유(肝油)며 효모정(酵母錠)이며 칼슘 등이 줄을 서 있거든.

나는 가끔 나 자신으로서도 어쩔 수 없는 우울한 기분에 빠지곤 해. 특히 일요일에는 더해. 주위의 분위기는 숨이 막힐 것만 같고 졸음이 오는 듯하며 납덩이처럼 무겁고 답답해. 밖에는 새소리조차 들을 수가 없고 죽음 같은 침묵만이 사방에 깔려서 날 땅속까지 끌고 내려갈 것 같아.

이런 때에는 엄마도 아빠도 마르고트도 모두 나를 모른체 내버려 둬. 나는 날개를 잘리고, 어둠 속에서 파드득거리며 새장에 부딪히는 작은 새와도 같은 심정으로 이방 저방을 헤매기도 하고, 계단을 오르락내리락한단다. '밖에 나가서 웃기도 하고 신선한 공기도 마시자.' 하고 내 마음속에서 외쳐 댄단다. 그러나 나에게서는 아무런 반응도 없어. 쓸쓸함과 견딜 수 없는 공포를 잊고, 시간이 빨리 지나가기를 바라며 나는 긴 의자에 누워 잠이 든단다. 이 밖에는 시간을 보낼 방법이 달리 없기 때문이야.

　안네로부터

1943년 11월 3일 수요일

키티에게

　아빠는 우리에게 교육적인 도움을 주고 싶으셔서 라이덴의 교사 연합의 팸플릿을 신청하셨단다. 마르고트는 두꺼운 책을 세 번이나 읽어 보았지만 마음에 드는 과목이 눈에 띄지 않고, 또 마음에 드는 학과는 돈이 많이 들 것 같아서 체념하려고 했지만, 아빠가 찾아내어 누구에게인지 편지를 써 달래서 '초급 라틴어'의 통신 교육을 신청하기로 했단다.

　아빠는 나에게도 뭔가 새로 시작할 공부를 만들어 주기 위해, 코프하이스 씨에게 학생용 성서를 사다 달라고 부탁하셨어. 그래서 나도 마침내 『신약성서』를 읽게 된 거야. 마르고트는 좀 이상하게 생각하고 "세례일에 안네에게 성경을 사 주시는 거예요?" 하고 물었단다. 그러자 아빠는 "음⋯⋯그래. 성 니콜라우스 데이 때가 좋겠구나. 그리스도는 하누카와 어울리지 않으니까."라고 대답하셨어.

　안네로부터

1943년 11월 8일 월요일

키티에게

　너는 이제까지 내가 쓴 편지를 하나하나 다시 읽는다면, 아마 틀림없이 편지를 쓸 때의 내 기분이 그때그때에 따라 너무도 다른 사실에 놀랄 거야. 이곳의 분위기에 지나치게 좌우되는 데에는 나도 매우 안타깝게 생각하고 있지만, 그것은 나만이 그런 게 아니란다. 모두가 다 그래. 나는 책을 읽고 감격했을 때는 다른 사람들과 어울리기 전에 나 자신을 지그시 억눌러야만 해. 그렇지 않으면 모두 나를 이상하게 보니까. 너도 짐작은 하겠지만 지금 내 마음은 무척 우울해. 아마도 내가 겁쟁이이기 때문일 거야. 난 언제나 이런 일로 고민하고 있어.

오늘 저녁 엘리가 아직 여기에 있을 때, 입구의 벨이 길고 요란하게 가슴을 찌르듯이 계속 울렸단다. 나는 금방 얼굴이 새파랗게 질려서 두려움 때문에 배가 아팠고, 가슴이 심하게 두근거렸지. 요즘 나는 밤에 잘 때 아빠도 엄마도 없이 나 혼자 감옥에 갇힌 듯한 착각에 빠지고, 또 어떤 때는 길을 헤매기도 하고, 은신처가 불타는 것도 보이고, 게슈타포에게 끌려가는 우리들의 모습도 보여. 모든 것이 현실처럼 생생하게 떠오르고 머지않아 그런 일이 생길 것만 같이 느껴져.

미프는 여기가 조용해서 부럽다고 한단다. 그건 그럴지도 모르지만 미프는 우리가 느끼는 공포를 생각지 못하는 거야. 나는 세상이 다시 그전 여느 때처럼 돌아가리라고는 도저히 상상할 수가 없어. 나는 '전후(戰後)'에 대해 이야기하지. 그러나 그것은 결코 실현될 수 없는 공중 누각에 지나지 않는단다. 옛날의 우리 집이나 친구들이나 학교에서의 재미있었던 일들을 생각하면 마치 남의 일이었던 것처럼 여겨져.

나는 은신처에 있는 우리 여덟 명이 검은 먹구름에 둘러싸인 한 조각의 푸른 하늘처럼 느껴지기만 해. 우리가 있는 동그랗고 확실히 구분된 장소는 아직까지 안전하지만, 먹구름이 차츰 우리 주위로 다가와서 절박한 위험에서 우리를 보호하고 있는 동그란 원을 자꾸만 조여 오고 있어. 그래서 지금 우리는 위험과 암흑에 겹겹이 둘러싸여 있기 때문에 온 힘을 다해 탈출구를 찾으며 서로 부딪히고 있는 거야. 아래를 보면 인간끼리 서로 싸우고 있고, 위를 보면 그곳은 조용하고 아름다운 세계야. 그러다가 우리는 크고 검은 구름 덩어리에 가려지고 말지. 이 구름은 뚫을 수 없는 벽처럼 가로막혀 우리는 위로 나갈 수가 없단다. 먹구름은 우리를 찍어누르려고 하지만 아직은 그렇게 되지 않았어. 나는 그저 울면서 기도해.

"오, 어둠이 물러가게 하시고 길을 열어 주세요!"

안네로부터

1943년 11월 11일 목요일

키티에게

오늘 제목은 이렇게 정했어. <추억 속의 만년필에 바치는 시>.

나의 만년필은 내 귀중한 소지품 가운데 하나였어. 나는 그 만년필을 더없이 소중하게 여겼지. 특히 그 굵은 펜촉이 좋았거든. 나는 굵은 펜촉이 아니면 글씨를 잘 쓸 수 없기 때문이야. 나의 만년필이 얼마나 길고 흥미 있는 생을 살았는지 지금부터 이야기해 줄게.

내 만년필은 내가 아홉 살 때 멀리 아헨에서 할머니가 소포로 보내 주신 거야. 2월의 추운 겨울 바람이 거칠게 불고 있을 때였는데 나는 감기에 걸려 누워 있었지. 하지만 나는 빨간 가죽 상자에 들어 있는 멋진 만년필을 당장 친구들에게 자랑했어. 만년필을 갖고 있는 것이 기뻐서 견딜 수가 없었거든. 열 살이 되면서부터 나는 이것을 학교에 가져가도 좋다는 허락을 받았고, 선생님은 그것으로 글씨를 써도 좋다고 말씀하셨지.

그러나 다음해 6학년이 되자 담임 선생님은 학생용 펜과 잉크병 밖에는 쓰지 못하게 했기 때문에 나는 그 보물을 다시 넣어 두지 않을 수 없었단다.

열두 살이 되어 유태인 중학교에 입학했을 때, 축하 선물로 내 만년필은 새 케이스에 넣어졌단다. 이 케이스는 연필도 들어가고 더구나 지퍼로 여닫게 되었기 때문에 더욱 멋져 보였어.

내가 열세 살이 되자, 만년필은 나와 함께 은신처로 와서 이곳에서 나를 위해 수많은 일기와 작문을 써 주었지.

지금 난 열네 살로 만년필과 함께 마지막 일년을 보냈단다.

지난 금요일 오후 5시가 지나서였어. 내가 내 방에서 나와 테이블 앞에 앉아 무엇인가를 쓰려고 했을 때, 라틴어를 공부하러 온 아빠와 마르고트가 매정하게도 나를 한쪽으로 밀어냈으므로 자리를 양보하지 않을 수 없었단다. 나는 한숨을 쉬고 만년필을 잠시 놓은 채, 테이블 구석에 웅크리고 앉아 누에콩을 문지르기 시작했단다. '누에콩 문지르기'는 나쁜 콩을 가려내기 위해서 하는 거야. 나는 5시 45

분에 마루를 쓸어 썩은 콩과 함께 먼지를 헌 신문지에 싸서 난로에 던져 넣었어. 그러자 불꽃이 맹렬한 기세로 타올랐기 때문에 나는 거의 꺼질 것 같던 불이 이렇게 잘 타오르는 것을 보고 참 멋지다고 생각했단다. 잠시 후 불은 다시 본래대로 잠잠해졌고 '라틴어 학자들'도 공부를 끝냈으므로 나는 쓰던 것을 마치려고 테이블 앞에 앉았어. 그러나 아무리 찾아도 내 만년필이 보이지 않는 거야. 나는 다시 한 번 더 찾아보았지. 마르고트와 함께 찾았지만 그림자도 보이지 않았어.

"아마 콩과 함께 난로에 넣었나 봐." 하고 마르고트가 말했단다. "아니, 그럴 리가 없어." 하고 대답했지만 그날 밤 끝내 발견되지 않았기 때문에 만년필은 쓰레기와 함께 불타 버린 것이 틀림없다고 생각했어.

우리가 걱정했던 사실이 마침내 현실로 나타났어. 다음날 아침 아빠가 난로를 청소했을 때, 만년필의 클립이 잿더미 속에서 발견되었단다. 금촉은 형체도 없었어.

"아마 녹아서 돌이나 무엇에 붙어 버렸겠지." 하고 아빠가 말했어.

슬픈 일이지만 한 가지 위로가 되긴 해. 내 만년필이 화장되었다는 거야. 나도 죽으면 화장되기를 원해!

안네로부터

1943년 11월 17일 수요일
키티에게

엄청난 일이 생겼어. 엘리네 식구들이 모두 디프테리아에 걸려 엘리는 6주일 동안이나 우리한테 올 수 없게 되었단다. 그녀를 못 만나는 것도 유감이지만 시장 보는 일 때문에 무척 불편해. 코프하이스 씨는 아직도 병으로 누워 계시는데, 3주일 동안이나 죽과 우유만 드셨대. 그래서 크라이렐 씨는 바빠서 정신이 없어.

마르고트가 보낸 라틴어의 고쳐진 답안이 우송되어 왔어. 마르고트와 엘리의 이름으로 적혀 있지. 선생님은 머리가 잘 돌아가는, 참으로 좋은 사람이야. 선생님은 마르고트와 같은 착실한 학생을 담당해서 틀림없이 기뻐하실 거야.

뒤셀 씨는 매우 화가 나 있는데 그 이유를 아무도 모른단다. 그는 팬 던 부부에게 한마디도 하지 않기 때문에 모두가 어색해졌어. 이런 분위기가 2~3일 계속되었을 때, 엄마는 팬 던 아주머니의 이야기를 하면서 언제까지나 그렇게 지내면 아주 불쾌한 일이 일어날 거라고 뒤셀 씨에게 주의를 주었어. 그러자 뒤셀 씨는 냉전을 시작한 것은 팬 던 아저씨 쪽이니까 자신이 먼저 깨고 싶지 않다는 거야.

그런데 어제는 11월 16일로 뒤셀 씨가 이 집에 온 지 만 일년째 되는 날이었어. 엄마는 그에게서 이날의 기념으로 화분을 하나 선사받았지만, 우리에게 한턱내는 것이 마땅하다고 몇 주일 전부터 말해 온 팬 던 아주머니는 아무것도 받지 못했어.

뒤셀 씨는 자기를 은신처의 한 사람으로 맞아 준 우리의 친절에 대한 감사의 말은커녕 한마디도 입을 열지 않았단다. 내가 16일 아침에 그에게 축하를 해야 할지 원망을 해야 할지를 물었더니, 그런 것은 아무래도 좋다고 그는 대답했어. 중재를 하려던 엄마도 말을 꺼낼 수가 없어서 어색한 상태는 그대로 계속되었지.

이 사람의 정신은 위대하다. 그러나 그 행동은 보잘것없네!

안네로부터

1943년 11월 27일 토요일

키티에게

어젯밤 잠들려 할 때, 갑자기 눈앞에 사람의 그림자가 나타났어. 그것은 다름 아닌 내 친구 리스였어 !

그녀는 누더기를 몸에 걸치고 여위고 초췌한 모습으로 내 앞에 서 있었어. 그녀는 커다란 눈으로 슬픈 듯이, 또 비난하는 것처럼 나를 가만히 바라보고 있었어. 그 눈은 '오오! 안네, 너는 어째서 나를 버렸니? 날 도와 줘! 이 지옥에서 구해 줘!'라고 말하는 것 같았단다.

그러나 나에게는 그녀를 도울 힘이 없어. 다른 사람들이 괴로워하면서 죽어 가는 것을 가만히 바라보고 있을 수밖에 없어. 그리고 신에게 그녀를 돌려 달라고 기도했을 뿐이야.

그 많은 사람 중에 리스가 왜 내 앞에 보였을까? 이제야 그 이유를 알 수 있을 것 같아. 내가 그녀를 미워한 거야. 그녀가 새 친구한테 빠져 있었을 때 내가 질투해서 둘 사이를 떼어놓으려 한다고 리스는 생각했었거든. 불쌍한 그녀가 그때 어떤 기분을 느꼈을까? 난 그 기분을 충분히 알 수 있을 것 같아!

나는 가끔 문득 그녀를 생각했지만 다시 나의 즐거움이나 나의 일에 마음을 쏟게 되어 곧 잊어버리곤 했단다. 그녀에게 그런 태도를 취한 나는 나쁜 인간이었어. 그녀는 파리한 얼굴로 가엾은, 호소하는 듯한 눈으로 나를 보았어. 아아, 그녀를 도울 수만 있다면!

오오, 하느님, 나는 희망했던 대로의 생활을 할 수가 있고 그녀는 이토록 무서운 운명에 빠질 줄이야! 나는 그녀보다 나을 것도 없는데. 그녀는 자신이 옳다고 생각한 대로 했을 뿐인데 왜 난 살아 있고 그녀는 죽은 것처럼 보였을까?

솔직히 말해서 나는 몇 달 동안이나, 아니 일년 가까이나 그녀를 생각하지 않았어. 전혀 잊고 있었던 것은 아니지만, 비참한 그녀의 모습을 눈앞에 보기까지는 그녀를 이렇게 생각해 본 적이 한 번도 없었지.

오오, 리스, 만일 네가 전쟁이 끝날 때까지 살아 남아 우리에게로 돌아온다면 나는 너를 받아들여 나의 죄 값을 치를 수 있을 텐데……. 그러나 내가 다시 그녀를 도울 수가 있을 때에는, 그녀는 지금처럼 나의 도움을 필요로 하지 않을지도 몰라. 그녀도 나를 생각할 때가 있을까? 만일 있다면 나를 어떻게 생각할까? 하느님, 그녀를 지켜 주세요. 적어도 그녀가 혼자 있게는 하지 마소서. 하느님, 내가 얼마나 리스를 사랑스럽게 생각하는가를 당신이 그녀에게 전해 주신다면, 리스는 틀림없이 용기가 솟을 거예요.

이젠 더 이상 생각하지 않겠어. 생각해 봐야 어쩔 도리가 없으니까. 그러나 나는 그녀의 커다란 눈을 잊으려야 잊을 수가 없구나. 그녀는 자기에게 강요된 운명에 지지 않고, 자기 자신을 진정으로 믿고 있을까? 모르겠어, 나는 그녀에게 물어 본 적도 없으니까.

리스, 너를 데려와 나의 즐거움을 나누어 줄 수만 있다면! 그러나 이미 때는 늦었어. 나는 리스를 도울 수도, 나의 죄 값을 치를 수도 없어. 그러나 나는 결코 리스를 잊지 않고 언제나 리스를 위해 기도할 거야.

안네로부터

1943년 12월 6일 월요일

키티에게

성 니콜라우스 데이가 다가옴에 따라, 우리는 모두 지난해 곱게 꾸민 바구니를 잊지 못하고 있어. 올해는 아무것도 안 한다면 너무 쓸쓸할 것 같아서 오랫동안 생각한 끝에 아주 재미있는 일을 생각해 냈단다. 나는 아빠와 의논하여 일주일 전부터 모두를 위해 짧은 시를 짓기 시작한 거야.

일요일 저녁 7시 45분, 모두 4층 방으로 가서 조그만 인형과 빨간 빛과 파란 빛의 카본 페이퍼로 만든 나비 리본으로 꾸며진 큰 세탁물 광주리를 가운데 놓고 둘러앉았단다. 광주리는 큰 갈색 종이로 덮여 있고, 그 종이에 편지가 한 통 핀으로 꽂혀 있어. 광주리가 큰데 모두 놀랐지. 나는 종이에서 편지를 떼어내어 읽었어.

전과 똑같지는 않아도

신다클로스는 왔어요

작년의 오늘은

무척 즐거웠지요

그때는 희망에 차 있었고 낙관이 당연한 것 같았어요

설마 올해의 산타까지

여기서 맞게 될 줄 몰랐죠

그러나 그의 정신은 잊지 말아요

이곳엔 선물할 것이 없으므로

색다른 것을 준비했으니

모두 자기 신발 속을 봐주세요.

광주리에서 저마다 자기 신을 꺼내 보고 모두들 크게 웃었단다.
신 안에는 주인의 주소를 쓴 작은 종이 봉투가 들어 있었으니까.

안네로부터

1943년 12월 22일 수요일

키티에게

악성 감기에 걸려서 오랫동안 편지를 쓰지 못했구나. 여기서 병을
앓는다는 것은 참으로 비참해. 기침이 나올 것 같으면 나는 담요를
뒤집어쓰고, 소리를 죽이려고 애를 썼단다. 그러나 그렇게 하면 목구
멍의 간지러움이 조금도 시원해지지 않아서 우유나 꿀이나 사탕 등
의 신세를 져야만 했지. 땀을 내고, 목과 가슴에 찜질을 하고, 더운
물을 마시고, 이를 닦고, 목에 약포(藥布)를 붙이고, 안정을 하고, 두

꺼운 이불을 덮고, 뜨거운 물통을 발치에 묻고, 레몬 스쿼시를 마시고, 두 시간마다 체온을 재는 등 가족들이 이것저것 시험한 요법을 생각하면 현기증이 날 지경이야.

이렇게 하면 정말 좋아질까? 가장 싫었던 것은 뒤셀 씨가 의사 대신 심장의 고동을 듣기 위해 나의 가슴에 기름으로 끈끈한 머리를 직접 대어 보았을 때야. 그의 머리카락이 가슴에 닿아 간지러워서 견딜 수가 없었어. 그는 30년 전에 의학을 배워 의사 자격증을 갖고 있지만, 나는 이상한 기분이 들었어. 도대체 이 남자는 어째서 나의 가슴에 머리를 댄단 말인가? 그는 나의 연인이 아니야! 가슴에 머리를 대어 봐야 나의 심장이 건강한지 알아들을 수도 없어. 그는 요즈음 귀가 많이 어두워졌기 때문에 우선 자기 귀를 청소할 필요가 있어. 병에 대한 이야기는 그만 하자. 나는 아주 좋아졌어.

키가 1센티미터 자라고 몸무게가 2파운드 늘었어. 그러나 얼굴빛은 좋지 않아. 요즈음은 공부가 하고 싶어 견딜 수가 없어. 특별한 소식은 없구나. 변화라면 모두들 사이가 좋아졌다는 거야. 싸우지는 않아. 적어도 지난 반년 동안 이처럼 평화로운 때는 없었어.

엘리는 아직도 여기에 오지 못해.

크리스마스용으로 기름과 과자와 시럽이 특별히 배급되었어. 가장 멋진 선물은 브로치였단다. 싸구려지만 빛나고 아름다워. 뒤셀 씨는 미프가 만들어 준 예쁜 케이크를 엄마와 아주머니에게 선물했단다. 미프는 그렇게 바쁜데도 이런 부탁까지 들어주다니! 나는 미프와 엘리에게 부탁하고 싶은 일이 있어. 내가 지난 두 달 동안 죽에 넣는 설탕을 절약하여 모은 것과 코프하이스 씨로부터 조금 얻은 것으로 폰돈(입에 넣으면 금세 녹아 버리는 사탕 과자)을 만들어 달라고 말하고 싶어.

밖에는 가랑비가 내리고 있어. 난로에서는 고약한 냄새가 나고, 음식은 우리들의 뱃속에서 소화가 안 된 채 사방에서 천둥 소리를 일으켜! 전쟁은 소강 상태야.

안네로부터

1943년 12월 24일 금요일

키티에게

내가 전에 우리가 이곳 분위기에 얼마나 영향을 받고 있는가를 말했지만, 나의 경우는 그것이 더욱 심한 것 같아. '이 세상이 천국인가, 절망의 심연인가'라는 괴테의 말이 가장 잘 들어맞아. 다른 유태인의 아이들과 비교해 여기 있는 우리는 얼마나 행복한가 하고 생각하면 나는 '이 세상의 천국'에 있는 듯한 기분이 들고, 이를테면 오늘과 같이 코프하이스 부인이 찾아와서 딸 코리의 하키 클럽에 대한 이야기며 카누를 타는 여행, 연극, 친구들에 대한 이야기를 하면 나는 '절망의 심연'에 떨어진단다. 코리를 질투하는 것은 아니지만, 한 번쯤 신나게 재미있어하고, 배가 아프도록 웃어 보고 싶다는 그리움을 참을 수는 없거든. 특히 크리스마스와 새해 휴가가 왔는데도 집 없는 사람처럼 여기서 꼼짝할 수도 없는 우리의 처지를 생각하면, 뭐라고 말할 수 없을 만큼 쓸쓸해. 이런 말을 쓰는 것은 감사하는 마음이 모자라는 듯도 하고, 내가 확실히 과장하고 있었으니까 써서는 안 되겠지. 그러나 네가 나를 어떻게 생각하든 나는 내 생각을 마음속에만 담아 둘 수가 없어. '종이는 참을성이 있다'는 격언을 부디 잊지 말아 줘.

누군가가 옷에 가득히 바람을 안고 추운 듯한 얼굴로 밖에서 들어오면 '나는 언제 저런 신선한 공기를 마셔 볼까?' 하고 문득 생각하게 된단다. 이런 때는 담요라도 뒤집어쓰면 잊어버리지만 담요에 머리를 처박거나 해서는 안 되겠지. 그 반대로 머리를 번쩍 쳐들고 용기를 내야만 하는 거야. 그래도 언제나 그런 생각이 떠오른단다. 너도 일년 반이나 갇혀 있으면 참을 수 없을걸. 아무리 감사하는 마음을 잊지 않는다 해도 자기의 감정을 죽일 수는 없는 거야. 자전거를 타고, 댄스를 하고, 휘파람을 불고, 세상을 보면서 청춘을 즐기고, 자유롭다는 것을 확인하는 것…… 이것을 나는 하고 싶어. 하지만 그런 티를 내서는 안 돼.

우리 여덟 명이 모두 자기 자신을 가엾이 여기고, 불평스러운 얼굴을 하면 도대체 뭐가 되겠니? 나는 가끔 '누군가 ― 유태인이든 아니든 간에 ― 내가 명랑한 즐거움을 필요로 하는 한 소녀에 지나지 않는다는 것을 이해할 수 있을까?' 하고 스스로 물어 보는 경우가 있단다. 하지만 나는 아무에게도 이런 말을 할 수 없어. 만일 말한다면 틀림없이 울음을 터뜨릴 것을 스스로 잘 알고 있거든. 그러나 운다는 것이 위로가 될 때도 있는데.

나는 어떤 이유를 대더라도 또 이렇게 참다라도 너를 이헤헤 줄 수 있는 어머니다운 어머니가 없다는 것을 날마다 서글프게 생각해. 내가 무엇을 하든 무엇을 쓰든 앞으로 나의 아이들을 위해 진정한 어머니가 되고 싶다는 생각을 하는 것은 이 때문이야. 진정한 어머니란 그저 보통 하는 말을 무엇이든 진지하게 받아들이는 게 아니라, 아이가 진지하게 말한 것을 진지하게 생각해 주는 거야.

오늘은 이만 쓸게. 편지를 쓰면서 '절망의 심연'을 잠시 잊었단다.

안네로부터

1943년 12월 25일 토요일

키티에게

크리스마스가 되니까 아빠의 젊은 시절 사랑 이야기가 자꾸 생각나. 작년에 그 이야기를 들었을 때는 지금처럼 잘 이해하지 못했었어. 그러나 다시 한 번 들려주면 이해할 수 있다고 말씀드릴 텐데.

아빠가 그것에 대해 이야기한 것은, '많은 사람들의 마음의 비밀을 알고 있는' 아빠는 한번쯤 자기 자신의 마음을 털어놓고 싶었던 것이라고 생각돼. 그렇지 않으면 자기에 대해 말할 기회가 없기 때문이지. 나는 마르고트가 아빠의 괴로웠던 경험을 알고 있다고는 생각지 않아. 가엾은 아빠. 아직도 옛날 일을 잊지 못하고 계셔. 결코 잊지 못하실 거야. 아빠는 정말 참을성이 많으셔. 나는 아빠와 같은 괴로움을 겪지 않고, 아빠와 같은 사람이 되고 싶어.

안네로부터

1943년 12월 27일 월요일

키티에게

금요일 저녁, 나는 이곳에 와서 처음으로 크리스마스 선물을 받았어. 코프하이스 씨와 크라이렐 씨의 딸들이 몰래 우리를 기쁘게 해 주기 위해 준비한 거야. 미프가 '평화의 1944년'이라고 쓴 예쁜 크리스마스 케이크를 만들고, 엘리는 전쟁 전처럼 맛있고 훌륭한 비스킷을 1파운드나 갖고 왔단다. 게다가 나와 피터와 마르고트에게는 요구르트를 한 병씩, 어른들에게는 맥주를 한 병씩 주었어. 선물들은 모두 예쁘게 포장되고, 그 꾸러미마다 카드도 끼워 주었어. 이런 선물이 없었더라면 크리스마스는 우리들이 모르는 사이에 그냥 지나가 버렸을 거야.

안네로부터

1943년 12월 29일 수요일

키티에게

나는 어젯밤 또 무척 비참한 마음이 되었어. 할머니와 리스 생각이 났거든. 아아, 그리운 우리 할머니의 괴로움도, 할머니가 얼마나 상냥한 분이셨던가도 거의 이해하지 못했었어. 뿐만 아니라 할머니는 자신의 무서운 비밀(병)에 대해 알고 있었고, 그것을 우리에게 늘 숨기고 있었던 거야. 할머니는 언제나 성실하고 좋은 분이셨기 때문에 우리에게 실망을 주지 않으려고 애쓰셨어. 내가 아무리 버릇없이 굴어도 할머니는 항상 내 편이었지.

할머니, 당신은 나를 사랑하셨던 것일까요, 아니면 내 마음을 이해하지 못했던 것일까요? 나는 모르겠어요. 할머니에게 자기의 이야기를 한 사람은 아무도 없었어. 우리가 있어도 할머니는 얼마나 외로우셨을까? 사랑하는 사람들에게 둘러싸여 있다고 해도 자신을 '단 하나뿐인 사람'으로 여기는 사람이 없으면 외로울 수 있는 건가 봐.

리스는 아직 살아 있을까? 그녀는 무엇을 하고 있을까? 오오, 하느님, 그녀를 보호하여 우리에게 데려다 주세요. 리스, 나는 언제나 리스의 입장에 서 보고 내 운명이 어떠했을 것인가를 상상해 본단다. 그런데 어째서 나는 이곳의 이 생활을 이처럼 불행하게 생각하는 것일까? 나는 그녀나 고통을 받는 그녀의 친구를 생각할 때말고는 언제나 기뻐하고 만족하며 행복해야 하지 않을까? 나는 이기적이며 겁쟁이야. 어째서 나는 언제나 무서운 꿈을 꾸거나 무서운 생각을 할까? 무서워져서 가끔 큰 소리로 비명을 지르고 싶어질 때도 있잖아? 그것은 아무래도 신에 대한 신앙이 모자라기 때문일 거야. 신은 받을 가치도 없는 내게 많은 것을 주셨는데 난 매일 잘못을 저지르고 있어. 다른 사람들을 생각하면 다만 울고 싶어질 뿐이야. 틀림없이 하루 종일 울 수 있을 것 같아. 내가 해야만 하는 오직 한 가지 일은 하느님이 기적을 일으켜 불행한 사람들을 구해 주십사고 기도하는 일뿐이야. 나는 그것만은 충분히 하고 있다고 생각해.

안네로부터

1944년

1944년 1월 2일 일요일

키티에게

오늘 아침 나는 아무것도 할 일이 없었기 때문에 일기장을 들추며 이제까지 쓴 것들을 다시 읽어 보았어. 그런데 엄마에 대한 이야기가 너무나 흥분한 어조로 몇 번씩이나 되풀이되고 있어서 충격을 받았단다. 그리고 나는 "안네, 엄마에 대해 증오감을 털어놓은 것은 너냐? 너는 어쩌면 그럴 수가 있었니!" 하고 나 자신에게 소리쳐 봤어. 나는 일기장을 펼치고 가만히 앉아 어째서 네게 호소하지 않고는 못 견딜 만큼 그토록 노여움에 불타고 증오하는 마음이 솟구쳤던가 하고 생각해 보았단다. 돌이켜 생각해 보아도 어째서 그렇게 했는지 설명할 수도 없고, 엄마에 대한 험담을 일기에 남겨 두는 것은 내 양심이 허락하지 않기 때문에 나는 일년 전의 자신을 이해하고 용서하려고 노력하고 있단다.

난 지금이나 그때나 기분에 좌우되고 있어. 흥분하면 상대방의 말을 곰곰이 생각해 보지도 않고 모든 일을 주관적으로만 본단다. 상대방도 나의 성급한 기질 때문에 기분이 나빠져 있을 거란 생각을 못해.

나는 자기 껍질 속에 틀어박혀서 자신만을 생각하고 나의 모든 기쁨과 슬픔과 남에 대한 경멸을 일기에 적었지. 이 일기는 나에게 있어서는 큰 가치를 갖고 있어. 많은 점에서 하나의 비망록이 되어 있기 때문이야. 그러나 많은 곳에 '이것은 과거의 일로 이미 끝났다.'라고 썼어야만 했어.

나는 곧잘 엄마에게 화를 내곤 했지. 지금도 가끔 그래. 엄마가 나를 이해하지 못하는 것은 사실이지만, 나도 또 엄마를 이해하지 못하고 있는 거야. 엄마는 나를 무척 사랑하는 상냥한 분인데 나 때문에 너무나도 자주 불쾌해야 하고, 다른 걱정이나 괴로움 때문에 신경질적이 되어 초조해짐에 따라 나에게 화풀이를 한 심정은 이해할 수 있어. 나는 그것을 너무 진지하게 받아들여서 화를 내고, 엄마에게 짜증을 부렸기 때문에 그것이 또 엄마를 불행하게 한 거야. 말하자면 서로 불쾌함과 불행을 주고받은 거야. 이것은 어느 쪽에도 유쾌한 일이 아니었어. 그러나 그러한 상태는 지나가려 하고 있단다.

나는 엄마의 험담을 쓴 대목을 모두 읽을 마음이 나지 않아. 하지만 나의 태도도 이해할 수 있어. 일기에 심한 말을 쓴 것도 결국 이것이 보통 생활이라면 내 방문을 잠그고 두세 번 발을 동동 구르거나 엄마가 듣지 않은 데서 험담을 털어놓으면 곧 잊어버릴 그런 성질의 노여움에 돌파구를 준 데 지나지 않으니까.

월경이 끝났어. 내가 처음 그것이 있다고 말했을 때 엄마는 눈물을 흘렸단다. 나도 차츰 영리해졌고, 엄마도 그다지 초조해하지 않게 되었지. 나는 감정이 상했을 때는 입을 다물고 만단다. 엄마도 그래. 그러니까 두 사람 사이는 전보다 훨씬 좋아진 것 같아. 나는 응석받이 같은 심정으로 엄마를 사랑할 수는 없어. 나는 결코 그러고 싶지 않거든.

그러나 험담을 해도 엄마에게 직접 말해서 기분을 상하게 한 것이 아니라 일기로 썼을 뿐이므로, 다행이었다고 겨우 내 양심을 위로해 보기도 해.

안네로부터

1944년 1월 5일 수요일

키티에게

오늘 네게 고백해야 할 일이 두 가지 있어. 시간이 걸리겠지만, 어차피 누구에게인가 말해야 하는 거라면 어떤 일이 있어도 절대로 비밀을 지키는 네가 가장 좋은 상대겠지.

첫째는 엄마에 대한 이야기야. 너도 알다시피 나는 엄마에 대한 불평을 많이 해 왔어. 그러나 그러면서도 엄마에게 잘해 드리려고 애쓰기도 했지.

그러나 지금에 와서 엄마에게 결여되어 있는 것이 무엇인지, 갑자기 똑똑히 알게 되었단다.

즉 엄마가 나와 마르고트를 딸로서보다 친구로서 보고 있다고 말한 거야. 그것은 멋진 생각이지만, 친구는 역시 엄마일 수 없어. 나는 나 자신의 본보기로서 엄마를 필요로 해. 엄마를 존경하고 싶어. 마르고트는 이런 일에 있어서는 나와 생각이 다르므로 내가 지금 말한 것을 이해하지 못할 거야. 아빠는 엄마 일로 토론하는 것을 일체 피하셔.

내가 꿈꾸는 엄마는 자식이 내 나이쯤 되면 모든 일을 잘 처리할 줄 알고, 자식의 불평을 비웃지 않는 사람이야.

한 번은 영원히 엄마를 용서할 수 없다고 생각할 만한 어처구니없는 일이 있었어. 그것은 이곳으로 오기 전 내가 치과에 갔던 날의 일이야. 엄마와 마르고트도 함께 갔는데 나는 자전거를 타고 갔어. 치과에서 볼일이 끝나고, 그들은 무얼 구경한다던가 시장을 보러 간다고 했어. 나도 가고 싶었지만 난 자전거를 갖고 있기 때문에 데려갈 수 없다는 거야. 화가 나 내 눈에서 눈물이 흘러내리는 것을 보고 두 사람이 웃어댔으므로, 나는 발끈하여 길 한복판에서 두 사람에게 혀를 쑥 내밀었어. 마침 그때 나이 많은 부인이 지나가다가 이것을 보고 깜짝 놀란 얼굴을 했지만, 난 뒤도 안 돌아다보고 자전거를 타고 집으로 돌아와 오래도록 울었어.

우스운 것 같지만, 그날 오후 내가 얼마나 화가 났었던가를 생각하면 엄마가 그때 나에게 준 마음의 상처가 지금도 아프게 느껴져.

둘째는 매우 이야기하기 쑥스러운 일이야. 왜냐하면 나 자신의 이야기이기 때문이야.

어제 나는 시스 헤이스델이 쓴 『얼굴을 붉히는 일』을 읽었어. 그 책은 마치 나를 위해 쓴 것 같은 글이었어. 나는 그렇게 바로 얼굴을 붉히는 편은 아니지만, 거기에 쓰인 다른 일들은 모두 내게 들어맞았어. 그녀는 이렇게 쓰고 있단다. '대체로 소녀들은 나이가 들면 얌전해지고, 자기 몸에 일어나는 이상한 일에 대해 생각하기 시작한다.'라고.

나도 지금 그것을 경험하고 있거든. 요즘 아빠와 엄마와 마르고트의 일 등으로 말미암아 무언가 어색한 생각을 갖게 되는 것은 그 때문이야. 이상하게도 마르고트는 나보다 훨씬 부끄러움을 잘 타는 주제에 조금도 그런 기색을 보이지 않아.

나에게 일어나고 있는 변화──몸뿐만 아니라 마음속에 일어나는 변화──는 멋지다고 생각해. 하지만 나는 누구하고도 이러한 일들을 이야기하지 않아. 그래서 너에게 이야기하는 거야.

월경은 지금까지 세 번밖에 하지 않았지만 난 불쾌감과 통증 가운데서도 내게 달콤한 비밀이 있다고 느껴져. 그리고 다음 비밀의 시간을 또 기다리곤 해.

시스 헤이스델은 내 나이 또래의 소녀는 자기라는 존재를 확실히 자각하지 않지만, 자기도 사상과 감정과 버릇을 가진 한 인간이라는 점을 차츰 깨닫게 된다고 쓰고 있어. 나는 여기 와서 갓 열네 살이 되었을 때, 대개의 소녀들보나 일찍 나에 대해서 생각하기 시작하고,

나 자신도 한 인간임을 알게 되었지. 나는 밤에 잘 때 내 가슴에 손을 얹고 심장의 고동 소리를 느끼며, 가만히 귀기울이고 싶은 충동을 느끼곤 한단다.

나는 여기 오기 전부터 이미 막연하게나마 그런 생각을 갖고 있었어. 어느 여자 친구와 함께 잘 때 그녀와 키스하고 싶은 강한 충동을 느껴 실제로 키스한 일도 있단다. 또 나는 그녀가 언제나 자기의 몸을 보이지 않으려고 했기 때문에 그녀의 몸에 대해 호기심을 억누를 수가 없었어. 내가 우정의 증거로서 서로의 가슴을 만져 보자고 말했더니 그녀는 싫다고 거절했지. 나는 예를 들면 비너스와 같은 여자의 알몸을 볼 때면 황홀해져서 눈물이 뺨을 타고 내리는 것을 어쩔 수가 없었어.

아아, 나는 여자 친구를 갖고 싶다.

안네로부터

1944년 1월 6일 목요일

키티에게

나는 못 견디게 누구와 대화를 나누고 싶어졌기 때문에 그 상대로서 피터를 생각해 보았다. 나는 이따금 낮에 4층의 피터 방으로 간단다. 피터는 조심성이 있어서 귀찮다며 남을 몰아내는 일이 없어. 때문에 아주 쾌적한 곳이긴 하지만, 나를 방해자로 여기게 하고 싶지 않아 오히려 오래 있을 수가 없어.

너무 두드러지지 않게 그의 방에 있으면서 그와 이야기를 나눌 구실을 생각하고 있었는데, 어제 그 기회가 왔어. 피터는 요즘 크로스 워드 퍼즐에 열중해서 그것만 하고 있어. 나는 그것을 푸는 일을 도와 주었는데 그는 의자에, 나는 소파에 앉아 우리는 어느새 테이블을 사이에 두고 마주 앉아 있었지.

나는 그의 맑고 푸른 눈을 들여다볼 때마다 묘한 기분이 들었어. 그는 입가에 알 수 없는 미소를 띠고 나와 마주 앉아 있었는데, 나는 그의 마음을 읽을 수 있을 것 같았어. 여자에게 어떤 태도를 취해야 좋을지 모르는 쑥스러움과 자기는 남자라는 의식의 그림자를 그의 태도에서 엿볼 수 있었거든. 나는 그의 수줍은 듯한 태도를 보고 무척 안온한 기분에 잠겼단다.

나는 몇 번이나 그와 시선을 마주치지 않을 수 없었지. 그리고 '너는 지금 무슨 생각을 하고 있는지 말해 봐. 너는 이 쓸데없는 잡담말고는 아무것도 생각할 수가 없니?' 하고 호소하고 싶은 심정이 되었단다.

그러나 그날 밤은 아무 일도 없이 그대로 지나갔어. 다만 나는 그에게 얼굴을 붉히는 일에 대해 이야기했단다. 물론 전에 일기에 쓴 것과 같은 이야기가 아니라, 그가 좀더 자라면 지금보다 자신을 가졌으면 하는 생각에서였어.

나는 잠자리에 들어서 여러 가지로 생각해 봤지만, 뭔가 뾰족한 방법이 있었던 건 아니야. 누구든 어떠한 방법으로든 자기의 그리움을 만족시킬 수가 있어. 나는 특히 그러한 마음이 강하니 이제부터라도 가끔 피터에게 가서 어떻게든 그에게 이야기를 시켜 서로 마음을 터놓고 지내는 사이가 되었으면 좋겠어.

그렇다고 내가 피터를 사랑한다고 생각하진 말아 줘. 절대로 그건 아니야! 만일 팬 던 씨네에 남자 아이가 아니고 여자 아이가 있었다면, 나는 그 아이와도 친해지려고 애썼을 거야.

오늘 아침 7시 5분 전에 눈을 떴는데, 꿈이 너무나 생생하게 떠오르는 거야. 의자에 앉아 있는데 그 앞에 피터, 팬 던 씨네 피터가 아니라 피터 베셀이 앉아 있었어. 우리 둘은 함께 마리 보스가 그린 그림책을 보면서! 너무도 생생한 꿈이었기에 지금도 그 그림의 일부분을 기억하고 있어 .

꿈은 이것만이 아니야. 갑자기 피터의 눈길이 나의 눈과 마주쳤는데 오랫동안 그의 아름다운 갈색 눈을 들여다보고 있었어. 그러자 피터가 상냥하게 말했지.

"내가 알았더라면 진작 너에게로 왔을 텐데……."

나는 가슴이 꽉 막히고 눈물이 나올 것만 같아서 급히 돌아섰단다. 그러자 곧 내 뺨에 부드럽고 차가운 뺨이 다정하게 닿는 것이 느껴졌어. 너무나 너무나 기분이 좋았어.

여기서 눈을 떴지. 꿈에서 깬 후에도 그의 뺨이 느껴지고 그의 깊은 눈동자가 내 가슴에 남아 있어. 그는 내가 얼마나 자기를 사랑하고 있었는지, 그리고 지금도 사랑하고 있는지를 알았을 거야. 새삼 눈물이 솟아나더라. 나는 또다시 그를 잃은 것을 슬퍼했지만, 그와 함께 피터 베셀이 지금도 내게 있어서 선택된 유일한 사람이라는 확신이 생긴 것이 기쁘기도 했어.

이곳에 온 뒤로는 이상하게도 꿈속에서 사람의 얼굴을 확실히 볼 수 있어. 어느 날 밤, 할머니의 꿈을 꾸었는데 주름 잡힌 비로드 같은 할머니의 피부까지도 뚜렷이 볼 수 있었어. 그때 할머니는 수호천사로서 나타난 거야. 그 다음에 꿈에서 본 것은 리스야. 그녀는 나의 여자 친구와 함께 수난받는 유태인의 상징이야.

나는 그녀를 위해 기도할 때는 모든 유태인과 고난 속에 있는 사람들을 위해 기도한단다. 그리고 이번에는 피터 베셀, 사랑하는 피터의 꿈이야. 나는 지금까지 이만큼 똑똑히 그의 모습을 본 적이 없어. 그의 사진이 필요 없을 정도야. 지금도 그의 모습이 눈앞에 있어. 너무나 똑똑히!

안네로부터

1944년 1월 7일 금요일

키티에게

나는 어쩌면 이렇게 멍청하니? 나와 남자 친구와의 관계를 네게 말해 주지 않았구나.

내가 유치원에 다닐 때는 카렐 삼손을 무척 좋아했어. 그는 아빠를 여의고 엄마와 함께 외할머니 집에서 살고 있었어. 카렐의 외삼촌 로비는 머리가 검고 여윈 아름다운 소년으로 조그맣고 엉뚱한 카렐보다 귀여움을 받았지만, 내게는 얼굴이 문제가 아니었지. 나는 언제나 카렐이 좋았어. 우리 둘은 늘 오랜 시간을 함께 놀았지만 그저 그뿐으로 나의 사랑은 보답받지 못했단다.

그 다음에 내 앞에 나타난 것이 피터 베셀로, 나는 어린 마음에도 그에게 열중하고 있었어. 그도 나를 무척 좋아했고, 우리 두 사람은 한여름 동안 떨어질 수 없을 만큼 친했단다. 나는 지금도 흰 목면 옷을 입은 그와 짧은 여름 드레스를 입은 내가 손잡고 함께 거리를 걸었던 일을 기억하고 있어. 여름 방학이 끝나자, 그는 중학교 1학년이 되었고 나는 초등학교 6학년이 되었어. 우리는 곧잘 학교에서 만나 함께 집으로 돌아오곤 했어. 피터는 진실되고 침착하며 아주 영리해 보이는 키가 크고 여윈 편의 미소년이었단다. 머리는 검고 눈은 고운 갈색이었으며 뺨은 붉고 코는 오뚝했지. 웃으면 무척 장난꾸러기로 보였는데, 나는 그 모습이 미칠 정도로 좋았어.

내가 방학 때 시골에 갔다 돌아와 보니 피터는 이사를 갔고, 그의 집에는 그보다 훨씬 나이 많은 소년이 살고 있었어. 이 소년이 피터에게 나를 젖비린내 나는 말괄량이라고 말했기 때문에 피터는 나를 단념해 버린 거야.

나는 피터를 몹시 사랑했기 때문에 단념하지 못하고 그를 다시 나에게로 돌아오게 하려고 했어. 그러나 그의 뒤를 쫓아다니거나 하면 곧 남자에게 빠진 애라는 소문이 돌 거란 걸 문득 깨달았어. 그로부터 몇 년이 지나 피터는 자기와 같은 또래의 여자 아이와 놀고, 어쩌다 길에서 만나도 나에게는 '헬로?'라고 하지도 않았지만 그래도 나는 그를 잊을 수가 없었어.

유태인 중학교에 입학하고 나서, 나를 좋아한 남학생이 클래스에 많이 있었어. 나는 재미있기도 하고 자랑스럽게도 생각되었지만 그저 그뿐으로 별로 마음이 움직이지 않았어. 그 뒤 하리가 나에게 열을 올렸지만, 이미 이야기했듯이 나는 두 번 다시는 사랑에 빠지지 않았어. '시간은 약이다'라는 속담이 있지만 나의 경우도 그러했단다. 나는 피터를 잊게 되었으며, 그를 조금도 좋아하지 않은 것이라고 스스로 생각하고 있었어. 그러나 그에 대한 추억은 내 마음속에 강하게 자리잡고 있기 때문에 다른 여자 아이들을 질투하거나, 그를 미워했던 거야. 역시 그를 잊을 수 없었기 때문이었다는 것을 인정하지 않을 수 없었어.

오늘 아침, 나는 자신의 마음이 조금도 달라지지 않았음을 알았어. 나이를 먹고 성숙할수록 내 맘속의 사랑은 커지고만 있어. 이제 와서는 그가 나를 어리게 생각했던 마음을 이해할 수 있지만, 그가 나를 깨끗이 잊었다고 생각하면 지금도 슬퍼져. 나는 꿈속에서 그의 얼굴을 너무나 똑똑히 보았기 때문에 피터만큼 내 추억 속에 강하게 남아 있는 사람이 없었다는 것을 확실히 깨달았단다.

나는 이 꿈을 꾸고 마음이 완전히 뒤숭숭해져서 아침에 아빠로부터 키스를 받을 때 '아아, 아빠가 피터라면…….' 하고 외치고 싶었단다. 또한 온종일 그를 생각하고 '오오! 피터, 사랑하는 피터.' 하고 마음속으로 계속 부르짖고 있었어.

지금 누가 나를 위로할 수 있겠니? 나는 오래 살아 남아 여기서 나가 피터를 만나 그가 나의 눈에서 자기에 대한 애정을 깨닫고 '오오! 안네, 내가 알았더라면 진작 너에게로 왔을 텐데…….'라고 말할 수 있도록 하느님께 기도드려야겠어.

얼굴을 거울에 비춰 보았더니 요즘 내 얼굴이 달라진 것 같아. 눈은 깊고 맑아졌고 뺨은 몇 주일 만에 발갛게 홍조를 띠고 입술에는 윤기가 있어. 나는 행복하게 보여. 하지만 나의 표정에는 어딘가 쓸쓸한 그림자가 있고, 입가에는 미소가 떠올랐다고 생각하자 곧 사라져 버렸어. 나는 행복하지 못해. 피터가 나와 똑같은 심정이 아님을 알고 있기 때문이야. 하지만 그의 멋진 눈길과 부드러운 뺨의 감촉은 항상 가까이 있어.

아아, 피터, 내가 어떻게 너의 모습을 잊을 수 있겠니. 너를 대신할 사람이 또 있을까? 나는 너를 사랑해. 너에 대한 사랑은 너무나 커서 이미 가슴속에만 담아 둘 수는 없게 되었단다. 언젠가는 갑자기 튀어나와 일을 망치고 말 거야

일주일 전, 아니 바로 어제까지도 누군가가 내게 '네 친구 가운데 누가 결혼 상대자로서 가장 알맞다고 생각하니?' 하고 묻는다면 나는 '모르겠어요.'라고 대답했겠지만, 지금 같으면 '피터예요. 나는 그를 진심으로 사랑하고 있어요. 나의 모든 것을 그에게 바칩니다.' 하고 외쳤을 거야. 그러나 그는 이 말을 듣고 나의 뺨에 손을 댈지는 모르지만 그저 그뿐이겠지.

전에 아빠와 성(性)에 대해 이야기했을 때, 아빠는 내가 그런 것을 아직 모를 거라고 하셨지만 난 전에도 알았었고, 지금은 완전히 알고 있어. 지금 내게 있는 존재는 사랑하는 피터 베셀뿐이야.

안네로부터

1944년 1월 12일 수요일

키티에게

엘리는 2주일 전부터 다시 출근하게 되었어. 미프와 헹크는 둘 다 배탈이 나서 이틀 동안 일을 쉬었단다.

나는 지금 댄스와 발레에 열중하여 밤마다 열심히 댄스의 스텝을 연습하고 있어. 엄마의 하늘색 페티코트에다 레이스 단을 달아 아주 현대적인 댄스복을 만들었단다. 목둘레를 리본으로 매어 한가운데에서 나비 모양으로 묶고, 거기에 다시 끈으로 된 핑크빛 리본이 달려 있어. 체조용 신을 발레 신으로 고치려 했지만 잘 되지 않아. 굳어 버린 발목이었지만 옛날같이 잘 움직여 주었어. 연습 중에 힘든 것은 바닥에 앉아 발끝을 두 손으로 잡고 두 발을 허공으로 들어올리는 거야. 엉덩이가 아프기 때문에 이불을 깔고 한단다.

지금 모두들 『구름 없는 아침』이라는 책을 읽고 있어. 엄마는 젊은이들의 문제가 여러 가지로 쓰여 있어서 참으로 좋은 책이라고 했지만, 나는 마음속으로 '먼저 당신 자신의 아이를 좀더 깊이 생각해 보는 게 어때요?'라고 꼬집어 주었단다.

엄마는 우리 가정만큼 모녀의 관계가 원만한 데가 없고, 자신만큼 아이들을 걱정하는 어머니는 없다고 생각하는 모양이야. 하지만 그건 마르고트에게나 해당되는 사항이겠지. 마르고트는 나처럼 고민거리나 생각이 많지 않으니까. 하지만 '당신의 딸들은 당신이 상상하고 있는 것과 같지는 않습니다.' 하고 말할 생각은 꿈에도 없어. 고쳐질 일이 아니니까. 나의 생활은 그대로이고 엄마에게는 불행만 느끼게 할 일을 뭐 하러 하겠니.

엄마는 확실히 마르고트가 나보다 훨씬 자기를 사랑한다고 생각하지만, 언제나 사랑하는 것은 아니고 사랑하지 않을 때도 있다고 생각해. 마르고트는 옛날과 많이 달라졌어. 옛날처럼 심술궂지도 않아. 진정한 친구처럼 되었거든. 그녀는 이미 나를 어린애로 대하지 않는단다.

나는 이상하게도 남의 눈을 통해 나 자신을 보는 습관이 있어. 그럴 때 나는 태평스럽게 어느 한 사람의 '안네'를 생각하고, 마치 남의 일처럼 이제까지의 내 생애를 더듬어 본단다. 나는 여기 오기 전에는 지금처럼 여러 가지 일들을 생각한 적이 없었고, 가끔 나 자신이 엄마의 것도 아빠의 것도 마르고트의 것도 아닌 전혀 남 같은 느낌이 들곤 했어. 그래서 고아처럼 행동한 적이 있었지. 그러나 마침내 이렇게 행복한데 스스로를 가엾게 여기는 것은 모두 내가 나쁜 탓이라고 자신을 꾸짖었단다. 그러고는 다정한 사람이 되려고 노력했어. 매일 아침 누군가가 아래로 내려오면 그 사람이 엄마이며 내게 '잘 잤니?' 하고 말해 주기를 기대했어. 그리고 엄마가 상냥한 표정을 지어 주기를 바라며 엄마에게 키스하면서 따뜻한 아침 인사를 하면 엄마는 뭔가 불쾌한 말을 하는 거야. 그러면 나는 다시 실망해서 학교에 가. 학교에서 돌아오는 도중, 아마도 여러 가지 걱정거리가 있어서 그런가 보다고 엄마를 위해 변명을 생각해 내고 쾌활한 기분으로 집에 돌아와 즐겁게 재잘대지만, 또 같은 경우가 되풀이되어 나는 가방을 안고 우울한 마음으로 방을 나오곤 했어. 가끔은 언제까지나 토라져 있어야겠다고 결심하지만 학교에서 돌아오면 이야기할 것이 산더미처럼 많기 때문에 결심은 순식간에 날아가 버리고, 엄마는 무슨 일을 하든 나의 모험담을 들어주어야 해. 그러나 또다시 야단맞을 일이 생기고 밤이면 내 베개는 젖게 마련이었어.

그러던 관계가 점점 나빠져서 이 지경에 이른 거야. 그러나 하느님은 이번에는 나에게 피터라는 사람을 보내 주셨어. 나는 목걸이를 꼭 쥐고 그것에 키스하며 "다른 사람들이야 알게 뭐람. 피터는 내 것이야. 그러나 그걸 아는 사람은 없어." 하고 자신에게 말했단다. 이런 식으로 난 고통을 이겨 낼 거야. 어린 소녀의 마음속에 이렇게 많은 사연이 있다는 걸 누가 알겠니?

안네로부터

1944년 1월 15일 토요일

키티에게

이곳에서 일어나는 싸움들을 너한테 자세히 이야기할 필요는 없겠지. 다만 우리가 버터나 고기나 그 밖의 여러 가지 것들을 서로 나누고 감자 프라이는 각자가 만들기로 되었다는 것만을 알려 줄게.

오후 4시쯤이면 저녁 식사를 기다리다 못해 뱃속이 쪼르륵거리므로 요즈음 우리들은 당분간 점심과 저녁 사이에 간식으로 흑빵을 먹고 있어.

엄마의 생일이 가까워졌어. 엄마는 크라이렐 씨로부터 설탕을 조금 얻었지만, 팬 던 아주머니의 생일 때는 이런 일이 없었으므로 팬 던 부부는 질투하고 있단다. 그러나 험담을 하거나, 울거나, 고함을 치거나, 서로 틀어져야 무슨 소용이 있겠니? 우리가 싸움이나 말다툼에 어지간히 넌더리가 났다는 것은 너도 알 거야. 엄마는—이곳 생활에서는 도저히 바랄 수 없는 일이지만—팬 던 부부를 2주일만 보지 않고 살았으면 좋겠대.

어떤 사람과 한 집에서 오랫동안 살다 보면 싸울 일이 생기는 법일까? 아니면 운이 나빴던 것일까? 사람이란 이처럼 이기적이고 쩨쩨한 것일까? 인간에 대해 공부를 하는 데는 얼마쯤 도움이 되겠지만 이젠 진저리가 날 만큼 많이 배웠다고 생각해. 우리가 싸움을 하든, 자유와 신선한 공기를 그리워하든 그런 것과는 아랑곳없이 전쟁은 계속되고 있어. 그러므로 우리는 이곳의 생활이 되도록 유쾌해지도록 노력해야 해. 이번에는 설교가 되었지만, 여기서 오랫동안 있으면 나는 메마른 콩 줄기 같은 인간이 되어 버릴 거야. 난 멋진 처녀가 되고 싶은데!

안네로부터

1944년 1월 22일 토요일
키티에게

왜 사람들은 진실한 감정을 열심히 숨기려고 하는 걸까? 그리고 나는 왜 다른 사람들 앞에서 남들이 바라는 대로 행동하지 못하는 걸까? 인간은 어째서 서로 믿지 않을까? 거기에는 틀림없이 까닭이 있으리라는 건 알고 있지만, 그렇다 하더라도 혈육에 대해서까지 마음을 털어놓을 수 없는 것은 무서운 일이야. 나는 어젯밤 꿈을 꾼 뒤 훨씬 어른이 된 느낌이야. 나는 전보다 훨씬 더 '자주적인 인간'이 되었어. 팬 던 부부에 대한 나의 태도까지도 달라졌다고 말하면 너는 깜짝 놀라겠지? 나는 갑자기 모든 토론이나 싸움에 이제까지와는 다른 견해를 갖게 되었고, 전처럼 편견을 갖지 않게 되었단다.

어째서 내가 이토록 달라질 수가 있었을까? 그것은 만일 엄마가 좀더 이해심 있는 사람이었다면 팬 던네와의 관계도 꽤 달라지게 되었을 거란 점을 문득 깨달았기 때문이야. 팬 던 아주머니가 결코 좋은 사람이 아닌 것만은 사실이지. 그러나 이야기가 묘하게 되어 나가지만 엄마도 조금은 까다로워. 그렇지만 않다면 싸움의 절반은 피할 수 있었을 거야.

아주머니에게도 한 가지 좋은 점이 있어. 그것은 이야기를 하면 알아듣는다면 것이야. 이기적이고 쩨쩨하고 음험하긴 하지만, 약을 올리거나 화나게 하지 않는 한 곧 이쪽의 말대로 되거든. 언제나 그런 것은 아니지만, 참을성 있게 몇 번 되풀이하면 반드시 성공하지.

우리의 '버릇'에 대한 것 즉 우리가 응석받이라는 것, 식료품 등의 모든 문제는 우리가 어디까지나 솔직하게 호의적인 태도를 보이고, 반대 의사만 표시하지 않았더라면 그렇게까지 되지는 않았을 거야.

넌 이렇게 말할지도 몰라. '그러나 안네, 그건 너의 입에서 나온 말이니? 4층 사람들로부터 그처럼 심한 말을 듣고, 그처럼 심한 대우를 받은 너의 입에서?' 하고 되묻겠지. 그래 사실이야.

난 새롭게 시작해 볼 생각이야. '젊은 사람은 늘 나쁜 본을 빌는

다'는 속담처럼 되지 않고 사태를 조심스럽게 관찰하여 무엇이 사실이고 무엇이 과장되었는지 알아낼 테야. 만일 그래도 내가 그들에게 실망하게 된다면 아빠나 엄마와 같은 태도를 취하겠지만, 실망하지 않는다면 먼저 아빠와 엄마의 사고 방식을 바꾸도록 노력하고 만일 성공하지 못해도 나 자신의 의견과 판단을 밀고 나갈 테야. '알은체' 한다고 욕을 먹어도 상관없으므로 어떤 기회를 잡아 그간의 문제점들을 아주머니께 다 털어놓고 이야기하고 싶어. 나는 자신을 중립자라고 선언하는 것을 두려워하지 않겠어. 이것은 우리 가정에 반기를 들려는 생각은 아니며, 나는 오늘부터는 경솔하고 매정한 험담은 쓰지 않을 생각이야.

지금까지 나는 고집스러웠지. 나는 언제나 팬 던네 사람들이 나쁘다고 생각하고 있었지만 우리에게도 얼마쯤 책임이 있다는 걸 깨달았어. 우리는 말다툼의 원인을 볼 때 확실히 정당했어. 그러나 지성 있는 인간이(우리들은 지성인이라고 자부하고 있거든) 지성 없는 인간을 대할 경우, 좀더 통찰력이 많아야겠지. 나는 견문과 학식을 지녔다고 생각하므로 필요한 경우에는 이것을 훌륭히 쓸 생각이야.

안네로부터

1944년 1월 24일 월요일
키티에게
나에게 조그만 일이 있었어. 그러나 하찮은 일이어서 사건이라고 할 수는 없어.

전에는 집에서나 학교에서 누군가가 성 문제에 대해 이야기하는 것을 들으면, 왠지 이상한 생각이 들기도 하고 못된 얘기나 하는 것처럼 언짢은 마음이 되기도 했었어. 성에 대한 이야기는 언제나 낮은 목소리로 속삭이고, 그것을 이해 못하는 아이가 있으면 모두의 웃음거리가 되었어. '사람들은 왜 그 이야기를 할 때 그처럼 비밀로, 또 끔찍한 것이라도 말하는 듯한 태도를 취할까?' 하고 아주 이상한 생각이 들었지만, 나도 어떻게 할 수 없으므로 되도록 잠자코 있으면서 궁금한 것은 이따금 여자 친구들에게 물어 볼 뿐이었단다. 내가 성에 대해서 꽤 알고 부모와 성 이야기를 나누게 되었을 때, 엄마는 "안네야, 주의를 주지만 이런 이야기는 남자들하고 해서는 안 된다. 남자 아이들이 이야기를 꺼내더라도 절대로 맞장구를 쳐서는 안 돼요." 하고 말했어. 이에 대해 나는 "물론이에요, 나도 알아요!" 하고 대답한 것을 확실히 기억하고 있어. 이야기는 그것으로 끝났지.

이곳으로 온 뒤로 아빠는 내가 엄마에게서 듣고 싶은 이야기를 곧잘 들려주시곤 했지. 책이나 다른 사람과의 대화를 통해서도 여러 가지를 알게 되었고. 피터 팬 던은 학교의 다른 남학생들처럼 이 문제에 대해 짓궂지 않아. 처음 한두 번 이야기가 나온 적이 있었던 것 같은데 나한테는 말을 시키지 않았어.

아주머니는 피터에게 성 문제를 이야기한 적이 없었고, 그녀가 알고 있는 한 아저씨도 이야기한 적이 없대. 아주머니는 피터가 얼마만큼 성에 대해 알고 있는지 모르는 모양이야.

어제 마르고드와 피티와 내가 감자 껍질을 벗기고 있을 때, 무심

코 보쉬 이야기가 나왔어. 내가 "보쉬는 수놈인지 암놈인지 아직 모르겠어." 하고 말하자 피터는 "수놈일 게 틀림없어." 하고 대답했어. 나는 웃으면서 "배가 부른 큰 수코양이란 우스워!" 하고 말했지.

피터도 마르고트도 이 바보스러운 착각에 크게 웃었어. 두 달 전에 피터는, 보쉬가 배가 부른 것을 보니 곧 새끼를 낳을 것 같다고 말한 적이 있었거든. 그러나 보쉬의 배가 불렀던 것은 뼈다귀를 많이 훔쳐먹었기 때문인지, 그 뒤로 배는 더 커지지 않았고 물론 새끼도 태어나지 않았어.

피터는 변명을 하려고 "나와 같이 가서 보쉬를 보자. 지난번에 내가 보쉬와 놀 때 수컷임을 확실히 알았어." 하고 말했어.

나는 호기심을 누를 수가 없어서 그를 따라 창고로 갔단다. 그러나 보쉬는 어디에도 보이지 않았어. 나는 잠시 기다렸지만 추워졌기 때문에 다시 돌아왔단다. 오후가 되어서 피터가 다시 아래로 내려가는 발소리를 들었기 때문에 용기를 내어 혼자 창고에 가 봤더니, 피터는 보쉬를 저울에 달아 본 다음 짐 꾸리는 테이블에 올려놓고 고양이와 놀고 있었어.

"아아, 너, 보쉬를 보러 왔구나?"라고 말하며 그는 고양이를 잡아 벌렁 위로 눕혀놓고, 머리와 다리를 재치 있게 누른 다음 강의를 시작했어.

"이것 봐. 이것이 수컷의 생식기야. 털이 듬성하게 나 있지? 그리고 이것이 항문이야."

고양이가 발버둥치며 일어섰어.

다른 남자 아이가 내게 '수컷의 생식기' 같을 걸 보여 주었다면 나는 다시는 그 아이의 얼굴을 보지 않았을 거야. 그러나 피터는 여느 때에는 말하기 어려운 것을 아주 자연스럽게 당연한 것처럼 말했으므로 나도 자연스럽게 들을 수 있었어. 우리는 보쉬와 놀며 잡담을 하다가 큰 창고 안을 천천히 걸어 문 쪽으로 갔어.

"나는 뭔가 알고 싶을 때는 책 같은 데서 찾아. 너는?" 하고 내가 묻자 피터는 "책에서? 나는 아빠에게 물어. 아빠는 그런 일에 대해서는 나보다 더 잘 알고 있고 경험도 있으니까." 하고 대답했어.

그때 이미 계단까지 왔기 때문에 나는 입을 다물어 버렸어. 세상은 변하게 마련이라는 말도 있지만, 그건 여자 친구와 그토록 아무렇지도 않게 이야기할 수 있는 내용이 아니었어. 엄마가 남자 아이들과 그런 이야기를 금지한 이유를 잘 알고 있어. 나는 그날, 자신도 모르게 여느 때의 나와는 달랐던 모양이야.

피터와의 대화를 생각하니 역시 묘한 기분이 들었어. 그러나 나는 세상에서 성 문제를 농담이 아니고도 아주 자연스럽게 이야기할 수 있는 젊은 사람—이성(異性)인 젊은 사람—도 있다는 것을 알게 되었단다.

피터는 정말 부모와 그런 이야기를 나누는 것일까? 그는 부모에게 대해서도 어제 나에게 그랬던 것처럼 자연스러운 태도를 취하는 것일까? 아아, 나는 알고 싶어.

안네로부터

1944년 1월 27일 목요일

키티에게

요즈음 나는 우리 집안 혈통과 각 나라 왕실의 혈통에 대해서 흥미를 가지기 시작했는데, 누구든 이것을 한번 시작하면 옛날로 옛날로 탐색의 걸음을 옮겨 놓게 되어 자꾸만 무언가 새롭고 재미있는 발견을 하게 된다는 결론을 얻었어. 나는 학과 공부에는 무척 열심이어서 라디오의 영어 강좌를 알아들을 수준이 되었단다. 일요일에는 내가 모은 영화 배우의 스크랩을 훑어보았는데 상당한 분량이야.

나는 크라이렐 씨가 월요일에 《영화와 연극》이라는 잡지를 가져다 줄 때마다 무척 기뻐. 우리 집 식구들은 나를 위해 이런 잡지를 사 오는 것이 돈 아깝다고들 하지만, 그래도 내가 일년 전의 어느 영화에는 어느 배우가 출연했다고 알아맞히면 깜짝 놀란단다. 엘리는 쉬는 날이면 남자 친구와 영화관에 다녀와서 줄거리를 이야기해 준단다. 나는 거기에 출연하는 배우의 이름이나 영화 평을 단숨에 욀수 있어. 얼마 전에 엄마는 내가 영화 줄거리도 스타의 이름도 심지어 영화 평도 모두 외고 있으니 영화를 볼 필요는 없을 거라고 말한 적이 있단다. 내가 머리 모양을 바꾸면 모두 이상한 얼굴로 나를 바라보고, 누군가가 반드시 어느 글래머 스타의 흉내를 낸 것이냐고 묻는단다. 내가 생각해 낸 거라고 대답해도 모두 믿으려 하지 않아. 모두가 너무 한결같이 말하므로 싫어져서 반 시간도 가지 못하고 결국 욕실로 가서 본디의 평범한 머리 모양으로 다시 고치고 만단다.

안네로부터

1944년 1월 28일 금요일

키티에게

오늘 아침 나는 이런 생각을 했어. 넌 풀밭에 누워 낡은 뉴스들을 되새김질하기에 지쳐 하품을 하고 있어. 안네가 새로운 소식을 언제 갖고 오려나 하고.

네 마음은 이해해. 그러나 내 처지를 생각해 봐. 낡은 이야기를 자꾸만 되풀이하는 늙은이들에게 내가 얼마나 지루해하고 있는지 상상해 봐. 식사 때도 정치나 맛있는 요리에 대한 것이 아니면 엄마나 팬던 아주머니가 이제까지 몇 번이나 되풀이한 젊었을 때의 이야기를 들려준단다. 그렇지 않으면 뒤셀 씨가 자기 부인의 큰 옷장 이야기, 훌륭한 경주말 이야기, 물이 새는 보트 이야기, 네 살에 헤엄친 아이 이야기, 근육통, 신경질 섞인 환자의 이야기 등을 늘어놓는단다. 이것을 요약해서 말한다면, 우리 여덟 명 중 누가 입을 열든 다른 일곱 명은 모두 그 이야기를 끝까지 알고 있다는 거야. 어떤 농담도 처음부터 다 알고 있어서 이야기를 하는 사람만이 신이 나서 웃는단다. 두 주부가 알고 있는 단골 우유집, 식료품집, 고깃간은 최상급의 찬사를 받기도 하고 최하급의 욕을 먹기도 하며, 귀에 딱지가 앉을 만큼 자주 화제에 오르지. 하지만 실제로 숨어 살면서 신선한 화제를 찾는다는 것은 불가능해.

그래도 어른들이 코프하이스 씨나 헹크, 미프에게서 들은 이야기를 몇 번이나 되풀이하고, 더구나 저마다 멋대로 덧붙여서 이야기하는 것이 아니라면 참을 수 있겠어. 이런 이야기를 듣고 있으면 잘못된 점을 지적하고 싶어지므로 테이블 밑에서 자신의 팔을 꼬집어 그 충동을 억눌러야 할 때가 가끔 있어. 안네 같은 어린아이는 어른이 아무리 잘못하거나 아무리 상상력이 풍부할지라도 어른보다 더 알아서는 안 되는 거야.

코프하이스 씨나 헹크가 곧잘 이야기하는 것은, 숨어 있는 사람들이며 지하 운동을 하는 사람들의 이야기란다. 두 사람 다 은신 생활을 하는 사람들의 이야기라면 어떤 것에나 깊은 관심을 갖고, 끌려간 사람들에 대해 얼마나 동정하며, 용케 도망친 사람이 있으면 얼마나 기뻐하는지를 잘 알고 있어.

우리는 숨는다든가 '지하 운동'이라는 말은 옛날 아빠의 슬리퍼를 난로 앞에서 말리던 일처럼 우리에게 아주 익숙한 이야기가 되었어.

'자유 네덜란드'와 같은 단체는 많이 있어. 이러한 단체는 신분증을 위조하거나 지하 운동을 하는 사람들에게 자금을 제공해 주며, 사람들을 위해 은신처를 찾아 주기도 하고, 숨어 사는 젊은 사람들을 위해 일거리를 맡기기도 해. 남을 구하기 위해 이 사람들이 생명의 위험을 무릅쓰고 헌신적으로 숭고한 일에 종사하는 모습은 정말 놀라울 뿐이야. 우리의 원조자는 그 훌륭한 본보기야. 그들은 오늘날까지도 우리를 이끌어 주었지만, 무사히 안전 지대까지 데려가 주기를 우리는 바라고 있어. 그렇지 않으면 그들도 지금 수배되고 있는 많은 사람들과 같은 운명이 될 거야.

우리들이 굉장히 폐를 끼치고 있음에도 불구하고, 그들로부터 불평 한마디 들어 본 적이 없어. 그들은 날마다 3층에 올라와서 남자들에게는 상업이나 정치에 대한 이야기를, 여자들에게는 식량이나 전쟁통에 겪는 여러 가지의 불편에 대한 이야기를, 아이들에게는 신문이나 책에 대한 이야기를 해주지. 그들은 되도록이면 밝은 표정으로, 우리의 생일이나 휴일에는 꽃이며 선물을 들고 와 언제나 우리를 위해 할 수 있는 데까지 있는 힘을 다하려 애를 써.

이 은혜를 절대로 잊을 수가 없어. 다른 사람들은 전쟁이나 독일군에 대한 반항 운동으로 용감히 싸우고 있지만, 우리를 돕는 이 사람들은 쾌활함과 애정으로 영웅적인 모습을 보여 주고 있어.

도저히 믿을 수 없는 이야기가 전해지고 있지만, 대부분 사실로 밝혀져. 예를 들어 코프하이스 씨의 이야기에 의하면 이번 주일에 겔데르난드에서 축구 시합이 있었는데, 한쪽 팀은 모두 지하 운동을 하는 사람들로 이루어지고, 상대는 경관 팀이었다고 해. 또 이런 이야기도 있어. 힐베르즘에서 새로운 배급 통장이 교부되었는데, 숨어 사는 사람들에게도 배급품이 전달될 수 있도록 담당 관리는 그 지방의 해당 사람들이 다른 조그만 테이블에서 통장을 가져갈 수 있도록 어느 일정한 시간에 오라고 지시했대. 이 대담무쌍한 트릭이 독일군의 귀에 들어가지 않도록 하려면 물론 세심한 주의가 필요하겠지.

안네로부터

1944년 2월 3일 목요일

키티에게

연합군의 상륙 작진에 대한 기대는 날로 높아지고, 우리는 독일군이 대항 준비를 서두르고 있음을 절실히 느껴. 너는 있을 것 같지도 않은 일로 우리가 떠드는 것을 보고 웃겠지. 그러나 이런 일이 일어나지 않는다고 누가 단언할 수 있겠어?

어느 신문이나 모두 상륙 작전에 대한 기사로 가득 찼고 "영국군이 네덜란드에 상륙하면 독일군은 네덜란드를 방어하기 위해 온갖 수단을 쓸 것이다. 필요한 경우에는 홍수 작전을 쓸지도 모른다."라고 보도하고 있으므로, 국민들은 긴장하고 있는 거야. 신문에는 기사와 함께 홍수 작전으로 물에 잠기게 될 지역을 표시한 지도도 나와 있어. 그 신문에 따르면 암스테르담의 대부분이 물에 잠기게 되므로, 우리에게 있어서 첫 번째 문제는 침수가 1미터 이상이 될 경우에는 어떻게 하면 좋냐는 거야. 사람들마다 심각하게 대책을 연구했어.

"걸어가거나 자전거를 타는 건 말도 안 되고, 더러운 물 속을 걸어서 건너가는 도리밖에 없어."

"아니, 그건 안 돼. 헤엄치는 수밖에 없을 거야. 수영복을 입고, 수영 모자를 쓰고 되도록이면 물 바깥으로 나오지 않도록 물 속에서 헤엄쳐야 해. 그렇게 하면 아무도 유태인이란 것을 모르지."

"오, 말도 안 되지! 여자들이 수영을 하겠어? 쥐에게 다리를 물리면 모르지만(이렇게 말한 것은 물론 남자야. 이때 가장 크게 비명을 지른 사람이 누구겠니)."

"어쨌든 이 집에서 나갈 수는 없겠지. 홍수가 나면 창고는 반드시 무너질 거요. 지금도 흔들흔들하니까."

"농담은 그만 하고, 내 말을 들어 보시오. 우리가 보트를 구하는 게 어떻겠소?"

"그런 귀찮은 일은 필요 없소. 내게 좋은 생각이 있으니까. 다락에서 제각기 나무 상자를 가져다 타고 수프 국자로 젓는 거요."

"난 죽마를 타겠어요. 어렸을 때는 죽마의 명수였으니까."

"헹크는 그럴 필요 없소. 색시를 업고 색시가 죽마를 타겠지."

이런 농담은 듣기에는 재미있지만 현실은 그처럼 태평스러운 것이 아니야.

둘째 문제는 독일군이 암스테르담에서 철수하면 우리는 어떻게 할 것인가 하는 점이야.

"되도록이면 변장을 잘하고서 우리도 암스테르담을 빠져나가는 거야."

"나가면 안 돼요. 무슨 일이 있어도 여기 머물러 있어야 해요. 여기에 남는 도리밖에 없소. 독일군은 모든 네덜란드 국민을 독일로 데려갈 수도 있소. 거기서 모조리 죽여 버리겠지."

"물론 여기에 남아야지. 여기가 가장 안전한 장소니까. 코프하이스의 가족을 데리고 와서 여기서 함께 살도록 하지. 톱밥을 담은 자루를 찾아내면 그것을 깔고 잘 수 있을 거야. 아무튼 코프하이스와 미프에게 슬슬 이리로 담요를 옮기게 하는 것이 어떨까?"

"옥수수는 60파운드 있지만 좀더 주문해 두기로 해요. 강낭콩은 60파운드, 누에콩은 10파운드쯤 아직 남아 있지만, 이것도 헹크에게 부탁해서 사도록 해요. 야채 통조림이 50캔 있다는 것을 잊지 말아요."

"여보, 다른 식량은 어느 정도 남있는지 봐주오."

"생선 통조림이 10캔, 밀크가 10통, 가루 밀크가 10킬로그램, 샐러드 기름이 세 병, 항아리에 담은 버터가 셋, 마찬가지로 고기가 셋, 딸기잼이 두 병, 라즈베리 잼이 두 병, 토마토가 스무 병, 납작 보리쌀이 10파운드, 쌀이 8파운드, 그뿐이에요."

"식량은 꽤 있는 것 같지만, 손님도 올 터이고 게다가 날마다 먹어 없애니까 충분한 듯해도 마음을 놓을 수가 없어. 석탄과 장작은 충분하겠지. 초도. 옷 속에 돈주머니를 만들어야겠어요. 돈을 갖고 나갈 수 있도록."

"만일의 경우를 위해서 가장 귀중한 것의 리스트를 만들고 짐도 싸 둡시다. 만일 정세가 험악해지면 다락방 앞과 뒤에 한 사람씩 보초를 세웁시다. 그건 그렇고, 물도 가스도 전기도 없어진다면 식량을 쌓아 두어도 소용이 없잖아."

"그때는 난로에다 요리를 해야지. 물은 가라앉혀서 끓이면 되겠고. 큰 병을 비우고 거기에 물을 저장해 둡시다."

나는 온종일 상륙 작전 이야기와 굶주림의 고통, 죽음, 폭탄, 소화기, 슬리핑 백, 유태인 증명서, 독가스 등의 토론을 들었어. 어느 것 하나도 불쾌하지 않은 이야기가 없었지만 은신처의 신사들은 참으로 진지하게 생각하는 모양이야. 헹크와의 다음과 같은 대화가 그 한 예야. 편의상 헹크를 H, 은신처의 신사들을 S로 할게.

S : 독일군은 철수할 때, 네덜란드 국민을 모두 데리고 가지 않을까 생각하오.

H : 그렇게는 할 수 없지요. 그럴 만한 기차가 없으니까요.

S : 기차라고? 당신은 독일군이 민간인을 기차에 태울 것 같소? 천만에. 걸어서 가도록 할 거야.

H : 나는 그렇게 생각하지는 않습니다. 여러분들은 어두운 면만을 보고 있습니다. 민간인을 모두 한꺼번에 데리고 가서 어떻게 하겠다는 겁니까.

S : 나치 선전상 괴벨스가 "우리는 철수할 때 점령국의 문을 모두 닫고 갈 것이다. 아무도 못 들어가게끔."이라고 말한 것을 당신은 모르오?

H : 말이야 많이 했죠.

S : 당신은 아무리 독일군이라도 그처럼 가혹한 짓은 못하리라고 생각하는 모양이군. 그들의 생각은 이렇소. '만일 우리가 당한다면 우리가 포로로 잡고 있는 이들도 함께 당하는 거라고.'

H : 나는 그런 것을 믿을 수 없습니다.

S : 언제든지 그렇지만 위험이 실제로 닥치기까지는 그 절박함을 깨닫지 못하는 거요.

H : 하지만 확실하지도 않은 추측이잖아요?

S : 우리는 모든 것을 경험하고 있소. 처음에는 독일에서, 다음에는 여기서. 소련에서는 어떤 일들이 일어나고 있는지 당신도 알고 있잖소.

H : 소련에서 어떤 일이 일어나고 있는지를 실제로 알고 있는 사람은 없다고 생각합니다. 영국도, 소련도, 독일과 마찬가지로 선전을 위해 사실을 과장하고 있을 겁니다.

S : 그럴 리가 없소. 영국에서는 라디오로 언제나 진실을 전해 주고 있소. 비록 과장했다 하더라도, 사실만으로도 굉장한 일이오 평화를 사랑하는 몇 백만 사람들이 폴란드나 소련에서 마구 학살되거나, 독가스로 살해된 사실을 당신도 부정할 수 없겠지.

더 이상 말하지 않겠어. 나는 침묵을 지키고 이 소동과 흥분에는 무관심한 태도를 취하고 있었어. 이젠 죽거나 살거나 걱정하고 싶지 않아. 내가 없어도 지구는 계속 돌아가겠지. 일어날 일은 일어나고 말 거야. 어쨌든 저항해도 소용이 없잖니?

나는 하늘에 운을 맡기고, 마침내는 좋아질 거라는 희망을 품으며 다만 공부에 열중할 뿐이야.

안네로부터

1944년 2월 12일 토요일
키티에게

햇살이 눈부시고 하늘은 새파랗고 기분 좋은 봄바람이 부는 오늘, 난 모든 것을 소망하는 기분이야. 나는 얘기를 하고 싶어. 자유가 그립고 또 친구가 그리워. 혼자 있고 싶어. 아아, 나는 모든 것을 그리워하고 있어. 나는 마음껏 울고 싶어! 금방이라도 울음이 터져 나올 것만 같아. 울면 기분이 나아질 것 같은데 그럴 수도 없어. 나는 어쩐지 마음이 가라앉지 않아. 이 방 저 방으로 왔다갔다하며 닫힌 창틀에 코를 대고 숨을 쉬어 보기도 해. 살짝 가슴에 손을 대어 보았어. 가슴의 고동은 나에게 "당신은 도저히 나의 그리움을 만족시켜 줄 수 없어요?"라고 말하는 듯해.

봄이 내 몸 속에 있다고 생각돼. 나는 그 봄이 눈뜨고 있음을 느
낀단다. 그것을 온몸과 마음으로 느낄 수가 있어. 여느 때 같은 태도
를 취하기가 어려워. 난 완전히 혼란 상태야. 무엇을 읽고, 무엇을
하고 있는지조차 모르겠어. 나는 모든 것을 그리워하고 있다는 사실
만을 알 뿐이야. 그립다는 것밖에는······.

안네로부터

1944년 2월 13일 일요일
키티에게

토요일 이후로 나의 운명에 변화가 일어났어. 그것은 이렇게 해서
일어난 거야. 나는 모든 것을 그리워했지. 지금도 그렇기는 하지만.

그러나····· 지금 막 어떤 일이 일어나서 그것으로 나의 그리움은
조금, 아주 조금이지만 줄어들었어. 오늘 아침, 나는 피터가 나를 자
꾸 쳐다본다는 것을 깨닫고 가슴이 뛸 듯이 기뻤단다. 솔직히 이야
기하면 그냥 보통 눈길은 아니었는데 글쎄 어떻게 설명해야 할지 모
르겠어 .

피터는 마르고트를 사랑하고 있는 줄 알고 있었는데 어제 갑자기
그렇지 않을지도 모른다는 생각이 들었어. 나는 되도록이면 그를 보
지 않으려고 애썼어. 내가 보면 그도 나를 그윽한 눈으로 보기 때문
이야. 그가 나를 바라볼 때면 내 마음이 뭐라고 말할 수 없이 포근해
지지만, 너무 그런 기분에 젖어서는 안 된다고 생각했어 .

나는 정말이지 혼자 있고 싶어. 아빠는 내가 여느 때와는 좀 달라진 것을 눈치채신 것 같지만 모든 것을 고백할 수는 없어.

'나를 가만히 내버려두세요. 나에게 상관 말아 주세요.' 나는 하루 종일 이렇게 말하며 울고 싶어. 내가 바라는 이상으로 외로워지는 때가 올지도 모르는데.

안네로부터

1944년 2월 14일 월요일

키티에게

일요일 저녁, 아빠와 나를 빼고 모두 '독일 거장(巨匠)의 불후의 음악'을 듣기 위해서 라디오 앞에 모여 있었어. 뒤셀 씨가 문 손잡이를 자꾸 만지작거리므로, 피터뿐만 아니라 모두 신경이 거슬렸던 모양이야. 피터는 30분쯤 참고 있다가 마침내 짜증스러운 말투로 그러지 말아 달라고 말했대. 그러자 뒤셀 씨는 오만한 태도로 "내게는 라디오가 잘 들려."라고 말했으므로 피터는 화가 나서 거칠게 말을 했대. 그러자 팬 던 아저씨가 피터의 편을 들었기 때문에 뒤셀 씨도 싸움을 그만둘 수밖에 없었지. 사건 그 자체는 아무것도 아니었지만, 피터는 이 일에 굉장히 신경이 쓰이나 봐. 내가 지붕 밑 방에서 책 상자를 뒤적이고 있노라니 그가 와서 모든 것을 털어놓는 거야. 나는 그 일에 대해서 아직 아무것도 몰랐지만 그의 말에 귀를 기울여 주었으므로 그는 신이 나서 떠들어댔어.

"나는 무언가 말을 하려면 더듬거리게 되고 얼굴이 화끈 달아올라서 하고 싶은 말을 다 할 수 없게 되고, 마침내는 입을 다물어 버리기 때문에 여간해서는 말을 꺼내지 않아. 어제도 그랬어. 나는 전혀 다른 말을 하려고 했는데, 말을 시작하고 보니 엉뚱하게 되어 버렸어. 정말 속상한 일이야. 내게는 나쁜 버릇이 있었어. 지금도 불쑥 그 버릇이 나오려고 해. 난 누구한테 화가 나면 따지기보다 주먹이 먼저 나가거든. 그런 방법으론 제대로 되는 일이 없지. 그래서 난 너를 훌륭하다고 생각해. 너는 절대로 말이 막히는 법 없이 상대방에게 하고 싶은 말을 다 하고, 그러고도 조금도 부끄러워하지 않으니까."

"넌 크게 잘못 생각하고 있어." 하고 나는 대답했어.

"나는 언제나 하고 싶은 말과는 전혀 다른 말을 해버려. 그러다가 너무 흥분해서 도가 지나치게 되지. 그것도 아주 나빠."

나는 내가 한 마지막 말을 내가 생각해도 우스웠지만 피터가 이야기를 계속해 주기를 바랐기 때문에 웃음은 속으로 참고 손을 깍지낀 채 그를 가만히 바라보았어. 나는 이 집에 나와 마찬가지로 분노를 느낄 줄 아는 사람이 있다는 사실이 기뻐. 피터는 내가 일러바칠 염려가 없으므로, 뒤셀 씨를 마음껏 헐뜯고는 가슴이 후련해진 것 같았어. 나도 굉장히 기쁘게 생각해. 여자 친구들에게서만 느낄 수 있는 듯한 진정한 우정을 느꼈거든.

1944년 2월 16일 수요일
키티에게

오늘은 마르고트의 생일이야. 피터는 선물을 구경하러 오후 2시 반에 와서 잡담을 하며 필요 이상 오래 이야기하다 갔어. 이런 일은 이제까지 없었어. 오후에 나는 오늘만은 마르고트를 편하게 해주려고 커피를 가지러 갔었고, 그 뒤에는 감자를 가지러 갔었지. 내가 피터의 방을 지날 때 그가 계단에 흩뜨려 놓았던 종이를 급히 주웠어. 나는 지붕 밑 방으로 가는 들창문을 닫아 줄까 하고 물었더니 "그래, 내려올 때는 노크해. 내가 열어 줄 테니까."라고 말했어. 나는 그에게 고맙다는 말을 하고 다락방으로 올라가서, 10분이 넘도록 큰 통 안에서 작은 감자를 찾아야만 했어. 등이 아프고 추워지기 시작했어.

내가 노크도 하지 않고 직접 들창문을 열었는데도, 그는 친절하게 마중 나와 나의 손에서 냄비를 받아 주는 거야.

"꽤 오래 찾았지만 이게 가장 조그만 감자야."

"큰 통 안을 찾아봤니?"

"응, 모두 찾아봤어."

이렇게 말했을 때, 나는 이미 계단 아래에 서 있었는데도 그는 아직도 손에 들고 있던 냄비 속을 들여다보고 있다가 "야아, 이건 좋은 건데."라고 말하며 내가 그에게서 냄비를 받았을 때 "다행이야." 하고 덧붙였어. 그렇게 말하면서 상냥하게 나를 바라보았어. 그 순간 내 맘속에서 열기가 솟아오름을 느꼈어. 그는 나를 기쁘게 해주고 싶지만 긴말을 할 줄 모르므로, 눈으로 그것을 말하려 한다는 것을 잘 알 수 있었어. 나는 그의 마음을 알아. 그리고 무척 고맙게 여겨. 그의 말과 나를 바라보던 그의 눈을 생각하면 지금도 기쁘단다.

아래층으로 내려오자 엄마가 이번에는 저녁 식사용으로 감자를 좀더 가져오라고 했으므로 나는 기꺼이 다시 올라갔어.

피터의 방에 들어갔을 때 몇 번이나 방해를 해서 미안하다고 사과했지. 내가 계단을 오르려고 할 때 그는 일어나 내 쪽으로 와서 문과 벽 사이를 가로막고, 내 팔을 잡아 힘으로 막는 거야.

"내가 가겠어." 하고 그가 말했어. 내가 이번에는 특별히 작은 것을 찾지 않아도 되니까 그럴 필요가 없다고 말하자, 그는 고개를 끄덕이며 나의 팔을 놓았단다. 내려올 때 그가 와서 들창문을 열어 주고 또 냄비를 받아 주었어. 문까지 왔을 때 "무슨 공부를 하니?" 하고 물었더니 "프랑스어."라고 그는 대답했어. 나는 연습한 것을 보여 달라고 부탁하고, 손을 씻고 돌아와 그의 맞은편 긴 의자에 앉았어.

프랑스어 공부를 조금 하고 우리는 곧 잡담을 시작했어. 그는 앞으로 프랑스령 동인도(지금의 인도네시아)에 가서 그곳 농장에서 살고 싶다는 거야. 그는 다시 가정 생활 이야기며 암시장 이야기 등을 하고 나서 자기는 아무 쓸모도 없는 인간인 것 같다고 말했으므로, 나는 너무 열등감이 강한 것 같다고 말해 주었지. 그는 유태인에 대해서도 말했어. 자기가 기독교인이었다면, 또는 전쟁 뒤에 기독교인이 되었으면 하고 생각하는 듯했어. 세례를 받고 싶으냐고 물었더니 세례는 문제가 아니라는 거야. 전쟁이 끝나면 유태인인지 아닌지 누가 알 게 뭐냐고 말했어.

이 말에 나는 가슴이 아파졌어. 그의 어딘가에 언제나 조그만 정직하지 못한 구석이 있다는 것은 유감이야. 그 이야기는 그것으로 끝내고, 그 뒤부터는 유쾌한 잡담으로 시간을 보냈어. 우리 아빠에 대한 이야기, 인간 성격의 판단에 대한 이야기, 그 밖에도 많은 이야기를 했지만 어떤 이야기를 했는지 정확히 기억이 나지 않아.

피터의 방을 나온 것은 5시 반이었어.

그날 저녁, 그는 굉장히 좋은 의견을 말했어. 나는 전에 피터와 그에게 주었던 영화 배우의 사진에 대해서 이야기했는데 그 사진이 매우 마음에 들어서 그것을 자기 방에 벌써 일년 반 동안이나 걸어 두었다는 거야. 다른 것을 두세 장 줄까 하고 물었더니 그는 "아니, 필요 없어. 그걸 그대로 두고 싶어. 날마다 보다 보니 친구처럼 되어 버렸어." 하고 대답했단다.

그는 다른 이야기도 뭔가 했지만 잊어버렸어. 그러나 이런 이야기는 기억하고 있단다.

"나는 나의 결심을 생각할 때말고는 공포가 어떤 것인지 모르겠어. 하지만 그 증세도 이젠 덜해졌어."

피터는 심한 열등감을 갖고 있어. 이를테면 자기는 바보고 다른 사람들은 모두 영리하다는 거야. 내가 프랑스어를 가르쳐 주면 그는 몇 십 번이나 고맙다고 하는지 몰라. 나는 "그만둬. 너는 영어와 지리를 나보다 훨씬 잘하잖아." 하고 언제든 말해 줄 테야.

안네로부터

1944년 2월 18일 금요일
키티에게

200

요즈음은 위층에 올라갈 때마다 그와의 만남을 고대하고 있어. 나는 인생에 목적을 가지게 되었고 또 즐거움을 갖게 되었으므로 모든 생활이 이전보다 훨씬 유쾌해졌단다.

나의 감정의 대상은 언제나 그곳에 있고, 마르고트말고는 경쟁자를 두려워할 필요가 없어. 내가 사랑을 한다고 생각하지는 말아. 사랑을 하고 있는 것은 아니니까. 다만 나는 우리 둘 사이에 무언가 아름다운 것, 믿음과 우정을 가져다 주는 무엇인가가 싹트고 있다고 생각돼. 요즈음은 아주 조그마한 기회가 있어도 그에게로 간단다. 그는 이제 뭘 어떻게 이야기해야 좋을지 몰라하던 옛날의 그가 아니야. 이젠 반대로 내가 방에서 나올 때까지 그는 계속 말을 해.

엄마는 이런 나를 좋지 않게 보고 계셔. 귀찮아할 테니까 남을 방해하지 말라고 늘 말씀하시지. 내가 어떤 직관(直觀)을 갖고 있음을 엄마는 모르는 것일까. 내가 피터의 작은 방에 갈 때마다 엄마는 이상한 얼굴로 나를 쳐다본단다. 내가 위에서 내려오면 "어디 갔다 오니?" 하고 물어 보는 거야. 난 그것을 참을 수 없어.

안네로부터

1944년 2월 19일 토요일
키티에게

다시 토요일이 왔구나. 언제나 똑같아. 오전 동안은 조용했어. 나는 4층에서 조금 일을 돕고 있었지만, '그'와는 두세 마디밖에 주고받지 못했어. 오후 2시 반쯤 모두들 낮잠을 자거나 책을 읽으려고 저마다 자기 방으로 돌아갔을 때, 나는 책상에서 공부를 하기 위해 담요를 가지고 2층 전용 사무실로 갔어. 공부를 시작했지만 잠시 뒤 얼굴을 팔에 묻고 실컷 울었단다. 눈물이 끝없이 뺨을 타고 흘러내리고, 나는 몸부림칠 만큼 슬퍼졌어. 아아, '그'가 와서 위로해 준다면……. 위로 올라간 것은 4시쯤이었어. 다시 만나게 될지도 모른다는 희망을 안고 감자를 가지러 위로 갔지만, 욕실에서 머리를 다시 빗는 동안 그는 보쉬를 찾으러 창고로 내려가 버렸어.

갑자기 또 눈물이 쏟아질 것 같아서 급히 손거울을 들고 화장실로 들어갔어. 화장실에 옷을 입은 채로 앉아 있었는데, 나의 붉은 에이프런에 떨어진 눈물 자국을 보니 비참한 기분이었어.

나는 화장실 안에서 이런 생각을 했단다. 이래서는 피터의 마음을 사로잡을 수가 없다. 피터는 나 같은 것은 조금도 좋아하지 않을 거야. 그는 자기의 마음을 털어놓을 사람 같은 것은 필요하지 않은가 봐. 그는 아마 심심풀이로 가끔 나를 생각할 뿐일 거야.

나는 우정도 피터도 없이 다시 혼자 살아가야 해. 곧 희망도 위안도 즐거움도 모조리 사라지겠지. 그의 어깨에 얼굴을 묻고, 이토록 슬프고 외롭고 버림받은 듯한 심정에서 구원받을 수 있었으면! 아니, 그는 나에게 조금도 흥미가 없고, 남들한테도 그렇게 대하는 건 아니었을까? 나를 보는 그의 눈길이 다르다고 생각하는 것은 나의 공상에 지나지 않은 걸까? 오오, 피터, 네가 나의 얼굴을 보고 내 말을 들어준다면! 만일 내가 생각하고 있는 것이 사실이라면 나는 도저히 견딜 수가 없어.

눈물은 계속 뺨을 타고 내렸지만 잠시 뒤에는 아직도 희망과 기대가 남아 있는 것 같은 생각이 들었어.

안네로부터

1944년 2월 23일 수요일

키티에게

바깥 날씨가 화창하구나. 어제 이후 기분이 아주 좋아졌어. 거의 날마다 아침이면 지붕 밑 방으로 가서 피터와 이야기해. 그와 이야기를 하고 있으면 답답하던 가슴이 후련해져.

나는 내가 좋아하는 지붕 밑 방에서 푸른 하늘을 쳐다보기도 하고, 잎이 진 밤나무를 바라보기도 한단다. 밤나무 가지에는 조그만 빗방울이 은구슬처럼 빛나고 하늘에는 갈매기며 여러 새들이 바람을 타고 날고 있어. 그는 큰 기둥에 머리를 기대어 서고, 나는 앉아 있어. 우린 맑은 공기를 쐬고, 밖을 내다보면서 구태여 말로 분위기를 깨지 않아.

우리는 오랫동안 그러고 있었는데 그는 일어나서 나무를 패러 가야 했어. 그는 착하거든. 나도 따라 올라갔지. 그가 15분쯤 장작을 패고 있는 동안, 둘 다 입을 열지 않았어. 나는 선 채로 그가 일하는 것을 물끄러미 보고 있었단다. 그는 자기의 힘을 자랑하려고 최선을 다했지만 나는 열린 창문으로 암스테르담의 하늘을 보았어. 너무나 파란 하늘은 어디가 땅이고 어디가 하늘인지 분간할 수 없을 정도였어. 이 햇살과 이 구름 없는 푸른 하늘이 있고, 살아서 이것을 바라보고 있는 동안은 나는 불행하지 않다고 마음속으로 생각했지.

공포를 느끼거나 쓸쓸해하거나 불행하다고 생각하는 사람들을 위한 가장 좋은 치료법은, 어디든 하늘과 자연과 신만이 있는 곳으로 가는 거야. 그때 비로소 자연은 있는 그대로이고, 신은 자연의 아름다움 속에서 인간이 행복하기를 바라고 있다는 것을 깨달을 수 있을 거야.

자연이 존재하는 한—언제나 존재할 것은—어떤 환경에 있더라도 어떤 슬픔이든 위로받을 수 있음을 깨달았어. 자연은 모든 슬픔에 위안을 가져다 준다고 나는 굳게 믿고 있어. 오래지 않아 이렇게 벅찬 축복의 감격을 나눌 수 있는 사람이 생기겠지.

안네로부터

하나의 사색 : 우리는 여기서 여러 가지로 부자유를 느끼고 있다. 너무도 많이, 또 너무나도 오랫동안 자유를 잃고 있다. 너와 같이 나도 그래. 나는 외적인 것을 이야기하고 있는 게 아니다. 그것은 충분히 받고 있는 셈이니까. 나는 내면의 이야기를 하는 것이다. 너와 마찬가지로 나는 자유와 신선한 공기를 그리워하고 있다. 그러나 이제는 부자유에 대해 충분한 보상을 받고 있다고 생각한다. 내적인 보상을. 오늘 아침 창문 앞에 서 있을 때 정말 갑자기 그것을 깨달았다. 기쁨과 건강에 대한 기쁨을 가지고 있는 한, 언제든지 행복을 다시 찾을 수 있을 것이다.

부(富)는 잃을 수도 있다. 그러나 마음의 행복은 한때 베일에 가려

질지라도 살아 있는 한 언젠가는 다시 찾을 수 있다 : 두려움 없이 하늘을 바라볼 수 있고, 마음이 순결하다고 스스로 자각하고, 행복을 구할 수가 있다고 믿는 한 나는 행복을 찾을 수 있을 것이다.

1944년 2월 27일 일요일
키티에게

아침 일찍부터 밤늦게까지 온통 피터 생각만 하며 지내고 있어. 누워서도 그의 모습을 보고, 그의 꿈을 꾸고, 깨어 있을 때도 보고.

피터와 나는 겉으로 보이는 것처럼 많이 다른 것 같지 않아. 그 이유를 말해 줄까? 우리 둘 다 어머니다운 어머니를 갖고 있지 못하거든. 그의 어머니는 너무도 경박하고 바람둥이며, 아들의 생각 같은 것에는 별 관심이 없어. 우리 엄마는 내 걱정은 해주지만, 둔감한 데다 진짜 모성애가 부족해.

피터도 나도 마음속으로 자기 자신과 싸우고 있고 아직 완전히 다 자라지 않았으며, 상처를 받기에는 너무도 감수성이 예민해. 만일 상처를 받으면 나는 모든 것에서 달아나고 싶어져. 그러나 여기서는 그럴 수가 없어. 그래서 함부로 떠들고 심술을 부려서 모두 내가 좀 비켜나 주었으면 하고 바라도록 만드는 거야. 피터는 그와 반대로 입을 다물고 한마디도 하지 않고, 조용히 공상에 잠김으로써 감정을 감춰. 그러나 언제, 어떻게 해서 우리 두 사람은 서로의 마음을 털어 놓게 될까? 나는 이성(理性)의 힘으로 언제까지 이 그리움을 숨길 수 있을지 자신이 없구나.

안네로부터

1944년 2월 28일 월요일
키티에게
밤이고 낮이고 악몽에 시달리는 듯한 기분이야. 그의 생각이 잠시도 머리에서 떠나지 않아. 난 그를 늘 만나고 있으면서도 속을 털어놓을 수가 없어. 그러나 나는 그것을 표정에 나타내어서는 안 돼. 사실은 자포자기가 되어 있을 때도 밝은 표정을 짓지 않으면 안 돼.

피터 베셀과 피터 팬 던 두 사람은 내가 사랑하는, 아주 그리워하는 사람이 되었어. 엄마는 지겨워. 아빠는 좋은 분이므로 더욱 지겨워. 마르고트는 내가 언제나 유쾌한 얼굴을 하기를 기대하고 있으므로 가장 어려운 상대야. 내가 원하는 것은 혼자 있는 것뿐이야.

피터는 지붕 밑 방에 없었어. 그는 천장 밑에서 목수 일을 하고 있어. 그가 일하는 소리를 들을 때마다 나의 용기는 사라지고 슬퍼져. 멀리서 종소리가 울리는구나. 그것은 마치 '몸도 마음도 순결하게 해.'라고 말하는 듯했어. 그래 나는 감상적이야. 나는 바보여서 자포자기가 되어 있어. 그것도 나는 잘 알고 있어. 아아, 나를 좀 도와주렴!

안네로부터

1944년 3월 1일 수요일
키티에게

206

도둑이 들었기 때문에 나의 일은 일단 제쳐놓게 되었어. 나는 이제 도둑에 지쳤지만 어쩔 수 없잖니? 도둑은 코룬 상회가 좋은가 봐. 이번의 도둑 사건은 지난해 7월의 것보다 훨씬 복잡해.

팬 던 아저씨가 언제나처럼 오후 7시 반에 크라이렐 씨의 사무실에 가 보았더니, 통로의 유리문과 사무실 문이 열려 있었대. 깜짝 놀라서 자세히 살펴보니 작고 어두운 방도 열려져 있었고 큰 사무실 안도 엉망으로 흩어져 있었다는 거야. '도둑이 들었구나.' 하고 깨닫고 확인해 보기 위해 바깥문을 보러 갔대. 그러나 자물쇠는 제대로 잠겨 있었대. '그렇다면 피터와 엘리가 정리를 깨끗이 하지 않은 것이로구나.' 하고 생각했대. 그는 잠시 크라이렐 씨의 사무실에 있다가 전등을 끄고 위로 올라왔는데, 문이 열려 있었던 것과 사무실 안이 흩어져 있었던 것이 아무래도 마음에 걸렸어.

오늘 아침 피터가 우리들 방으로 와서, 바깥문이 열려 있었다는 그다지 유쾌하지 못한 뉴스를 전했어. 그는 또 영사기와 크라이렐 씨의 새로운 서류 가방이 벽장에서 없어졌다고 말했어. 거기에 팬 던 아저씨가 와서 전날 밤 이야기를 하여 우리는 두려움에 떨었어.

도둑이 열쇠를 가지고 있는 게 분명해. 자물쇠를 부수지 않았으니 말이야. 초저녁에 들어와 문을 닫고, 팬 던 아저씨가 오자 어딘가에 숨었다가 아저씨가 가 버리자 훔친 것을 가지고 문을 열어 둔 채로 달아난 거야. 도대체 누가 열쇠를 갖고 있는 것일까? 도둑은 어째서 창고에 들어가지 않았을까? 도둑은 창고에서 일하는 사람들 가운데 하나가 아닐까? 아저씨의 빌소리를 들었을 것이 틀림없고, 아저씨를 보았을지도 모르는데 혹시 밀고하지나 않을까? 같은 도둑이 또 오지 나 않을까 생각하니 너무나 끔찍했어. 도둑은 집안에 사람의 발소리가 나는 것을 듣고 놀랐을 것이 틀림없어.

안네로부터

1944년 3월 2일 목요일

키티에게

오늘 마르고트와 함께 다락방에 갔었어. 상상했던 만큼 즐겁지는 않았지만, 그래도 그녀가 나와 같은 생각을 한다는 것을 알았어.

설거지를 하고 있을 때, 엘리는 엄마와 팬 던 아주머니에게 가끔 무척 우울해질 때가 있다고 말했더니 엄마와 아주머니가 엘리에게 어떤 충고를 해주었는지 아니? 엄마는 엘리에게 고통받는 다른 사람들을 생각해야 한다고 말했어. 그러나 이미 자기 자신이 불행한 때에 남의 불행을 생각해서 무슨 소용이 있겠어. 내가 그런 말을 했더니 "너는 이런 이야기에 끼어드는 게 아냐." 하고 나무랐어.

어른들이란 정말 어리석지? 피터나 마르고트나 엘리나 내가 사물에 대해 같은 생각을 가지고 있다는 사실도, 어머니 또는 진실로 다정한 벗의 애정만이 우리를 위로해 준다는 사실도 모르는 거야. 이 두 어머니는 우리를 조금도 이해하지 못해. 어쩜 아주머니는 우리 엄마보다는 얼마쯤 이해하고 있을지도 몰라. 나는 내 경험을 통해 도움이 된다고 생각되는 점을 가엾은 엘리에게 말해 주려 했더니, 아빠가 우리 사이에 끼어들어 나를 밀어내 버렸어.

어른들은 모두 바보야. 왜 우리는 자기 자신의 의견을 가져서는 안 된다는 거지? 남을 침묵하게 할 수는 있어도 의견을 가지지 못하게 할 수는 없어. 아무리 나이가 어려도 생각하는 바를 말하지 못하게 해서는 안 돼.

위대한 애정만이 엘리나 마르고트나 피터나 나를 도울 수 있을 뿐이야. 그러나 우리는 아무도 그걸 받을 길이 없구나. 그런데도 이 집의 바보스러운 '알은체하는' 어른들은 한 사람도 우리를 이해하지 못해. 우리는 이곳의 어른들이 도저히 상상도 못할 만큼 훨씬 더 감수성이 예민하고 성숙해 있어.

엄마는 또 기분이 나빠졌어. 내가 엄마보다도 팬 던 아주머니와 이야기를 더 많이 하니까 질투가 난 거야.

오늘 오후, 피터를 붙들고 45분쯤 이야기를 했어. 피터는 여간해서는 자기 이야기를 하지 않기 때문에 그로부터 이야기를 끌어내는 데 힘들었어. 그는 부모가 정치 이야기며 담배 이야기며 그 밖의 여러 가지 일로 곧잘 다툰다면서 무척 부끄러워했어.

이번에는 내가 아빠 엄마에 대해 이야기했는데, 그는 아빠를 변호해서 "아저씨는 참 좋은 분이야."라고 말했어. 그리고 우리는 서로의 가정 이야기를 했어. 피터는 우리가 그의 부모를 그다지 좋아하지 않는다는 것을 알고 놀라워했어.

"피터, 너는 내가 항상 정직하다는 것을 알고 있겠지? 그러니까 나는 네 부모님이 갖고 있는 결점을 너한테 분명히 말해 주는 거야."

그리고 이런 이야기도 해주었어.

"난 널 돕고 싶어. 그리고 너를 위로해 주고 싶어. 너는 괴로운 입장에 놓여 있지? 네가 아무 말도 하지 않지만, 아무것에도 관심이 없는 건 아니지?"

"나는 언제나 너의 도움을 환영해."

"우리 아빠를 만나 보는 게 좋아. 나쁘게는 하지 않을 거야. 틀림없어. 아빠한테는 뭐든지 말하기가 쉬워."

"그래, 아저씨는 참으로 좋은 분이셔."

"너는 우리 아빠를 좋아하지?"

피터는 말없이 고개를 끄덕였어. 내가 "아빠도 너를 좋아하셔." 하고 말하자, 그는 갑자기 얼굴을 들고 빨갛게 붉혔어. 이 하찮은 말이 얼마나 그를 기쁘게 해주었는지 보기만 해도 감동될 정도였단다.

"너도 그렇게 생각하니?" 하고 그는 물었어.

"그럼. 가끔 하는 말을 들어 보면 알아." 하고 나는 대답했어.

피터도 우리 아빠처럼 아주 좋은 사람이야!

안네로부터

1944년 3월 3일 금요일

키티에게

밤에 촛불을 가만히 바라보고 있노라니 마음이 가라앉고 행복해지는 거야. 신이 촛불 속에 있는 것처럼 느껴졌어. 나를 감싸고, 보호하고, 나를 언제나 행복한 마음으로 있게 해주는 것은 하느님이야. 그러나…… 나의 기분을 지배하는 사람이 또 있어. 그것은 바로……

피터야.

오늘 감자를 가지러 올라갔더니 피터는 나를 보자마자 "점심 먹고 난 뒤에 뭘 했니?" 하고 물었어. 우린 계단에 앉아 이야기를 시작했어. 감자를 바닥에 놓고 한 시간이나 이야기를 했고, 5시 15분에 감자는 목적지에 배달되었어. 피터는 부모에 대해서는 아무것도 이야기하지 않았어. 우리는 책 이야기, 과거의 이야기를 했을 뿐이야. 피터의 눈에는 따뜻함이 담겨 있었어. 나도 이제 그를 사랑하는 거라고 믿기 시작했어. 그는 오늘 밤 그것에 대해 이야기했어. 나는 감자 껍질을 벗긴 뒤 그의 방으로 가서 무척 덥다고 그에게 말했지.

"마르고트와 내 얼굴을 보고 있으면 기온을 금방 알 수 있어. 우리는 추울 때는 얼굴이 새파래지고, 더울 때는 빨개져." 하고 내가 말하자 그는 갑자기 "너 사랑하고 있니?" 하고 물었어.

"어째서 내가 사랑 같은 것을 한다고 생각하니?"라고 말했지만, 자신이 생각해 보아도 바보 같은 대답이었어. 그러자 그는 "사랑한다고 나쁠 건 없잖아." 하고 말했어. 그런 다음 우리는 저녁 식사를 하러 아래로 내려갔어.

그가 무슨 뜻을 가지고 그런 질문을 한 것일까? 나는 용기를 내어 나의 수다가 귀찮지 않냐고 물어 보았더니 그는 "괜찮아. 나는 네가 재잘거리는 것을 듣는 게 즐거워."라고 말했을 뿐이었어. 그의 대답이 어느 정도까지 수줍음을 탄 것인지 분간할 수가 없구나.

나는 사랑스러운 사람의 이야기만 하는, 사랑을 하고 있는 여자 같아. 그래 피터는 내 사랑이야. 이런 내 맘을 언제 그에게 털어놓을 수 있을지. 물론 그도 나를 사랑한다고 생각할 때겠지. 피터가 나를 얼마나 좋아하는지는 나도 모르지만, 아무튼 우리는 서로의 마음을 조금씩 알 수 있게 되었어. 다만 둘 다 좀더 마음을 털어놓을 수 있으면 좋겠다고 생각해. 그 시기가 생각보다 빨리 오지 않을 것이라고는 아무도 단언할 수 없겠지. 그는 하루 두 번씩 나에게 의미 있는 시선을 주고 그때마다 난 윙크를 해. 그럼 우린 둘 다 행복해. 그가 행복한지는 확실히 알 수 없지만, 나와 같은 마음일 거라고 생각해.

　　안네로부터

1944년 3월 4일 토요일

키티에게

따분하고 우울하고 지루하지 않은 토요일은, 오늘이 몇 달 만에 처음이야. 이유는 물론 피터야. 오늘 아침 에이프런을 널러 위층으로 갔을 때, 마침 아빠가 거기 있다가 나더러 잠시 프랑스어를 하지 않겠느냐고 했으므로 나는 승낙하고 처음에는 프랑스어 회화를 했어.

나는 그것을 피터에게 설명해 준 다음 영어 회화를 했어. 그리고 아빠는 큰 소리로 디킨스를 읽어 주셨는데 아빠와 나란히, 피터 옆에 앉았던 나는 천국에 있는 기분이었단다.

나는 11시에 내려왔다가 11시 반에 다시 다락방으로 올라갔어. 그는 이미 계단에서 나를 기다리고 있었어. 우리는 12시 45분까지 이야기했단다. 내가 식사를 끝내고 방을 나갈 때, 기회를 틈타 아무도 못 듣게 그는 언제나 "굿바이, 안네. 또 만나."라고 말해 준단다.

난 너무나 기뻤어! 그도 결국 나를 사랑하게 된 걸까? 아무튼 그는 정말 좋은 사람이야. 내가 그와 얼마나 즐거운 대화를 나누는지 아무도 몰라. 팬 던 아주머니는 내가 그에게 이야기하러 가는 것을 허락하지만, 오늘은 농담 비슷하게 "너희들을 믿고 둘만 다락방에 내버려둬도 괜찮겠니?" 하고 말했어. "물론이에요. 절 모욕하지 마세요." 하고 나는 항의했어.

나는 아침부터 밤까지 피터와 만나기만을 고대하고 있어.

안네로부터

1944년 3월 6일 월요일

키티에게

나는 피터의 표정으로 그가 나와 같은 생각이라는 것을 알 수 있어. 어젯밤 아주머니가 피터를 경멸하는 말투로 "흥, 철학자?"라고 말했을 때 나는 화가 났어. 피터는 얼굴이 빨개져서 어쩔 줄 몰라했어. 난 폭발할 지경이었어. 이 사람들은 어째서 잠자코 있지 못할까?

그가 쓸쓸해하고 있는 것을 그냥 내버려둘 뿐, 아무런 도움도 줄 수 없다는 것이 얼마나 안타까운지 너는 상상도 못할 거야.

때로는 싸움 때문에 때로는 사랑 때문에 그가 얼마나 절망하는지 나는 그 자신이 된 것처럼 상상할 수가 있어. 가엾은 피터. 그는 사랑을 필요로 하고 있어! 그가 친구 같은 것은 필요 없다고 말했을 때, 나에겐 그 말이 너무나 가슴 아팠어. 그는 오해하고 있는 거야. 그 말이 진심은 아니라고 생각해.

그는 자기의 고독에 매달려 의식적인 무관심과 어른스러운 태도를 취하고 있지만, 그것은 연기에 불과해. 가엾은 피터. 그는 언제까지 이런 연극을 계속할 수 있을까? 이 초인적인 노력 끝에, 언젠가는 무서운 폭발이 일어날 것이 틀림없어.

오오, 피터, 내가 너를 위로할 수 있다면 너를 위로해 줄 수 있다면 둘이서 함께 서로의 외로움을 날려보낼 수 있을 텐데.

나는 여러 가지를 생각하고 있지만 말은 많이 하지 않아. 나는 그를 만나고 그와 함께 있을 때 태양이 밝게 빛나기만 하면 행복해.

어제 나는 몹시 흥분했단다. 머리를 감고 있을 때, 그가 옆방에 있다는 것을 의식하고 있었어. 아무것도 할 수가 없었어. 나는 마음이 가라앉고 진지하면 할수록 겉으로는 더 떠들게 되는걸.

이러한 내 마음의 비밀을 맨 먼저 발견하고 깨뜨리는 것은 누구일까? 나는 팬 던 씨네에 여자 아이가 아니라 남자 아이가 있었다는 게 기뻐. 이성(異性)이 아니었더라면 나의 정복(征服)은 이처럼 어렵고 아름답고 즐겁지는 않았을 테니까.

안네로부터

추신 : 너는 내가 언제나 정직하다는 것을 알고 있지? 그러므로 나는 그를 만나는 즐거움만으로 살아간다는 걸 너에게 고백해야겠어. 나는 그 역시 언제나 나를 기다린다는 사실을 발견하고 싶어. 그가 소극적으로 나에게 접근하려는 마음의 움직임을 조금이라도 발견할 때마다 마음이 설레는 것을 느껴. 그도 나와 마찬가지로 여러 가

지 이야기를 하고 싶을 거야. 그러나 나의 마음을 끄는 것은 그의 이러한 머뭇거림이라는 것을 그는 모르나 봐.

1944년 3월 7일 화요일

키티에게

1942년의 내 인생은 너무나 실감이 안 나는구나. 이 벽 속에서 현명하게 성장한 안네와는 너무나 달랐어. 그래, 그때는 천국과 같은 생활이었지. 길모퉁이를 돌아설 때마다 남자 친구들을 만났고, 나와 같은 또래의 친구며 아는 사람들이 스무 명이나 되었어. 학교에서는 모든 선생님으로부터 귀여움을 받았고, 집에서는 엄마와 아빠에게 더없이 응석을 부렸으며, 과자도 많이 있었고 용돈도 얼마든지 받을 수 있었으니 더 이상 무얼 바랐겠어?

너는 내가 이 사람들과 어떤 식으로 사귀었는지 틀림없이 궁금해하겠지? 피터는 나보고 '매력'이 있다고 말했지만, 그건 완전한 진실은 아니야. 선생님들은 나의 천진스러운 대답과 우스갯소리와 미소, 따지고 드는 표정 같은 것을 재미있어했어. 아주 조숙하고 애교스럽고 명랑하고. 이것이 나의 모든 것이었어. 그러나 나는 선생님으로부터 귀여움을 받을 만한 두세 가지 좋은 점을 갖고 있었지. 그것은 열심히 공부하고 정직하며 솔직하다는 것이야. 나는 커닝 같은 건 꿈에도 생각해 본 적이 없어. 또 친구들에게 아낌없이 과자를 나누어 주었고 교만하지도 않았어. 이처럼 모든 사람의 사랑을 받다 보니 건방진 애가 되지는 않았냐고? 다행스러웠던 것은 모든 사람으로부터 한창 칭찬과 사랑을 받을 때 나는 갑자기 현실과 맞닥뜨려야만 했어. 나는 아무도 사랑해 줄 수 없는 현실에 익숙해지기까지 적어도 일년이 걸렸어.

학교에서 어땠는 줄 알아? 언제나 새로운 우스갯소리를 생각해 내고 말괄량이였으며, 우울한 때가 없었고 결코 울지 않는 아이였어. 그러므로 모두가 나에게 주목하고, 나와 함께 자전거로 통학하고 싶어했던 것도 당연한 일이야.

지금 와서 생각해 보니 그 무렵의 나는 재미있는 아이기는 했지만 매우 경박하고 지금의 나와는 전혀 닮지도 않았어. "그때 넌 항상 두셋의 남자 친구와 많은 여자 친구들에게 둘러싸여 있었어. 그리고 너는 언제나 웃고 있었고, 무슨 일에나 먼저 나섰지!"라고 피터는 말했고 그의 말이 옳아.

그 소녀가 얼마나 남아 있을까? 걱정할 필요는 없어. 나는 아직까지 웃음도 갖고 있고 재빨리 대구하는 법도 잊지 않았으니까. 아직도 전과 같이 남의 비평도 잘하고 신나게 떠들 수 있어. 그러나 문제는 그런 것이 아니야. 나는 하룻밤이나 며칠, 아니 기껏 일주일 정도라면 이렇게 아무런 어려움도 없는 명랑한 생활을 한 번 더 해보고 싶다는 생각을 해. 하지만 일주일이 끝날 무렵에는 그만 지쳐서, 조금 더 재치 있는 말을 할 줄 아는 사람과 대화를 나누고 싶겠지. 나는 숭배자를 바라는 것이 아니고 친구를 바라거든. 요란한 웃음에 끌리는 숭배자가 아니라 나의 행동과 성격에 끌리는 사람을 원해.

내 주위에 모이는 사람이 훨씬 적어지리라는 건 잘 알아. 하지만 진실된 친구 몇 명이 있다면 그런 건 상관없겠지.

　그럼에도 불구하고 1942년 내가 완전히 행복했던 것은 아니야. 가끔 버림받은 기분이 들곤 했지만 하루 종일 바빴기 때문에 그런 생각을 하지 않았었지. 의식적인지 무의식적인지는 모르지만, 나는 공허감을 장난이나 우스갯소리로 떨어버리려고 했었어. 그러나 지금은 인생이라든가 내가 무엇을 해야 할 것인가에 대해 진지하게 생각해보게 되었어. 내 생애의 한 시기는 영원히 지나갔어. 마음 편한 학생 시절은 지나가고, 이제는 돌아오지 않아.

　나는 이제 그런 시절을 그리워하지는 않아. 나는 좀더 어른이 되었어. 인생을 좀더 진지하게 생각하게 되었기 때문에 심각하지 않은 즐거운 생각만을 할 수가 없게 된 거야.

　나는 이번 설날까지의 나의 생활을 커다란 확대경으로 보듯이 돌아보았어. 처음에는 가정에서 따뜻한 생활을 즐겼고, 이어 1942년에 이곳으로 왔으며 생활은 놀랍게 바뀌어 날마다 말다툼이 끊이지 않았지. 나는 생활의 변화를 이해할 수 없어. 다만 놀라워할 뿐이었어. 내가 그 생활을 견딜 수 있는 길은 건방지게 구는 것뿐이었단다.

　나는 1943년 전반(前半)을 쓸쓸해하며 늘 울고 지냈어. 그러나 그 뒤로 나는 차츰 나의 결점과 단점을 깨닫게 되었지. 지금도 단점과 결점투성이지만, 그 무렵은 더 심했던 것 같아. 낮에는 일부러 마음에도 없는 이야기를 해서 아빠를 내게로 끌려 했지만 뜻대로 되지 않았어. 끊임없는 책망이 너무나 마음에 걸렸으므로 나를 변화시키려는 어려운 일을 나 혼자 해내야만 했었지.

그 해 후반은 상황이 좀 나아진 것 같아. 나는 젊은 여자로, 좀더 어른으로서 대우받게 되었어. 나는 사물을 생각하기도 하고, 글을 쓰기도 했으며, 다른 사람들이 나를 공처럼 갖고 놀 권리가 없다는 것을 깨달았어. 나는 내가 바라는 대로 변하려고 애썼어. 그때 내가 충격을 받았던 것은 아빠마저도 모든 것을 믿고 고백할 수 없다는 사실이었어. 그때부터 난 나 자신만을 믿기로 했지.

새해가 시작되고 두 번째의 큰 변화가 일어났어. 나의 꿈…… 그 꿈과 함께 나는 자신의 그리움을, 여자 친구가 아니라 남자 친구에 대한 그리움을 깨달았어. 또 나는 마음의 행복을 발견하고, 스스로의 본심을 감추기 위해 경박함과 명랑함을 가장했지. 그러나 곧 얌전해지고 미(美)와 선(善)에 대한 끝없는 그리움을 느끼게 되었어. 밤에 침대에 누울 때 나는 기도 맨 끝에 "하느님, 모든 선한 것, 사랑스러운 것과 아름다운 것에 대해 하느님께 감사드립니다."라고 말하는데, 그때의 나는 기쁨에 넘쳐 있단다. 그리고 은신처 생활에 대한 고마움, 자신이 건강하다는 것, '선'한 것, 사랑하는 피터, 이제 갓 싹터서 감수성이 예민하여 둘 다 건드리려고 하지 않지만 언젠가는 올 사랑, 장래, 행복, 자연의 아름다움, 모든 정교하고 아름다운 것, 이 세상에 존재하는 '미' 그런 모든 것에 대해 생각하게 됐어 .

그럴 때의 나는 불행한 것은 생각하지 않아. 아직 남아 있는 아름다움만을 생각하지. 엄마와 내가 전혀 의견을 달리하는 것은 이 점이야. 사람이 우울할 때 엄마는 "온 세상의 모든 불행을 생각하고, 자기가 그처럼 불행하지 않음을 감사해야 해."라고 충고하지. 그러나 나는 이렇게 충고해. "밖으로 나가 들로 가십시오. 그리고 자연과 햇빛을 즐기고, 당신 자신과 하느님 안에서 다시 행복을 잡으려고 하세요. 당신의 마음속과 당신의 주위에 아직도 남아 있는 모든 아름다움을 생각해 내어 행복해지세요."

엄마의 생각이 옳다고는 도저히 생각할 수 없어. 직접 고통과 불행을 겪고 있는 사람이 어떻게 감사할 수 있겠니? 그것은 위안이 될 수 없어. 나는 그와 반대로 자연이며 햇빛이며 나 자신의 내부에 무엇인가 아름다운 것이 언제나 남아 있다는 것을 깨달았어. 이것이 자신을 위로해 주지. 이런 것을 바라보면 틀림없이 자신과 하느님을 발견할 거야. 그러면 마음의 평화를 되찾을 수 있어. 행복한 사람은 누구나 다른 사람을 행복하게 만들지. 용기와 신념이 있는 사람은 결코 불행 속에 주저앉지 않으니까!

안네로부터

1944년 3월 12일 일요일

키티에게

나는 요즈음 가만히 앉아 있질 못하고 아래위층으로 돌아다니고 있어. 피터와 이야기하고 싶지만 귀찮아하지나 않을까 걱정스러워.

그는 자기의 이야기며 지난날의 이야기, 부모에 대한 이야기 등을 조금 해주었지만 나는 아직 만족할 수 없어. 나는 어째서 자꾸만 그의 이야기를 더 듣고 싶은지 스스로에게 물어 보았어. 전에 그는 나를 도저히 김당할 수 없는 상대라고 생각하고 있었지. 나도 그를 그렇게 생각하고 있었어. 그러나 지금은 내 생각을 바꾸었는데 그도 바꾸었을까?

그렇다고 생각해. 하지만 우리가 둘도 없는 친구가 될 거라는 보장은 없어. 그렇게 되면 나로서는 이곳의 생활이 훨씬 견딜 만한 것이 되겠지만. 그러나 그렇게 되지 않아도 나는 슬퍼하지 않겠어. 나는 그를 언제든지 만날 수 있고, 또 이런 일로 공연히 피터까지 불행하게 만들고 싶지는 않아.

토요일 오후, 나는 비참한 뉴스를 많이 듣고 그만 현기증이 나서 한잠 자려고 긴 의자에 누웠단다. 생각하는 것을 잊기 위해 잠들고 싶었을 뿐이야. 4시까지 자고 나서 거실로 갔더니 엄마가 여러 가지를 물어 보는데 대답하기가 곤란했어. 아빠한테도 오랫동안 잔 이유를 말해야만 할 것 같아서 머리가 아프다고 했어. 거짓말도 아니지. 실제로 그랬으니까……. 다만 마음의 골치가 아팠던 거야. 보통 사람이나 소녀나 나와 같은 10대 아이들은 이러한 자기 연민에 빠져 있는 나를 머리가 좀 이상한 게 아닌가 하고 생각하겠지. 그건 그래. 그러나 나는 자신의 마음속을 너에게 털어놓은 뒤에는, 남의 질문을 받거나 내 심경을 건드리는 것을 피하기 위해 될 수 있으면 뻔뻔스럽고 밝게, 자신만만하게 행동한단다.

마르고트는 매우 다정하고 믿음직하게 대해 주지만 아직 언니에게 모든 것을 고백할 수가 없어. 언니는 좋은 사람이고 아름답고 착하지. 하지만 언니와는 거리낌없이 편안한 마음으로 심각한 이야기를 할 수가 없어. 내 말을 너무 심각하게 생각하니까. 그리고 괴팍한 자기 동생에 대해 무얼 알아내려는 듯한 시선으로 바라볼 때가 많아. 내 말을 음미하며 '이건 농담일까, 아니면 안네는 진정으로 그렇게 생각하는 것일까?' 하고 언제까지나 생각을 계속하는 거야.

이것은 우리가 하루 종일 같이 있기 때문일 거야. 그리고 나는 누군가를 완전히 믿으면, 그 사람이 언제까지나 내게 관심을 기울이는 것을 싫어하는 탓인가 봐. 난 언제쯤 내 생각을 털어놓을 수 있게 될까? 언제 다시 마음의 평화와 안식을 찾을 수 있을까?

안네로부터

1944년 3월 14일 화요일

키티에게

오늘 식사 이야기를 들으면 아마 넌 꽤 재미있어할 거야. 나는 조금도 재미없지만 너에게는 재미있을 거야. 청소부가 2층에서 일하는 동안, 나는 팬 던 씨네 테이블에 앉아 있었어. 나는 이곳으로 오기 전에 산 아주 향기가 좋은 향수를 뿌린 손수건을 코에 대고 있었단다. 이런 말만으로는 너는 무슨 이야기인지 잘 모를 테니까, 처음부터 시작할게. 배급표를 구입해 주던 사람이 붙잡혔기 때문에 우리는 배급 통장이 다섯 개뿐이므로 여분의 쿠폰과 지방이 떨어졌단다. 미프와 코프하이스 씨가 아프고, 엘리는 시장에 갈 틈이 없기 때문에 집안은 우울한 공기에 싸였으며, 식량도 한심한 상태가 되었어. 내일이면 한 조각의 지방도 버터도 마가린도 떨어질 거야. 아침 식사 때 감자 프라이(빵을 절약하기 위한)도 만들 수 없어. 죽뿐이야. 팬 던 아주머니가 모두 굶어 죽는다고 말했기 때문에 암거래로 크림이 듬뿍 든 우유를 샀어. 오늘 저녁 식사는 통에 저장했던 양배추와 살코기 다진 것을 익힌 요리야. 그래서 내가 미리 조심하느라고 향수 뿌린 손수건을 코에 대고 있었던 거야. 양배추는 일년이 지나면 지독한 악취를 풍기거든. 방안은 썩은 달걀과 방부제(防腐劑)와 상한 자두를 뒤섞은 듯한 냄새로 가득 차 있어. 윽! 그걸 먹을 생각만 해도 골치가 아파오는구나.

그뿐 아니고 감자가 중병에 걸려서 두 양동이를 가져와도 한 양동이 정도는 난로에 버려야만 해. 우리는 병의 종류를 알아내는 데 관심을 가지고, 감자의 병에도 암이나 천연두에서 홍역까지 있다는 결론을 내렸어. 전쟁 4년 동안 숨어 산다는 것은 정말 웃을 일이 아니야. 아아, 이 지긋지긋한 전쟁이 빨리 끝날 수만 있다면!

솔직히 말해서 이곳의 생활이 좀더 즐겁다면 나는 음식에 대해서는 그다지 신경 쓰지 않을 거야. 곤란한 것은 생활이 지루하기 때문에 모두들 걸핏하면 화를 잘 낸다는 점이야. 이제부터 현재 상태에 대한 다섯 어른들의 의견을 소개할게.

팬 던 아주머니 : 주방의 여왕이란 매력은 이미 사라진 지 오래예요. 그냥 앉아서 아무것도 하지 않으면 심심하니까 다시 요리를 만들기 시작할 뿐이야. 그러나 기름이 없어서는 요리가 되지 않아. 이 끔찍한 냄새를 맡으면 병이 날 것만 같아. 내가 이렇게 고생하는데도 감사는커녕 불평과 험담뿐이지. 나는 언제나 죄를 뒤집어쓰는 희생자야. 게다가 내가 보건대 전쟁은 진전이 없어. 독일이 승리할지도

몰라. 우리는 굶어 죽지나 않을까 걱정스럽고. 나는 기분이 언짢으면 누구에게든지 호통을 치고 싶어져.

팬 던 아저씨 : 나는 아침부터 밤까지 담배를 피우고 싶어. 담배만 피울 수 있다면 음식도 정치 정세도 아내의 기분도 그다지 문제 될 게 없지. 케르리는 좋은 아내야. (그러나 아저씨는 담배가 떨어지면 완전히 달라지고 말지. 그런 때는 흔히 이렇게 말해.) 나는 병이 날 것 같아. 우리는 너무 굶었어. 나는 고기를 먹어야 해. 케르리는 정말 바보 같은 여자야! (이렇게 되면 반드시 부부 싸움이 벌어지지.)

엄마 : 요리는 그다지 문제가 아니지만, 나는 지금 신선한 빵 한 조각이 먹고 싶어. 몹시 배가 고프거든. 내가 팬 던 부인이라면 남편이 끊임없이 피우는 담배를 벌써 끊게 했을 거야. 그러나 지금은 나도 무척 담배를 피우고 싶어. 그렇지 않으면 견디기 어려울 것 같거든. 영국인은 실패도 많이 했지만 전쟁은 호전되고 있어. 나는 모두와 잡담할 수 있으니, 폴란드에 있지 않았음을 감사하게 생각해요.

아빠 : 모든 일이 잘되어 가고 있어. 나는 아무 욕심도 없다. 그다지 당황할 것도 없어. 시간은 넉넉히 있다. 감자만 먹을 수 있다면 불평은 하지 않겠어. 내 배급품을 엘리에게 좀 주오. 정치 정세는 매우 희망적이야. 나는 아주 낙관하고 있어.

뒤셀 씨 : 나는 오늘 일은 꼭 오늘 해야 하고, 모든 것을 시간대로 마쳐야만 해. 정치 정세는 아주 좋아. 우리가 잡힐 염려는 없어.

안네로부터

1944년 3월 15일 수요일

키티에게

아아, 이렇게 일기를 쓰고 있는 순간, 우울한 분위기에서 겨우 해방되었어! 오늘은 "만일 ……일이 일어나면 곤란하다"든가, "만일 ……가 병이라도 나면 어떻게 하나?" 하는 이야기만 들었단다. 너도 은신처의 일을 이제 꽤 많이 알고 있을 테니까 이야기를 대강 짐작할 수 있겠지?

이 '만일'이라는 말이 나온 까닭은 크라이렐 씨는 참호 파는 데 동원되었고, 엘리는 코감기에 걸려서 아마 내일도 올 수 없을 것이고, 미프는 아직 독감이 다 낫지 않았으며, 코프하이스 씨는 위에서 출혈이 심해 의식을 잃는 등 언짢은 일만 겹쳤기 때문이야.

창고 사람들은 내일 쉰대. 엘리가 출근하지 않으면 문은 잠겨 있겠지. 우리는 이웃 사람들에게 들키지 않도록 생쥐처럼 조용히 해야만 할 거야.

오후 1시쯤엔 헹크가 버림받은 우리들을 방문해 주었어. 동물원지기의 역할을 수행하는 거야. 오늘 오후 그는 오랜만에 세상 이야기를 들려주었어. 우리 여덟 명이 그의 주위에 둘러앉은 모습을 상상해 봐. 그것은 할머니가 손자들에게 이야기를 들려주는 그림 같은 거야. 그는 잠시도 쉬지 않고 계속해서 열심히 귀를 기울이는 우리에게 식량 이야기를 비롯하여 미프의 의사 이야기며, 우리의 질문과 모든 것에 대해 빠른 말투로 말했단다.

그는 의사에 대해 다음과 같은 재미있는 이야기를 했어.

"의사요? 의사란 말은 내 앞에서 꺼내지도 마세요. 오늘 아침 내가 보조 의사에게 전화를 해서, 인플루엔자의 처방전(處方箋)을 부탁했더니 오전 8시부터 9시 사이에 가지러 오라는 겁니다. 만일 악성 감기일 때는 의사가 전화에 대고 '아 하고 입을 크게 벌리고 혀를 내밀어 보세요. 아, 잘 들리는군요. 당신의 목은 염증을 일으켰군요. 처방을 해 드릴 테니 약국에 가서 약을 사도록 하시오. 굿바이.' 이런 식입니다."

전화로 진찰을 하다니, 웃기지?

그러나 나는 의사를 비난하고 싶지 않구나. 인간은 손이 두 개밖에 없는데 요즈음은 병자가 너무 많거든. 의사가 모자라서 도무지 손이 돌아가지 않아. 그건 어찌되었든 헹크가 전화 이야기를 되풀이했을 때는 모두 웃음을 참을 수가 없었어.

나는 요즈음의 병원 대기실이 어떤 상태인지 상상할 수 있어. 의사는 이제는 보험등록 환자를 무시하지는 않지만, 대단한 병이 아닌 환자는 상대도 하지 않아. 그런 환자가 오면 "당신은 여기서 뭘 합니까? 맨 뒤로 가서 서시오. 중환자가 우선이니까." 하고 말한대.

안네로부터

1944년 3월 16일 목요일
키티에게
뭐라고 표현할 수 없는 좋은 날씨야. 곧 다락방으로 갈 생각이야. 나는 어째서 피터만큼 차분하지 못한지 이제야 알았어. 그는 공부하고, 꿈꾸고, 생각하고, 그리고 잠잘 수 있는 자기 방을 가지고 있지. 그러나 난 일년 내내 저쪽 구석에서 이쪽 구석으로 쫓겨 다니고 있을 뿐이거든. 나는 뒤셀 씨와 같이 쓰는 내 방에 있는 시간은 적지만, 그러나 역시 나만의 방을 쓰고 싶은 마음은 간절해. 내가 가끔 다락방으로 도망가는 까닭 가운데 하나는 다락방에 있을 때와 또 너와 함께 있을 때만이 아주 짧은 시간이지만 진정한 나로 돌아갈 수가 있기 때문이야.

그러나 나는 자신의 운명에 불평하고 싶지는 않아. 오히려 나는 용기를 갖고 싶어. 고맙게도 내가 마음속으로 생각하고 있는 것을 아무도 몰라. 다른 사람들이 알고 있는 것은 내가 엄마에 대해 차츰 냉정해졌다는 것과 아빠에 대해서도 그전만큼 애정을 보이지 않는다는 것, 마르고트에게 아무 이야기도 하지 않는다는 것뿐이야.

나는 완전히 껍질 속에 틀어박혀 있어. 난 겉으로 초연한 태도를 유지해야만 돼. 내 속에서 욕망과 상식 사이의 전쟁이 끊임없이 일어나고 있다는 것을 아무도 눈치채게 해서는 안 돼. 지금은 상식이 이기고 있지만 욕망 쪽이 강해지는 일이 생긴다면? 나는 때로는 이 것을 두려워하고, 때로는 이것을 희망하기도 해.

피터에게 아무 말도 하지 않는 것은 참으로 괴로운 일이야. 그러나 나는 그가 먼저 입을 열어야 한다고 생각해.

난 너무나 할말도 많고 할 일도 많지만 그걸 꿈속에서만 하고 있어. 날짜는 지나가는데 실현되는 일은 하나도 없고! 안네는 미친 아이와 같아. 하지만 나는 미치광이 같은 시대에, 미치광이 같은 환경에서 살고 있는걸.

이런 생활 속에서 가장 위안이 되는 것은 적어도 자신의 생각이나 감정을 글로 쓸 수 있다는 거야. 그렇지 않다면 나는 완전히 숨이 막혀 버릴 거야. 피터는 이러한 문제에 대해 어떻게 생각하고 있을까? 언젠가는 이것에 대해 그와 이야기해 보고 싶어. 그는 나의 마음에 대해 뭔가 알아낸 것이 있을지도 모르지. 왜냐하면 그가 이제까지 알고 있는, 겉으로 나타난 나를 사랑할 리는 없으니까.

조용한 것을 좋아하는 그가 왜 나 같은 수다쟁이를 좋아할까? 그는 나의 딱딱한 껍질 속을 들여다보는 첫 번째의, 그리고 유일한 사람이 될까? 또 그가 거기에 이르기까지는 오랜 시일이 걸릴까? '사랑은 이따금 동정에서 시작된다'느니, '사랑과 동정은 손을 맞잡고 간다'라는 낡은 속담도 있지. 나의 경우에도 해당되는 걸까? 왜냐하면 나는 나 스스로에 대해서와 마찬가지로 그에게도 동정하고 있기 때문이야.

나는 어떤 식으로 이야기를 꺼내야 좋을지 정말 모르겠어. 그러나 그는 나보다도 훨씬 이야기를 못하는 성격인데 어떻게 그가 먼저 입을 열 수 있겠어? 그에게 편지를 쓸 수 있다면 내가 하고 싶은 말을 그에게 전할 수 있겠지. 표현한다는 건 너무나 어렵구나.

안네로부터

1944년 3월 17일 금요일

키티에게

크라이렐 씨가 징집 면제를 받아서 은신처는 안도의 한숨을 쉬었어. 엘리는 코감기가 다 나았어. 그러니까 마르고트와 내가 조금쯤 부모에게 권태를 느끼기 시작했다는 것말고는 모든 일이 잘 풀리고 있어. 그러나 나를 오해하지 마. 너도 알다시피 나는 엄마와의 사이가 별로 좋지 못해. 그러나 아빠는 지금도 여전히 사랑하고 있어. 마르고트는 엄마도 아빠도 모두 사랑하고 있지. 그러나 내 또래의 나이가 되면 누구나 조금은 스스로 일을 결정하고, 때로는 독립하고 싶은 거야.

4층으로 가려고 하면 엄마는 왜 가느냐는 질문을 하지. 나는 내가 먹는 음식의 간을 맞추는 것도 허락되지 않아. 매일 밤 8시 15분이 되면 엄마는 나에게 어서 자라고 한단다. 내가 읽는 책은 모두 검사를 받아야 해. 물론 다른 부모에 비해 아빠와 엄마가 조금도 엄격하지 않다는 것은 나도 인정해. 우린 대부분의 책은 읽어도 좋다는 허락을 받지만 하루 종일 계속되는 주의와 질문이 싫은 거야.

아빠와 엄마는 특히 나에 대해 기분이 좋지 않으셔. 내가 이제까지처럼 키스를 하고 싶어하지 않게 되었으며, 가족끼리 서로 애칭으로 부르는 것이 아무래도 일부러 그러는 것처럼 느껴져서 싫다고 거부한 데서 생긴 일이야. 나는 잠시 동안 부모 곁에서 떠나 있고 싶어. 마르고트는 어젯밤 이런 말을 하더라.

"엄마나 아빠가 내게 머리가 아프냐, 기분이 좋지 않느냐고 자꾸 물을 뿐 아니라, 또 내가 한숨을 쉬면 머리에 손을 얹어 보곤 해서 귀찮아 못 견디겠어."

마르고트와 나는 이제까지와 같은 믿음과 화목이 가득했던 집에서 갑자기 그런 것이 사라졌음을 깨닫고 큰 충격을 받았어. 그러나 이것은 주로 우리 두 사람이 조숙하기 때문이야. 왜냐하면 우리는 어린아이 취급을 받고 있지만, 실제로는 같은 나이 또래의 소녀보다 정신적으로 훨씬 성숙해 있거든. 나는 아직 열네 살이지만 내가 바라는 것과 누가 옳고 누가 그르다는 것도 알고 있어. 나는 자신의 의견과 사상과 주의를 갖고 있지. 나 같은 아이가 이런 말을 하면 우스울지도 모르지만 나는 나 자신을 아이라기보다는 하나의 인간, 누구에게도 구속받지 않는 독립된 하나의 인격체라고 생각하고 있어.

나는 엄마보다 더 훌륭하게 사물을 인식하고 주장할 수 있다고 생각해. 나는 엄마처럼 편견을 갖지도 않고, 사물을 과장하지도 않아. 엄마보다 빈틈이 없고 영리해. 그러므로—너는 웃을지 모르지만—많은 점에서 엄마보다 뛰어나다고 생각해. 내가 누군가를 사랑한다면, 그 사람에 대해 무엇보다도 존경과 찬미의 마음이 없으면 사랑할 수가 없어. 피터만 내 곁에 있다면 다른 것은 모두 괜찮아. 난 많은 점에서 그를 존경해. 잘생기고 좋은 소년이야!

안네로부터

1944년 3월 19일 일요일

키티에게

어제는 내게 있어서 뜻 깊은 날이었어. 피터와 여러 가지 문제를 터놓고 이야기하려고 저녁 식탁에 앉기 전에 낮은 소리로 피터에게

"오늘 밤 속기 연습하니?" 하고 물었더니 "아니, 안 해."라고 대답했어. "그럼, 이따가 너하고 이야기하고 싶어." 하고 말하자 그는 승낙했어. 식사 뒤 설거지가 끝나고 잠시 피터의 부모님 방 창가에 서서 밖을 내다보고 있다가 곧 피터에게로 갔어. 그는 열어 놓은 창의 왼쪽에 서 있었기 때문에 나는 오른쪽에 서서, 우리는 이야기를 시작했단다. 밝은 곳보다 어둑한 창가가 훨씬 이야기하기 쉬운 듯했어. 피터도 그렇게 생각했을 거야.

우리는 너무도 여러 가지를 이야기했기 때문에 무슨 이야기를 했는지 모두 기억할 수는 없지만, 은신처에 온 뒤로 가장 멋진 밤이었어. 간단히 이야기해 줄게. 우리는 맨 처음 싸움에 대해 이야기했는데, 내가 지금은 싸움을 전혀 다른 눈으로 보게 되었다는 것, 다음에는 서로 부모와의 관계가 좋지 않다는 걸 이야기했어. 나는 피터에게 우리 식구 모두에 대해 이야기했어. 이야기하는 도중에 피터가 이렇게 물었어.

"넌 언제나 굿나잇 키스를 하더구나?"

"응, 해. 너는 안 하니?"

"안 해. 나는 거의 누구하고도 키스해 본 적이 없어."

"네 생일에도?"

"생일날에는 하지."

우리는 다 같이 부모에게 모든 것을 터놓고 이야기하지 않는다는 것, 그의 부모는 그가 터놓고 이야기하기를 바라지만 그는 그렇게 하고 싶지 않다는 것, 나는 침실에서 실컷 운다는 것, 그가 천장 밑으로 가서 혼자 욕을 한다는 것, 나와 마르고트는 요즈음에 와서야 비로소 서로의 심정을 알게 되었지만 그래도 늘 함께 있기 때문에 모든 것을 숨김없이 터놓지 않는다는 것 등 생각나는 대로 이야기했어. 피터는 내가 생각했던 대로의 사람이었어.

그리고 1942년 그때의 우리는 지금과 얼마나 달랐던가도 이야기했어. 우린 서로를 지금처럼 생각하지 않았고 서로 싫어했었지. 피터는 나를 말많고 버릇없다고 보았고, 난 이야기할 만한 가치도 없는 애라고 결론지었으니까. 그때는 왜 나처럼 장난치지 않는지 이해하지 못했지만 지금은 기쁘게 생각해.

그는 또 자기가 얼마나 우리에게서 동떨어져 있었는가를 이야기했어. 나는 그의 얌전함과 나의 수선스러움이 본질적으로는 그다지 차이가 없다는 것, 나도 조용한 것을 좋아한다는 것, 나는 일기장 외에 나만의 물건을 아무것도 가지고 있지 않다는 것을 이야기했어. 그는 우리 집에 아이들이 있어서 얼마나 기쁜가를 얘기했으며, 나는 그가 여기에 있게 된 것이 정말 기쁘다는 것, 그의 겸손함과 그의 부모와의 관계를 비로소 알게 되었다는 것, 내가 얼마나 그를 위로해 주고 싶어하는가를 이야기했어.

"너는 언제나 나를 위로해 주고 있어." 하고 그가 말했으므로 나는 놀라서 "어떻게?" 하고 되물었더니 "너의 명랑함으로." 하고 대답했단다. 이것은 그가 한 말 가운데 가장 반가운 것이었어. 정말 감동적인 말이었어. 그는 나를 친구로서 사랑하게 되었음이 틀림없어. 당분간은 그것으로 만족할 수 있어. 나는 매우 행복하며, 고마움으로 가득 차서 할말을 잃어버렸을 정도야. 키티, 오늘은 나의 문장이 여느 때보다 서투른 것을 이해해. 다만 머리에 떠오르는 대로 쓰고 있는 거야! 이젠 피터와 내가 공통의 비밀을 갖고 있는 셈이야.

그가 미소 띤 눈으로 나를 보고 윙크하면 내 마음속에 작은 불이 켜지는 기분이야. 이런 상태가 언제까지나 계속되고, 두 사람이 좀더 즐거운 시간을 보낼 수 있도록 기도드리고 있어.

안네로부터

1944년 3월 20일 월요일

키티에게

오늘 아침 피터가 나에게 언제든 밤에 또 오지 않겠느냐고 물었어. 자기에겐 전혀 방해가 되지 않는다는 거야. 나는 부모님이 좋아하시지 않으므로 매일 밤 갈 수는 없다고 말했어. 그는 그런 것에 신경 쓸 필요가 없다는 거야. 그래서 나는 토요일 밤에 올라가고 싶은데, 달이 떠 있거든 미리 조심해 달라고 부탁했어. "그럴 땐 아래로 가자. 그리고 거기서 달 구경을 하자." 하고 그는 대답했어.

그런데 나의 행복에 조그만 그림자가 생겼단다. 나는 마르고트도 피터를 무척 좋아한다고 오래전부터 생각하고 있었어. 마르고트가 그를 어느 만큼 사랑하고 있는지는 알 수 없지만, 그녀는 무척 고통스러울 거야. 내가 피터와 만날 때마다 마르고트에게 커다란 고통을 안겨 주고 있음이 틀림없어. 그러나 이상한 것은 언니는 그것을 거의 내색하지 않아. 나 같으면 질투가 나서 못 견딜 텐데, 마르고트는 동정하지 않아도 좋다고 말할 뿐이야.

"혼자 따돌림받아서 불쾌하리라고 생각해." 내가 덧붙였더니 그녀는 "나는 그런 데 익숙해 있으니까."라고 씁쓸하게 대답했어.

나는 아직은 이런 이야기를 피터에게 하고 싶은 생각이 없어. 아마 나중에는 말할지 모르지만, 그보다 먼저 해야 할 이야기들이 많이 있으니까.

어젯밤 엄마에게 조금 꾸중을 들었어. 확실히 내가 잘못했어. 내가 지나치게 무관심한 태도를 취했으니까. 앞으로는 다시 한 번 다정하게 대해 보도록 노력하겠어.

아빠조차도 요즈음은 좀 달라졌어. 아빠는 나를 아이 취급하지 않으려고 애쓰시기 때문에 너무 냉정하신 거야. 앞으로 어떻게 될까? 오늘은 이만 쓸게. 피터의 일로 머리가 가득 차서 그를 만나는 것말고는 아무것도 하고 싶지 않아. 오늘 마르고트로부터 다음과 같은 편지를 받았어. 이것은 그녀가 얼마나 착한가를 보여 주고 있어.

사랑하는 안네에게

안네, 어제 너한테 질투심을 느끼지 않는다고 말했는데 그것은 반쯤밖에 사실이 아니야. 난 너나 피터를 질투하지 않아. 다만 나는 나의 생각이나 감정에 대해 서로 이야기할 상대를 아직 발견하지 못했고, 당분간은 발견할 수 없으리라는 것을 슬프게 생각할 뿐이란다.

그러나 그렇다고 해서 너에게 불평할 성질의 일은 아니야. 다른 사람들에게는 낭연한 일도 여기서는 모두가 제한받고 자유롭지 못하니까 도리가 없어. 또 나는 아무튼 피터와의 관계가 그다지 진전되지 않았을 거라고 믿고 있단다. 왜냐하면 어떤 사람과 많은 이야기를 나누고 싶다면 우선 가깝게 지내야 하지 않겠니? 말하자면 내가 별로 말을 하지 않아도 상대가 나를 완전히 이해해 주기를 바라거든. **이러한 이유**에서 상대방이 나보다 지적으로 뛰어나다고 생각되는 **사람이어야 하는**데, 피터는 그렇지 않아. 그러나 너와 피터는 잘 맞을 것 같아. 너는 내 것을 빼앗고 있는 게 아니란다. 나 때문에 자신을 책망하지 마. 너와 피터는 우정에 의해 서로 얻을 수 있는 게 있을 거야. 틀림없이.

마르고트로부터

나의 **답장**이란다.

사랑하는 마르고트 언니에게

언니의 자상한 편지, 참으로 감격스럽게 읽었어. 그러나 나는 아무래도 그다지 개운한 기분이 될 수 없고, 앞으로도 될 수 없을 거라고 생각해. 지금 언니가 상상하듯이 피터와 나 사이에는 그 정도의 신뢰감이 없어. 그러나 해질녘에 열어 놓은 창가에서 마주 보고 있으면, 누구든지 밝은 대낮보다도 서로 자유롭게 이야기할 수가 있어. 또 자신의 감정은 크게 소리치기보다도 조용히 속삭이는 편이 보다 잘 표현되는 것 같아.

언니는 피터에 대해 누나와 같은 애정을 갖기 시작하고, 나와 마찬가지로 그를 위로하고 싶어하는 거라고 나는 믿어. 그것은 우리가 생각하고 있는 신뢰감과는 다른 종류의 것이지만, 그래도 언니는 언젠가는 그렇게 할 수 있을 거야. 나는 신뢰감은 양쪽에서 일어나야 하는 것이라고 생각해. 내가 아빠와 요즘 서먹서먹한 것도 이 점이 부족하기 때문일 거야. 그 이야기는 더 하고 싶지 않아. 하지만 할말이 있으면 편지를 해줘. 난 편지로 이야기하는 게 훨씬 편해.

내가 언니를 얼마나 좋아하고 있는지 언니는 모를 거야. 나는 언니와 아빠의 좋은 점을 조금이라도 지니려고 애쓰고 있어. 이러한 점에서는 언니도 아빠와 크게 다른 점이 없다고 생각해.

안네로부터

1944년 3월 22일 수요일
키티에게
어젯밤 마르고트로부터 다음과 같은 편지가 왔어.

사랑하는 안네에게
어젯밤 너의 편지를 읽고, 너는 피터를 방문할 때마다 양심의 가책을 받고 있다는 불쾌한 느낌이 들었단다. 그러나 절대로 그럴 필요가 없어. 나는 누군가와 서로 신뢰감을 나눌 권리를 갖고 있다고는 생각하지만, 그 상대가 피터라면 만족할 수 없다고 진심으로 생각하고 있거든.

그래, 내 말처럼 나는 피터가 남동생 같은 느낌이 든단다. 우리가 더 마음을 터놓을 수 있었다면 남매 같은 감정이 더 자랐을 수도 있고 아주 없어졌을 수도 있지만 아직 그런 단계에 이르지 않은 것은 분명해. 그러니까 정말 나를 동정할 필요가 없어. 너는 우정을 발견한 것이니까 되도록 그것을 즐기도록 해.

마르고트로부터

그러는 동안 이곳 생활은 점점 즐거워졌단다. 이 은신처에서 멋진 사랑을 나누고 있어. 하지만 걱정하지 마. 나는 그와 결혼할 생각은 없으니까. 나는 그가 어른이 되면 어떤 사람이 될지도 모르고, 또 결혼하게 될 만큼 서로 사랑할 수 있을지도 의문이거든. 피터가 나를 사랑한다는 것은 분명한데 어떻게 사랑하는지는 아직 모르겠어.

그가 단순히 친구를 갖고 싶어하는지, 내가 한 소녀로서 또는 하나의 누이동생으로서 그의 마음을 끌고 있는지 아직 알지 못해.

피터의 부모들이 싸울 때 내가 그에게 큰 도움이 되었다는 말을 들었을 때 난 몹시 기뻤어. 이 말로 나는 그의 우정을 믿게 되었지. 어제 그에게, 만일 여기에 열두 명의 안네가 있어서 늘 너에게로 가면 어떻게 하겠느냐고 물었더니, 그는 "모두가 너 같다면 절대로 나쁠 게 없지."라고 대답했어. 나를 아주 기쁘게 맞아 주는 점으로 보아도 그는 나와 만나는 것을 좋아하는 게 틀림없어.

그는 요즈음 프랑스어 공부에 열중하여, 침대에 들어가서도 10시 15분까지 공부한단다. 나는 그 토요일 밤의 일을 생각하고, 한마디 한마디 내가 한 말을 되새겨 보고, 비로소 나 자신에게 만족을 느껴.

나는 지내고 보면 언제나 내가 한 말에 불만을 느껴 다시 바꾸고 싶지만, 그날 밤에 한 말들은 한마디도 바꾸고 싶지 않단다. 지금이라도 그와 똑같은 말을 할 거야.

그는 웃을 때도, 말없이 앞을 바라볼 때도 정말 단정한 얼굴을 하고 있어. 그는 참으로 착하고 귀여워. 그가 내게 대해 가장 놀란 것은, 내가 겉보기처럼 경박한 속물(俗物)이 아니고, 자기와 마찬가지로 많은 고민거리를 가지고 있는 꿈 많은 소녀임을 깨달았을 때라고 생각해.

안네로부터

마르고트의 편지에 대한 답장이야.

사랑하는 마르고트 언니에게

지금 우리에게 가장 좋은 것은 잠시 사태를 관망하는 것이라고 생각해. 피터와 내가 이 상태로 계속해 나갈 것인지, 아니면 방향을 바꿀 것인지, 어느 쪽이든 머잖아 결정이 나겠지. 그것이 어느 방향일지는 나도 알 수 없고, 또 눈앞의 일말고는 생각하고 싶지도 않아. 그러나 만일 피터와 내가 친구가 되기로 결정을 내린다면, 한 가지는 반드시 하겠어. 그것은 언니도 그를 매우 좋아하여 필요한 경우에는 언제든지 그를 도울 생각이라는 점을 그에게 전하는 일이야.

언니는 그렇게 되기를 바라지 않을지도 모르지만, 내게는 지금 그런 것은 아무래도 좋은 일이거든. 나는 피터가 언니를 이렇게 생각하고 있는지 몰라. 그러니 그때 가서 물어 보겠어.

나는 피터가 언니를 싫어한다고는 생각지 않아. 오히려 그 반대일 거야. 아무튼 다락방에서든 어디에서든 언니가 우리의 친구가 되는 것을 언제든지 환영해. 우리는 어두운 밤에만 이야기를 나눈다는 묵계가 있으므로, 언니는 결코 우리의 방해가 되지 않을 거야.

나처럼 용기를 내봐. 그것은 반드시 쉬운 일만은 아니지만, 그러한 계기가 언니의 생각보다 빨리 올지도 모르니까.

안네로부터

1944년 3월 23일 목요일

키티에게

집안 사정은 어느 정도 정상을 되찾았어. 우리에게 암거래 쿠폰을 팔던 사람들이 고맙게도 감옥에서 나왔거든!

미프는 독감이 나아서 어제부터 여기에 와. 엘리는 아직 기침을 하지만 전보다 많이 나았어. 코프하이스 씨는 아직도 오랜 기간을 집에서 안정을 취해야 한대.

어제 이 근처에서 비행기가 추락했어. 승무원은 아슬아슬하게도 낙하산으로 탈출하고 비행기는 학교 건물에 떨어졌대. 다행히 그때는 학생들이 아무도 없었지만, 불이 나서 두 사람이 죽었대. 독일군은 낙하산으로 내리는 승무원을 향해 맹렬히 총을 쏘아 댔기 때문에 시민들은 이 비겁한 행위에 분노를 느꼈다고 해. 우리 여자들은 떨고 있었어. 나는 저 기관총 소리만 들으면 소름이 끼쳐.

요즈음 나는 저녁 식사 후에 신선한 밤 공기를 마시러 자주 위로 올라간단다. 피터의 곁에 앉아 밖을 바라보는 시간이 너무 좋아.

팬 던 아저씨와 뒤셀 씨는 내가 그의 방으로 올라갈 때마다 낮은 소리로 피터의 방을 '안네의 별장'이라 부르기도 하고, "젊은 청년이 젊은 처녀의 방문을 받는 것이 온당한 일이냐?"라고 속삭인단다. 그러나 피터는 이런 비꼬는 듯한 농담을 놀랄 만한 재치로 받아넘겨 엄마도 무척 호기심을 느끼는 것 같았어. 묵살당하지 않을까 하는 두려움만 없었다면 금방 나한테 물어 보았을 거야. 피터는 어른들이 우릴 시기하기 때문이라고 했단다. 우리는 젊고 그들의 짓궂음에 별로 신경을 쓰지 않으니까. 그는 가끔 나를 마중하러 오지만, 금방 얼굴이 새빨개져서 말을 더듬거린단다. 고맙게도 나는 얼굴이 붉어지지 않아서 얼마나 다행인지 몰라. 얼굴이 붉어진다는 것은 매우 불쾌한 일임에 틀림없어. 아빠는 언제나 내가 새침데기이며 자만심이 강하다고 말하지만, 그건 사실이 아니야. 나는 오로지 자만심이 강할 뿐이야. 나는 학교에 다닐 때 어느 남학생으로부터 웃을 때가 가장 매력적이라는 말을 들었지만, 그 밖에는 예쁘다는 말을 들은 적이 별로 없어. 그런데 어제 피터로부터 거짓 없는 찬사를 들었단다. 재미있으니까 우리의 대화를 대강 이야기해 줄게.

피터는 곧잘 "웃어 봐, 안네." 하고 말해. 나는 웃으면서 "왜 언제나 나보고 웃어 보라고 하니?" 하고 물어 봤어.

"너의 웃는 모습이 좋아서 그래. 너는 웃을 때 보조개가 생기는데, 어떻게 하면 생기니?"

"타고난 거야. 난 턱에도 보조개가 생기는걸. 나의 예쁜 점은 보조개뿐이니?"

"그렇지는 않아. 그건 달라."

"그래. 내가 미인이 아니라는 건 나도 잘 알아. 난 미인도 아니고, 앞으로도 미인이 될 수는 없을 거야."

"난 그렇게 생각지 않아. 나는 네가 예쁘다고 생각해."

"거짓말."

"내가 하는 말이니까 믿도록 해!"

당연히 나도 피터를 칭찬해 주었어.

나는 우리가 급속히 가까워진 데 대해 사방에서 수군거리는 것을 알고 있어. 우리의 부모들은 낮은 소리로 소곤대기만 할 뿐이므로 우리는 신경을 쓰지 않아. 우리의 부모들은 자기들의 젊은 시절을 잊어버린 것일까? 아무래도 그런 것 같아. 그들은 우리가 농담을 하면 진담으로 받아들이고, 우리가 진지할 때는 우리를 보고 웃는단다.

안네로부터

1944년 3월 27일 월요일

키티에게

은신처 생활의 역사 가운데 중요한 장(章)은 정치 문제에 대한 것일 수밖에 없단다. 그러나 나는 개인적으로 흥미가 없어. 하지만 오늘은 정치에 대해서만 쓸게. 이 문제에 대해서 여러 가지 의견이 있음은 말할 것도 없고, 지금과 같은 급박한 시기에는 이것이 토론하기에 좋은 제목이지만, 그렇다고 해서 이 문제로 그토록 다투는 것은 정말 어리석은 짓이야. 자기의 의견을 말할 뿐 다투지 않는다면 억측을 하건, 불평을 하건, 또 무엇을 하건 상관없어. 다투면 그 결과는 불쾌해질 것이 뻔하잖니.

바깥 사람들은 거짓 뉴스를 많이 갖고 오지만, 이제까지의 경험으로 보아 라디오는 한 번도 거짓말을 하지 않았어. 헹크, 미프, 코프하이스 씨, 엘리, 크라이렐 씨 등의 정치 정세에 대한 판단은 비판적이었다가 낙관적이었다가 언제나 갈팡질팡이야. 그 가운데 그것이 가장 심하지 않은 사람은 헹크뿐이야. 은신처 사람들의 정치적 감각은 늘 제자리야. 상륙 작전, 공습, 여러 나라 정치가들의 연설 등에 대한 끝없는 논쟁 가운데 늘 들을 수 있는 것은 "그것은 불가능하다."든가, "멋진 결과가 될 거야. 신나는데!"와 같은 말들이란다. 낙관론자도, 비관론자도, 특히 자기들의 의견을 싫증도 내지 않고 열심히 떠드는 현실론자도 모두 자기만이 옳다고 생각하는 거야. 어느 부인은 그녀의 남편이 영국을 절대적으로 믿고 있는 데 짜증을 내고, 또 어느 신사는 그의 아내가 자기가 사랑하는 나라를 비꼬거나 비판하는 것에 분개하는 거야.

그들은 지치지도 않나 봐. 이 논쟁은 마치 누군가를 핀으로 찔러서 얼마만큼 펄쩍 뛰는가를 시험하는 것 같아서, 그 효과는 틀림없이 적중하는 거야. 내가 정치 이야기를 시작하고, 질문을 하나 하고, 한두 마디 이야기를 하면 금방 모두 펄펄 뛰기 시작한단다.

독일군이 발표한 뉴스나 영국의 BBC 방송만으로는 불충분한지,

그들은 '특별 공습 공표'까지 듣게 되었어. 한마디로 말해 이 공표는 훌륭한 것이지만, 가끔 실망을 줄 때도 있어. 독일군이 거짓말하는 것과 마찬가지로 영국군도 끊임없이 공습을 감행하고 있어. 이른 아침부터 밤 7시나 10시, 때로는 11시까지 라디오를 듣는 경우가 있단다. 그러니까 하루 종일 라디오를 듣는 셈이야.

이것은 확실히 어른들이 많은 인내력을 갖고 있다는 증거지만, 동시에 그들의 두뇌 흡수력이 상당히 한정되어 있다는 것을 뜻해. 물론 예외도 있겠지만, 나는 누구의 감정도 해치고 싶지 않기 때문에 예외가 누군지는 말하지 않겠어. 하루에 한두 번의 뉴스로 충분하잖아? 그런데 어리석은 어른들은…… 아, 나도 모르게 욕을 하고 말았구나.

그들은 식사 때와 잠자는 시간말고는 라디오 주위에 둘러앉아 음식이며 수면, 정치 이야기들을 한단다. 인간이 나이를 먹고도 멍텅구리가 안 되는 것은 어려운 일이야. 정치가 어른에게 이 이상의 해를 끼칠 수는 없을 거야!

오직 한 사람, 훌륭한 예외가 있어. 우리가 좋아하는 윈스턴 처칠의 연설은 정말 완벽했어. 일요일 밤 9시, 테이블에 차가 준비되면 슬슬 모여들기 시작해. 뒤셀 씨는 라디오 왼쪽에, 팬 던 아저씨는 라디오 앞에, 피터는 아저씨 곁에, 엄마도 아저씨 곁에, 아주머니는 아저씨 뒤에, 아빠는 테이블 앞에, 나와 마르고트는 아빠 곁에 자리를 잡았어. 어떤 자세였는지 이야기해 줄게. 남자들은 담배를 피워 물고, 피터는 눈을 크게 뜨고 열심히 라디오를 들어. 엄마는 긴 검은 실내복을 입고 있지. 아주머니는 비행기 소리가 들리자 떨고 있어. 비행기는 처칠의 연설에는 아랑곳없이 에센을 향해 날아가. 아빠는 차를 마시고 있어. 마르고트와 나는 자매답게 서로 껴안고 앉아 있지. 보쉬는 우리 둘의 무릎을 독차지하고 느긋하게 누워 있어. 마르고트는 머리에 클립을 감고 있고, 나는 잠옷을 입었지만 너무 작아.

매우 아늑하고 평화로운 광경이지만 이번에도 난 그 결과를 두려운 마음으로 기다리고 있었어. 어른들은 언제나 연설이 채 끝나기도 전에 발을 구르며 토론을 시작하거든. 그리고 서로의 감정을 자극하여 마침내 싸움을 시작하는 거야.

안네로부터

1944년 3월 28일 화요일
키티에게

정치에 대해서는 좀더 쓸 것이 많지만, 오늘은 달리 이야기할 것이 산더미 같아. 첫째로 엄마가 나에게 팬 던 아주머니가 시샘을 너무 하니까 위로 자주 올라가지 말라고 말했어. 둘째로 피터가 우리끼리의 시간에 마르고트를 초대한 거야. 그것이 단순한 예의에서인지, 아니면 진심으로 그랬는지 나로서는 알 수가 없어. 셋째로 나는 아빠에게 아주머니의 시샘에 마음을 써야 할 필요가 있는지를 물어본 거야. 아빠는 그럴 필요는 없다고 대답하셨어. 그리고 그 다음에는 뭐였더라? 아 참, 엄마가 기분이 좋지 않아. 엄마도 틀림없이 시샘을 하나 봐. 아빠는 나와 피터가 친한 것은 좋은 일이라고 하시면서, 요즈음에는 우리 둘이 같이 놀아도 싫어하시지 않아. 마르고트도 피터를 좋아하지만, 두 사람이라면 잘될 수 있어도 세 사람이면 잘 되지 않을 거라고 생각하고 있단다.

엄마는 피터가 나를 사랑하고 있다고 믿고 계셔. 솔직히 말해서 나는 그것이 사실이면 좋겠어. 그렇게 되면 우리는 서로를 좀더 알 수 있게 되겠지. 엄마는 또 그가 나만 바라본다고 이야기하셔. 그건 사실이라고 생각해. 그가 나의 보조개를 보면 우리는 가끔 윙크를 주고받거든.

나는 매우 괴로운 입장에 있어. 엄마는 나를 미워하고 나도 엄마를 미워하고 있는 거야. 아빠는 묵묵히 눈을 감고서 두 사람 사이의 말없는 싸움을 보지 않으려고 해. 엄마는 나를 진정으로 사랑하기 때문에 슬퍼하지만, 나는 엄마가 이해심이 없다고 생각하기 때문에 조금도 슬프지 않아. 나는 피터를 단념하기 싫어. 나는 그를 찬미하고 있어. 우리의 감정이 아름다운 것으로 자랄 수 있는데 왜 어른들은 항상 참견을 하는 걸까? 다행히 나는 자신의 감정을 감추는 데 익숙하여 그에게 얼마나 열중하고 있는가를 그들이 눈치채지 못하게 잘해 나가고 있어.

그는 언젠가 내게 고백을 할 때가 있을까? 꿈에서 피터 베셀이 나에게 뺨을 비볐듯이 언젠가 그의 뺨이 닿을 때가 있을까? 아아, 두 사람의 피터는 같은 사람인 듯한 느낌이 들어. 어른들은 우리를 이해하지 못해. 어른들은 우리가 한마디 말도 없이 다만 함께 앉아 있기만 해도 행복하다는 것을 결코 이해할 수 없는 거야. 그들은 무엇

244

이 우리를 이토록 가깝게 했는가를 이해하지 못해. 아아, 언제 이 고통이 사라질까? 하지만 이 괴로움을 극복하는 것도 나쁜 일은 아니야. 그 결과가 더욱 보람 있을 테니까.

팔에 머리를 얹고 눈을 감고 있을 때 그의 모습은 아직 어린아이 같아. 보쉬와 놀 때는 아주 귀여워. 감자나 무거운 짐을 나를 때는 무척 힘센 사나이가 되고, 천장 밑으로 가서 곡사포며 기관총 사격을 바라볼 때나 도둑을 찾을 때는 용감해. 내키지 않은 듯한 어색한 태도를 보일 때는 무어라 말할 수 없는 사랑스러움이 있단다. 나는 그에게 가르쳐 주기보다 그에게 뭔가 배우는 편이 훨씬 좋아. 나는 그가 무슨 일에 있어서도 나보다 뛰어나기를 열망하고 있어.

우리는 두 어머니에게 신경 쓰지 않아. 하지만 그가 무슨 말이건 해주었으면 좋겠어.

안네로부터

1944년 3월 29일 수요일

키티에게

하원의원인 볼케슈타인 씨가 런던에서 네덜란드어의 뉴스 시간에 연설을 했는데, 전쟁이 끝나면 전쟁 중에 쓴 일기나 편지를 모아야 한다고 말했어. 모두들 벌써부터 내 일기장에 관심을 가질 것이 틀림없어. 내가 '은신처'의 로맨스에 대한 책을 낸다고 상상해 봐. 제목만 읽으면 사람들은 탐정소설이라고 생각할 거야. 그러나 농담은 그만두기로 하고, 전쟁이 끝난 지 10년 뒤에 우리 유태인이 이 은신처에서 어떤 생활을 했으며 어떤 것을 먹고 어떤 이야기를 했는지 발표한다면 재미있을 거야. 나는 네게 꽤 여러 가지 이야기를 했지만, 아직도 너는 우리 생활의 극히 일부분밖에 알지 못해.

여자들은 공습이 시작되면 무서움에 벌벌 떤단다. 이번 일요일만 해도 350대의 영국 비행기가 50만 킬로그램의 폭탄을 이무이덴에 투하해서 집들이 잔디처럼 떨려서 얼마나 두려웠는지 몰라. 또 지금 악성 전염병이 얼마나 유행하고 있는지를 너는 하나도 모르고 있단다. 요즘 일어나는 일들을 이야기하려면 하루 종일 써야만 할 거야. 사람들은 야채나 그 밖의 무엇을 살 때에도 줄을 서야만 해. 조금이라도 눈을 다른 곳으로 돌리면 자동차를 도둑맞기 때문에 의사는 환자에게 왕진을 갈 수도 없어. 도둑과 날치기는 여기저기서 활개를 치고…… 네덜란드 사람들이 어째서 이토록 나빠졌을까 하고 의아스럽게 생각될 정도란다.

여덟 살이나 열한 살쯤 된 어린아이가 남의 집 창문을 부수고 닥치는 대로 훔쳐 가. 집을 비우면 물건이 없어지기 때문에 아무도 단 5분도 집을 비울 수가 없어. 신문에는 날마다 잃어버린 타이프라이터며 페르시아 융단, 전기 시계, 옷가지 등을 돌려주면 사례금을 주겠다는 광고가 나고 있어. 거리의 전기 시계는 자취를 감추고, 공중전화는 한 가닥의 전선도 남기지 않고 분해되어 없어졌어. 그러니 국민의 도의심이 땅에 떨어지는 것도 당연해. 커피의 대용품을 빼놓으면 일주일의 식량 배급량이 이틀분밖에 되지 않아. 상륙 작전은 기미가 보이지 않아. 남자들은 독일로 끌려가고, 아이들은 병에 걸리거나 영양실조에 걸려 있으며 모두 누더기를 걸치고 다 떨어진 신을 신고 있지. 신발 밑창을 가는 데도 암거래로 7플로린 반이나 든단다. 더구나 신발 가게에서는 고쳐야 할 신발은 거의 받아 주지도 않아. 맡아 준다 해도 수선에 몇 달이나 걸리고, 그 사이에 신을 잃어버리는 경우도 빈번해. 그러나 이러한 상황 속에서도 좋은 일이 한 가지 있어. 그것은 식량 사정이 나빠지고 국민에 대한 조처가 가혹해짐에 따라, 당국에 대한 사보타주가 점점 심해져 간다는 거야. 식량 관계 관청에 근무하는 사람들, 경찰관, 관리 가운데는 시민들과 협력하여 시민을 돕는 무리와 시민을 밀고하여 감옥으로 보내는 무리의 두 부류가 있는데, 다행히 후자에 속하는 네덜란드인은 아주 소수야.

안네로부터

1944년 3월 31일 금요일

키티에게

아직 꽤 추운 날인데도 사람들은 벌써 한 달 전부터 석탄 없이 지내고 있어. 상쾌하겠지? 소련 전선에 대한 일반 사람들의 견해는 다시 낙관적이 되었어. 격전이 벌어지고 있기 때문이야. 나는 정치에 대해서는 별로 관심이 없지만, 소련군의 상황만은 알려 주어야겠어. 소련군은 지금 폴란드의 국경까지 반격하여 루마니아의 푸르트 강 가까이에 이르렀고 오데사 부근에 육박해 있대. 매일 밤 우리는 스탈린으로부터 특별 성명이 발표되지나 않을까 기다리고 있어.

소련군은 승리를 축하하기 위해 몇 번이나 예포를 일세히 쏘았다고 하므로, 모스크바의 모든 시는 날마다 흔들렸을 것이 틀림없어. 그건 전쟁이 곧 끝날 거라는 광고를 해서 독일군을 겁먹게 하기 위해서인지, 다른 방법으로는 자축할 수가 없어서인지 모르겠어.

헝가리는 독일군에게 점령되었어. 그 나라에는 아직 유태인이 1백만 명이나 있다는데, 그들도 끔찍한 일을 겪고 있을 게 틀림없어.

피터와 나에 대한 소문은 좀 가라앉았어. 우리는 매우 사이가 좋아서 언제나 상상할 수 있는 모든 화제에 대해 이야기해. 나는 좀 거북한 이야기가 나와도 다른 남자 아이들과 이야기할 때처럼 자기를 억누를 필요가 없다는 것이 무엇보다도 좋다고 생각해. 예를 들면 우리는 피에 대해 이야기를 하다가 거기서 월경 문제로 이야기가 옮아갔단다. 그는 "여자는 괴로울 거야." 하고 말했어. 나의 이곳에서의 생활은 매우 좋아졌어. 하느님께서 날 버리지 않으신 거야. 앞으로도 외톨이가 되지는 않을 거야.

안네로부터

1944년 4월 1일 토요일

키티에게

다시 견디기가 힘들어지는구나. 너는 내가 무슨 말을 하는지 이해할 수 있겠니? 나는 이미 오래전부터 기다리던 키스를 그리워하고 있는 거야. 그는 나를 아직도 친구로만 보고 있는 것일까? 나는 그 이상일 수가 없는 걸까?

너도 알다시피 난 강한 사람이야. 그래서 모든 괴로움을 혼자 견딜 수 있지. 지금까지 아무에게도 나의 고통을 호소하지 않았고 엄마에게 매달린 적도 없어. 그러나 지금은 단 한 번이라도 좋으니 그의 어깨에 머리를 기대고 가만히 있고 싶어.

나는 꿈에서 본 피터 베셀의 뺨, 그 촉감을 도저히 잊을 수가 없어. 아아, 얼마나 황홀했었는지. 그도 그것을 그리워하고 있지 않을까? 그는 너무도 부끄럼쟁이여서 자신의 사랑을 고백할 수가 없는 것일까? 어째서 그는 늘 나와 같이 있고 싶어하는 것일까? 어째서 그는 이야기를 잘 하지 않는 것일까?

그만 하는 게 좋겠어. 나는 강하게 살아야 해. 인내심을 갖고 기다리면 그도 접근해 오겠지. 하지만 괴로운 것은 내가 그를 쫓아 다니는 것처럼 보인다는 거야. 위로 가는 것은 언제나 나이고, 그가 내게로 오는 경우는 없어. 하지만 이것은 단순히 방 때문이니까 그도 그것을 알고 있을 거야. 그래, 그도 많은 생각을 하고 있는 거야.

안네로부터

1944년 4월 3일 월요일

키티에게

여느 때의 습관과는 달리 이번 한 번만 식량 문제에 대해 이야기하겠어. 왜냐하면 식량은 이 은신처뿐만 아니라 온 네덜란드, 유럽, 그 밖의 지방에서도 아주 곤란하고 중대한 문제이기 때문이야.

우리는 여기서 지낸 24개월 동안 수많은 '식량의 주기(週期)'를 겪어 왔어. 이것이 무슨 말인지 금방 알 수 있겠지? '식량의 주기'라는 것은 한 가지 식품이나 야채말고는 아무것도 먹을 것이 없는 시기를 말해. 우리는 오랫동안 양상추말고는 먹을 것이 없었던 적이 있어.

밤이고 낮이고 양상추뿐이었지.

모래가 씹히는 양상추, 그렇지 않은 양상추, 삶은 양상추, 스튜에 넣은 양상추, 그 다음은 시금치, 그 다음엔 순무, 오이, 토마토, 소금에 절인 양배추 등의 주기가 이어졌어.

예를 들면 날마다 점심에도 저녁에도 소금에 절인 양배추만 먹어야 하는 것은 참으로 견디기 어려운 일이지만 배가 고프기 때문에 별수없이 먹어야 하는 거야.

그러나 지금은 무척 즐거워. 생야채를 구할 수 있기 때문이야. 일주일 동안의 저녁 식사는 누에콩, 강낭콩 수프, 경단과 감자, 샤레이, 게다가 신의 은총으로 가끔 순무 잎사귀 또는 썩은 듯한 당근, 그리고 다시 누에콩으로 돌아가는 거야. 요즘은 빵이 부족하기 때문에 아침부터 계속 감자를 먹고 있어. 수프도 누에콩이나 감자로 만들고 빵은 물론 어디나 콩이 들어가 있어.

저녁 식사에는 언제나 고기 국물의 대용품을 끼얹은 감자와 붉은 순무 샐러드를 만들어 먹었어. 경단은 배급 밀가루에 물과 이스트를 섞어서 만들지만, 끈적거리고 딱딱해서 돌을 삼킨 것처럼 배가 딱딱해져.

매주의 특별 요리는 간(肝) 소시지 한 조각과 잼 곁들인 빵이야. 아무튼 우린 아직 살아 있고 형편없는 음식이나마 즐겁게 먹고 있어.

안네로부터

1944년 4월 4일 화요일

키티에게

전쟁이 끝날 날은 너무나 멀고 동화처럼 비현실적이어서 나는 무엇 때문에 공부하는지 알 수 없게 되었어. 만일 전쟁이 9일까지 끝나지 않는다면 나는 이제 학교에 가지 않을 작정이야. 2년이나 뒤떨어지고 싶지는 않아.

내 머릿속은 밤이고 낮이고 피터의 일로 가득 차 있어. 꿈에까지 피터를 본단다. 지난 토요일에는 갑자기 몹시 슬퍼졌어. 나는 피터와 같이 있는 동안 눈물을 꾹 참고 있었지. 팬 던 아저씨와 레몬 펀치를 마시며 웃기도 했지만, 혼자 있게 된 순간 실컷 울고 싶어졌기 때문에 잠옷으로 갈아입고 침대 곁에 무릎을 꿇고 앉아 오랫동안 경건한 마음으로 기도드리고 나서, 팔에 얼굴을 묻고 몸을 새우처럼 구부리고 울었어. 실컷 울고 나니 조금 후련해지는 것 같아 눈물을 삼켰단다. 옆방에 우는 소리를 들리게 하고 싶지 않아서야. 난 스스로를 격려했어. 그러고 나서 이상한 자세로 오랫동안 있었기 때문에 몸이 뻣뻣해져서 침대 곁에 쓰러지고 말았단다. 간신히 일어나 침대로 기어 들어가서 잠이 든 것은 10시 반 조금 전이었어.

자아, 그것으로 끝이야! 바보가 되지 않도록, 위대해지도록, 저널리스트가 될 수 있도록 공부해야만 해! 나는 저널리스트가 되고 싶어. 나는 글을 잘 쓸 수가 있어. 내가 쓴 이야기 가운데 두 개쯤 좋은 것이 있거든. 은신처의 생활을 쓴 나의 문장은 유머가 있고 나의 일기에는 뛰어난 표현이 많이 있다고 생각해. 그러나 나에게 진정한 재능이 있는지 없는지는 더 두고 봐야겠지.

<에바의 꿈>은 내가 쓴 동화 중에서 가장 걸작이지만, 그 줄거리가 어떻게 내 머리에 떠올랐는지 모르겠어. <캐디의 생애>도 괜찮은 작품이기는 하지만 전체적으로 보면 별것 아니야.

나는 자신의 작품에 대한 가장 너그럽고 또한 가장 엄격한 비평가일 거야. 나는 어디가 잘 쓰여졌고 어디가 서투른지 알고 있어. 글을 쓸 줄 모르는 사람은 글이 얼마나 멋진 것인지 모를 거야. 전에는 그림을 잘 못 그려서 불만이었지만 지금은 적어도 글을 쓸 줄 안다는 데 행복을 느끼고 있어. 만일 책이나 신문 기사를 쓸 만한 재능이 없다 할지라도 나 혼자서라도 글을 쓰겠어.

나는 노력할 거야. 엄마와 팬 던 아주머니, 그 밖의 많은 여자들처럼 집안일을 돌보는 것만으로 끝내는 잊혀져 버리는 그러한 인생을 살지 않을 거야. 나는 남편이나 아이말고도 무언가 마음을 쏟을 일을 갖고 싶어 .

나는 죽은 뒤에도 사는 사람이 될 테야! 그런 뜻에서 하느님이 나에게 글을 쓰게 하고, 자신의 마음을 표현하고, 자기를 발전시켜 가는 재능을 주신 것을 감사해.

나는 글을 쓰고 있을 때면 모든 것을 떨쳐 버릴 수가 있어. 슬픔도 사라지고 용기가 솟아오른단다. 그러나—그것이 큰 의문인데—나는 앞으로 과연 훌륭한 글을 쓸 수 있을까? 저널리스트나 작가가 될 수 있을까? 아아, 나는 그렇게 되기를 열망하고 있단다. 글을 쓰면 나의 생각, 나의 이상, 나의 환상들을 다시 찾을 수 있거든.

<캐디의 생애>는 그 뒤 오랫동안 손을 놓은 상태야. 마음속으로는 줄거리가 서 있지만, 웬일인지 글로 되어 나오지를 않아. 아마 완성하지 못하고 휴지통에 버리거나 불에 태워 버릴지도 모르지. 이런 생각을 하면 언짢지만 곧 생각을 고쳐 먹어. '경험이 없는 열네 살짜리 소녀가 인생에 대해 쓸 수 있을 턱이 없잖아.' 하고.

다시 용기가 솟는구나. 난 성공할 거야. 난 쓰고 싶으니까!

안네로부터

1944년 4월 6일 목요일

키티에게

네가 내 취미와 관심사에 대해 물어 본다면 대답해 줄게. 하지만 너무나 많다고 해서 기절하지 말 것!

첫째는 글쓰는 일이야. 이것은 취미에 속하지 않을지도 모르지. 둘째는 계보를 조사하는 일이야. 나는 내가 구할 수 있는 모든 신문이며 책이며 팸플릿 등으로 프랑스, 독일, 스페인, 영국, 오스트리아, 러시아, 노르웨이, 네덜란드 등의 왕실 계보를 조사하고 있어. 벌써 오랫동안 내가 읽은 전기(傳記)나 역사책에서 메모를 하는데, 때로는 역사의 한 구절을 그대로 적어 두고 있기 때문에 지금은 상당한 분량이 되었어. 세 번째 취미는 역사책이야. 아빠는 역사책을 많이 사주셨지만, 난 지금도 어서 빨리 도서관에 가서 책을 뒤져보고 싶어.

넷째는 그리스와 로마 신화야. 나는 이 관계의 책도 많이 갖고 있어.

이 밖의 취미는 영화 배우와 가족의 사진이야. 책에 대해서는 마치 미친 사람 같지. 미술의 역사와, 시인이며 화가 등의 전기도 아주 좋아해. 앞으로는 음악에 열중할지도 모르겠어. 대수와 기하와 산수는 정말 싫어. 그 밖의 학과는 다 좋아하지만 그중에서도 역사가 가장 좋아.

안네로부터

1944년 4월 11일 화요일

키티에게

머리가 몹시 아파서 솔직히 말해 무엇부터 써야 좋을지 모르겠어.

금요일과 토요일 오후에 모두들 모노폴리를 하고 놀았어. 이 이틀은 빠르게, 아무 일도 없이 지나갔단다. 일요일 오후, 내가 불렀기 때문에 피터는 4시 반에 내 방으로 왔고, 5시 15분에 우리는 다락방으로 가서 거기서 6시까지 있었어. 6시부터 7시 15분까지 라디오에서는 아름다운 모차르트의 콘서트가 흘러나왔어. 나는 매우 즐겁게 들었는데, 특히 <아이네 클라이네 나하트 뮤직>이 좋았어. 나는 아름다운 음악을 듣고 있으면 거기에 심취해서 방안의 다른 소리는 거의 들을 수가 없어.

일요일 밤도 피터와 함께 다락방으로 갔는데, 편히 앉을 수 있도록 긴 의자에서 방석을 가져다가 상자 위에 올려놓고 앉았어. 상자도 방석도 아주 폭이 좁았기 때문에 다른 상자에 기대면서 두 사람은 바짝 붙어 앉았지만, 보쉬도 함께였으니까 우리는 감시 없이 단 둘이 있었던 것은 아니었어.

8시 45분에 갑자기 팬 던 씨가 휘파람을 불며 뒤셀 씨의 방석을 가져가지 않았느냐고 물었어. 우리는 깜짝 놀라 방석을 가지고 아래로 내려갔지. 보쉬도 따라왔단다.

뒤셀 씨는 자기가 베개로 쓰고 있는 방석을 우리가 가져갔다고 굉장히 화를 냈어. 그는 베개에 벼룩이 묻지나 않았을까 하고 사랑하는 베개 때문에 난리를 부리는 거야! 피터와 나는 벌로써 그의 침대를 두 번이나 정성껏 솔질해야만 했단다. 이 막간극(幕間劇)에 모두 웃음을 터뜨렸지.

그러나 우리의 웃음도 오래 계속되지는 않았어. 9시 반에야 피터가 살짝 문을 두드리고, 아빠에게 위에서 영어를 가르쳐 주시지 않겠느냐고 부탁했어. 그때 "저것 봐. 저기 뭐가 있어!" 하고 나는 마르고트에게 말했는데, 사실이었어.

도둑이 창문을 통해 창고로 들어가려는 참이었어. 아빠와 아저씨와 뒤셀 씨와 피터, 이렇게 네 사람은 곧 아래로 달려 내려갔지. 마르고트와 엄마와 아주머니와 나는 그냥 남아 있었어.

네 명의 겁먹은 여자들은 잠자코 있으면 더욱더 무서워지므로 쉴새없이 이야기했단다. 그때 아래층에서 꽝 하는 소리가 나고 다시 고요해졌어. 시계가 9시 45분을 알렸어. 우린 얼굴이 새하얗게 될 정도로 무서웠지만 꼼짝 않고 앉아 있었어. 남자들은 어디 갔을까? 저 소리는 무슨 소리였을까? 남자들은 도둑과 결투를 벌이고 있는 것일까? 시계가 10시를 쳤어. 계단에 발소리가 들리고 아빠가 파리하고 흥분된 얼굴로 방에 들어오셨어. 그 뒤로 아저씨가 와서 "전등을 끄고 조용히 위로 올라가거라. 이 집으로 경관이 올지도 모른다."라고 말했어.

이젠 놀랄 시간조차 없었어. 우린 불을 끄고 난 재킷을 집어 들고 위로 올라갔어. "무슨 일이 일어났나요? 빨리 이야기해 주세요." 하고 여자들이 물었지만, 아무도 대답하지 않는 거야. 남자들은 다시 아래로 내려갔단다. 10시 10분에 그들은 돌아와서, 한 사람은 피터의 방 열린 창으로 망을 보고, 한 사람은 층계참으로 나가는 문과 책장으로 숨겨진 비밀 입구를 꼭 닫았어. 야간용 전등을 셔츠로 싼 뒤, 그들은 사태를 이야기해 주었어.

피터가 층계참에서 탕 하는 커다란 소리를 두 번이나 들었기 때문에 재빨리 아래로 가 보니 문의 왼쪽 절반이 떨어져 나가 있었대.그는 다시 올라와 이것을 알리고 넷이서 아래로 내려가 창고로 들어갔을 때, 마침 도둑들이 구멍을 넓히고 있는 중이었대. 더 생각할 겨를도 없이 아저씨는 "경찰이다!"라고 소리쳤대. 도둑들은 놀라서 허둥지둥 달아났고, 네 사람은 경관에게 구멍이 발견되지 않도록 판자로 가리려고 조금 세게 미니까 그만 땅에 떨어지고 말았대. 네 사람은 당황하였고, 마침내 아저씨와 피터는 살기를 느꼈어. 팬 던 아저씨는 도끼로 땅을 내리쳤고 모든 것은 다시 조용해졌지. 그들이 다시 판자를 대려고 했을 때, 창고 밖을 지나가던 어떤 부부가 그 틈으로 손전등을 비추어 창고 안이 갑자기 밝아졌대. 깜짝 놀란 네 사람 중 한 사람이 "제기랄!" 하고 중얼거렸대. 이번에는 그들이 경찰관 역할에서 도둑 역할로 뒤바뀐 거야. 살그머니 2층으로 올라와 피터는 급히 부엌과 전용 사무실 문과 창문을 열고 전화를 마룻바닥에 내팽개쳐 마치 도둑이 흩뜨려 놓은 것처럼 보이게 했대. 그리고 네 사람은 비밀문을 지나 은신처로 돌아왔대. (제1막 끝)

손전등을 비춘 부부는 틀림없이 경찰에 연락했을 거야. 이날은 부활제인 일요일이고 월요일도 휴일이었으므로, 아무도 사무실에 출근하지 않아. 따라서 우리는 화요일 아침까지는 꼼짝할 수가 없어. 하루 낮 이틀 밤을 이러한 공포 속에서 기다리는 모습을 상상해 봐! 모두 아무런 대책도 세우지 못하고 어둠 속에 앉아 있었어. 팬 던 아주머니가 공포에 질린 나머지 마침내 전등을 꺼 버렸으므로 우리는 캄캄한 어둠 속에서 가만히 앉아 있을 수밖에 없었단다. 모두가 속삭이듯 말하고, 조금이라도 소리를 내면 "쉿!" 하고 경고를 하는 거야.

10시 반, 11시가 되어도 아무 소리가 들리지 않았어. 아빠와 아저씨가 번갈아 여자들이 있는 곳으로 왔단다. 11시 15분, 아래에서 바스락거리는 소리가 들렸어. 모두 깜짝 놀라 몸을 움츠렸고, 들려 오는 것은 숨소리뿐이었지. 발소리는 전용 사무실에서 부엌으로, 그리고…… 계단 쪽으로 오는 거야. 이젠 모두의 숨소리조차도 들리지 않았어. 계단을 올라오는 발소리, 이어서 비밀문이 덜컹덜컹 움직이는 소리가 들렸어. 그 순간을 어떤 말로 표현할 수 있겠니? "이제 우린 죽었구나." 하고 내가 속삭였어. 나는 모두가 게슈타포에게 끌려가는 광경을 상상했단다. 두 빈 문이 덜컹거리는 소리가 났지만 그

뿐, 발소리는 멀어져 갔어. 우리는 그래서 일단은 살아난 거야. 하지만 몸의 떨림이 여덟 명 사이를 차례로 옮아가는 느낌이었어. 어찌나 떨었는지 누군가의 이 부딪히는 소리가 들렸지만 아무도 입을 떼지 않았어.

그 뒤 소리는 나지 않았지만, 비밀문 앞의 층계참에 전등이 하나 켜져 있는 거야. 비밀문이라는 것을 알고 켜 둔 걸까? 누가 그것을 끄러 다시 올까? 집안에는 이제 아무도 없지만 밖에서 누군가가 지키고 있을지도 모르는 일이었어.

다음에 우리는 세 가지 행동을 취했어. 우선 첫째로 도대체 무슨 일이 일어났는지를 모두 이야기했어. 그리고 두려움에 떨다 보니 마침내 오줌이 마려워진 거야. 양동이를 다락방에 놓아두었으므로 변기로 쓸 수 있는 것은 피터의 양철 휴지통뿐이었어. 아저씨가 먼저 소변을 보았어. 다음에 아빠. 엄마는 부끄러워서 용변을 보지 못했어. 아빠가 휴지통을 방으로 들여놓아 주었으므로 거기서 마르고트와 나와 아주머니가 끝내고, 마지막으로 엄마도 이것을 이용할 결심이 섰단다. 모두가 휴지를 필요로 했는데 다행히도 내 호주머니에 조금 들어 있었어.

임시 변기는 지독한 냄새를 풍겼어. 모든 행동은 속삭임 속에서 진행되었단다. 모두 지쳐 버렸어. 시간은 12시였어. 바닥에 누워 자자고 누군가 말했지. 마르고트는 벽장 앞에 눕고, 나는 테이블 다리 사이에 누웠어. 바닥에 누우니 악취는 그다지 심하지 않았지만, 아주머니는 변기 속에 방취제를 뿌리고 그 위에 걸레를 덮었어.

잡담, 속삭임, 공포, 악취, 방귀, 그러고 나면 누군가가 변기를 사용하곤 했어. 잠들려고 해도 좀처럼 잠이 오지 않았어. 아무튼 2시 반이 지나자 너무 고단해서 난 잠이 들었나 봐. 아주머니가 내 발 위에 머리를 얹는 바람에 잠이 깼어. "아이, 추워. 제발 덮을 것 좀 더 주세요!"라고 말했더니 무엇인지 던져 주었어. 무엇을 던져 주었는지는 묻지 말아 줘. 울로 된 바지와 붉은 점퍼와 검은 스커트와 흰 양말과 구멍 뚫린 스포츠용 긴 양말들이더구나! 그리고 아주머니는 일어나서 의자에 앉고 아저씨가 내 발 위에 머리를 얹고 누웠지만, 나는 생각에 잠긴 채 내내 떨고 있었으므로 아저씨는 아마 잠들지 못했을 거야. 나는 경찰관이 왔을 경우 마음의 준비를 하고 있었어.

그땐 이대로 가만히 있어야 한다고 생각했어. 경찰관이 사람 좋은 네덜란드인이라면 우리는 무사할지도 모르지. 만일 HSB(네덜란드 나치 운동)의 무리라면 매수해야만 할 거야.

"그때는 라디오를 부숴 버려요." 하고 아주머니가 말하자 "그래, 난로에 태워 버립시다." 하고 아저씨가 말했어. 우리가 발각될 바에야 라디오 같은 것쯤 발각되어도 그만 아니겠니?

"안네의 일기도 볼 거야!" 하고 아빠가 말씀하시자, 아주머니는 "그때는 태워 버려요." 하고 말했어. 그런 말을 들었을 때와 아까 경찰관이 문을 덜컹거렸을 때가 나에게는 가장 두려운 순간이었어. '일기장은 안 돼요. 일기장을 태운다면 나도 죽어요.' 하고 마음속으로 소리쳤어. 그러나 다행스럽게도 아빠는 아주머니의 말에 아무 말씀도 안 하셨어.

그날 밤의 대화는 모두 기억하고 있지만 그것을 여기서 되풀이해 봐야 아무 의미도 없을 것 같구나. 이제 꽤 많이 썼지? 나는 겁에 질려 있는 아주머니를 위로해 주었어. 우리는 도망가는 이야기, 게슈타포에게 심문받는 이야기, 용기를 내야만 된다는 등의 이야기를 했어.

"아주머니, 우리는 군인같이 행동해야 해요. 만일 기어코 일이 잘 못된다면 영국에서 네덜란드에 대고 방송할 때 늘 말하듯이 여왕님과 국가를 위해, 자유와 진실과 정의를 위해서 죽어야 해요. 하지만 다른 사람들까지 끌고 들어가게 되었으니 괴롭군요." 하고 말했어.

한 시간 뒤, 아저씨와 아주머니는 다시 자리를 바꾸고, 아빠가 내곁에 앉았어. 남자들은 끊임없이 담배를 피우고, 가끔 한숨 소리가들렸으며, 누군가가 소변을 보러 변기로 가고…… 이것이 하룻밤 내내 되풀이되었단다.

4시, 5시가 지나고 이윽고 5시 반이 되었을 때, 나는 피터와 그의방 창가에 나란히 앉아 말없이 귀를 기울이고 있었어. 우리는 꼭 붙어 앉아 있었기 때문에 서로 떨리는 것을 느낄 수가 있었어. 우리는어쩌다 두세 마디씩 주고받고는 다시 가만히 귀를 기울였는데 옆방에서는 차광막을 벗기고 있었어. 어른들은 7시에 코프하이스 씨에게전화를 걸어 누군가를 보내 달라고 할 건가 봐. 그들은 전화로 코프하이스 씨에게 말할 내용을 모두 적었어. 문 근처를 지키거나 또는창고에 있는 경관이 전화 소리를 들을지도 모른다는 위험이 꽤 있었지만, 경관이 되돌아올 가능성이 더 컸으니까.

코프하이스 씨에게 알릴 내용은 이랬어.

'도둑이 들어와서 경찰관이 집안을 수색하고 비밀 입구까지 왔었으나, 더 이상은 접근하지 않았다. 도둑은 당황해서 창고 문을 부수고 마당으로 도망쳤다. 정면 입구에는 빗장이 걸려 있었다. 크라이렐 씨는 돌아갈 때 문 옆으로 나간 것이 틀림없다. 전용 사무실의 검은 케이스에 넣어 둔 타이프라이터와 계산기는 무사하다. 헹크에게 알려, 엘리로부터 열쇠를 받아 고양이에게 먹이를 주러 온 척하는 게 좋을 듯하다.'

모든 것은 계획대로 진행되었어. 코프하이스 씨에게 전화를 걸고, 3층에 두었던 타이프라이터는 케이스에 집어 넣었어. 그리고 테이블 둘레에 모여 앉아 헹크—또는 경찰관—가 오기를 기다렸어.

피터는 잠들었고, 아저씨와 나는 바닥에 누워 있을 때 아래층에서 요란한 발소리가 들렸어. "저건 헹크야." 나는 조용히 일어났어.

"아니, 경찰관이다." 하고 누군가가 말했어.

누군지 문을 두드리고 휘파람을 부는 거였어. 아주머니는 새파랗게 질려서 의자에 푹 주저앉고 말았어. 만일 이 긴장이 1분 동안만 더 계속되었더라도 기절했을 게 분명해.

휘파람을 분 것은 미프였어. 미프와 헹크가 들어왔을 때 우리의 방은 가관이었어. 테이블 하나만 해도 사진을 찍어 두고 싶을 정도였으니까. 잼과 설사약이 묻은 《영화나 연극》이 무희의 사진이 실린 페이지에서 펼쳐져 있었고, 잼통, 먹다 남은 빵, 거울, 빗, 성냥재, 쿨런, 파이프 담배, 재떨이, 책, 바지, 손전등, 휴지 같은 것이 어지럽게 널려 있었던 거야.

헹크와 미프를 환성과 눈물로 맞아들였음은 말할 것도 없지. 헹크는 문구멍을 판자로 막고, 곧 경찰에 도둑이 든 것을 알리러 갔어.

미프는 야경꾼인 슬라그터의 편지가 창고에 있는 것을 발견했어. 슬라그터는 문에 구멍이 난 것을 발견하고 경찰에 신고했으니 경찰이 곧 올 거라는 내용이었어.

우린 30분 동안 열심히 청소를 했어. 30분 만에 방이 그렇게 달라질 수가 있을까? 나와 마르고트는 침대 시트를 아래로 가지고 갖고, 변소에서 세수하고 이를 닦고 머리를 빗었어. 그리고 방을 조금 정리한 뒤 위로 올라갔더니 테이블은 이미 깨끗이 치워져 있었어. 우리는 커피와 차를 만들고 우유를 데워 점심 식사를 준비했어. 아빠와 피터는 변기를 비우고 더운물과 방부제로 닦았어.

11시에, 그때는 이미 돌아와 있었던 헹크도 함께 모두 테이블에 둘러앉을 수가 있었어. 천천히 집안은 정상을 찾아갔지. 헹크의 이야기를 들려줄게.

헹크가 갔을 때 야경꾼 슬라그터 씨는 잠들어 있었는데 그의 아내가 헹크에게 자기 남편이 운하 주변을 순찰하고 있을 때 문에 구멍이 뚫린 것을 발견하고 경찰에 신고하고 경찰관과 함께 집안을 돌아보았다고 말했어. 슬라그터 씨는 화요일에 와서 크라이렐 씨를 만나 좀더 자세한 이야기를 하기로 되어 있었어. 경찰서에서는 도둑 신고를 받았으니까 화요일에 다시 살펴볼 생각이라는 거야. 헹크는 돌아오는 길에 길모퉁이의 단골 야채 가게 주인을 만나 도둑이 들었다는 말을 했더니, 가게 주인은 "알고 있소. 어젯밤 집사람과 함께 그 앞을 지날 때, 문이 부서진 것을 발견했지요. 집사람은 그냥 가자고 했지만 내가 전등을 비추었더니, 도둑들이 당황해서 달아나 버리더군요. 자칫하다가는 위험하겠기에 경찰에 전화를 하지는 않았습니다. 당신과 관계 있는 일이므로 그렇게 해서는 안 될 것 같았소. 나는 아무것도 모르지만, 여러 가지로 생각하는 바도 있고 해서……." 하고 침착한 태도로 말하더래.

헹크는 그에게 고맙다는 인사를 하고 헤어졌대. 이 야채 가게 주인은 점심 시간에 늘 감자 배달을 해주니까 우리가 숨어 있다는 것을 눈치채고 있음이 틀림없어. 참으로 좋은 사람이야!

헹크가 돌아간 것은 오후 1시인데, 그때는 식사의 설거지도 끝나 있었어. 우리는 모두 낮잠을 자기 위해 저마다 방으로 돌아갔단다. 내가 2시 45분에 눈을 떴을 때, 뒤셀 씨의 모습은 보이지 않았어. 졸음이 오는 눈을 비비면서 욕실로 갔더니, 거기서 뜻밖에도 피터를 만났고 우리는 아래에서 만나기로 약속했어. 나는 옷을 다시 챙겨 입고 아래로 내려갔단다.

그는 "너는 다시 다락방에 갈 용기가 있니?" 하고 물었어. 나는 말없이 고개를 끄덕인 다음 베개를 가지고 그와 다락방으로 갔어. 날씨는 화창했는데 갑자기 공습 경보가 울리는 거야. 우리는 그대로 있었어. 그리고 서로 어깨에 팔을 올려놓고 4시에 마르고트가 차 준비가 되었다고 데리러 올 때까지 말도 그다지 하지 않고 가만히 있었어. 우리는 빵을 먹고, 레몬 주스를 마셨으며, 농담을 주고받았어 (다시 농담을 주고받게 된 거야). 이제 모든 것이 정상을 되찾은 거야. 밤에 난 피터에게 가장 용감했었다고 칭찬해 주었어.

그날 밤과 같은 위험은 처음이었지만 하느님께서 우리를 보호해 주신 거야. 생각해 보렴. 경찰관이 비밀문까지 와서, 문 앞의 전등을 켜고, 그러고도 우리를 발견하지 못했으니 말이야.

만일 상륙 작전이 개시되어 폭탄이 떨어지기 시작하면, 그때는 모든 것이 산산조각이 날 거야. 하지만 그런 경우에는 우리는 물론 착하고 죄 없는 우리의 보호자들까지 위험해지는 거야. "이번에 구해 주셨으니 앞으로도 구해 주소서!" 우리가 할말은 이것뿐이야.

이 사건은 우리의 생각에 여러 가지 변화를 가져왔어. 뒤셀 씨는 이제 저녁에도 크라이렐 씨네 사무실로 내려가지 않았고, 그 대신 목욕탕으로 가서 앉아 있어. 피터는 8시 반과 9시 반에 두 차례 야간 순찰을 돌아. 피터는 밤에 그의 방 창문을 열어 놓지 못하게 되었어. 9시 반이 지나면 물을 써서는 안 돼. 오늘 저녁때, 창고 문을 튼튼하게 고치기 위해 목수가 왔었어.

지금 은신처에서는 여러 가지 토론이 벌어지고 있어. 크라이렐 씨는 우리의 경솔함을 책망했어. 헹크까지도 그런 경우에 아래로 내려온 것은 실수라고 했어. 우리는 은신 생활을 하고 한 자리에 묶여 있는 유태인으로서, 셀 수 없을 만큼 많은 의무만 있고 권리는 하나도 없다는 것을 깊이 깨달아야 했단다. 우리 유태인은 자기의 감정을 드러내서는 안 돼. 용감하고도 굳세어야만 하는 거야. 모든 부자유를 참고 불평을 해서는 안 돼. 스스로 온 힘을 다하고, 하느님을 믿어야만 해. 이 무서운 전쟁도 언젠가는 끝이 나겠지. 우리가 단순한 유태인이 아니라, 다시 일반 국민이 될 날이 틀림없이 올 거야.

누가 이러한 고통을 우리에게 주었을까? 누가 유태인을 다른 사람들과 구별했을까? 왜 우리는 이렇게 시련을 겪으며 살아야 할까? 우리를 이처럼 만든 것은 하느님이며, 우리를 다시 구원해 주시는 것도 하느님이셔. 우리가 이 고난을 견뎌 내고 전쟁이 끝났을 때 아직도 우리 유태인이 살아 남아 있다면, 그때야말로 유태인은 멸망할 존재가 아니고 모범적 인간으로 칭송을 받게 될 거야. 세상 사람들이 우리의 종교에서 좋은 점을 배우게 되지 않을 것이라고 누가 단언할 수 있을까? 그것 때문에—단순히 그것—우리는 지금 괴로워하지 않으면 안 되는 거야. 우리는 일반 네덜란드인도, 영국인도, 또 어떤 나라의 대표자도 결코 될 수 없어. 우리는 언제나 유태인으로 남아 있을 것이며 또 그러기를 바라고 있어. 용기를 갖자! 우리는 그 임무를 잊지 말고 불평하지 말자. 구원의 그날이 올 것이다. 하느님은 결코 우리 유태인을 버리신 적이 없으니까.

역사가 생긴 이래로 우리 유태인들은 고난의 생활을 했지만 그럼으로써 더욱 강해지지 않았는가! 약한 자는 낙오하지만 강한 자는 살아 남으며 결코 굴복하지 않는 거야!

그날 밤, 나는 정말로 죽는 줄 알았었지. 나는 싸움터의 군인처럼 경찰관이 올 것을 각오했었고, 마음의 준비를 하고 있었어. 나는 이 나라를 위해 용감하게 목숨을 바칠 작정이었으니까. 그러나 간신히 또 살아났어. 전쟁이 끝나면 나는 첫째로 네덜란드인이 되고 싶어. 네덜란드인! 나는 네덜란드인을 사랑하고 이 나라를 사랑해. 나는 네

딜란드어를 좋아해. 나는 이 나라에서 일하고 싶어. 네덜란드의 국적을 얻기 위하여 여왕님께 직접 편지를 써야만 된다 하더라도, 나는 목적을 이룰 때까지는 결코 단념하지 않을 거야.

나는 점점 더 부모로부터 독립된 하나의 인간으로 자라고 있어. 아직은 어리지만 나는 엄마보다도 더 굳센 용기를 가지고 인생을 대할 뿐만 아니라 정의감도 뚜렷하고 진실해. 나는 내가 무엇을 원하는지 잘 알고 있고 인생의 목표와 의견과 신앙과 사랑을 가지고 있어. 나는 강한 정신과 용기를 가진 여자야. 만일 하느님이 나를 오래 살게 해주신다면 나는 엄마보다 보람 있게 살 거야. 그리고 평범한 여자로 만족하지 않고 세계와 인류를 위해 일하겠어. 그러려면 무엇보다도 용기와 쾌활한 정신이 필요해!

안네로부터

1944년 4월 14일 금요일

키티에게

집안은 아직도 극도의 긴장 상태란다. 아빠는 신경이 날카로워져 계시고, 아주머니는 감기에 걸려 짜증만 늘었어. 아저씨는 담배가 떨어졌기 때문에 안색이 창백해졌고, 뒤셀 씨는 여러 가지 즐거운 일들이 중지되어서 잔소리가 늘었어.

지금 우리들의 운이 좋지 않은 것만은 사실이야. 화장실은 새고, 수도꼭지는 없어졌고. 하지만 부속품들을 갖고 있기 때문에 곧 고칠 수 있을 거야. 나는 가끔 감상적인 기분에 젖는단다. 이런 곳에서도 감상적인 기분에 젖을 수 있는 건가 봐. 피터와 함께 잡동사니와 먼지가 가득 쌓인 속에 딱딱한 나무막대를 깔고 앉아서 피터가 내 머리를 어루만지거나 서로 어깨를 껴안고 딱 붙어 앉아 있을 때, 나뭇잎이 신록으로 눈부시고 새소리가 들리며 하늘이 짙푸르고 태양이 '모두 밖으로 나와요.' 하고 손짓할 때 아아, 나의 가슴은 갖가지의 희망으로 뻐근해져.

여기서 보는 것은 찡그린 얼굴들뿐이고, 듣는 것이라고는 한숨 소리와 투덜거리는 불만의 소리뿐이어서, 마치 갑자기 생활이 지독하게 나빠진 것 같은 느낌이야. 정말이지 너도 짜증을 낼 만한 그런 상황이야. 이곳에는 모범이 될 만한 사람이 없어. 자기 기분은 스스로 다스려야 하는데도 '전쟁만 끝나면……' 하는 생각만 하거든. 나를 절망과 불평에서 구원해 주는 것은 공부, 희망, 사랑, 용기 들이야.

키티, 나는 오늘 조금 돌아 버린 사람 같아. 이유는 모르겠어. 이곳은 너무나 엉망진창이야. 무언가 연결된 것이 없어. 가끔 미래에 누가 나의 이 허튼소리에 관심을 가질까 하는 의심도 들어.

이 잡담의 제목은 <미운 오리 새끼의 고백>으로 해야겠어. 나의 일기는 볼케슈타인 씨나 겔브란디 씨(모두 전쟁 중에 런던으로 망명해 있었던 네덜란드 정부의 각료)에게는 그다지 쓸모가 없겠지.

안네로부터

1944년 4월 15일 토요일
키티에게

충격적인 일의 연속이야. 도대체 이것이 언제 없어질까? 우린 솔직히 그런 의문을 갖고 있어. 적어도 언제쯤 끝날까? 최근에 무슨 일이 있었는지 아니? 피터가 바깥문의 빗장을 빼는 것을 잊었고(밤에는 안에서 빗장을 걸게 되어 있거든), 다른 하나의 문은 자물쇠가 움직이지 않게 되었어. 이 때문에 사무실 사람들이나 크라이렐 씨가 안으로 들어오지 못해 옆집으로 가서 부엌 창문을 억지로 열고 뒤로 들어왔어. 크라이렐 씨는 이런 부주의함에 몹시 화를 냈어.

피터는 그 일로 상처를 받은 모양이야. 식사 때 엄마가 그에게, 누구보다도 피터가 가엾다고 말했더니 그는 금방 울음을 터뜨릴 것만 같았어. 날마다 남자들은 문의 빗장을 벗겼는지 어떤지 물었었는데, 그날따라 묻지 않았으니 피터뿐만 아니라 모두의 책임인 거야. 나중에 그를 조금 위로해 주어야겠어. 나는 그를 돕고 싶으니까.

안네로부터

1944년 4월 16일 일요일

키티에게

어제 날짜를 기억해 줘. 나의 생애에서 가장 중요한 날이니까. 첫 키스를 받은 날은 어느 여자 아이에게 있어서나 확실히 중요한 날이 아니겠니? 그러므로 나에게도 역시 중요한 날이야. 프람이 내 오른쪽 뺨에 키스한 것이나 워커 씨가 나의 오른손에 키스한 것은 아무것도 아니야. 어떻게 갑자기 키스하게 되었느냐고? 이야기해 줄게.

어젯밤 8시, 피터는 내가 그의 긴 의자에 앉자 곧 팔을 내 어깨에 둘렀어. "내 머리가 벽장에 닿으니까 조금 비스듬히 앉아." 하고 내가 말하자, 그는 긴 의자의 거의 끝까지 몸을 밀어냈어. 나는 팔을 그의 등으로 돌리고 그에게 안긴 듯한 자세가 되었지. 전에도 그런 자세로 앉은 적이 있었지만, 이처럼 몸을 바짝 붙인 적은 없었어. 그가 나를 더 끌어당기자 내 왼손이 그의 가슴에 닿았는데 벌써부터 내 가슴은 두근거리기 시작하는 거야. 이것으로 끝나지 않았어. 그는 나의 머리가 그의 어깨에, 그의 머리가 나의 머리 위에 자리를 잡을 때까지 몸을 가만히 있지 않았어. 이런 자세로 5분쯤 있다가 내가 똑바로 일어나 앉자, 그는 곧 두 손으로 내 머리를 눌러 다시 자기에게 기대게 하는 거야. 아아, 나는 너무나 황홀해서 말을 할 수가 없었어. 그리고 그는 얼마쯤 어색하게 나의 뺨과 팔을 어루만지고, 나의 금발을 만지작거렸어. 우리의 얼굴은 내내 붙어 있다시피 했어. 키티, 그때 내가 느낀 흥분을 말로 하기가 힘들구나. 나는 너무도 행복해서 말을 할 수조차 없었어. 피터도 그랬을 거야.

우리는 8시 반에 의자에서 일어났어. 피터는 집안을 순찰하기 위해서 운동화를 신었고 난 그 곁에 서 있었지. 갑자기 어떻게 해서 그렇게 되었는지 나로서는 알 수가 없어. 아래로 내려가기 전에, 그는 나의 머리카락 위에서부터 왼쪽 귀에 걸쳐 키스를 했어. 나는 그를 뿌리치고 뒤도 돌아보지 않고 정신없이 계단을 뛰어 내려왔단다. 아아, 나는 이날을 얼마나 기다리고 있었던 것일까!

안네로부터

1944년 4월 17일 월요일

키티에게

열일곱 살의 소년과 열다섯 살도 채 안 된 소녀가 긴 의자에 앉아 키스하는 것을 부모가 허락하실 것 같니? 그렇지 않으시리라고 생각해. 그러나 나는 나 자신을 믿어야만 해. 그의 품에 안겨서 꿈꾸면 너무나 평화스럽고 그와 뺨을 맞대고 있으면 황홀해. 누군가가 나를 기다려 준다는 사실도 기분 좋아. 하지만 진짜 '하지만'이 뒤따라. 피터는 이 상태에서 머무를 수 있을까? 우린 여러 가지 약속을 했고 아직 잊은 건 아니지만. 하지만…… 그는 어엿한 남자야!

나는 자신이 조숙하다는 것을 알고 있어. 아직 만 열다섯 살도 되지 못했는데 정신적으로 독립된 하나의 인간이야. 이것을 다른 사람들은 이해하기 어려울 거야. 마르고트는 약혼이나 결혼 이야기가 오가기 전에는 절대로 남자와 키스하지 않을 것이 분명해. 그러나 피터도 나도 결혼 같은 것은 전혀 생각하지 않았어. 엄마는 아빠와 결혼하기 전에 다른 남자와 손도 잡지 않았을 거야. 나의 여자 친구들이, 내가 피터의 팔에 안겨 가슴과 가슴을 맞대고 머리를 그의 어깨에 얹은 것을 안다면 뭐라고 말할까? '오, 안네, 큰일날 아이로구나!'라고 말할 거야. 그러나 솔직히 말해서 나는 그렇게 생각하지 않아. 우리는 세상과 동떨어져서 갇혀 있어. 불안과 두려움 속에서 말이야. 특히 요즈음은 더욱 그래. 그렇다면 사랑하는 사람끼리 떨어져 있을 필요가 없잖아? 우리는 어째서 적당한 나이가 될 때까지 기다려야만 하지?

나는 내 일은 내가 책임질 작정이야. 그는 나에게 슬픔이나 고통을 주지 않을 거야. 두 사람이 행복할 수 있다면 마음가는 대로 행동하지 못할 게 뭐람. 하지만 내가 난처한 입장에 있음을 너는 눈치챘겠지. 몰래 행동하는 것이 내 솔직함에 맞지 않기 때문이야. 나의 행동을 아빠에게 알리는 것이 옳을까? 우리는 두 사람만의 비밀을 제삼자에게 알려야 할까? 그렇게 하면 우리의 아름다운 로맨스는 아마 잃어버리고 말겠지. 하지만 잠자코 있으면 나의 양심은? '그'와 의논해 봐야겠어. 그래, 그에게 이야기해야 할 것이 이 밖에도 많아. 서로 끌어안기만 하면 무슨 소용이겠어? 생각을 나누고 서로에게 믿음과 확신을 갖는 것이 중요해!

안네로부터

1944년 4월 18일 화요일

키티에게

이곳의 생활은 모든 게 잘 돌아가고 있어. 아빠는 5월 20일 이전에 소련과 이탈리아와 서유럽에서 동시에 대규모 작전이 있을 것이라고 말했어. 하지만 우리가 이곳에서 해방되기는 점점 어려울 거라는 생각이 들어.

어제 나와 피터는 그럭저럭 열흘이나 미뤄 왔던 이야기를 차분히 나누었어. 나는 그에게 여자들의 모든 것을 설명해 주고, 가장 비밀스러운 이야기까지도 망설임 없이 해주었어. 우리는 서로의 입가에 키스하고 헤어졌단다. 뭐라고 말할 수 없이 황홀했단다.

나는 언젠가는 일기장을 가지고 가서 그와 여러 가지 문제를 좀더 깊이 이야기해야겠어. 날마다 껴안는 것만으로는 만족할 수가 없어. 그도 같은 심정이면 좋겠다고 생각해.

길고 지루한 겨울이 지나가고 찬란한 봄이 되었어. 4월은 덥지도 춥지도 않고 가끔 가랑비가 내려서 참 좋아. 뜰의 밤나무는 벌써 짙은 초록잎에 덮이고, 여기저기에 조그만 꽃들이 보여. 토요일에 엘리는 수선화 세 다발과 보랏빛 히아신스 한 다발을 선물로 가져왔어. 히아신스는 내게 주는 것이었어.

이제는 대수 공부를 해야겠구나. 그럼, 안녕.

안네로부터

1944년 4월 19일 수요일

키티에게

활짝 열어 놓은 창문 앞에 앉아 자연을 즐기고 지저귀는 새소리를 들으며, 뺨에 따사로운 햇빛을 느끼면서 사랑하는 소년의 품에 안겨 있는 것보다 더 아름다운 일이 이 세상에 또 있을까? 그의 팔을 내 몸에 느끼고, 말이 없어도 그가 곁에 있음을 느끼는 것은 말로 표현할 수 없이 조용하고 평화로운 마음이란다. 아무 말도 하지 않는 것이 또한 좋단다. 오오, 이 고요함을 깨뜨리지 말아 주길! 고양이 보쉬조차도.

안네로부터

1944년 4월 21일 금요일

키티에게

어제 오후엔 목이 아파서 침대에 누워 있었단다. 누워 있기가 지루한 데다 열도 없어졌으므로 오늘은 일어났어. 오늘은 영국 엘리자베스 공주의 18번째 생일이야. 국왕의 자녀는 보통 만 열여덟 살이면 성년식을 올리는데, BBC 방송은 엘리자베스 공주의 성년식을 하지 않는다고 발표했어. 우리는 이 아름다운 공주님은 어떤 왕자님과 결혼할까 하고 이야기했었지만, 적당한 사람을 찾을 수가 없어. 동생인 마거릿 공주는 아마도 벨기에 황태자 보드앙 전하와 결혼할 거야.

또 사고가 생겼어. 바깥문이 튼튼해졌나 했더니 예의 창고지기가 또 나타난 거야. 그는 감자 가루를 훔치고 그걸 엘리에게 뒤집어씌우려고 한 것 같아. 은신처 식구들도 물론 화를 내고 있지만, 엘리는 무척 화가 났나 봐. 신문사에 내가 쓴 글 중 하나를 투고해 보고 싶어. 물론 가명으로 해야겠지. 그럼, 다음까지 안녕.

안네로부터

1944년 4월 25일 화요일

키티에게

뒤셀 씨는 한 열흘 가까이 팬 던 아저씨와 말을 하지 않아. 그 까닭은 도둑 사건이 일어난 뒤로, 뒤셀 씨의 마음에 들지 않는 새로운 안전 조치가 결정되었기 때문이야. 그는 팬 던 아저씨가 인제나 그에게 자꾸 소리를 지른다는 거야.

"이곳은 엉망진창이야. 나는 너희 아버지에게 이야기하겠다."라고 그는 나에게도 불평했어. 그는 일요일은 물론 토요일 오후에도 2층 사무실에 가서는 안 되게 되어 있는데도 불구하고 역시 전과 마찬가지로 가. 아저씨는 몹시 화가 나 있었기 때문에 아빠가 아래로 내려가서 뒤셀 씨와 이야기를 했어. 그는 물론 변명을 늘어놓았지만 이번에는 아빠에게도 통하지 않았어. 그러나 그때 그는 아빠를 모욕했기 때문에 지금은 아빠도 되도록이면 그와 말을 하지 않으려 하고 있어. 그가 무슨 말로써 아빠를 모욕했는지는 아무도 모르지만, 아주 좋지 않은 것임에는 틀림없어.

나는 <탐험가 부루루>라는 제목의 멋진 소설을 썼어. 우리 가족 세 사람에게 읽어 주었더니 모두 재미있어했어.

안네로부터

1944년 4월 27일 목요일
키티에게

오늘 아침, 팬 던 아주머니는 몹시 기분이 나빠서 계속 불평만 해. 첫째로 그녀는 감기에 걸렸는데도 약을 살 수가 없으며, 콧물이 흘러 견딜 수가 없다는 거야. 다음에는 해가 비치지 않고, 상륙 작전이 시작되지 않았으며, 창 밖을 내다볼 수 없는 일들 때문이래. 우리는 아주머니가 너무도 불평만 늘어놓기 때문에 그만 웃어 버렸더니, 그녀도 따라서 웃고 말았단다.

나는 지금 괴팅겐 대학의 교수가 쓴 『황제 찰스 5세』를 읽고 있어. 교수는 이 책을 쓰는 데 40년이 걸렸다고 해. 나는 5일 동안에 50페이지밖에 못 읽었어. 그 이상은 불가능해. 모두 598페이지니까 내가 이것을 다 읽으려면 며칠이 걸릴까? 게다가 제2부가 있어. 그러나 퍽 재미있는 책이야.

난 여학생이 하루에 공부할 수 있는 최대한의 공부를 하고 있어. 우선 넬슨의 마지막 전투에 대한 글을 영어에서 네덜란드어로 번역했어. 그리고 피터 대제의 노르웨이 침략(1700~1722)과 스웨덴의 찰스 12세, 폴란드의 아우구스투스 2세 등에 대한 역사를 읽었어.

이번에는 브라질의 지리야. 바이어 담배에 대한 것, 커피가 많이 나는 것, 리우데자네이루, 상파울루에 인구가 각각 150만 명이 있다는 것, 흑인과 백인과 흑백 혼혈아에 관한 것, 인구의 50퍼센트가 글을 모르는 문맹(文盲)이라는 것, 말라리아 등에 대해 공부했어. 물론 아마존 강을 잊지 않았지. 그러고도 시간이 조금 남았으므로 어느 계보에 대해 조사했어.

12시, 다락방으로 가서 교회 역사를 읽었어.

어머나, 벌써 1시야. 2시가 지나도 가엾은 안네는 또 공부야. 이번에는 생물로, 넓은코 원숭이와 좁은코 원숭이의 연구란다. 키티, 하마는 발가락이 몇 개인지 빨리 말해 줘!

다음은 성경이야. 노아의 방주(方舟), 셈(노아의 큰아들), 함(노아의 셋째 아들), 그 다음은 피터와 『황제 찰스 5세』를 읽고, 그것이 끝나면 다크레이의 『대령』이야. 물론 영어지. 그 다음에는 프랑스어의 동사를 공부하고, 미시시피 강과 미주리 강과 크기를 비교했어.
대강 이 정도란다.

나는 아직 감기가 낫지 않아 우리 세 식구에게 옮기고 말았어. 피
터에게만 옮지 않았으면! 그는 나를 '엘도라도'라고 부르면서 키스하
려고 했어. 물론 허락하지 않았지. 감기를 옮기면 큰일이니까.

우스운 사람이야! 하지만 사랑스러워. 오늘은 그만 쓴다. 안녕.

안네로부터

1944년 4월 28일 금요일

키티에게

나는 지금도 피터 베셀의 꿈을 잊지 않고 있어. 그 생각을 하면
지금도 그의 뺨을 느끼고 그때의 달콤한 기분이 잊혀지질 않아.

가끔 이곳의 피터에 대해서도 같은 느낌을 갖지만, 피터 베셀만큼
은 아니야. 그러나 어제 여느 때처럼 둘이서 어깨를 서로 껴안고 긴
의자에 앉아 있을 때, 갑자기 여느 때의 안네는 사라지고 제2의 안
네가 나타났단다. 제2의 안네는 태연하지도 소탈하지도 않으며, 아
주 자상하고 온순한 안네야.

그와 몸을 맞대고 있는데 갑자기 격정이 치밀어 올라서 눈물이 솟
아났어. 왼쪽 눈의 눈물이 흘러 그의 바지에 떨어졌고 오른쪽 눈의
눈물은 코를 타고 흘러 이것도 역시 그의 바지에 떨어졌어. 그는 눈
치챘을까? 꼼짝도 안 하고 그대로 앉아 있었어. 그도 나와 같은 심정
이었을까? 그는 한마디도 하지 않았어. 자기 앞에 두 사람의 안네가

276

있다는 것을 알았을까?

나는 8시 반에 일어나서 언제나 인사를 나누는 창가로 갔단다. 나는 아직도 떨고 있었어. 나는 아직도 제2의 안네였던 거야. 그는 내게로 왔어. 나는 그의 목에 팔을 감고 그의 왼쪽 뺨에 키스한 뒤 그다음 오른쪽 뺨에 키스하려고 했을 때 서로의 입술이 부딪혀 우리는 힘껏 입술을 눌렀어. 그리고 정신없이, 이제는 절대로 떨어지지 않겠다고 몇 번이나 몇 번이나 힘차게 껴안았단다. 피터는 애정을 갈구하고 있는 거야. 피터는 태어나서 처음으로 소녀를 발견한 거야. 그는 말괄량이에게도 다른 면이 있다는 것을, 둘이만 있을 때는 다른 사람이 된다는 것을 발견한 거야. 그는 태어나서 처음으로 자기라는 것을 보여 주었어. 지금까지 어떤 친구에게도 보여 주지 않았던 진짜 자신을 말이야. 이래서 우리는 서로를 알게 되었어. 피터는 이제까지 믿을 만한 친구가 한 사람도 없었지만, 나도 그를 몰랐던 거야. 그랬는데 이렇게 된 거야…….

그러나 한 가지 의문이 날 편안하게 해주지 않는구나. '이게 옳은 일일까?' 하는 거야. 나는 이렇게도 빨리 감정에 굴하고, 피터만큼이나 성급하게 굴었던 게 잘한 일이었을까? 여자인 내가 그렇게 행동해도 괜찮을까? 대답은 하나뿐이야.

'나는 그것을 그토록 오랫동안 기다려 왔어. 나는 쓸쓸해. 그리고 나는 이제야 비로소 위안을 발견한 거야.'

우리는 오전 동안은 보통 때처럼 행동해. 오후에는 이따금의 예외를 빼고는 서의 마찬가지야. 그러나 저녁때가 되면 온종일 익눌렸던 행복된 추억이 되살아나서 서로의 일밖에 생각하지 않게 된단다. 매일 밤 나는 작별 키스를 하고는 그의 눈도 보지 않고 혼자 어둠 속으로 달아나 버려. 계단을 내려오면 당장 닥치는 일이 무언지 아니? 밝은 전등과 질문 공세와 웃음이야. 나는 아무렇지도 않게 그런 것들을 받아넘겨야 해.

나의 가슴은 너무 민감하게 고동치고 있어. 나는 어젯밤 갑자기 받은 충격을 이겨 내지 못했나 봐. 온순한 쪽의 안네는 좀처럼 얼굴을 내밀지도 않지만, 갑자기 뒤로 물러서지도 않아.

피터는—꿈은 별도로 하고—지금까지 그 누구보다도 나의 감정을 깊이 감동시켰어. 나를 송두리째 흔들어 놓고 나를 소유했어. 누구라도 이러한 변화에서 정신을 차리려면 휴식과 얼마쯤의 시간을 필요로 할 것은 말할 필요도 없는 일이야.

아아, 피터, 너는 내게 무엇을 어떻게 한 거지? 너는 나에게서 무엇을 바라고 있는 거지? 이제야 비로소 엘리의 심정을 알겠어. 나는 지금 직접 그것을 체험하고 있어. 나는 간신히 엘리의 불안한 마음을 이해할 수 있겠어. 만일 내가 좀더 나이를 먹었고 그가 결혼을 신청한다면, 나는 뭐라고 대답할까? 안네, 좀더 솔직해라! 너는 그와 결혼할 수 없지? 그렇다고 해서 그와 헤어지는 것도 괴롭지? 피터는 아직 성격이 완성되지 못했고, 의지력도, 힘도 충분하지 않아. 그는 정신적으로는 아직 어린아이야. 나이는 많아도 나 정도밖에는 안 돼. 그는 마음의 평화와 행복을 추구하고 있을 뿐이야.

나는 열네 살의 아이에 불과한 것일까? 나는 정말로 아직은 바보 같은 여학생에 지나지 않는 것일까? 나는 모든 일에 그토록 경험이 부족할까? 나는 같은 나이 또래의 어떤 아이보다도 많은 일을 겪어 왔어. 나는 다른 많은 사람들보다 경험이 있어.

그러나 나는 자신이 두려워져. 나중에 다른 남자 아이들과 어떻게 원만히 사귀어 나갈 수 있을까? 자신의 애정과 이성을 상대로 언제나 싸운다는 것은 괴로운 일이야. 애정도 이성도 나타낼 시기가 따로 있을 거야. 나는 적당한 시기를 제때에 선택했는지 확신할 수가 없어.

안네로부터

1944년 5월 2일 화요일

키티에게

토요일 밤에 아빠에게 우리 일을 말씀드리는 게 어떠냐고 피터에게 물어 보았어. 둘이서 조금 얘기한 끝에 피터는 그렇게 해야 한다는 결론을 내렸단다. 나는 기뻤어. 그것은 피터가 정직한 소년이라는 증거이기 때문이야. 나는 아래층으로 내려오자마자 아빠와 같이 물을 뜨러 갔어. 계단 위에 왔을 때 나는 아빠에게 "아빠, 내가 피터와 함께 있을 때, 떨어져서 앉지 않는다는 것은 대강 짐작하실 거예요. 하지만 그게 잘못일까요?" 하고 물었어. 아빠는 얼른 대답하지는 않았지만, 이윽고 이렇게 말씀하셨어.

"아니, 나는 잘못된 일이라고는 생각하지 않아. 그러나 조심해야 한단다. 안네, 여기는 좁은 곳이니까."

위로 올라갔을 때도 아빠는 뭔가 그와 비슷한 말을 하셨어. 그리고 일요일 아침에 아빠는 나를 부르시는 거야!

"안네야, 난 네가 한 말을 다시 잘 생각해 보았다."

난 벌써 겁을 먹고 있었어.

"그건 그다지 좋지 않아, 이 집에서는. 나는 너희들이 단순한 친구라고 생각하고 있었는데, 피터는 너를 사랑하니?"

"글쎄요, 그런 생각은 아직 안 해봤어요."

"너도 알고 있겠지만, 나는 너희 둘을 이해하고 있단다. 그러나 네쪽에서 자제하지 않으면 안 된다, 안네. 너무 자주 올라가지 말아라. 그리고 되도록이면 피터를 자극하지 말아야 해. 이런 일에 있어 적극적이 되는 것은 언제든지 남자지만, 여자는 남자를 막을 수가 있단다. 자유롭게 다른 남녀 친구들도 만날 수 있고, 때로는 외출도 하고 게임도 하고 그 밖의 여러 가지를 할 수 있는 여느 환경이라면 모르지만, 여기서는 언제나 함께 있고 떨어지려야 떨어질 수가 없으며 거의 온종일 얼굴을 마주하고 있는 생활이다. 그러니까 조심해야 해. 안네, 그런 일은 너무 심각하게 생각하지 말고."

"네, 그러겠어요. 하지만 피터는 매우 진실한 소년이에요. 참으로 좋은 소년이에요."

"그래, 좋은 소년이다. 그러나 피터는 성격이 약하니까 좋은 방향으로든 나쁜 방향으로든 금세 영향을 받기가 쉬워. 그는 타고난 본성이 착하니까 그러한 좋은 면이 언제까지 남아 있기를 나는 그를 위해 바라고 있지."

둘이서 이야기를 나누었는데, 아빠는 피터에게도 이야기해 보겠다고 하셔서 나도 승낙했어.

일요일, 다락방에서 그는 나에게 "안네, 너희 아버지께 이야기했어?" 하고 물었어. "이야기했어." 하고 나는 대답했어.

"그 이야기를 할게. 아빠는 그것을 나쁘다고는 생각하지 않지만, 언제나 모두 같이 생활하는 이곳의 환경으로는 충돌이 쉽게 일어난다고 하셨어."

"그러나 우리는 절대로 싸우지 않기로 약속했잖아. 나는 반드시 약속을 지킬 작정이야."

"나도 그래, 피터. 하지만 아빠는 그렇게 생각하지 않으셔. 아빠는 우리가 단순한 친구라고 생각하고 있어. 우린 지금도 친구가 될 수 있을까?"

"난 가능해. 너는 어때?"

"나도 그래. 난 아빠한테 너를 믿고 있다고 말했어. 너는 믿을 만한 사람이라고 생각해. 안 그래?"

"나도 그랬으면 좋겠다고 생각해."

피터는 너무 수줍어하여 얼굴이 빨개졌단다.

"난 너를 믿어, 피터. 너는 좋은 성격을 가졌어. 세상에 나가서도 잘살 거야."

그리고 둘은 다른 이야기를 했는데, 내가 "우리가 여기서 나가면 너는 나 같은 아이는 모른체하겠지?"라고 말했더니, 피터는 흥분하여 "그렇지 않아, 안네. 절대로 그렇지 않아. 나를 그런 식으로 생각하지 말아 줘." 하고 대답했어. 그러는 사이에 아래에서 나를 부르는 소리가 들려서 그와 헤어져 내려갔단다.

아빠가 그에게 이야기를 한 모양이야. 그는 오늘, 그것에 대해 나에게 말해 주었어.

"너희 아버지는 우리들의 우정이 곧 사랑으로 발전할지도 모른다고 하셨어."

"우리 자신이 자제하도록 해야 돼."

아빠는 저녁때 나에게 너무 자주 그에게로 가지 말라고 주의를 주셨지만, 나는 그러고 싶지 않아. 그것은 피터와 함께 있고 싶기 때문만이 아니라, 피터에게 나는 그를 믿는다고 말했기 때문이야. 나는 그를 믿는다는 것을 그에게 보여 주고 싶어. 그를 보지 않고 아래에만 있어서는 믿는 마음이 생기지 않잖니? 아니, 무슨 말을 들어도 나는 그에게로 가겠어 !

뒤셸 씨가 다시 마음을 고쳐 먹었어. 토요일 저녁 식사 때, 그는 아름다운 네덜란드어로 사과했어. 그러자 팬 던 아저씨는 기꺼이 받아들였지. 뒤셸 씨는 그 대사를 하루 종일 외웠던 게 분명해.

일요일의 뒤셸 씨의 생일은 평화롭게 지나갔어. 우리 집에서는 그에게 1919년제 고급 포도주 한 병을 선사했단다. 팬 던 씨네는 겨자 절임 한 병과 안전 면도날 한 통, 크라이렐 씨는 레몬잼 한 병, 미프는 『리틀마틴』이라는 책을 한 권, 엘리는 화분을 하나 선물했어. 뒤셸 씨는 답례로 우리에게 달걀을 한 개씩 주었어.

안네로부터

1944년 5월 3일 수요일

키티에게

우선 지난 일주일 동안의 소식을 전해 줄게. 정치 뉴스는 아무것
도 없어. 나도 차츰 상륙 작전이 가까워지고 있다는 것을 믿게 되었
어. 결국 연합국으로서는 소련이 이기도록 하여 소련에게 모든 것을
다 주어 버릴 수는 없지. 그러나 현재 연합국은 아무런 조처도 취하
고 있지 않아. 코프하이스 씨는 다시 매일 아침마다 출근하셔. 피터
의 긴 의자 스프링을 새로 가져오셨어. 피터는 그것을 장치해야 하
니까 그다지 기쁜 기색이 아니었어.

너에게 고양이 못시가 없어진 것을 이야기했었니? 정말 갑자기 자
취를 감추고 말았어. 지난 목요일 후로 그림자도 보이지 않아. 못시
는 이미 고양이의 천국으로 가 버리고, 누군가가 못시의 맛있는 살
을 먹고 있는지도 모르겠어. 그리고 어느 소녀가 못시의 털가죽으로
모자를 만들어 쓰겠지. 피터는 몹시 슬퍼하고 있어. 토요일부터 식사
시간을 바꾸어 11시 반에 점심을 먹기로 했어. 그나마 죽 한 공기로
때우고 있어. 이것으로 한끼 식사가 절약되는 거야. 야채는 여전히
구하기 힘들어. 오늘 오후, 상한 양상추를 데쳐서 먹었어. 야채라고
는 양상추와 시금치밖에 없거든. 거기다 상한 감자를 곁들여서 먹어.
참으로 맛있는 배합이 아니겠니? 너도 짐작하겠지만 우린 자주 절망
에 빠져서 묻곤 한단다.

"전쟁이 무슨 소용 있을까? 어째서 인간은 사이좋고 평화롭게 지낼 수 없을까? 왜 파괴를 하는 걸까?"

당연한 질문이야. 하지만 그에 대해 만족스러운 대답을 하는 사람은 없어. 그래 인간은 조립식 주택을 건설하는 한편, 어떻게 비행기나 탱크를 크게 만들어 낼까 하고 노력하는 거야. 매일같이 전쟁에 몇 백만이라는 돈을 쓰면서도, 어째서 의료 시설이나 예술가나 가난한 사람을 위해 쓰는 돈은 한푼도 없는 것일까? 세상에는 식량이 남아 썩혀 버리는 곳도 있는데, 어째서 굶어 죽어야 하는 사람들이 있는 것일까? 인간은 어째서 이토록 미치광이 같을까?

나는 정치가, 자본가들에게만 전쟁의 죄가 있다고는 생각하지 않아. 아니, 결코 그렇지는 않아. 일반 사람들에게도 죄가 있어. 그렇지 않다면 세계는 오랜 옛날에 벌써 달라졌을 테니까! 인간에게는 파괴와 살인의 본능이 있어. 그러니 인류가 한 사람의 예외도 없이 모두 개조되지 않는 한 전쟁은 끊일 사이가 없을 것이며, 건설되고 창조된 모든 것이 파괴되고 비뚤어져서 인간은 처음부터 다시 모든 것을 시작하지 않으면 안 될 거야.

나는 의기소침할 때가 곧잘 있지만, 결코 절망하지는 않아. 나는 이 은신처 생활을 무서운 모험이라고 생각하면서도 동시에 로맨틱하고 재미있다고도 생각하거든. 나는 일기 속에서 모든 부자유를 재미있는 것으로 다루고 있잖니? 나는 다른 여자 아이와는 다른 인생을, 그리고 어른이 되면 여느 가정 주부와는 다른 생각을 하려고 결심했어. 나는 이미 흥미로운 출발을 했어. 가장 위험한 때에도 그 유머러

스한 면을 발견하고 웃는 것은 오로지 그 때문이야.

나는 아직 어리고 숨은 재능도 많아. 나는 젊고 건강하고 커다란 모험 속에서 살고 있어. 나는 아직 그 한가운데 있기 때문에 온종일 불평만 늘어놓을 수는 없는 거야. 나는 쾌활한 성격과 강한 성격을 가지고 있어. 나는 내 자신이 정신적으로 자라고 있다는 것, 해방이 가까워지고 있다는 것, 자연은 얼마나 아름다운가, 주위의 사람들이 얼마나 친절한가 하는 것, 이 모험이 얼마나 재미있는가 하는 것 등을 매일 느끼고 있단다. 그러니 내가 절망할 필요가 있겠니?

안네로부터

1944년 5월 5일 금요일

키티에게

아빠는 내게 화를 내고 계셔. 아빠는 일요일에 나와 이야기했기 때문에 내가 당연히 밤마다 다락방으로 올라가는 일을 그만둘 줄 아셨던 거야. 아빠는 우리가 포옹하는 것을 원치 않으셔. 나는 이 말을 참을 수 없어. 그런 일에 대한 이야기는 안 하는 게 좋은데 아빠는 어째서 문제를 보다 불쾌하게 여기는 걸까? 나는 오늘 아빠에게 이야기를 해야겠어. 마르고트가 좋은 꾀를 빌려 주었는데, 들어 보겠니? 대강 이렇게 말할 생각이야.

'아빠, 아빠는 내가 무슨 말을 하길 바라실 테니까 그것을 말씀드리겠어요. 아빠는 내가 좀더 조심하리라 기대하셨기 때문에 내게 실망하고 계시는 거예요. 아빠는 내게 열네 살짜리 소녀답게 행동하기를 바라시고 계실 거예요. 그러나 바로 그것이 아빠의 잘못된 점이에요. 우리가 처음 이곳에 들어온 1942년 7월부터 몇 주일 전까지 전 결코 편안하지 못했어요. 아빠는 내가 밤에 얼마나 울었으며 얼마나 슬퍼하고 얼마나 쓸쓸해했는지를 아신다면, 내가 다락방에 가는 심정도 이해하실 거예요 .

나는 이미 엄마나 누구의 도움도 받지 않고, 오직 자주적으로 살아갈 수 있는 단계에 이르렀어요. 그러나 그것은 하룻밤 사이에 그렇게 된 건 아니에요. 내가 지금처럼 자주적인 정신을 갖게 되기까지는 무척 번민하고 많이 울었어요. 전 이제 분명히 독립된 인간이므로 전혀 부모님에게 어떤 책임을 지울 필요가 없어요. 아빠에게 이런 말을 하는 것은, 아빠가 나를 음험하다고 생각하시지나 않을까 해서예요. 그러나 나는 나 이외의 사람에게 자신의 행동을 설명할 필요는 없어요.

내가 괴로워할 때, 모두 눈을 감고 귀를 막고 나를 위로해 주지 않았어요. 그뿐 아니라 너무 시끄럽게 굴지 말라고 야단만 치셨어요. 나는 비참한 심정을 잊기 위해 응석을 부렸던 거예요. 나는 나의 마음속에서 끝없이 부르짖고 있는 외침을 듣지 않으려고 억지를 쓴 거예요. 나는 일년 반 동안 매일 코미디 연기를 해 왔고 결코 불평하지 않았어요. 나는 자신이 해야 할 일은 했어요. 이제 싸움은 끝나고, 나는 이겼어요. 나는 심신이 모두 독립된 하나의 인간이에요. 그런 갈등 속에서 더욱 강한 사람이 되었기에 이제 엄마도 필요 없어요.

이제 정상에 서서 내가 생각하는 길, 내가 옳다고 생각하는 길을 나아가고 싶은 거예요. 나는 여러 가지 고생을 했기 때문에 늙은이 보다 더 철이 들었으니까, 아빠는 나를 이제 열네 살짜리 소녀로 볼 수도 없고 보아서도 안 돼요. 너무 괴로워하여 나이보다도 어른스러 워졌기 때문이에요. 나는 자신이 한 일에 대해 후회하지는 않을 거 예요. 나는 내가 할 수 있다고 생각되는 일만을 하겠어요. 아빠가 나 를 달래셔도 내가 다락방에 가는 것을 그만두게는 못하실 거예요. 제 행동을 단호히 금지하거나, 아니면 나를 철저히 믿거나 어느 한 쪽이에요. 나를 믿는다면 나를 가만 내버려두세요.'

안네로부터

1944년 5월 6일 토요일

키티에게

나는 어제, 네게 이야기한 것을 편지로 써서 어제 저녁 식사 전에 아빠의 호주머니에 넣어 두었어. 마르고트로부터 들은 바에 의하면, 아빠는 그 편지를 읽고 나서 그날 하루 종일 우울해하시더래(나는 위에서 저녁 설거지를 하고 있었어). 가엾은 아빠. 그런 편지를 읽고 어떤 충격을 받으셨을지 상상이 가. 아빠는 몹시 섬세하니까! 나는 곧 피터에게 이제 아무 말도 하지 말고 묻지도 말아 달라고 부탁했 어. 아빠는 그 일에 대해서는 아무 말씀도 하지 않았어. 혹 뭔가 말 씀을 하실까?

집안은 다소 정상을 찾고 있어. 물가 이야기나 바깥 사람들의 이 야기는 거의 믿기 어려울 징도아. 차(茶)가 빈 파운드에 350플로린,

버터가 1파운드에 35플로린, 불가리아 담배가 1온스에 14플로린이나
한대. 모든 것이 암거래이고, 사환 아이들까지도 뭔가를 갖고 다니면
서 팔고 있대. 우리의 빵집 사환은 재봉틀용 작은 비단실 타래를 0.9
플로린에 구하고, 우유 가게는 암거래 배급 통장을, 장의사가 치즈를
배달한대. 강도, 살인, 날치기는 일상적인 일이야. 경찰관도 야경꾼
도 도둑의 일당이야. 누구나 허기진 배를 채우기에 혈안이 되어 있
어. 임금 인상이 금지되어 모두 나쁜 짓을 하지 않으면 살아갈 수 없
지. 경찰은 매일같이 행방불명으로 신고된 열다섯 살에서 열일곱 살
짜리 소녀를 찾고 있어.

　안네로부터

　1944년 5월 7일 일요일
　키티에게
　어제 오후, 아빠와 긴 이야기를 나누었단다. 나는 몹시 울었어. 아
빠도 같이 울었지. 아빠가 내게 뭐라고 말씀하셨는지 아니? 아빠는
"나는 이제까지 많은 편지를 받았지만 그처럼 불쾌한 편지는 처음이
었다. 안네야, 너를 그처럼 귀여워하고 언제나 너를 위로하려고 하고
감싸 주는 부모를 갖고 있으면서, 우리에게 아무 책임도 지우지 않
겠다고 말할 수 있는 거니? 너는 언제나 학대받고 버림받고 있다고
생각하지만, 결코 그렇지 않아. 안네, 너는 부모를 아주 오해하고 있
어. 아마 너는 그렇게 말할 생각은 아니었겠지만, 너의 편지에는 그
렇게 쓰여 있어. 안네야, 우리는 그와 같은 비난받을 만한 짓은 하지

않았단다."

아아, 나는 엄청난 실수를 했어. 그것은 이제까지 내가 한 일 중에서 확실히 가장 나쁜 짓이었어. 나는 아빠가 나를 소중히 여기도록 자신을 훌륭하게 보이려고 울면서 연극을 했던 거야. 내게 슬픈 일들이 많았던 것은 사실이지만, 나를 위해 무엇이든 다 해주고, 지금도 해주고 있는 아빠를 비난한다는 것은 얼마나 비열한 짓인지.

나는 너무 교만했었기 때문에 높은 자리에서 떨어져 내리고 자존심이 상한 것도 당연한 일이야. 안네가 하는 행위가 언제든지 반드시 정당하다고는 할 수 없어! 자기가 사랑하고 있는 사람에게 일부러 슬픔을 안겨 주는 것은 너무나도 비열한 행위야! 아빠가 따뜻하게 나를 용서해 주었으므로, 나는 한층 더 자신이 부끄러워졌단다. 아빠는 나의 편지를 태워 버리겠다고 하셨고, 마치 자신이 나쁜 짓이라도 한 것처럼 다시 본래대로 착한 아빠가 되어 주었어. 안네, 너는 안 되겠어. 넌 남을 무시하고 탓하기에 앞서 배워야 할 것이 아직 너무나 많구나!

내게는 슬픈 일이 많았어. 그러나 내 나이에는 다 그런 것이 아닐까? 나는 가끔 어릿광대 노릇을 하면서도 그것을 거의 의식하지 못했어. 나는 쓸쓸함을 느꼈지만 절망한 적은 거의 없잖아? 나는 정말 부끄러운 줄 알아야 해.

한번 저지른 일은 돌이킬 수 없어. 그러나 이것을 다시는 되풀이하지 않도록 할 수는 있지. 나는 다시 시작할 생각이야. 이제는 피터가 있으니까 그나시 어렵시 않을 거야. 협조해 줄 그가 있으니까 나는 새 출발을 할 수 있어. 반드시 새 출발을 하겠어. 나는 이제 외톨이가 아니야.

그는 나를 사랑하고, 나는 그를 사랑해. 나는 책과 일기장을 가지고 있어. 나는 그다지 못생긴 여자도 아니고, 완전한 바보도 아니야. 나는 쾌활한 성격을 지니고 있고, 훌륭한 성격을 가진 사람이 되려고 노력하고 있어.

안네, 너는 자신의 편지가 너무나도 매정하고 진실되지 않았다는 것을 통감하고 있어. 안네, 너는 너무나 자만심에 빠져 있었어.

나는 아빠를 본보기로 하여 열심히 노력하겠어.

안네로부터

1944년 5월 8일 월요일
키티에게

너에게 우리 집 계보(系譜)에 대해 뭔가 이야기한 적이 있었니? 안 해준 것 같으니 지금부터 해줄게. 할아버지 할머니는 굉장히 부자셨어. 이 두 분은 자수성가(自手成家)한 분들로, 할머니의 친정도 돈 많고 훌륭한 가정이었어. 그러므로 아빠는 어렸을 때 커다란 집에서 부잣집 도련님으로 자랐고, 주일마다 있는 파티며 무도회며 만찬회 등에서는 아름다운 여자들 사이에서 인기가 대단했었대. 그러나 할아버지가 돌아가시자 제1차 세계대전이 일어났고, 뒤따른 인플레 때문에 모든 재산을 잃고 말았지. 아빠는 이처럼 좋은 환경에서 자랐기 때문에 어제 프라이팬을 닦을 때는 55년의 생애 중 이런 일을 하긴 처음이라며 크게 웃었단다.

외할아버지와 외할머니도 부자여서 우리는 엄마 아빠의 약혼 파티에 250명의 축하객이 모였었다는 이야기며, 외가에서 개최한 무도회와 만찬회 이야기를 들을 때면 입을 딱 벌리곤 했었어. 우리는 물론 지금은 부자라고 할 수 없지만, 나는 전쟁이 끝난 뒷날에 희망을 걸고 있어.

나는 엄마나 마르고트처럼 좁고 답답한 생활은 하고 싶지 않거든. 나는 어학이나 미술사를 공부하기 위해 파리와 런던에 일년쯤 유학하고 싶어 견딜 수 없구나. 그런데 마르고트는 팔레스타인에서 조산사(助産師)가 되고 싶대. 나는 언제나 아름다운 옷과 흥미 있는 사람들을 보고 싶어.

나는 세계를 둘러보고 가슴 벅찬 일들은 무엇이든지 해보고 싶어. 여기에 대해서는 전에 네게 이야기했지? 그리고 돈이 조금 있어도 나쁠 것은 없겠지.

오늘 아침에 미프는 그녀가 초대되어 갔던 어느 약혼 잔치의 이야기를 했어. 장래의 신랑 신부가 모두 부잣집 출신이어서 참으로 훌륭한 잔치였대. 우리는 파티에 나온 요리 이야기를 들으면서 자신도 모르게 침을 삼켰어. 고기 경단을 넣은 야채 수프, 달걀이랑 로스트 비프로 된 오르되브르, 치즈, 롤빵, 아름다운 케이크, 포도주 등 암시장에서 살 수 있는 것은 뭐든지 있더래. 미프는 포도주를 열 잔이나 마셨다는구나. 이러고도 금주가라고 할 수 있을까? 미프가 그 정도로 마셨다면 그녀의 남편은 몇 잔이나 마셨을까? 물론 참석자 모두가 취했을 거야. 참석자들 중에는 경찰관도 두 사람 있어서 약혼자의 사진을 찍었다고 해. 미프도 우리와 같은 생각을 했나 봐. 그래서 무슨 일이 생겼을 때 이 마음 착한 두 경찰관이 혹 도움이 될지도 모른다고 생각해서 주소를 적어 두었대.

미프 때문에 우린 침만 흘렸어. 우리는 아침에 두 숟가락의 죽만을 먹었을 뿐이므로 뱃속이 텅 비어 꼬르륵 소리가 나는 듯한데 말이야. 우리는 밤낮 슬쩍 데친 시금치(비타민을 파괴시키지 않기 위해)와 썩은 감자와 생것, 또는 요리한 양상추밖에는 먹는 것이 없어. 우리는 언젠가는 힘이 세어질지 모르지만 현재로서는 그런 징조가 보이지 않아.

미프가 우리를 그 파티에 데리고 갔더라면 우린 모든 음식을 남김없이 청소해 주었을 거야. 우리는 마치 맛있는 요리나 아름다운 옷을 입은 사람들의 이야기를 이제까지 들은 적이 없는 것처럼 미프를 둘러싸고 앉아 꼬치꼬치 캐어물었단다. 이게 바로 백만장자의 손녀들이라니 세상이란 참 묘해.

안네로부터

1944년 5월 9일 화요일
키티에게

나는 <요정 엘렌>의 이야기를 완성하고 예쁜 노트에 다시 깨끗이 베껴 놓았어. 참으로 잘되긴 했지만 아빠의 생일 선물로 이것만 해도 될까? 나는 알 수가 없어. 마르고트와 엄마는 아빠를 위해 시를 지었대.

오늘 오후에 크라이렐 씨가 위로 올라와서 회사의 선전원으로 있는 부인이 매일 오후 2시에 사무실에서 도시락을 먹게 해 달라고 말하더라는 이야기를 했어. 키티, 생각해 봐. 이제 아무도 위로 올라오지 못할 것이고, 감자를 배달받을 수도 없어. 엘리는 우리와 점심을 같이 먹을 수 없게 되고, 우리는 변소에도 갈 수 없으며, 움직일 수도 없어. 모두 그 부인을 오지 못하게 할 방법을 연구하기 시작했어.

팬 던 아저씨가 "커피에 설사약을 넣어서 주면 돼."라고 말하자, 뒤셀 씨가 "그건 안 돼. 그랬다가는 박스에서 나오지 못할 테니까." 하고 반대했기 때문에 모두 웃음을 터뜨렸지. 아주머니는 모르겠다는 표정을 지으며 "박스? 그게 무슨 말이지?" 하고 물었어. 그래서 누군가가 변소를 두고 하는 말이라고 설명해 주었단다.

그러자 아주머니는 "아아, 그래요? 박스라면 누구나 알아들어요?" 하고 바보 같은 질문을 했어. 엘리는 쿡쿡 웃으며 "바이엔콜프(암스테르담의 큰 백화점)에 가서 '박스가 어딥니까?' 하고 물어도 아마 모두 알아들을 거예요." 하고 말했단다.

아아, 키티, 오늘은 날씨가 너무나 좋구나. 외출을 할 수 있다면 얼마나 기쁠까!

안네로부터

1944년 5월 10일 수요일
키티에게

어제 오후, 다락방에서 피터와 프랑스어를 공부하는데 갑자기 뒤에서 물이 뚝뚝 떨어지지 않겠니? "뭐지?" 하고 피터에게 물었더니 그는 내 말에는 대답하지 않고 지붕 밑으로 달려갔단다. 그래서 물이 떨어지는 원인을 확인했어. 보쉬였어. 모래 상자가 젖었기 때문에 상자 밖에다 오줌을 눈 거야. 피터가 거칠게 보쉬를 상자 속으로 집어 넣자, 한참 동안 퉁탕거리는 소리를 내더니 틈을 보아 아래로 도망가 버렸지.

보쉬는 자기의 상자하고 비슷한 곳을 찾다가 대팻밥을 발견하고는 거기다가 오줌을 누었는데, 그것이 다락방으로 새어 운 나쁘게도 감자를 담아 둔 통에 떨어졌지 뭐니. 다락방의 마룻바닥에도 구멍이 나 있어서 몇 방울의 노란 물이 아래 식당의 테이블 위에 두었던 양말하고 책에까지 떨어졌어.

나는 배꼽을 잡고 웃었어. 보쉬는 아무 일도 없었다는 듯 의자 밑에서 자고 있었단다. 피터는 걸레로 부지런히 마루를 닦았어. 소동은 금세 잠잠해졌지만, 고양이 오줌이 얼마나 지독한 냄새를 풍기는지를 감자와 대팻밥이 증명해 주었단다. 아빠는 오줌이 묻은 감자와 불때려고 모아 둔 대팻밥을 양동이에 모아 난로에 태웠는데, 그 냄새라니. 가엾은 보쉬! 네가 석탄 구하기 어려운 사정을 알 리 없지.

안네로부터

추신 : 우리가 사랑하는 네덜란드 여왕이 어제와 오늘 저녁에 라디오로 성명을 발표했어. 여왕은 귀국에 앞서 건강을 위해 휴양을

하고 있는 중이거든. 여왕은 '머지않아'라든가 '내가'니 '조속한 해방'이니 '용감한 행위'니 '무거운 책임'이니 하는 말을 쓰셨어. 여왕 다음에 헬브란디 씨가 연설을 하고, 맨 끝에 목사가 강제 수용소와 감옥 및 독일에 있는 유태인을 위한 기도로 끝을 맺었어.

1944년 5월 11일 목요일

키티에게

나는 지금 몹시 **바빠**. 모순된 것 같지만 산더미처럼 쌓인 숙제를 처리할 시간이 없구나. 왜 그렇게 바쁜지 간단히 이야기할게.

사실은 『갈릴레오 갈릴레이』를 도서관에 반납해야 하거든. 내일까지 제1부를 다 읽어야 해. 어제부터 겨우 읽기 시작했는데 어떻게든 되겠지.

다음 주일에는 『갈림길에 선 팔레스타인』과 『갈릴레오 갈릴레이』 제2부를 읽어야 해. 그리고 『황제 찰스 5세』 제1부를 다 읽었기 때문에 거기서 모은 도표와 계도(系圖)를 정리해야만 해. 그것이 끝나면 여러 가지 책에서 모은 외국어 단어 3페이지를 외워야 해. 네 번째 일은 엉망으로 뒤섞인 영화 배우들의 사진을 정리하는 것인데, 아마 며칠은 걸릴 거야.

그리스 신화의 테세우스, 오이디푸스, 펠리우스, 오르페우스, 이아손, 헤라클레스 등의 이야기가 머릿속에 뒤죽박죽 섞여 있어서 그것들도 정리를 해야 해. 미론과 피데아스(모두 기원전 5세기의 그리스 조각가)의 업적도 체계적으로 알려면 공부를 다시 하시 않을 수 없어. 그리고 7년 전쟁, 9년 전쟁도 마찬가지야. 정말이지 모든 게 엉켜 버렸다니까. 이처럼 기억력이 빈약하다니. 큰일이야. 이러다 여든 살이 되면 형편없이 늙을 것 같아. 또 성서가 있지. '목욕하는 수산나'까지 보려면 아직도 아득해. 소돔과 고모라(주민들의 죄로 인하여 하늘의 불로 멸망했다는 도시)의 죄악이란 어떤 것일까? 정말 세상엔 공부해야 할 것이 너무 많아.

키티, 내가 폭발할 지경이라는 게 이해되니?

이제 다른 이야기를 하자. 나의 최대의 희망은 저널리스트가 되고, 작가가 되는 거야. 이미 너도 오래전부터 그걸 알고 있지? 이 야심— 미치광이일지도—이 실현될지 어떨지는 물론 아직 모르지만, 나는 이미 마음속으로 소재를 생각하고 있어. 아무튼 나는 전쟁이 끝나면 '은신처'라는 제목의 책을 내고 싶어. 성공할지 어떨지는 모르지만, 일기가 큰 도움이 되겠지. 그 밖에도 계획하고 있는 게 많은데, 나중에 구상이 어느 정도 되고 나서 다시 이야기하자.

안네로부터

1944년 5월 13일 토요일
키티에게

어제는 아빠의 생일이었어. 아빠와 엄마의 결혼 생활 19년째야. 청소부는 오지 않았고, 태양이 올해 들어서 어제만큼 아름답게 빛난 적은 없었어. 뜰의 밤나무에는 잎이 우거지고 꽃이 활짝 피어 지난해보다 훨씬 아름답단다.

아빠는 코프하이스 씨로부터 유명한 식물학자 린네의 전기, 크라이렐 씨로부터 자연계에 관한 책, 뒤셀 씨로부터는 『물의 도시』 라는 책, 팬 단 씨네로부터는 달걀 세 개와 맥주 한 병과 요구르트 한 병, 초록색 넥타이가 든 큰 상자를 선물로 받았어. 이 상자에는 마치 전문가의 솜씨처럼 예쁜 장식이 되어 있단다. 내가 드린 장미는 매우 향기가 좋았어. 미프와 엘리가 가져온 카네이션은 거의 향기가 없었지만 무척 아름다웠단다. 아빠는 아주 기뻐하셨어. 게다가 오랫동안 못 본 맛있는 과자를 50개나 받았어. 아빠는 우리에게 향료가 든 진저 브레드를, 신사분들에게는 맥주를, 부인들에게는 요구르트를 대접하고 모두 즐겁게 하루를 보냈어.

안네로부터

1944년 5월 16일 화요일

키티에게

기분 전환도 할 겸, 어제 팬 단 부부가 싸운 이야기를 해줄게.

아주머니 : 독일군이 대서양의 방벽(防壁)을 강화한 것만은 사실이에요. 독일군은 영국군의 공격을 막는 데 모든 힘을 다 기울이겠지요. 독일군이 강한 데는 정말 놀랐어요.

아저씨 : 정말 믿을 수 없을 만큼 강하지.

아주머니 : 그래요.

아저씨 : 강하니까 그들은 결국 이 전쟁에서 이기고 말 거야!

아주머니 : 그럴 가능성이 많죠. 그 반대의 경우에 대해선 지신이

없어요.

아저씨 : 그런 이야기는 그만둡시다. 이제 당신 말에 대답하지 않겠어.

아주머니 : 하지만 당신은 늘 내 말에 대답하고 있잖아요. 당신은 언제나 내 말을 막으려고만 해요.

아저씨 : 그렇잖아. 나는 최소한의 대답만 하고 있는 거야.

아주머니 : 당신은 언제나 자기가 옳다고 주장해요. 하지만 당신의 예상이 언제나 맞는다곤 할 수 없어요.

아저씨 : 이제까지는 맞았어.

아주머니 : 거짓말 마세요. 당신의 예언대로라면 상륙 작전은 작년에 있었어야 했어요. 핀란드는 지금쯤 전쟁에서 손을 떼야 했고, 이탈리아는 이번 겨울에 졌지만 소련은 이미 렘베르크를 점령했어야 해요. 나는 당신의 예언 따위는 믿지 않아요.

아저씨 : (일어나서) 그쯤에서 그만두시지. 조만간 내가 옳았다는 것을 알게 될 테니 말야. 머지않아 당신의 코를 납작하게 해주겠어. 당신의 볼멘소리는 더 이상 참을 수가 없어. 당신이 화를 낸 걸 언젠가는 후회할 날이 올 거야. (제1막 끝)

나는 우스워서 혼났어. 엄마도 마찬가지였나 봐. 그러나 피터는 잠자코 입술을 깨물고 있었어. 어른들은 정말 어리석어. 아이들에게 설교를 하기 전에, 공부를 더 하는 편이 좋을 거야.

안네로부터

1944년 5월 19일 금요일

키티에게

어제는 복통과 다른 여러 가지 불행으로 몹시 우울했단다. 안네답지 않게! 오늘은 많이 좋아져서 식욕이 났지만 강낭콩은 먹지 않는 편이 좋겠어.

피터하고의 관계는 잘되어 가고 있어. 피터는 나보다 더 애정에 굶주린 모양이야. 그는 내가 밤마다 굿나잇 키스를 하면, 얼굴을 붉히며 한 번 더 해 달라고 말해. 내가 못시의 대용품일까? 그런 건 아무래도 좋아. 지금 그는 자기를 사랑해 주는 사람이 있다는 것을 알고 있기 때문에 아주 행복한 거야.

안네로부터

1944년 5월 20일 토요일

키티에게

어젯저녁, 다락방에서 내려와 방에 들어선 순간, 카네이션을 꽂은 꽃병이 넘어져 있고, 엄마는 엎드려서 걸레질을 하고, 마르고트가 바닥에서 종이를 줍는 것이 눈에 띄었어.

놀라서 "무슨 일이에요?" 하고 묻고는 대답도 기다리지 않고 방안을 둘러보았어. 어떻게 된 일일까? 가문의 계보를 끼워 둔 나의 종이집게, 노트, 교과서 등이 몽땅 물에 젖어 버린 거야. 나는 처음에는 울먹거리다가 다음 순간 너무도 화가 나서 무슨 말을 했는지 모르겠는데, 나중에 마르고드에게 들으니 "끔찍해!", "어쩌란 말아!", "망했어!" 같은 말들을 마구 외치더래. 아빠는 큰 소리로 웃음을 터뜨렸어. 엄마도 마르고트도 따라 웃었어. 그러나 그토록 고생해서 만든 도표가 엉망이 된 것을 생각하니 아무리 울어도 시원치 않았단다.

잘 살펴보니 생각보다 심하지는 않았어. 나는 젖은 종이를 골라내어 다락으로 들고 갔어. 거기서 한데 붙은 것들을 떼어 빨랫줄에 널었어. 그 모양이 얼마나 우스꽝스러운지 나도 그만 웃고 말았단다. 프랑스의 샤를 5세, 영국의 오렌지 공(公) 윌리엄, 프랑스의 마리 앙투아네트와 함께 피렌체의 마리아 데 메디치가 늘어서 있는 걸 보고 팬 던 아저씨가 "각 나라 사람들이 마구 뒤섞였구나." 하고 농담을 하셨어. 나는 널어놓은 종이를 피터에게 부탁하고 아래로 내려왔어.

"무슨 책이 젖었어?" 하고 젖은 책을 살피고 있는 마르고트에게 물었더니 "대수책이야." 하고 대답했어. 급히 그녀 곁으로 가 보았더니 운 나쁘게도 나의 대수책은 아무렇지도 않았어. 그 책 위에 꽃병이 떨어졌으면 좋았을걸. 나는 대수책처럼 싫은 게 없어. 대수책은 낡아서 누렇게 빛이 바랬고, 안에는 낙서가 잔뜩 있어. 고친 곳도 있고, 전 소유자였던 적어도 스무 명쯤 되는 여자 아이들의 이름이 쓰여 있단다. 정말로 기분이 좋지 않을 때는 이 책을 북북 찢어 버리고 싶어져.

안네로부터

1944년 5월 22일 월요일
키티에게

지난 20일에 아빠는 아주머니하고의 내기에 져서 요구르트를 다섯 병이나 잃었어. 상륙 작전은 아직 개시되지 않았어. 온 암스테르담, 온 네덜란드, 아니 남쪽으로 스페인에 이르기까지 온 서유럽에서 사람들은 밤낮 상륙 작전 이야기로 꽃을 피우며, 거기에 대해 내기를 하고 희망을 걸고 있다 해도 지나친 말이 아니야.

숨막힐 듯한 긴장이 최고조에 달하고 있어. 우리가 '선량한 네덜란드인'이라고 생각하는 사람들이 모두 영국을 믿고 있는 것은 아니야. 그들 모두가 상륙 작전을 하겠다는 영국의 위협을 훌륭한 전략이라고는 생각하지 않아. 사람들이 바라는 것은 위대한 영웅적 행동을 실제로 취해 주었으면 하는 것뿐이야. 누구나 자기 눈앞의 일만을 생각하게 마련이지만, 자기 나라와 자기네 국민을 위해 싸우고 있다는 사실을 잊고 되도록 빨리 네덜란드를 구하는 것이 영국의 의무라고 생각하는 거야.

영국이 우리에게 무슨 의무가 있겠니? 어떻게 네덜란드인이 관대한 도움을 떳떳하게 기대할 수 있겠니? 안 되지. 네덜란드도 잘못하고 있는 거야. 영국이 큰소리를 치긴 했지만 점령하의 크고 작은 다른 나라들처럼 비난받을 이유는 없는 거야. 영국은 우리에게 사과하지 않을 거야. 왜냐하면 사람들은 독일이 다시 군비를 갖추느라 열중하고 있을 동안 영국이 잠자고 있었다고 비난하지만, 다른 모든 나라, 특히 독일과 국경을 맞대고 있는 나라 또한 잠자코 있었음을 부인할 수는 없거든. 우리는 '눈 가리고 아웅' 하는 식의 정책을 취해서는 아무것도 얻을 수 없어. 영국과 전세계도 이것을 뼈저리게 느꼈을 거야. 영국을 비롯해서 각 나라가 차례로 하나씩 큰 희생을 치러야 했던 것은 오로지 이 정책 때문이었어.

어떠한 나라도 아무 이득 없이, 그리고 남의 이익을 위해서 자기 국민을 희생시키지는 않을 거야. 영국도 역시 마찬가지야. 상륙 작전에 의해 해방과 자유를 얻을 때가 언젠가는 오겠지만, 그날을 결정하는 것은 영국과 미국이지 점령 국가들은 아니야.

무섭고도 안타까운 일은 우리 유태인에 대한 많은 사람들의 태도가 바뀌었다는 거야. 이제까지 안 그랬던 사람들 사이에 지금 반유태주의가 짙어져 가고 있다는 이야기를 들었어. 이 뉴스는 우리에게 매우 큰 충격을 주고 있어. 왜 유태인을 증오하는지 이해할 수 있고, 인간으로서 무리도 아니라고 생각되는 경우도 있지만, 그렇다 하더라도 그건 불합리해. 기독교인들은 유태인을 두고, 독일인에게 비밀을 팔았느니 은혜를 베푼 사람을 배신했느니 유태인 때문에 많은 그리스도인이 끔찍한 벌을 받았느니 하며 비난하고 있어.

물론 사실이야. 하지만 무슨 일이든 사태를 한쪽에서만 바라보아서는 안 돼. 세계의 그리스도인들이 만일 우리 같은 입장에 있다면 우리와 다른 태도를 취했을까? 독일군은 사람들을 자백하게 하는 수단을 가지고 있어. 유태인이나 그리스도인이나 독일군의 지배 아래 있을 경우 입을 열지 않고 배길 수 있을까? 그것이 불가능하다는 것은 누구나 알고 있는 사실이야. 그렇다면 사람들은 어째서 유태인에게 불가능한 것을 요구하는 것일까?

지하 운동 단체에서는 네덜란드로 이주했던 독일계 유태인 중에

302

지금 폴란드에 있는 사람은 이곳으로 돌아올 수 없다고 말하고 있어. 한때는 네덜란드에서 살 권리가 있었지만 히틀러가 죽으면 독일로 돌아가야 한다는 거야.

이런 이야기를 들으면 우리가 무엇 때문에 이 길고 괴로운 전쟁을 견뎌 왔는지 알 수 없게 된단다. 우리는 언제나 자유와 진리와 정의를 위해 함께 싸우고 있다는 말을 듣고 있지. 그런데도 우리가 아직 싸우고 있는 동안 불화가 생기고 또다시 유태인을 박해하고 있어.

'기독교인 하나가 잘못을 저지르면 그 혼자만의 책임이지만, 한 사람의 유태인이 잘못하면 모든 유태인의 책임이다.'라는 옛말의 진실이 다시 한 번 옳다는 것을 깨달았어.

솔직히 말해서 난 네덜란드인들을 이해할 수 없어. 그토록 선하고 정직하고 정의로운 사람들이 가장 불행하고 박해당하고 가엾은 우리들을 그렇게 생각하고 있다니 말이야.

나는 그들의 유태인에 대한 증오가 단순히 일시적인 것이길 바라고 있어. 그리고 네덜란드인들이 그들의 진정한 모습을 되찾고 정의감을 잃지 않길 기원할 뿐이야. 반유태주의는 정의에 위배되기 때문이야.

그러나 만일 이 무서운 염려가 사실로 드러난다면 네덜란드에 남아 있는 소수의 불쌍한 유태인은 이 나라를 떠나야겠지. 한때나마 우리를 환영해 주었던 이 아름다운 나라가 우리에게 등을 돌린다면 우리도 다시 피난 보따리를 싸들고 떠나야 할 거야.

나는 네덜란드를 사랑해. 조국을 갖지 못한 나는 네덜란드가 나의 조국이 되어 주기를 바랐어. 나는 지금도 그것을 희망하고 있단다.

안네로부터

1944년 5월 25일 목요일

키티에게

날마다 무언가 새로운 일이 있어. 오늘 아침, 우리가 야채를 사는 가게 주인이 유태인 두 명을 숨겨 준 죄로 잡혀갔어. 그 가엾은 유태인들은 어떻게 되었을까. 야채 가게 주인도 딱하게 되었어. 우리는 이 사건에 큰 충격을 받았단다.

세상은 거꾸로 되었어. 존경할 만한 사람들이 강제 수용소나 감옥에 들어가고 남아 있는 하찮은 인간들이 국민을 지배하고 있다니! 암시장에서 잡히는 사람이 있는가 하면, 유태인이나 '지하 운동' 하는 사람을 도왔다 해서 체포되는 사람도 있어. HSB(네덜란드의 나치 운동)의 멤버가 아닌 사람은 자기 신상에 언제 어떤 일이 일어날지 모르게 됐어.

야채 가게 주인이 체포된 것은 우리에게도 큰 타격이야. 미프나 엘리나 우리가 감자를 날라 올 수는 없으니 먹는 양을 줄이는 수밖에 없지. 그 방법을 가르쳐 줄게. 엄마는 우리에게 아침을 거르고, 점심에는 죽하고 빵만, 저녁에는 감자 튀김에다 일주일에 한두 번 양상추 같은 야채를 먹자고 말했어. 모두 배가 고프겠지. 하지만 그래도 발각되어서 체포되는 것보다는 나아.

안네로부터

1944년 5월 26일 금요일

키티에게

마침내 눈곱만큼 창문을 열고 책상 앞에 앉아 네게 모든 것을 고백할 수 있게 되었구나.

나는 지금 몹시 비참해. 이런 기분이 든 것은 몇 개월 만에 처음이야. 도둑 소동 뒤에도 이토록 비참하지는 않았어. 한편으론 야채 가게 주인이 체포된 일, 유태인 문제, 지연되는 상륙 작전, 초라한 음식, 은신처의 비참한 분위기, 피터에 대한 실망 등과 다른 한편으론 엘리의 약혼, 크라이렐 씨의 생일, 예쁜 케이크, 카바레, 영화, 음악회 등 너무나 상반되는 이 두 가지를 비교하면 미칠 것 같아.

나로선 이 차이를 어떻게 할 수가 없어. 나는 웃다가도 두렵고 불안에 사로잡히고 절망에 빠져. 미프와 크라이렐 씨는 이 은신처에 있는 여덟 명을 돌봐야 하는 무거운 부담을 지고 있어. 미프는 자기 힘이 닿는 데까지 의무를 다하고 있어. 크라이렐 씨는 너무도 무거운 책임에 지쳐서 말도 하지 못할 때가 가끔 있단다. 코프하이스 씨와 엘리도 우리들을 잘 보살펴 줘. 그러나 이 사람들은 더러 몇 시간이나 하루 이틀쯤 우리를 잊어버릴 때가 있어.

이 사람들에게도 자기들만의 걱정이 있지. 예를 들면 코프하이스 씨는 자기의 건강에 대해, 엘리는 그다지 내키지 않는 약혼에 대해 걱정하고 있어. 그래도 그들은 외출할 수 있고, 친구들을 방문하거나 여가 생활을 할 수가 있어. 그들은 잠깐 동안이라도 긴장을 잊을 수 있지만, 우린 잠시도 거기에서 헤어날 수가 없어. 우리가 여기 들어

온 것도 벌써 2년이나 되는데, 갈수록 심해지는 이 무거운 압력을 언제까지 견뎌야 하는 것일까?

하수도가 막혀서 물을 버릴 수가 없어. 변소에 가면 오물을 통 속에 넣어야만 한단다. 오늘은 어떻게든 견디겠지만 수리공만으로는 고칠 수 없다면 어떻게 될까? 시의 위생국에서는 화요일에나 올 수 있다는데.

미프는 인형 모양의 케이크를 보내 주었어. 여기에 곁들인 편지에는 '성령강림제(聖靈降臨祭)를 축하합니다.'라고 적혀 있었단다. 나는 이것을 보고, 그녀가 우리를 놀리고 있는 것처럼 느껴지기까지 했어. 우리의 지금 심정은 '축하'라는 말과는 거리가 멀기 때문이야. 야채가게 주인이 체포되었기 때문에 우리는 한층 더 신경이 날카로워졌고, 모두가 숨소리까지 조심하고 있어. 경찰이 저 문까지 왔었으니까 우리가 있는 곳까지 오지 말라는 법은 없어. 만일 언젠가…… 아니, 이런 말을 써서는 안 되지. 그러나 오늘 나는 이 문제를 지워버릴 수가 없어. 아무래도 지금까지 견뎌 왔던 두려움이 한꺼번에 밀어닥칠 것 같아.

오늘 밤 8시, 나는 아래층 변소에 혼자 가야만 했어. 모두 라디오를 듣고 있었기 때문에 아래층에는 아무도 없었지. 나는 용기를 내려고 했지만 쉽지 않았어.

위층에서 들려 오는 무시무시하고 음산한 소리와 거리를 달리는 자동차의 경적 소리를 들으면서, 혼자 조용하고 텅 빈 집의 아래층에 있는 것보다는 위층의 방에 있는 편이 훨씬 안전하다는 생각이

306

들었어. 그런 생각만으로도 너무 무서워서 금세 올라오고 말았지.

은신처 생활 같은 것은 시작하지 않았던 편이 나았을 거라는 생각이 들어. 우리가 벌써 죽어 있다면 이처럼 비참한 생각을 하지 않아도 되고, 우리의 보호자에게 폐를 끼치지 않아도 될 테니까. 그러나 우리는 모두 그런 생각을 곧 지워 버리곤 했어. 왜냐하면 우리는 아직 생명을 사랑하고, 자연의 목소리를 잊지 못하고, 아직 모든 것에 대해 희망을 품고 있으니까. 나는 머지않아 무슨 일이—하다못해 대포를 마구 쏘아 대는 소리라도—일어났으면 좋겠다고 생각한단다. 이 불안한 심정만큼 견딜 수 없는 것은 없어. 아무리 무서운 일이라도 종말을 보고 싶어. 그럼 적어도 우리가 승리했는지, 패배했는지는 알 수 있지 않겠니?

안네로부터

1944년 5월 31일 수요일

키티에게

토, 일, 월, 화, 이렇게 계속해서 몹시 더웠기 때문에 도저히 만년필을 잡을 수가 없었어. 그래서 네게도 편지를 쓰지 못했구나. 배수관이 금요일에 또 터져서 토요일에야 고쳐졌어. 코프하이스 씨가 오후에 와서 딸 코리가 조피와 같은 하키 클럽에 들어간 이야기 등을 해줬어.

일요일에 엘리는 누가 사무실에 들어오지 않았나 알아보러 왔다가 아침을 먹고 갔어. 월요일에는 팬 산텐 씨가 은신처의 망을 뵈주었고, 우리는 화요일에야 겨우 창문을 열 수가 있었어.

성령강림제의 휴가 동안은 이상할 정도로 무더웠어. 은신처 안의 더위는 굉장했단다. 모두의 불평을 들어 보면 너도 얼마나 더웠는지 알 수 있을 거야.

토요일 : 아침에는 "아아, 날씨가 좋다!" 하고 모두들 감탄했어. 오후가 되어 문을 닫고부터는 "이렇게 덥지 않으면 좋을 텐데" 하고 불평을 했단다.

일요일 : "정말 못 견디겠어. 버터는 녹지, 시원한 곳이라고는 아무데도 없어. 빵은 마르고 우유는 썩고 있어. 다른 사람들은 휴일을 즐기는데, 우리 가엾은 집 없는 천사들은 창문도 못 열고 숨이 막힐 것 같아도 여기 처박혀 있을 도리밖에 없군."

월요일 : "다리가 아프다.", "나는 얇은 옷이 한 벌도 없어.", "이 더위 속에서는 설거지도 할 수 없어." 모두 팬 던 아주머니의 말이야.

참으로 불쾌한 날씨야.

나는 아직도 더위 견딜 수가 없지만, 그래도 오늘은 바람이 세게 불어 살 것 같아. 그러나 햇볕은 뜨거워.

안네로부터

1944년 6월 5일 월요일
키티에게
또 다툼이 있었어. 뒤셀 씨와 우리 부모가 하찮은 일로 싸운 거야.

308

원인은 버터의 분배 때문이었어. 그러나 결국 뒤셀 씨가 항복했어. 아주머니와 뒤셀 씨는 요즈음 사이가 매우 좋아져서 자주 시시덕거리며 키스도 하고 다정하게 웃곤 한단다. 뒤셀 씨는 요즈음 여자가 그리워지기 시작했나 봐.

제5군이 로마를 점령했어. 연합국의 육군도 공군도 그곳을 파괴하지 않기로 했기 때문에 로마는 말짱하단다. 야채도 감자도 모자라. 날씨도 좋지 않고. 칼레를 비롯해서 프랑스 해안에 포격이 계속되고 있어.

안네로부터

1944년 6월 6일 화요일
키티에게

"오늘이 D데이입니다."라고 영국 방송이 발표했단다. 상륙 작전이 개시된 거야. 영국은 아침 8시에 이 뉴스를 발표했어. 불로뉴, 르아브르, 셀브르, 칼레, 그리고 도버 해협 등에 맹렬한 포격이 퍼부어지고 있대. 점령 지역에 대한 안전 조치로서, 해안에서 35킬로미터 이내에 살고 있는 사람들은 위험하니 피난하라는 경고가 내려졌어. 가능하면 영국군은 포격 개시 한 시간 전에 전단을 살포할 거라고 했어. 독일군의 발표에 따르면 영국의 낙하산 부대는 프랑스 해안에 낙하하였고, BBC 방송은 영국의 상륙 부대와 독일 해군이 전투 중이라고 발표했어.

우리는 오전 9시에 식탁에 앉아 상륙 작전에 대해 이야기를 나누었어. 이것도 2년 전의 디에프 상륙 작전처럼 단순히 시험적으로 하는 것일까?

10시에는 독일어, 네덜란드어, 프랑스어, 그 밖의 외국어 방송이 "상륙 작전이 개시되었다!"고 발표했어. 진짜 상륙 작전이 시작된 거야. 11시에는 영국의 라디오가 아이젠하워 연합군 최고사령관의 연설을 독일어로 방송했어.

12시에는 영국의 라디오가 뉴스 방송 도중 아이젠하워 장군이 프랑스 국민에게 하는 말을 전했어.

"오늘은 D데이입니다. 곧 격전이 벌어질 것입니다. 그러나 다음에는 승리가 있습니다. 1944년은 완전한 승리의 해가 될 것입니다. 여러분의 행복을 빕니다."

오후 1시의 영국 방송은 영어로 다음과 같이 발표했어.

"1만 1천 대의 비행기가 쉴새없이 오가며 군대를 수송하고, 또 적군의 후방을 폭격하고, 4천 척의 상륙용 전함과 소형 함정이 셸브르와 르아브르 사이에서 끊임없이 군대와 군용 자재를 운반하고 있습니다. 미영(美英) 양군은 이미 맹렬한 전투에 돌입했습니다."

이어 헬브란디 씨, 벨기에 수상, 노르웨이의 하콘 국왕, 프랑스 드골 장군, 영국 국왕, 그리고 끝으로 처칠 수상의 연설이 방송되었어.

은신처에는 흥분의 소용돌이가 일었어. 그렇게도 바라고, 그렇게도 기다렸던 해방이 드디어 오는 것일까? 너무나 멀게 느껴지고 동화 속 이야기만 같던 해방이 되는 것일까? 1944년은 승리의 해가 될 수 있을까? 아직 알 수 없지만 희망이 되살아난 거야. 그리고 이 희

310

망이 우리에게 새로운 힘과 용기를 주고 있어. 우리는 모든 공포와 부자유와 고통을 이겨 내야 해. 이럴 때 가장 중요한 것은 마음을 냉정하고 굳게 다지는 거야. 우리는 이제까지보다도 더 이를 악물고 울지 않도록 해야 해. 프랑스, 소련, 이탈리아, 그리고 독일 사람조차도 실컷 울며 그들의 심정을 털어놓을 기회가 마련되었지만, 우리는 아직 그렇게 할 권리마저도 없는 거야!

키티, 상륙 작전이 시작되어서 가장 기쁜 것은 친구들이 가까이 오고 있다는 사실이야. 우리는 너무도 오랫동안 무서운 독일군에게 시달려 왔고, 언제나 목에 칼을 대고 위협받는 듯한 생각을 해 왔기 때문에 '친구'와 '해방'을 생각하기만 해도 자신감이 생겨. 유태인만 그런 건 아닐 거야. 네덜란드와 유럽의 모든 피점령국 국민들이 모두 그럴 거야. 마르고트는 9월이나 10월에는 학교에 다시 가게 될 거래.

안네로부터

추신 : 새로운 소식이 있으면 곧 알려 줄게.

1944년 6월 9일 금요일

키티에게

멋진 뉴스야. 연합군은 프랑스 해안의 작은 마을 베이유를 점령하고, 지금 칸 공략을 서두르고 있어. 셀브르가 있는 반도를 차단하려는 연합군의 삭선이 분명해. 매일 밤, 종군기자들이 연합군의 용기와 왕성한 사기 등에 대해 방송하고 있어. 그들이 어떻게 그토록 생생한 뉴스를 취재할 수 있는지 궁금해서 견딜 수가 없어.

영국으로 후송된 부상병들이 직접 말할 때도 있어. 날씨가 좋지 않은데도 전투기는 계속 활약 중이야. BBC 방송에 의하면 처칠은 D 데이에 군대와 함께 상륙하려 했으나, 아이젠하워와 그 밖의 장군들이 설득해서 간신히 그만두게 했대. 생각해 봐. 그는 자그마치 일흔 살의 노인이야. 얼마나 용기 있는 사람이니?

은신처 사람들의 흥분은 얼마쯤 가라앉았어. 그렇지만 우리는 연말까지는 전쟁이 끝날 거라고 기대하고 있어. 끝날 때도 되었잖니? 아주머니가 불평을 늘어놓는 데는 정말 견딜 재간이 없어. 이제는 상륙 작전이 아니라 온종일 날씨가 나쁘다고 불평이지 뭐니. 차가운 물을 담은 양동이에 처박아 다락방에 넣어 두는 편이 낫겠어.

아저씨와 피터를 빼고는 모두 3부작 『헝가리안 랩소디』를 읽었단다. 이 책은 천재 작곡가 프란츠 리스트의 생애를 다룬 거야. 아주 재미있는 책이지만, 여성 관계의 일들이 너무 많다고 생각해. 리스트는 그 무렵에 가장 위대하고 이름난 피아니스트였을 뿐 아니라, 일흔 살까지 굉장한 바람둥이였어. 그는 마리다골드 공작 부인, 카를린 사인비트겐슈타인 공주, 피아니스트인 아그네스 킹워드, 댄서인 롤라 몬테즈, 피아니스트인 소피 멘터, 오르가 야니나 공주, 오르가 메이엔드루프 남작 부인, 리라 뭐라던가 하는 여배우 등과 동거 생활을 했어. 세자면 끝이 없어. 이 책 가운데 음악과 예술을 다룬 부분은 매우 흥미가 있어. 나오는 유명인의 이름 가운데는 슈만, 클라라

버크, 헥터 베를리오즈, 요하네스 브람스, 베토벤, 요아힘, 리하르트 바그너, 한스폰 뷔로, 안톤 루빈스타인, 프레더릭 쇼팽, 빅토르 위고, 오노레 드 발자크, 힐러, 훔멜, 체르니, 로시니, 케르비니, 파카니니, 멘델스존 등등이 있어.

리스트는 매우 허영심이 강했지만 호기(豪氣)있고 겸허한, 개인으로서는 훌륭한 사람이었어. 그는 누구든지 도와 주었고 예술을 자신의 모든 것으로 생각했어. 그는 코냑과 여성에 대해서는 광적이지만 남의 눈물을 그냥은 보지 못할 정도로 신사였고, 돈에 상관없이 남에게 호의를 베풀었으며 종교적 자유와 평화를 사랑했어.

안네로부터

1944년 6월 13일 화요일
키티에게

다시 한 번 생일을 맞아 나는 열다섯 살이 되었단다. 여러 사람으로부터 많은 선물을 받았어. 아빠와 엄마로부터는 슈프렝거의 『미술사』 전5권, 속옷 한 벌, 손수건 한 장, 요구르트 두 병, 잼 한 병, 향료가 든 진저 브레드, 케이크, 식물학 책 한 권을 받았어. 마르고트로부터는 팔찌, 팬 던 아저씨와 아주머니로부터는 책 한 권, 뒤셀 씨로부터는 스위트피, 미프와 엘리로부터는 과자와 복습 책을 받았어. 가장 멋진 선물은 크라이렐 씨가 준 『마리아 테레사』라는 책과 치즈 세 쪽이야. 피터는 아름다운 모란꽃 한 다발을 주었어. 피터는 뭔가 좋은 선물을 하려고 무척 고심했지만, 가엾게도 사기 마음에 드는 물건을 찾아내지 못했나 봐.

날씨가 고약해서 비바람이 세고 바다는 거칠지만, 전황은 여전히 아주 좋아.

어제는 처칠, 스무츠, 아이젠하워, 아놀드, 이 네 사람이 해방된 프랑스의 촌락을 방문했단다. 처칠이 탔던 수뢰정은 해안을 포격했어. 공포라는 것을 모르는 사람 같아서 몹시 부러워.

은신처에 갇혀 있으므로 외부 사람들이 전황에 대해 어떤 반응을 보이는지 모르지만, 게으름(?)을 부리던 영국인이 마침내 팔을 걷어붙이고 전쟁에 뛰어든 걸 기뻐할 게 틀림없어.

이제까지 영국인을 무시하고, 경멸하고, 겁쟁이라고 하면서도 독일인을 싫어했던 일부 네덜란드인들을 혼내 줄 필요가 있어. 전황 뉴스를 들으면 그들의 둔한 머리도 얼마쯤은 맑아지겠지.

2개월 이상이나 월경이 없더니 마침내 지난 토요일에 소식이 왔어. 불쾌하고 귀찮기는 하지만, 역시 그것이 있음을 기쁘게 생각해.

안네로부터

1944년 6월 14일 수요일

키티에게

내 머릿속은 여러 가지 희망과 생각과 비난과 공격 같은 것으로 가득 차 있단다. 나는 남들이 생각하는 만큼 거만하지 않아. 나는 나 자신의 결점과 단점을 누구보다도 잘 알고 있거든. 그러나 나를 보다 향상시키고 싶은 생각, 향상될 것이라는 믿음 또한 가지고 있어.

그런데도 모두들 어째서 나한테 알은체하고 잘 나선다고들 할까? 나 자신에게 곧잘 이런 질문을 던지곤 해. 정말 내가 그렇게 알은체를 할까? 나는 정말 알은체를 하고, 다른 사람들은 그렇지 않은 것일까? 언제나 나를 공격하는 사람 가운데 하나인 팬 던 아주머니가 지성이 없다는 것은 누구나 알고 있지. 지성은커녕 확실히 바보라 해도 좋을 거야. 바보는 남이 자기보다 더 알고 있으면 그것을 불쾌하게 생각하거든.

아주머니는 내가 그녀만큼 지성이 없지 않기 때문에 나를 불쾌하게 생각하고 있어. 그녀는 나더러 잘난 척을 한다지만 그분이 더 잘난 체해. 내 치마가 짧다고 흉보지만 자기 치마는 더 짧은걸. 아주머니가 나를 두고 잘 나선다고 생각하는 것은 자기가 전혀 알지 못하는 문제에 나보다 두 배나 더 나서기 때문이야. 그러나 '아니 땐 굴뚝에 연기 날까'라는 내가 좋아하는 속담이 있지. 나는 내가 주제넘다는 것을 충분히 인정해.

내가 괴로운 것은 누구보다도 나 자신을 비판하고 꾸짖는 일이야. 그런 때에 만일 엄마가 무슨 쓸데없는 말이라도 하면, 나는 절망한 나머지 짜증을 내고 마음에도 없는 말을 하기 시작해. 그러고는 "아무도 나를 이해하지 않는다"는 안네의 그 말이 튀어나오게 되지.

이 말은 내 마음에 달라붙어 있어. 바보 같은 말인 줄은 알고 있지만, 그것에는 약간의 진리가 있거든. 나는 곧잘 나 자신을 몹시 나무라기 때문에 위로의 말 한마디나 납득이 가는 조언을 해주고, 진정한 나를 끌어내 줄 사람을 진심으로 찾고 있어. 그러나 슬프게도 아무리 찾아봐도 그런 사람이 없어.

넌 지금 피터를 생각하겠지? 그렇지? 피터는 나를 연인으로서가 아니라 친구로서 사랑하고, 날이 갈수록 애정이 깊어 가고 있어. 그러나 우리들 사이에는 서로 접근하지 못하게 하는 뭔가 이상한 것이 있어. 그게 도대체 무엇일까? 나는 알 수가 없어. 나의 피터에 대한 동경은 과장되어 있다고 생각할 때도 있지만, 사실은 그렇지도 않아. 왜냐하면 이틀만 그의 방에 가지 않아도 그가 그리워지니까.

피터는 좋은 사람이고, 사랑스러운 사람이야. 그러나 나를 실망시키는 일이 많다는 건 부정할 수 없어. 특히 그가 종교를 싫어하는 점, 음식이나 그 밖의 것들에 대한 그의 이야기가 마음에 들지 않아.

그래도 우리는 분명히 싸우지 않겠다고 약속했기 때문에 절대로 싸우지 않을 것임을 나는 확신하고 있어. 피터는 싸움을 싫어하고 너그러워서 곧 양보하고 말아. 그는 자기 어머니가 하면 참지 않을 말도 내가 하면 가만히 있어. 그는 언제나 자기의 물건을 깨끗이 정리하지. 그런데도 어째서 그는 자기 마음을 숨기고 나에게 털어놓지 않을까? 그는 선천적으로 나보다 말이 적어. 내 경험으로 보면 아무리 말이 없는 사람이라도 고백할 수 있는 상대를 원하지 않는 경우는 없어.

피터나 나나 가장 많은 생각에 잠길 나이를 은신처에서 보냈지. 우리는 곧잘 과거와 현재와 미래에 대해 이야기하지만, 이미 말했듯이 나는 아직 진정한 것을 만난 적이 없으며, 그것을 서글프게 생각해. 그런 것이 꼭 있기는 있을 텐데.

안네로부터

1944년 6월 15일 목요일

키티에게

요즈음 내가 자연에 관계된 것이면 무엇에나 열중하게 된 것은 오랫동안 밖에 나갈 수 없었던 때문이 아닌가 생각해. 하늘에서 지저귀는 새소리에도, 달빛에도, 꽃에도 아무런 매력을 느끼지 않던 시절이 있었건만 여기에 온 후 완전히 달라졌어.

예를 들면 성령강림제의 휴일에는 그토록 더웠는데도 달을 잘 보려고 억지로 11시까지 잠을 자지 않았단다. 그러나 아쉽게도 아무런 보람이 없었어. 달빛이 너무 밝아서 창문을 열 수 없었기 때문이야.

몇 달 전의 이야기야. 어느 날 창문을 열 수 있게 되어서 다락방으로 올라갔는데, 창문을 닫아야 할 때까지 아래층으로 내려가지 않았어. 어둠, 비 오는 밤, 폭풍우, 짙은 구름이 날 완전히 사로잡았어. 이곳에 와서 일년 반 동안 밤과 마주 앉아 있었던 것은 그때가 처음이었어. 그날 밤 뒤로 다시 밤하늘을 바라보고 싶다는 나의 소원은, 도둑이나 쥐나 게슈타포에게 은신처를 습격받지 않을까 하는 두려움보다도 더 큰 것이었어. 나는 혼자서 2층으로 내려가 주방이며 전용 사무실의 창문을 통해 밖을 바라보았어. 자연을 사랑하는 사람은 많아. 많은 사람들이 가끔 밖에서 잠을 자지. 감옥이나 병원에 있는 사람들은 다시 자연의 아름다움을 자유롭게 즐길 날을 고대하지. 그러나 부자와 가난한 자가 차별 없이 맛볼 수 있는 자연에서 우리들만큼 격리되고 차단되어 있는 사람은 아마도 없을 거야.

하늘, 구름, 달, 별 등을 바라보면 마음이 가라앉고 참을성이 강해지는 것은 나만의 상상이 아니야. 그것은 강장제보다도 효과가 있는 약이야. 어머니인 자연은 나를 겸허하게 하고, 어떤 고통에도 용감히 견딜 수 있게 해줘.

아아, 그러나 나는 아주 드문 경우를 빼고는 먼지 낀 창문에 걸린 더러운 그물 커튼을 통해 자연을 볼 수 있을 뿐이야. 자연은 순수한 것인데, 그런 것을 통해서 봐야만 하다니 불쾌하구나.

안네로부터

1944년 6월 16일 금요일
키티에게

또 새로운 문제가 생겼어. 팬 던 아주머니가 히스테릭하게 되었어. 총으로 머리를 쏘겠다느니 감옥, 교수형, 자살 따위의 이야기만 하고 있어.

아주머니는 피터가 자신에게가 아니라 나에게 여러 가지를 털어놓는다고 질투하고 있어. 아주머니는 뒤셀 씨가 자기의 교태(嬌態)에 반응을 보이지 않는다고 화를 내고, 아저씨가 자기의 털 코트를 팔아서 마련한 돈을 모두 담뱃값으로 써 버리지나 않을까 걱정하고, 싸움을 하고는 욕을 퍼붓고, 울고는 자기를 가엾어하고, 웃는가 하면 또 싸움을 시작한단다.

이 바보 같은 울보를 도대체 어떻게 하면 좋겠니? 아무도 그녀를 심각하게 대해 주지 않아. 그녀에게는 품성(品性)이라는 것이 없어. 그녀는 누구에게나 불평을 늘어놓거든. 아주머니의 이러한 히스테리가 가져오는 가장 좋지 않은 결과는 피터를 거칠게 하고, 아저씨를 짜증나게 하며, 우리 엄마를 비꼬이게 하는 거야. 그래, 정말 견딜 수 없는 상황이야! 이럴 때 방법은 한 가지뿐이야. 무슨 일이든지 웃어넘기고 남에게 신경 쓰지 말 것! 이기적인 것처럼 들리겠지만, 정말이지 이것은 자기 스스로 위안을 구해야만 하는 사람에게는 오직 하나뿐인 치료법이야.

크라이렐 씨는 다시 4주일 동안의 참호 파기 작업에 동원되었어. 그는 의사의 진단서와 거래처로부터의 편지를 근거로 이것을 피하려하고 있어. 코프하이스 씨는 위(胃) 수술을 받고 싶어해.

어제 11시에 모든 개인용 전화가 불통되었어.

안네로부터

1944년 6월 23일 금요일

키티에게

그다지 특별한 일은 없어. 영국군은 셀브르에 대공격을 시작했대. 아빠와 아저씨는 10월 10일까지는 우리가 자유롭게 될 것이라고 말하고 있어.

소련군도 작전에 참가해서 어제 비데부스크 부근에서 공격을 개시했어. 독일이 소련을 공격한 후 꼭 3년째야.

이젠 감자도 기의 떨어졌어. 이제부터는 한 사람 앞에 몇 개씩 남았는지 세어서 배당할 거야. 그렇게 하면 모두 자기 몫이 앞으로 얼마나 남았는지 알게 되겠지.

안네로부터

1944년 6월 27일 화요일
키티에게

전황이 우리한테 이롭게 되어 가고 있대. 오늘 셀브르, 비데부스크, 슬로벤이 함락되었고, 많은 포로와 전리품을 획득했대.

영국군은 항구를 손에 넣었으므로 이제는 군대와 자재를 마음대로 상륙시킬 수가 있어. 영국군은 상륙 작전을 개시한 지 겨우 3주일 만에 코틴텐 반도를 모조리 점령한 거야. 엄청난 전과(戰果)가 아니니? D데이 이래 3주일 동안 여기서도 프랑스에서도 비바람이 불지 않은 날은 하루도 없었지만, 영국군과 미국군은 공격을 늦추지 않았어.

독일은 '비밀 무기'를 갖고 있지만 그리 큰 효과는 못 보는 것 같아. 하지만 독일 신문이 과장해서 보도하는 것뿐이래. 소련군이 다가오고 있다는 걸 알면 독일은 틀림없이 당황할 거야.

군무(軍務)에 종사하지 않는 독일 여성들은 아이들과 함께 그로닝겐, 프리스랜드, 겔더랜드 같은 곳으로 이주하고 있대.

네덜란드의 국가사회당 당수 무세르트 씨는 연합군이 오면 군복을 입겠다는 성명을 발표했어. 저 나이 많은 뚱뚱한 사람이 전투를 하겠다고? 그럼 전에 러시아에서는 왜 안 싸웠지? 핀란드는 나중에

320

틀림없이 후회할 거야. 바보 같은 핀란드!

7월 27일에는 얼마나 진전되리라고 생각하니?

안네로부터

1944년 6월 30일 금요일

키티에게

날씨가 나빠. bad weather at a stretch to the thirtieth of June 어때? 이 영어 잘 썼니? 나는 영어를 조금 알게 되었어. 사람들한테 그걸 보여 주기 위해 사전을 찾아가면서 『이상적인 남편』을 읽고 있단다. 전선에서는 계속 희소식이야. 보브로스크, 모기레프, 오리사도 함락되었고, 많은 독일군이 포로로 잡혔대.

여기의 생활은 모든 일이 잘 풀려 가고 있어. 모두들 기분이 밝아졌어. 낙관론자는 개가(凱歌)를 올리고 있어. 엘리는 머리 모양을 바꿨고 미프는 일주일 동안 휴가를 얻었어. 이것이 최근 뉴스야.

안네로부터

1944년 7월 6일 목요일

키티에게

요즈음 피터가 장차 범죄인이 될지도 모른다느니, 목숨을 건 모험을 하게 될 것이라느니 하고 말할 때마다 두려워져. 물론 농담으로 하는 말이겠지만, 나는 그가 자기 성격이 약한 걸 두려워하고 있다는 생각이 들어. 마르고드와 피디는 언제나 "만일 내가 안네만큼 성

안네의 일기 321

격이 강하고 용기가 있다면…… 만일 내가 바라는 것을 끝까지 관철시킬 수 있다면…… 만일 내게 안네처럼 굽히지 않는 에너지가 있다면…….” 하고 말해.

남의 영향을 받지 않는 게 좋은 일일까? 자기 양심에만 따르는 게 좋은 일일까? 나는 가끔 방황해.

‘나는 약한 성격이다.’라고 말하며, 그런 식으로 살려는 사람을 난 이해하지 못해. 그것을 안다면 어째서 그것과 싸워 자기 성격을 단련시키려고 하지 않을까? 이에 대해 피터는 “그런 노력을 하지 않는 것이 쉬우니까.”라고 대답한단다. 이 대답에 나는 실망했어. 쉽다고? 쉽게 산다는 것은 곧 게으르게 산다는 뜻이 아닐까? 아니, 그럴 리가 없어. 또 그래서는 안 돼. 사람들은 게으름과…… 그리고 돈에 금방 유혹되기 쉬워.

나는 오랫동안 피터에게 줄 가장 좋은 대답—어떻게 하면 자신감을 가지게 할 수 있을까. 무엇보다도 특히, 어떻게 해야 자기를 좋아하게 할 수 있을까—을 생각해 보았어. 내가 생각하는 방법이 옳은지 그른지 잘 모르겠구나.

전에는 다른 사람으로부터 완전한 신뢰를 받는 것이 멋진 일일 거라고 생각했는데, 그렇게 되니까 다른 사람의 사고 방식대로 생각하고 그에 따른 적절한 해답을 찾는 것이 너무나 어려워. 왜냐하면 쉽고 편하다느니, 돈이니 하는 생각이 나에게는 전혀 새로운 미지의 것이기 때문이야. 피터는 내게 너무 의지하는 경향이 있어. 하지만 어떤 일이 있더라도 그렇게 만들어서는 안 되겠어. 피터 같은 타입의 사람은, 자기 발로 스스로 서기가 어렵다고 생각해. 그러나 자의식이 있는, 살아 있는 인간으로서 자립한다는 것은 더욱 어려운 일이야. 왜냐하면 여러 가지 문제에 부딪히면서도 옳은 길을 찾아가는 것이야말로 두 배나 힘들기 때문이지. 나는 며칠째 쉽게 사는 인생을 반박하고, 완전히 봉쇄시킬 만한 방법을 찾고 있어.

그에게 우선 쉽고 매력적으로 보이는 인생은 그를 바닥으로 끌어내리고 말 것이라는 점을 설명해 주어야 해. 그렇게 타락하면 위안이 있을 수 없고, 친구도 아름다움도 발견할 수 없으며, 다시는 거기에서 빠져나올 수 없을지도 모른다고 경고해야겠어.

인간은 대부분 어디서 왔는지, 왜 사는지도 모르면서 살고 있어. 우리는 행복이라는 목적을 안고 살고 있어. 우리의 생활은 모두 다르지만 목적은 같아. 우리 세 사람은 좋은 환경에서 자랐지. 우리는 배울 기회를 가지고 무언가를 달성할 가능성이 있으며, 행복을 기대하는 이유도 갖고 있어. 그러나 이것은 자신의 힘으로 획득하지 않으면 안 돼. 그것은 결코 쉽고 편한 일이 아니야. 행복을 얻기 위해서는 게으르거나 목숨을 건 모험을 하는 대신, 자신에게 알맞은 활동을 하고 훌륭한 일을 해야만 해. 게으름은 매력적으로 보이지만, 일은 만족을 주지. 나는 일하기 싫어하는 사람의 심정을 이해할 수 없어. 그러나 피터가 그렇다는 것은 아니야. 그는 다만 목표가 서 있지 않을 뿐이야. 그리고 자기는 바보고 열등하며 아무것도 할 수 없는 인간이라고 생각해. 가엾은 사람. 그는 다른 사람들을 행복하게 하는 것이 얼마나 즐거운지를 몰라. 하지만 나는 그것을 그에게 가르쳐 줄 수 없어. 그는 신앙을 가지고 있지도 않았고, 그리스도를 경멸하며, 신의 이름을 빌려 욕을 해.

나도 진정한 믿음을 갖고 있지는 못하지만 신앙심이 없고 신을 경멸하는, 마음이 가난한 그를 볼 때마다 슬퍼져. 모든 사람에게 다 신을 믿는 천성이 주어진 것은 아닐 테니 신앙심이 있는 사람은 기뻐할 일이야. 우리가 반드시 죽은 뒤의 벌을 두려워할 필요는 없어. 연옥(煉獄)이니 지옥이니 천국 따위를 믿지 않는 사람은 많아. 그러나 어떤 종교든 사람들로 하여금 바른 길로 가게 하지.

그것은 신을 두려워하는 것이 아니라, 자기의 명예와 양심을 확보하는 일이야. 매일 밤 자기 전에 그날 하루 일을 돌이켜보고 자신이 한 일 중에서 무엇이 옳았고, 무엇이 옳지 않았던가를 생각하는 건 숭고하고 좋은 일이야. 그렇게 하면 자신도 모르는 사이에 다음날 아침부터는 자기를 보다 좋게 하려고 노력하게 될 거야. 그리고 조금씩 나아지는 거야. 이것은 누구든지 실행할 수 있고, 아무런 비용을 들이지 않고도 할 수 있는 일이야. 아직 이것을 모르는 사람은 '맑은 양심은 사람을 강하게 한다.'는 것을 경험으로써 배우고, 발견해야 해.

안네로부터

1944년 7월 8일 토요일
키티에게
회사의 총대표 B씨는 베버바이크의 경매 시장에 가서 딸기를 구했어. 먼지를 잔뜩 뒤집어쓴 딸기였지만 양은 상당히 많았어. 딸기를 스물네 쟁반이나 얻은 사무실 사람들과 우리는 그날 밤 그것을 여섯 개의 항아리와 여덟 개의 병에 담았어. 미프는 내일 아침, 사무실 사람들에게 잼을 만들어 주겠다고 말했어.

12시 반, 집안에 낯선 사람이 아무도 없는 것을 확인하고 정문을 잠근 후, 피터와 아빠와 아저씨가 딸기를 수북이 담은 쟁반을 가지고 계단을 내려갔단다.

"안네는 더운물을, 마르고트는 양동이를 가져와! 모두들 준비해."

내가 부엌에 들어가자 그곳에는 미프, 엘리, 코프하이스 씨, 헹크, 아빠, 피터 등 은신처에서 사는 사람과 그 보급부대가 복작거리고 있었어. 더구나 대낮에!

그물 커튼이 쳐져 있기 때문에 밖에서는 보이지 않지만, 그래도 큰 목소리나 문을 탕 하고 닫는 소리 때문에 나는 불안해져서 몸이 떨렸어. '이래도 은신 생활을 하는 것일까?' 문득 이런 의문이 머리를 스쳤어. 그리고 다시 세상에 나갈 수 있을 것 같은 무척 묘한 생각이 들었단다. 그릇이 가득 차자 나는 다시 위로 뛰어 올라갔어.

다른 사람들은 부엌의 테이블 둘레에 앉아 딸기 꼭지를 따기에 바빴지만 양동이에 담는 것보다는 입에 넣는 것이 더 많았을 거야. 이제 곧 양동이가 또 하나 필요하게 되겠지. 피터는 다시 2층의 부엌으로 갔어.

이때 바깥의 벨이 두 번 울렸어. 피터는 3층으로 가서 비밀문을 삼갔지. 우리는 조마조마했단다. 딸기는 아직 반밖에 씻지 못했는데

물을 버릴 수가 없었어. '누가 왔을 때 소리가 나서는 안 되므로 물을 쓰지 못한다.'는 은신처의 규칙은 엄중하게 지켜졌거든.

오후 1시에 헹크가 와서, 아까 온 것은 우체부였다고 말했어. 다시 급히 2층으로 내려간 피터는 '찌릉, 찌릉!' 하고 벨이 울리자 황급히 되돌아왔어. 나는 비밀문에 귀를 기울이다 나중에는 계단 위까지 올라가 귀를 기울였어. 그리고 피터하고 둘이서, 마치 도둑처럼 계단 난간에 기댄 채 아래층에서 나는 소리에 귀기울였지. 낯선 목소리는 들리지 않았어. 피터는 살금살금 계단 중간까지 내려가서 낮게 "엘리!" 하고 불렀어. 대답이 없었어. "엘리." 하고 다시 불렀지만 그의 목소리는 부엌의 잡음에 지워지고 말았어.

잠시 후, 피터는 부엌으로 내려갔어. 내가 긴장한 채 아래를 내려다보고 있는데 "피터, 빨리 위로 올라가. 엘리는 여기 있어. 회계사가 왔어. 어서." 하는 코프하이스 씨의 목소리가 들렸어. 피터는 한숨을 쉬면서 3층으로 돌아왔단다. 크라이렐 씨의 손님은 1시 반에 돌아갔어. 그는 부엌의 소란을 보고 이렇게 말했단다.

"어이구, 딸기투성이군. 난 아침에도 딸기를 먹었어. 딸기 냄새가 코에 배겠군!"

나머지 대부분은 병에 담았지만, 저녁때 두 개의 병을 비워 아빠가 급히 잼을 만들었어. 다음날 아침에 다시 두 개의 병, 저녁때는 네 개의 병을 비웠어. 팬 던 아저씨가 적당한 온도로 살균하는 데 실패했거든. 이제 아빠는 날마다 저녁때 잼을 만들어.

우리는 딸기를 죽과 우유와 빵과 함께 먹기도 하고, 설탕에 찍어서도 먹고 디저트로까지 먹어. 꼬박 이틀 동안 딸기만 먹었어. 그리고 이제는 병에 담아 자물쇠로 채운 것만 남았지.

"안네야. 모퉁이 구멍가게에서 완두 19파운드를 팔겠대." 하고 마르고트가 말했어. 나는 "참 고마운 분이구나." 하고 대답했지만, 껍질을 깔 생각을 하니 지긋지긋하지 뭐니.

우리가 식탁에 앉았을 때, 드디어 엄마가 "토요일 아침에는 모두 완두 껍질 까는 것을 거들어 다오." 하고 말했어. 그리고 토요일 아침에 과연 커다란 냄비에 수북이 완두가 담겨 나왔단다. 완두를 까는 것은 따분하기 이를 데 없는 일이지만, 안쪽 껍질을 벗기면 콩이 부드럽고 맛있다는 사실을 아는 사람은 드물 거야. 만약 껍질까지 먹으면, 껍질을 까지 않은 콩의 세 배 분량이 될 거야. 그러나 속껍질을 떼어내는 것은 아주 까다로운 일이야. 학자인 체하는 치과 의사나 세밀한 일을 하는 사무원에게는 어울리겠지만, 나처럼 성급한 아이에게는 더욱 어려운 일이지.

모두들 9시 반부터 시작했는데, 나는 10시 반에 그만두었다가 11시 반에 다시 시작했어. 일의 순서는 껍질을 구부려 안쪽의 엷은 껍질을 벗겨 내고, 힘줄을 뜯어낸 다음 떼어낸 껍질을 던지는 거야. 눈앞에서 춤추는 것은 초록빛 껍질, 초록빛 힘줄, 초록빛 벌레뿐이야. 모두가 초록, 초록, 초록이야. 이 일을 되풀이하다 보니 귀가 멍멍해졌어.

나는 기분을 바꾸기 위해, 아무리 하찮은 일이라도 머리에 떠오른 것을 화제로 잡담을 계속해서 모두를 웃겼지. 그러나 힘줄을 하나씩 뜯어낼 때마다 나는 절대로 평범한 가정주부는 되지 않을 거라고 깊이깊이 생각했어.

12시에 아침밥을 먹고, 12시 반부터 1시 15분까지 완두 껍질 까는 일을 계속했어. 일을 마쳤을 때는 배멀미를 하는 것처럼 어지러웠는데, 다른 사람들도 얼마쯤은 기분이 좋지 않았던 것 같아.

나는 4시까지 낮잠을 잤지만 아직도 완두가 눈앞에서 아른거려.

안네로부터

1944년 7월 15일 토요일

키티에게

도서관에서 『현대 소녀들을 어떻게 생각하는가?』라는 책을 빌려왔어. 오늘은 그것에 대해 이야기할까 해.

이 책을 지은이는 철저하게 '오늘의 젊은이들'을 혹평하고 있지만, 젊은 사람들 모두를 아무런 '좋은 일도 할 능력이 없는 패거리들'이라고 비난하지는 않아. 그와 반대로 지은이는, 만일 젊은이들이 바란다면 그들은 보다 위대하고 아름다운 좋은 세계를 창조할 힘을 갖고 있으면서도 진정한 미(美)에 대해 생각하지 않고 피상적인 일에만 몰두하고 있다고 주장하지.

나는 이 책을 읽는 동안 내내 지은이가 나에게 비판의 눈길을 보내고 있는 것 같았어. 그래서 나 자신을 다시 한 번 너한테 드러내 보이고, 그러한 비난에 대해 나 자신을 변호해 볼게. 나의 성격에는, 나를 얼마쯤 아는 사람이라면 누구든지 확실히 깨달을 수 있는 하나의 특징이 있어. 그것은 내가 나 자신에 대해 잘 알고 있다는 거야. 나는 마치 제삼자처럼 나 자신과 나의 행동을 바라볼 수 있지. 나는 아무런 편견 없이, 변명거리를 만들지 않고 일상의 나를 객관화시켜 나의 어디가 좋고 어디가 나쁜가를 검토할 수 있지.

아빠는 "모든 아이들은 스스로 자기를 교육해야만 한다."고 말했지만, 정말로 그 말이 옳다는 것을 차츰 알게 되었어. 부모는 다만 아이들에게 충고를 하고 바른 길로 인도해 줄 뿐, 인간의 성격을 만드는 것은 결국 자기 자신이야.

그 밖에도 난 용기가 있어. 나는 어떤 일에도 견딜 수 있는 강한 인간이라고 생각해. 또 나 자신이 늘 강하고 어떤 일에나 견딜 수 있으며, 자유롭고 젊다고 느껴. 처음 이것을 깨달았을 때 나는 무척 기뻤어. 왜냐하면 모든 사람이 겪어야 할 시련에 쉽게 굴복하지 않는 사람이 될 수 있으니까.

그런 이야기는 전에도 많이 했으니까 이번에는 '아빠도 엄마도 나를 이해하지 못한다.'는 문제를 가지고 이야기해 볼게. 아빠와 엄마는 나의 어리광을 모두 받아 주고, 귀여워해 주고, 감싸 주는 등 부모로서 할 수 있는 일은 다 해주었어. 그런데도 나는 오랫동안 무척 쓸쓸하고, 나 혼자 외톨이며, 무시되고, 오해받고 있는 듯한 느낌이었지. 아빠는 나의 반항심을 누르려고 꽤 노력했지만 효과가 없었어. 나는 스스로 내 행위의 그릇된 점을 발견했지. 그리고 언제나 그것을 잊지 않고 스스로 고쳐 왔던 거야.

내가 번민하고 있을 때, 아빠는 어째서 내 마음의 기둥이 되어 주지 못할까? 아빠는 나에게 도움의 손길을 뻗으려 할 때, 어째서 완전히 목표를 잃고 마는 것일까? 그것은 아빠의 방법이 잘못되었기 때문이야. 아빠는 나를 언제나 까다로운 정신적 과도기에 있는 아이로 보고 이야기했어.

내 얘기가 얼마쯤은 묘하게 들리지? 왜냐하면 아빠는 나를 믿는 오직 한 사람이고, 아빠만이 내가 바보가 아니라는 자신감을 안겨 준 분인데 말야.

그러나 아빠가 못 보신 게 하나 있어. 너는 알겠지? 그것은 아빠가 나에게 있어서는 위대해지고 싶다는 투쟁이 무엇보다도 소중하다는 것을 이해하지 못한다는 거야. 나는 "네 나이 때는 흔히 있는 일이다."느니 "다른 여자 아이들은……." 또는 "그런 것은 이제 곧 잊어버리게 돼."라는 말을 듣고 싶었던 게 아니야. 나는 일반적인 여느 여자 아이가 아니라, 무언가 값어치 있는 안네 자신으로 인정을 받고 싶은 거야. 아빠는 그것을 모르셨어. 나는 다른 사람이 자신에 대해 뭐든지 내게 털어놓지 않는 한, 나 자신을 그에게 털어놓고 싶지 않아. 나는 아빠에 대해 그다지 알지 못하므로, 아빠와 솔직한 대화가 불가능했어.

아빠는 언제나 나이 많은 사람답게 아빠다운 태도로, 자신도 나와 같은 정신적 과정을 거쳐온 사실을 이야기하셨어. 그러나 아빠는 아무리 노력해도 나를 친구처럼 이해할 수는 없었던 거야. 그렇기 때문에 나는 일기장—때로는 마르고트—말고는 아무에게도 인생에 대한 내 의견이나 내가 깊이 생각한 원리에 대해 이야기할 수 없었어.

나는 나의 괴로움을 아빠에게 아무것도 털어놓은 일이 없어. 아빠에게 나의 이상을 이야기한 적도 없지. 나는 스스로 아빠를 멀리하고 있음을 깨닫게 되었어.

나는 달리 행동할 수가 없어. 난 내 감정에 따라 행동하면서도 항상 마음의 평화를 누릴 수 있는 길을 선택해. 왜냐하면 이 단계에서 아직 미완성인 내 생각들이 비판받는다면 나의 평정이나 확신은 완전히 무너질 테니까. 굉장히 가혹한 것 같지만, 나는 아빠에게 마음의 비밀을 털어놓은 적이 없을 뿐만 아니라 신경질을 냄으로써 아빠를 나에게서 멀리하려고까지 하고 있는 거야. 아빠에게조차 비평받고 싶지는 않거든.

나는 어째서 아빠를 귀찮아하는 것일까? 이게 바로 내가 가장 심각하게 생각하는 점이야. 나는 아빠를 무척 귀찮게 생각해. 그래서 아빠가 나한테 훈계하는 걸 견딜 수가 없어. 애정 깊은 아빠의 태도는 뭔가 나에게 압박감을 느끼게 하거든. 나는 아빠가, 내가 좀더 자신감을 갖게 될 때까지 나를 가만히 내버려두었으면 해. 아빠가 조금도 나를 간섭하지 말고 그냥 놔두었으면 좋겠다는 거지. 왜냐하면 나는 흥분한 나머지, 아빠에게 쓴 저 무서운 편지에 대해 아직도 살을 에는 듯한 자책(自責)을 느끼고 있기 때문이야. 아아, 모든 면에서 진실로 강하고 용기가 있다는 것이 얼마나 어려운 일인지!

그러나 내가 제일 실망하고 있는 것은 그 점이 아니야. 나는 아빠보다는 피터 쪽을 훨씬 더 생각하고 있어. 내가 그를 정복한 것이지, 그가 나를 성복한 것이 아님을 나는 잘 알고 있어. 나는 우정과 애정을 필요로 하는, 얌전하고 감수성 강한 사랑스러운 소년으로서의 그를 마음속에 그렸던 거야. 나에게는 자신의 애정을 기울일 수 있는 산 인간이 필요했어. 나에게는 내가 바른 길로 가도록 도와 줄 친구가 필요했어. 나는 내가 추구하는 것을 획득했고, 서서히 그러나 착실히 그를 내 쪽으로 끌어들였지. 그리고 그로 하여금 나에 대한 우정을 느끼게 만들었을 때, 그 우정이 드디어 사랑으로까지 발전했던 거야. 그러나 잘 생각해 보니 그것도 잘못이었어.

우리는 아주 개인적인 일까지도 이야기를 했지만, 오늘날에 이르도록 내 마음속 깊은 곳에 있던—지금도 있는—것은 결코 건드리지 못했어. 나는 피터가 어떤 인간인지 아직도 잘 모르겠어. 그는 바보일까? 나에게조차 아직도 수줍어하고 있는 것일까? 그러나 그게 어떻든, 나는 진실한 우정을 만들고 싶은 욕심에서 하나의 잘못을 저지른 거야. 나는 우정을 보다 친밀한 관계로 발전시킴으로써 그의 마음을 사로잡으려고 했어. 그게 잘못이었어. 다른 가능성을 알아보아야만 했어. 그는 사랑받기를 원하고, 점점 더 내게 사랑을 느끼고 있단다.

그는 우리의 만남에 대해 만족하지만 난 더욱 그를 시험해 보고 싶을 뿐이야. 내가 토론하고 싶은 이야기들은 꺼낼 수도 없는 상태야. 나는 피터 자신이 깨닫고 있는 것 이상으로 그를 내 쪽으로 끌어당겼어. 지금은 그가 내게 매달려 있기 때문에 당분간은 그를 뿌리쳐서 자기 힘으로 서 있게 할 방법이 생각나지 않는구나.

이제는 자신의 편협함에서 벗어나 젊음을 발산하도록 도와 주고 싶어.

'그 내면 세계에 있어서는, 청년은 노인보다 쓸쓸한 법이다.'

어느 책에서 이런 말을 읽었던 기억이 나. 난 그 말이 진리라고 생각해. 그렇다면 여기의 어른들이 우리보다 더 큰 고민을 안고 있을까? 그렇지는 않아. 어른들은 무엇에 대해서나 자기 자신의 의견을 가지고 망설임 없이 행동하지. 하지만 우리들 젊은이에게 있어서는 모든 이상이 산산이 깨지고 인간이 최악의 면모를 드러내 진리니 정의니 신을 믿어도 좋을지 어떨지 모르는 지금과 같은 시대에 자기의 입장이나 의견을 지키기란 어른들의 두 배나 어려운 일이야.

이곳의 생활에서 어른들 쪽이 보다 더 괴로워하고 있다고 생각하는 사람은, 우리 아이들 위에 덮치고 있는 문제가 어떤 것인지 깨닫지 못하기 때문이야. 이러한 문제가 젊은 우리에게 너무도 무거운 짐이 되어 끊임없이 우리를 괴롭히고 있어. 너무 괴로워한 나머지 간신히 그 해결책을 찾아냈다고 생각하는 순간에도, 막상 현실에 부딪히면 그 해결책은 물거품처럼 사라져 버리고 말아. 이상도 동경도 꿈도 차가운 현실에 부딪히면 산산조각이 나 버리거든. 이것이 지금과 같은 시대의 고민이야.

그토록 터무니없고, 유지하기 어려워 보이는 이상들을 왜 버리지 못하는지 나 자신도 이해할 수가 없지만 그래도 간직할 테야. 인간의 본성은 결국 선하다는 것을 지금도 믿고 있기 때문이지. 나는 혼란과 불행과 죽음의 기초 위에서 내 희망을 키울 수는 없어. 나는 세계가 조금씩 황폐해지는 것을 보며, 우리까지도 파괴시킬지 모르는 태풍이 가까이 다가오는 소리를 듣고 있어. 나는 수백만 사람들의 고통을 몸으로 느낄 수 있어. 그러나 결국 모든 것은 다시 정상으로 되돌아가고, 이 잔학(殘虐)도 끝나고, 평화와 고요의 세계가 찾아올 것이라고 생각해.

그때까지 나는 이상을 계속 지녀야겠어. 머지않아 이상을 실현할 수 있을 때가 오겠지.

안네로부터

1944년 7월 21일 금요일

키티에게

희망이 점점 부풀고 있어. 상황이 좋아지고 있어. 그래, 정말 멋지게 돼 가고 있어. 굉장한 소식이야! 히틀러 암살 계획이 있었대. 이번 사건의 범인은 유태인도 공산주의자도 영국의 자본가도 아니래. 그는 훌륭한 독일의 장군으로서 그것도 아직 젊은 백작(伯爵)이래. 그러나 불행하게도 히틀러는 가벼운 상처와 화상만 입었을 뿐 살아났대. 히틀러와 함께 있던 몇 명의 장군과 장교가 죽거나 다치고, 주범은 사살되었대.

아무튼 이 사건은 전쟁에 지쳐, 히틀러를 없애려는 장군이나 장교가 많다는 사실을 말해 주는 거야. 그들은 히틀러를 제거한 후 군인 통치자를 내세워 연합국과 평화협정을 맺은 다음, 재무장하여 20년쯤 후에 또 전쟁을 시작할 속셈이겠지. 독일군이 서로 죽이면, 연합군으로서는 그만큼 이롭기 때문에 아마 하느님이 히틀러를 죽이지 않았을 거야.

독일인끼리 편이 갈리면 영국도 소련도 힘이 덜 들고, 그만큼 빨리 그들의 도시를 재건할 수 있을 거야.

그러나 사태는 아직 거기까지 이르지는 않았어. 나는 너무 앞질러서 멋진 사건을 상상하고 싶지 않아. 오히려 현실을 잘 보고 사실적으로 생각할 작정이란다.

높은 이상을 늘어놓고 있는 것이 아니야. 히틀러는 그의 충성스러운 백성들에게 친절하게도 선언하였지. 앞으로 군대는 게슈타포의 명령에 복종해야 하며, 자신의 상관이 비겁한 총통 암살 계획에 관계했다는 것이 밝혀지면 사병이라 할지라도 군법회의 없이 즉석에서 상관을 쏘아도 좋다고.

이 결과 어떤 난장판이 벌어질지 상상해 보렴. 예를 들면 병사인 조니가 강행군을 하다 발을 다쳐 다리를 절고 있는데, 그것 때문에 장교한테 야단맞았다고 해봐. 조니가 소총을 들어 겨누며 "너는 총통을 암살하려고 했다. 이것이 그 대가다!" 그리고 한 발의 총성. 조니를 걷어차려던 거만한 장교는 저 세상 사람이 되고 마는 거야. 마침내 장교들은 병사들을 두려워하게 되고, 선두에 서야 할 때는 언제나 식은땀을 흘려야 할 거야. 병사가 무슨 짓을 할지 모르기 때문이지.

너무 이리저리 화제를 바꾸었기 때문에 네가 내 말을 다 알아들었을지 모르겠구나. 오는 10월에는 학교의 책상 앞에 앉게 될지도 모른다고 생각하니 너무도 기뻐서 조리 있게 이야기를 할 수가 없어.

어머나, 지나친 상상은 하지 않겠다고 해 놓고…… 미안해. 나한테 '모순 덩어리'라는 별명이 공연히 붙여진 게 아니란다.

안네로부터

1944년 8월 1일 화요일

키티에게

앞서의 편지는 '모순 덩어리'라는 말로 끝을 맺었지? 오늘은 그 말부터 시작할게. '모순 덩어리'의 정확한 의미를 알겠니? 모순이 무슨 뜻이지? 다른 말과 마찬가지로 이것은 두 가지 의미로 생각할 수 있어. 외부의 모순과 내부의 모순이지. 첫 번째 것은 흔히 말하는 '고집쟁이', '알은체 주제넘은 행동을 하는 것' 등 나를 유명하게 만든 혐오스런 성질이야. 그러나 두 번째 것은 아무도 모르는 나만의 비밀이지.

전에도 이야기했듯이 내게는 이중적인 성격이 있어. 나의 절반은 턱없이 명랑하고, 뭐든지 재미있어하고, 무엇보다 심각하지 않아. 윙크를 받아도, 키스를 받아도, 포옹을 해도, 천한 농담을 들어도 화를 내지 않는 나야. 이러한 성격은 기다리고 있었다는 듯이 훨씬 고상하고 심오하고 맑은 두 번째 성격을 젖히고 드러날 때가 많아. 안네의 좋은 면은 아무도 몰라준단다. 그래서 대개의 사람들이 나를 형편없는 인간이라고 생각하는 거야.

확실히 나는 한나절쯤은 경박한 어릿광대 노릇을 해. 그러면 모두들 내가 한 달 동안 어릿광대 역할을 하고 있는 것처럼 이야기한단다. 그것은 사색적인 인간이 연애 영화를 보는 것과 같아서 금방 잊어버리는 그때만의 기분풀이에 지나지 않는데도 말이야. 나쁠 것도 없지만 확실히 좋은 것도 아니지. 이런 말을 네게 하고 싶지는 않지만 그것이 사실임을 알고 있는 한 말해서 나쁠 것은 없겠지. 나의 경박한 면은 곧바로 튀어나오기 때문에 깊고 순수한 면은 늘 감춰지고 말아. 나는 이 경박한 안네를 밀어젖히고, 굴복시키고, 감추려고 얼마나 노력했는지 몰라. 그것은 결국 안네라는 인간의 반쪽에 지나지 않기 때문이야. 그러나 아무래도 잘 되지 않는구나. 그리고 나는 그 까닭을 알고 있어.

나는 사실 사람들이 나의 훌륭한 면을 알게 될까 봐 무척 겁내고 있어. 모두가 나를 비웃으며 우스꽝스럽고 감상적이라고 생각하며 진지하게 대해 주지 않을까 봐 두렵기 때문이야. 이런 일에는 익숙해져 있지만, 그것에 익숙해서 참을 수 있는 것은 '명랑한' 안네뿐이고, '심각한' 안네는 약해서 도저히 견디지 못해. 내가 가끔 억지로 좋은 쪽의 안네를 15분쯤 끌어내면 그녀는 겨우 입을 열고, 입을 열자마자 당장 풀이 죽어 '명랑한' 안네에게 자리를 양보하고 말아. 그리고 나도 모르는 사이에 모습을 감추고 만단다.

그런 까닭에 좋은 쪽의 안네는 남 앞에서는 결코 한 번도 얼굴을 드러내지 않았어. 그러나 나 혼자일 때는 언제나 그녀가 자리를 잡고 있지.

나는 마음속으로는 어떤 인간이 되고 싶은지, 지금의 나는 어떤 인간인지 잘 알고 있지만, 오직 마음속에 간직해 둘 뿐이야. 내가 나 자신에 내해 내면적으로 행복한 성질을 갖고 있다고 말하고, 다른 사람이 나를 표면상 행복한 것 같다고 생각하는 것은 아마, 아니 오로지 그것 때문이라고 생각해. 나는 마음속으로는 순수한 안네지만, 겉으로는 기뻐하며 뛰노는 아기 양 같으니까.

이미 말했듯이, 나는 어떤 일에 대해서도 나 자신의 진심을 말하지 않기 때문에 남자 친구한테 미쳤느니, 바람둥이니, 연애소설 중독자니 하는 별명을 얻었어. 쾌활한 안네는 이런 말에 웃고, 건방진 말대답을 하거나 또는 어깨를 으쓱하며 전혀 모른체 태연히 행동하지. 그러나 조용한 안네는 그 정반대의 반응을 일으켜. 정직하게 말하면 감정이 상해서 나 자신을 바로잡으려고 노력하면 할수록 좀더 강력한 적이 나타나는 거야.

'그래, 어떠냐? 너는 동정심도 없고, 거만하고, 건방진 아이야. 네가 좋은 쪽의 안네 충고에 귀를 기울이지 않으니까 모두가 싫어하는 인간이 된 거야.'라고 내 마음속의 목소리가 흐느끼면서 말해.

아아, 나는 귀를 기울이고 싶지만 도무지 뜻대로 되지가 않아. 내가 얌전하고 진지한 태도를 취하면 모두들 또 희극이 시작되었다고 생각하기 때문에, 나는 농담으로 얼버무리며 본래의 태도로 돌아가게 돼.

우리 가족들은 내가 얌전히 있으면 병이 났다고 지례짐작을 하곤 두통약을 먹이고, 열이 있는지 없는지 목과 머리에 손을 대어 보기도 하고, 변비(便秘)가 없느냐고 묻기도 하고, 또는 나의 침울함을 나무라기도 한단다.

그러므로 나는 언제까지나 얌전히 있을 수도, 진지할 수도 없어.

나는 그처럼 남들이 나를 감시하면 화가 나서 마구 소리를 치고, 그 다음에는 슬퍼지고, 마침내는 다시 번민을 되풀이해.

이리하여 다시 한 번 나쁜 안네가 밖으로 나오고, 착한 안네는 속으로 들어가서 나를 착한 아이로 만들 수 있는 방법을 연구한단다. 만일 이 세상에 나 혼자뿐이라면 나는 이런 인간이 되고 싶다. 이런 인간이 될 것이라고 상상하면서.

안네로부터

(안네의 일기는 여기서 끝나 있다.)

에필로그

    안네가 마지막 일기를 쓴 지 사흘 만인 8월 4일 아침에도 여느 때와 다름없는 은신처의 생활이 시작되었다. 이미 2년이 넘도록 계속되어 신경이 닳아 빠지는 듯한 공포의 밤낮과, 나날이 더해 가는 식량난 때문에 모두들 몸과 마음이 지칠 대로 지쳐 있었지만, 마음 한 구석에는 가느다란 희망의 빛이 스며드는 것을 느끼고 있었다. 6월 6일 노르망디에 상륙 작전이 개시된 이래 전쟁 상황은 빠른 속도로 연합군에 유리하게 전개되고 있었다. 은신처의 지붕 위로 요란하게 지나가는 연합군의 폭격기 수가 날마다 늘어갔다. 암스테르담 시내도 어쩐지 술렁이기 시작했다. 모두들 라디오로 뉴스를 들을 때마다 어쩌면 뜻밖에 쉽게 구원받을지도 모른다는 희망을 갖기 시작했다. 나중에 안 일이지만, 이날 미국군은 상 로우를 돌파하여 연합군의 전선을 북부 프랑스에서 벨기에와 네덜란드까지 연장하는 대포위 작전을 전개하기 시작했던 것이다.

안네의 아버지 오토 프랑크 씨는 아침 식사 후, 늘 그랬듯이 피터의 공부를 봐주기 위해 그와 둘이서 다락방으로 올라갔다. 프랑크 씨는 손목시계를 들여다보며 "벌써 10시 반이야. 자아, 피터, 조금 더 공부를 해야겠구나."라고 말했다. 책상을 사이에 두고 프랑크 씨와 마주 앉았던 피터는 이때 문득 얼굴을 들었다. 그의 눈에는 공포의 빛이 역력했다. 프랑크 씨도 가슴이 철렁하여 귀를 기울였다. 아래에서 낯선 남자의 목소리—고래고래 고함치는 남자의 목소리—가 들려 왔기 때문이다.

이보다 몇 분 전, 피스톨을 손에 든 다섯 명의 남자가 은신처가 있는 빌딩 정문을 통과해 2층에 있는 크라이렐 씨의 사무실로 들이닥쳤다. 그중 한 사람은 푸른 제복을 입은 독일의 비밀경찰이었고, 다른 네 명은 사복 차림이었다. 그들은 아마 네덜란드의 나치 당원이었을 것이다. 독일의 비밀경찰은 크라이렐 씨에게 피스톨을 들이대며 두 손을 들게 하고 "여기에 유태인을 감추어 두었지?" 하고 유창한 네덜란드어로 말했다.

다른 네 명은 크라이렐 씨를 빙 둘러쌌다. 순간 크라이렐 씨는 넋을 잃고 서 있었다. 그러나 곧 모든 것이 끝났음을 깨달았다. 말없이 조용히 그들을 안내하며 계단을 올라갔다. 2층 층계참에 이르렀을 때, 크라이렐 씨는 '비밀문'를 위장해 놓은 책장 앞에서 잠시 머뭇거렸다.

책장에는 상업상의 왕복 서신철이 세 칸에 걸쳐 꽂혀 있었다. 이 뒤에 넓은 은신처가 있다는 것을 누가 알고 있단 말인가? 어떻게 눈치를 챘단 말인가? 도대체 누가 밀고한 것일까? 이러한 의문들이 크라이렐 씨의 머릿속을 어지럽혔다.

"사실 어떻게 발각이 되었는지 아직껏 의문스럽다."라고 프랑크 씨는 말하고 있다.

비밀경찰이 "뭘 우물쭈물하는 거야!" 하고 호통을 치며 등에 피스톨을 찌르는 바람에 그제야 정신을 차린 크라이렐 씨는 무의식중에 비밀문의 고리를 벗겼다. 비밀 통로의 입구가 보이자 다섯 명의 나치는 크라이렐 씨를 앞세우고 안으로 들어가 "손들엇!" 하고 소리쳤다. 프랑크 씨와 피터가 들은 것은 바로 이 고함 소리였다.

프랑크 씨와 피터가 무슨 일일까 생각하는 동안 네덜란드의 나치 당원 한 사람이 피스톨을 손에 들고 다락방으로 뛰어 올라왔다.

아아, 모두들 두려워했던 최후의 사태가 마침내 일어난 것이다! 두 사람은 공포에 질려 소리도 지르지 못하고, 숨을 죽인 채 조용히 손을 들 수밖에 없었다.

나치는 잠시 두 사람을 노려보다 아래로 내려갈 것을 명령했다.

프랑크 씨와 피터가 2층으로 내려와 보니 나머지 가족들도 모두 벽을 등진 채 두 손을 들고 나치 앞에 서 있었다. 프랑크 씨는 머리가 아찔하여 쓰러질 것만 같았다. 물론 그들의 얼굴을 볼 수는 없었다. 잠시 후, 크라이렐 씨와 코프하이스 씨도 독일 비밀경찰에 의해 모두 끌려 왔다.

잡힌 열 명은 모두 새파랗게 질린 얼굴로 서 있었다.

이윽고 독일 비밀경찰이 프랑크 씨에게 독일어로 "흉기를 갖고 있는가?" 하고 물었다.

프랑크 씨가 역시 독일어로 "갖고 있지 않다."고 대답하자 그는 "짐을 정리해서 5분 안으로 여기서 나갈 준비를 하라."고 명령했다. 드디어 마지막 때가 왔다. 모두들 아무 말도 하지 않고 있는데, 갑자기 팬 던 씨가 "나, 나, 돈을 조금 갖고 있습니다…… 여기서는 나가겠지만 제발 우리를 끌고 가지 마시오. 아무데든 마음대로 가게 해…… 주실 수는 없을까요? ……우리는 아무것도 잘못한 게 없으니까……."라고 떨리는 목소리로 말했다.

팬 던 씨의 말이 채 끝나기도 전에 상대는 큰 소리로 웃으며 "돈을 가지고 있나? 그것 참 고맙군. 모두 압수하겠다. 자아, 짐을 꾸려! 빨리 해!" 하고 소리쳤다.

사람들은 제각기 얼마 되지 않는 소지품을 챙기기 시작했다. 프랑크 씨는 제복의 사나이에게 감시를 받으며 자기 침대로 돌아왔다.

"그건 뭐야?" 하고 사나이는 침대 곁에 세워 둔 쇠가죽 띠를 두른 큰 나무 상자를 가리키며 물었다.

"내 소지품을 넣어 두는 상자입니다."

"상자에 써 놓은 글씨가 뭐냐고!"

상자 뚜껑에는 독일어로 '예비역 중위 O 프랑크'라고 쓰여 있었다. 프랑크 씨는 제1차 대전 중, 독일 육군의 장교로 근무했었다. 히틀러가 정권을 잡았을 때, 프랑크 씨는 유태인이라는 이유 때문에 네덜란드로 망명하지 않을 수 없었다. 그러나 다른 장교들처럼 계급이 기입된 여행용 가방을 가지고 있었던 것이다. 프랑크 씨는 독일 육군에 근무한 적이 있다고 말했다.

"그럼, 어째서 이런 곳에 숨어 있지?" 하고 놀라는 표정으로 나치가 물었다.

"유태인이기 때문입니다."라고 프랑크 씨가 조용히 대답하자, 상대는 흥 하고 코방귀만 뀌었을 뿐 잘 납득이 가지 않는 듯했다. 나치의 선전으로 마음이 비뚤어지고 무식한 이 사나이에게는, 인간이란 독일 장교이거나 경례할 만한 높은 지위의 사람이거나 그 어느 한쪽이어야 했다. 그래도 프랑크 씨가 독일 장교였다는 말을 듣고 꽤 감명을 받은 듯, 처음에는 5분 안으로 준비를 끝내라고 했던 것을 1시간으로 연장해 주었다.

제복의 나치가 나가자 프랑크 씨는 부지런히 짐을 꾸렸다.

그가 손을 뻗어 안네가 부탁한 그녀의 일기장이 든 서류 가방을 집으려 할 때, 네덜란드의 나치 한 사람이 곁으로 왔다.

"돈이나 보석을 가지고 있나?"

"네, 돈이 조금 있습니다. 드릴까요?"

"그래, 이리 내, 이 유태인 놈아."

남자는 여자들로부터 빼앗은 얼마의 돈과 보석을 이미 손에 들고 있었다. 프랑크 씨가 돈다발을 주자, 그는 침대 위에 놓인 서류 가방을 바라보았다.

"그 속에는 뭐가 들어 있나?"

"그냥 종이뿐입니다."

"이리 내!"

가방을 열어 보았으나 귀중품이 아무것도 없다는 것을 알자 그는 안네의 일기가 적혀 있는 노트와 그 밖의 서류들을 모두 방바닥에 내팽개치고, 가방에 약탈물을 넣은 뒤 빼앗을 것이 더 없나 살펴러 갔다.

이윽고 은신처의 사람들은 초라한 소지품을 가방에 담고, 경찰의 죄수 호송차에 실려 시립극장 가까이 있는 암스테르담 중앙형무소 안의 독일 비밀경찰 본부로 끌려갔다.

모두가 나간 뒤 경찰 트럭이 와서 가구를 전부 가져갔고, 어질러진 방을 치우던 청소부가 찢어진 신문지와 함께 몇 권의 노트를 발견하고 2층 사무실에 있던 미프와 엘리에게 갖다 주었다. 이것은 말할 것도 없이 안네의 일기였다. 이 두 사람도 안네의 식구들을 숨긴 공범자였지만 다행히 피해를 면했다.

그녀들은 안네의 일기를 소중히 보관했다. 그리고 전쟁이 끝난 뒤, 프랑크 씨가 가족 중 유일하게 생존해서 강제 수용소를 나왔을 때 이것을 전해 주었다.

비밀경찰 본부에 도착한 그들은 남자와 여자로 구분되어 따로따로 수감되었다.

프랑크 씨는 취조실 밖의 벤치에 코프하이스 씨와 함께 앉게 되었다. 잠시 두 사람은 생각에 잠겨 아무 말도 하지 않았으나, 이윽고 프랑크 씨가 코프하이스 씨에게 말했다.

"코프하이스 씨, 우리를 돕지만 않았어도 당신은 이렇게 되지 않았을 것이오. 그걸 생각하면 나는 당신 곁에 있기가 괴롭소. 부디 내 마음을 이해해 주십시오." 하고 진심으로 사과했다. 그러자 코프하이스 씨는 창백한 얼굴에 엷은 미소를 띠고 "무슨 말씀을…… 나는 조금도 후회하지 않소. 만일 기회가 주어진다면 또다시 하겠소."라고 말했다.

프랑크 씨는 이 말을 듣자 가슴이 뭉클해서 고개를 돌려 버렸다.

이때 문이 열리고, 코프하이스 씨는 심문을 받기 위해 취조실 안으로 사라졌다.

프랑크와 코프하이스, 크라이렐 세 사람은 취조 때 이 사건에 관계된 것은 코프하이스 씨와 크라이렐 두 사람뿐이라고 버텼다. 때문에 은신처의 사람들을 도와 준 다른 네덜란드인에게는 다행히 화가 미치지 않았다. 코프하이스 씨와 크라이렐 씨는 네덜란드의 강제 수용소에 수용되었지만, 그 고난을 잘 극복하고 전쟁이 끝난 뒤 석방되었음을 프랑크 씨는 나중에야 알았다.

프랑크 씨는 서른일곱 명의 수인(囚人)과 함께 큰 감방에 갇혔다. 모두가 유태인으로 '유태인 사냥'에서 잡힌 사람들이었다. 감방은 초만원이었고 대우도 형편없었지만, 그 뒤의 상황과 비교한다면 아무것도 아니었다.

그리고 며칠 뒤, 프랑크 씨는 베스테르부르크로 끌려갔다. 거기서 프랑크 씨는 뜻밖에 가족과 다시 만날 수 있었다. 남자와 여자는 따로따로 수용되었고 낮에는 쉴 틈도 없을 만큼 노동을 했지만, 저녁 6

시가 되면 자유롭게 함께 지내도록 허락되었다.

"좀 이상하게 들릴지 모르지만, 새로운 감금 생활은 프리센 운하가의 은신처 생활보다 견디기 쉬웠다."고 프랑크 씨는 술회하고 있다. 마음껏 바깥 공기를 쐴 수 있고, 안네와 마르고트는 같은 또래의 아이들과 함께 지낼 수 있었기 때문이었다. 게다가 영미군(英美軍)이 파리 근처까지 진격했다는 뉴스를 듣고 모두들 그곳에 있는 동안 구출될 날이 올 것이라는 희망을 갖기 시작했다.

안네는 노동을 할 수 없을 만큼 몸이 약해졌다. 다행히 수용소의 의사가 프랑크 씨의 옛 친구였기 때문에 안네는 진찰을 받고 오후의 작업이 면제되었다. 그러는 동안 안네는 차츰 건강을 회복해 갔다.

그러나 갑자기 엄청난 일이 생겼다. 연합군의 전차부대가 네덜란드를 향해 중부 벨기에의 평원을 달리고 있던 9월 2일 저녁, 베스테르부르크 수용소의 유태인은 모두 다음날인 3일, 동쪽으로 이동할 준비를 하라는 명령이 내려졌기 때문이다. 모두들 실망하지 않도록 서로 격려했지만 프랑크 씨는 마음이 납덩이처럼 무거워짐을 느꼈다. 동쪽으로의 이동이 무엇을 의미하는지는 분명했다. 그것은 네덜란드에도 이미 소문이 퍼져 있던 폴란드의 전율할 만한 살인 수용소로 끌려가는 것을 의미했다.

다음날 아침, 유태인들은 정거장까지 걸어가 가축 운반차에 앉을 수도 없을 만큼 빽빽이 실렸다. 손도 닿지 않는 높은 곳에 쇠창살이 끼워진 조그만 공기창이 하나 있었지만, 기차가 떠날 때는 이것마저 닫혀 버려 화차 안은 컴컴했다. 들문(들어올리는 문)이 열리고 하루

분의 빵과 먹을 물이 들어오자 문은 다시 쾅 닫히고 자물쇠가 채워졌다. 프랑크 씨는 가족과 함께 같은 화차에 탔지만 마음은 조금도 편안하지 못했다.

가엾은 유태인들은 꼬박 이틀 반을 가축용 화차에 흔들리며 유럽 대륙을 가로질렀다. 각 화차에는 남녀 공용의 변소로 양동이가 하나씩 놓여 있을 뿐이었다. 어떤 상태였는지 설명이 필요 없을 것이다.

기차는 도중에 두 번 정거장에 멎어 빵과 물을 넣어 주었다. 문이 열리는 것도 순간적이고, 다시 어둑한 화차에 실려 여행은 계속되었다. 남자도 여자도 문명 사회의 표준에서 본다면 말로 표현할 수 없는 불결함과 학대에 시달려야 했다. 남자들은 말없는 가운데 만들어진 규율에 따라 교대로 서서 부녀자들을 잠들게 했다.

60여 시간의 여행을 하고 기차는 겨우 멈추었다. 문이 열리고 목적지에 닿은 것이다.

플랫폼에서 "모두 내려! 빌케나우 아우슈비츠에 도착했다."고 외치는 소리가 들렸다.

이젠 틀림이 없었다. 유태인 최대의 도살장으로 끌려 온 것이다.

모두들 비틀거리면서 화차에서 내린 순간, 화장터의 큰 굴뚝 몇 개에서 연기가 무럭무럭 솟아나는 게 보였다. 그러나 생각에 잠길 틈도 없이 많은 폴란드인에게 호통을 당해야 했다. 꾸물대면 사정없이 때렸다. 이들 폴란드인도 수용소의 수인들이었지만 폴란드인들 사이에 강한 반유태인 감정이 있음을 안 독일인이 새로 온 유태인들을 감독할 임무를 그들에게 준 것이다. 여기서도 남녀는 따로따로 나누어지고, 가져온 조금의 소지품마저 모두 빼앗아 버렸다. 모두들 다시 얻어맞고 쫓기며 황량한 들판을 걸었다. 구름 한 점 없는 9월의 하늘로 검은 연기를 뿜어 내는 몇 개의 굴뚝만이 음산한 그림자를 드리우고 있었다.

벌판에는 벽돌로 된 군대 막사와 목조 건물과 철조망 등이 세워져 있었다. 그들이 열을 지어 걸어갈 때 한 사람의 SS(나치의 친위대) 장교가 노인과 병약자를 끌어내 열 밖으로 밀어냈다. 그리고 그들을 곧장 가스실로 끌고 갔다. 중노동에 견딜 만한 자만이 행진을 계속하여 마침내 발가벗겨져 머리를 빡빡 깎이고 샤워를 한 다음 창고에서 내온 누더기를 입었다. 앞서 누가 이 누더기를 입고 있었으며, 그는 지금 어떻게 되었을까, 하고 생각해 볼 틈도 없었다. 누더기를 입자 이번에는 팔에 번호를 새겨 넣었다. 그리고 유태인 아닌 수인이 감독하는 여러 작업반으로 배속되었다. 은신처의 사람들은 이때까지는 모두 살아 남았다.

'카포스'라는 각 작업반의 감독은 유태인에 대해 마음대로 죽이고 살릴 권한을 갖고 있었다. 그들은 정치범—대부분 사회주의자와 공산주의자—이거나 아니면 형사범이었다. 정치범이 감독일 경우는, 더러는 잔악한 자도 있었지만 아우슈비츠의 표준에서 본다면 대체로 잘 대해 주는 편이었다. 그러나 형사범인 감독을 만나면 때리고 차며 혹독한 학대를 당했다. 이쪽이 잘했거나 못했거나 그건 전혀 관계없는 일이었다. 나치는 유태인들을 이처럼 잔인무도한 변절자나

변태성욕자들로 하여금 학대하게 했다.

프랑크 씨는 도로 공사장에서 일했으나 다행히 좋은 감독을 만났다. 프랑크 씨가 같은 반의 젊은 사람들에게 지지 않으려고 열심히 일하면 그는 "천천히 하시오. 지치면 가스실로 가게 되니까." 하고 늘 주의를 주었다.

그러나 팬 던 씨는 고된 생활로 점점 건강이 나빠져서 10월 5일 가스실로 끌려가고 말았다. 이것이 아우슈비츠에서 행해진 최후의 가스 살인이었다. 프랑크 씨의 작업반은 곧 해산되었다.

날씨는 차츰 추워졌다. 추운 겨울에 밖에서 일을 하다가는 죽을 것만 같아서 프랑크 씨는 옥내 작업반에 들어갈 결심을 했다. 다행히 신청이 받아들여져 옥내에서 감자 껍질을 벗겼다. 하지만 그것도 잠깐, 잔인한 감독의 학대로 그의 건강은 매우 나빠지고 말았다.

12월의 어느 일요일 아침, 프랑크 씨는 마침내 일어날 수가 없게 되었다. 그러나 다행스럽게도 동료들이 유태계 네덜란드인인 의사에게 이야기를 해주어서 프랑크 씨는 병원에 입원을 했다. 병원에서는 대우도 나쁘지 않았고, 게다가 피터가 가끔 몰래 음식물을 가지고 문병을 와 주었다.

1945년 1월이 되자 아우슈비츠에 천둥 소리 같은 소련군의 대포 소리가 들려 왔고, 1월 17일에는 1만 1천 명의 유태인을 모두 독일로 옮기라는 명령이 내려졌다. 다만 병자만은 남게 되었다. 그로 인해 프랑크 씨도 남게 되었는데, 피터와는 이때 헤어졌고, 이것이 그와의 마지막이었다. 피터와 치과 의사 뒤셀 씨는 어디서 어떻게 죽었는지 알 수가 없다.

1만 1천 명의 유태인은 폭격을 면한 가장 가까운 정거장까지 열흘 동안이나 강행군을 했기 때문에 도중에 많은 사람이 쓰러지고, 살아 남은 사람은 얼마 되지 않았다.

1월 27일, 아우슈비츠에 소련군이 들어왔고, 프랑크 씨는 구출되었다. 그는 몇몇 생존자와 함께 코트비츠로 옮겨졌다. 다시 체르노비츠로, 그리고 마지막으로 흑해 연안의 오데사로 옮겨졌다. 오데사에서 뉴질랜드 배를 타고 지칠 대로 지친 몸으로 혼자 네덜란드로 돌아왔다. 코트비츠에 있을 때, 프랑크 씨는 네덜란드에서 어떤 친구로부터 안네의 어머니가 1월에 과로 때문에 죽었다는 슬픈 소식을 들었다. 안네와 마르고트는 그보다 몇 개월 전에 독일로 이송되었다고 했다. 나중에 프랑크 씨는 아우슈비츠 역에서 헤어진 아내와 딸들의 운명에 대해 자세한 이야기를 들었다.

아우슈비츠의 수용소에서는 여자도 남자와 마찬가지로 노동이 가능한 자와 그렇지 못한 자로 나뉘어졌고 노인, 아이, 갓난아기, 허약자 등은 곧 가스실에서 살해되었다. 남은 사람들은 남자들과 마찬가지로 머리를 빡빡 깎고 발가벗긴 채 샤워를 하고 누더기를 입고, 그리고 팔에 번호를 새겨야 했다. 그러나 티푸스가 마구 퍼졌으므로 여자들은 당장 노동을 시작하지 않고 잠시 격리 수용되었다.

초가을 어느 날, SS의 감시병이 마르고트를 겁탈하려고 했다. 딸을 구하려고 어머니는 미친 듯이 달려들었지만 매만 맞고 그자리에서 끌려 나갔다. 안네도 마르고트도 그 뒤로 어머니를 만나지 못했고,

두 사람은 어머니의 안부를 걱정하면서 독일로 끌려갔다.

아우슈비츠 수용소에서 살아 남은 여자들은 수용소에서의 안네에 대해 다음과 같이 말했다.

"프랑크 집안의 세 여자 중에서 제일 어린 안네가 가장 용감하고 훌륭했습니다. 그녀는 몇 시간이고 계속되는 수용소의 괴로운 행진 중에도 꿋꿋한 태도를 잃지 않았고, 불평 한마디 하지 않았습니다. 그녀는 언제나 초라한 음식물을 어머니와 언니에게 나누어 주었고, 허기진 사람에게는 남겨 두었던 조그만 빵조각을 아낌없이 주었습니다. 그녀는 용기와 강한 정신력으로 모든 고통을 이겨 나갔습니다. 그녀는 훌륭했습니다. 참으로 놀랄 만큼……."

안네와 마르고트가 1천 명의 젊은 여성들과 함께 독일의 베르겐베르젠으로 옮겨진 것은 1944년 10월 30일이었다. 안네는 거기서도 아우슈비츠 수용소 때와 마찬가지로 용기와 인내력을 보였다. 어느 가정의 자매나 다 그렇듯이 안네는 가끔 마르고트와 말다툼을 했다.

예를 들면 이런 일이 있었다. 언젠가 안네가 친구인 여자들에게, 자기네 막사에서 몰래 수프를 만들 계획이라고 말했다. 마르고트는 이것을 알고, 안네가 자기들의 비밀을 누설했다고 마구 화를 냈다. 이 일에 대해 베르겐베르젠의 수용소에서 두 사람을 알고 지내던 리엔 야르다치 부인은 이렇게 말했다.

"그러나 그것은 정말 안네다운 일이었어요. 친절하고 직정적(直情的)이고 감정이 풍부하고 개방적인 안네는 마음속의 생각을 절대로 감추지 않았어요. 그래서 안네는 마르고트보다 더 고생을 했어요. 마르고트는 안네보다 훨씬 소극적이고, 대인 관계가 부드러웠기 때문에 활발한 안네보다 사려 깊은 듯한 인상을 주었습니다."

1945년 2월, 안네와 마르고트는 둘 다 티푸스에 걸렸다. 마르고트는 안네의 위 침대에 누워 있었는데, 어느 날 그녀는 일어나려다가 바닥으로 떨어지고 말았다. 매우 쇠약해 있던 그녀는 그 충격으로 그만 숨을 거두고 말았다. 마르고트의 죽음은 나치의 어떤 극악무도한 행위보다도 더한 충격을 안네에게 주었다. 언니의 죽음으로 안네의 기력은 한꺼번에 허물어졌다. 마르고트의 시체가 들려 나가는 것을 본 안네는 침대에서 머리를 들고 중얼거렸다.

"아빠도 엄마도 이미 돌아가셨을 게 틀림없어. 이제 나는 집으로 돌아갈 목적이 없어졌어."

그리고 얼마 후, 연합군 부대가 이미 프랑크푸르트에 진격해 있었던 3월 어느 날, 안네는 촛불이 꺼지듯 고요히 숨을 거두었다.

작가와 작품 해설

안네 프랑크의 생애와 작품 세계

안네 프랑크는 1929년 6월 12일, 독일의 프랑크푸르트에서 유태인 집안의 둘째딸로 태어났다. 1933년 히틀러의 정권 장악 이후 유태인 박해가 시작되자 안네의 가족은 프랑크푸르트를 떠나 네덜란드의 암스테르담으로 이주했다.

안네는 제2차 세계대전이 확산되기 이전까지 암스테르담에서 평화로운 시절을 보냈다. 전쟁이 발발한 1939년까지만 하더라도 안네의 가족은 비교적 행복한 유태인에 속했다. 그러나 1940년 독일군의 네덜란드 진입은 그들의 운명을 결정짓는 불행의 서곡이 되고 말았다. 이때 안네는 다니던 학교에서 쫓겨나 유태인만이 다니는 학교에 입학하게 된다. 제 또래에 비해 예민하고 조숙했던 소녀에게 유태인이라는 이유만으로 다니던 학교마저 쫓겨나야 한다는 것은 대단한 정신적 압박이 아닐 수 없었다. 그러나 안네를 더욱 못 견디게 한 것은 사람들을 피해 숨어 지내야 한다는 사실이었다.

1941년 2월, 암스테르담에서 유태인 체포가 시작되고 주위의 유태인들이 하나 둘씩 잡혀 들어가자 안네의 가족도 피신처를 찾기로 결정한다. 그 직접적인 이유는 안네의 언니인 마르고트에 대한 나치의 출두 명령이 내려진 때문이었다. 당시 유태인으로서 친위대의 호출장을 받는다는 것은 강제 수용소나 감방에 수용되었다가 결국은 가스실로 끌려가 죽임을 당한다는 것을 의미했다.

그래서 안네의 식구들은 아버지가 전에 근무했던 암스테르담의 한 건물로 피신을 하게 되었다. 그곳은 암스테르담의 프리센 운하에 접해 있는 곳으로서 왼쪽에는 가구 공장이 있는 사무실과 방들이 붙어 있는 어둠침침한 곳이었다.

『안네의 일기』 중에 '비밀의 저택'이나 '은신처'로 묘사되고 있는 이 집의 다락방에서 안네는 자신의 가족뿐만 아니라 아버지의 친구였던 팬 던 씨 가족과 치과 의사인 뒤셀 씨와 함께 지내게 된다.

일기는 바로 이 '은신처에서의 생활'이 시작되기 전인 1942년 6월 14일부터 시작하여 그녀가 가족들과 함께 나치의 비밀경찰인 게슈타포에 의해 체포되기 직전인 1944년 8월 1일까지 계속된다.

1944년 8월 4일 게슈타포에 의해 '비밀의 집'이 습격을 당하고, 은신처의 사람들은 유태인이라는 이유 하나만으로 죽음으로 내몰리게 된다. 프랑크 일가, 팬 던 일가, 뒤셀 등 여덟 명은 베스테르부르크의 수용소로 보내졌다. 9월 3일, 연합군이 브뤼셀을 탈환한 바로 그날 이송당한 1천 명의 유태인 가운데 섞여 여덟 명은 네덜란드를 떠나 폴란드의 아우슈비츠에 도착했다.

1944년 10월 안네, 마르고트, 팬 던 부인 세 사람은 가장 젊고 건강한 여자로 선발되어 독일의 베르겐베르젠으로 보내졌다. 혼자 남겨진 프랑크 부인은 정신이상을 초래하여 음식을 거부했고, 그대로 아우슈비츠의 시료 바라크에서 1945년 1월 6일 숨을 거두었다. 1945년 2월, 소련군이 진격해 오자 나치는 아우슈비츠에서 철수하게 되는데, 피터 팬 던은 밤에 서쪽으로 가는 긴 겨울의 행군에 끌려 나가 그때 이후 소식이 끊겼다. 오토 프랑크 한 사람만이 살아 남아 소련군에 의해 해방되었다.

한편 베르겐베르젠에 도착한 안네 일행 중 팬 던 부인과 마르고트는 거기서 죽음을 맞이한다. 그때 안네는 병에 걸려 있었는데, 마르고트가 죽은 것을 모르고 있다가 2, 3일이 지나 그것을 눈치채고 잠자듯이 죽어 갔다. 그녀의 나이 열여섯 살이 채 되기도 전이었다.

1945년 전쟁이 끝나고 오토 프랑크는 암스테르담으로 돌아올 수 있었다. 그는 미프와 엘리로부터 '은신처'에서 발견된 안네의 일기와 그녀가 쓴 이야기 등을 건네 받을 수 있었다. 오토 프랑크는 이 일기를 가족에 대한 기념물로 간직하려 했으나 어느 교수의 권유로『은신처』라는 제목으로 간행하게 되었다. 그 후 이 작품은 50개국 이상의 언어로 번역되어 안네를 생존케 하고 있다.

작품 줄거리 및 해설

『안네의 일기』는 가장 아름답고 가장 슬픈 한 소녀의 영혼이 성
장하는 과정을 그린 감동의 기록이다. 이 책의 원제는 『안네 프랑크
의 은신처에서의 이야기집』이다. 여기에는 안네의 2년이 넘는 은신
처 생활 때 일기 외에 29편 수록되어 있다. 그중 15편이 수필이므로
'안네의 작문집'이라고 하는 것이 어울릴 것이다. 또한 동화도 14편
이나 수록되어 있다.

안네는 생일 선물로 받은 일기장에 '키티'라는 이름을 붙여 주고
그와 대화하는 형식으로 일기를 써 내려간다. 2년이 넘는 긴 시간
동안의 비정상적이고 절박한 한계 상황 속에서도 안네는 '키티'를
벗삼아 급속도로 성장해 간다.

그녀의 일기는 햇빛도 희망도 없는 밀폐된 공간에서 발소리나 말
소리는 물론 숨소리조차도 제대로 내지 못하고 살아가야 했던 비인
간적인 상황을 리얼하게 그려 내고 있다. 하지만 그들을 가장 두렵
게 한 것은 나치의 비밀경찰인 게슈타포의 수색이었다. 이처럼 그들
은 다른 곳으로 옮길 수도 없는 암담한 상황 속에서 날마다 계속되
는 폭격 소리를 들으며 불안한 나날을 보냈던 것이다.

또 안네가 가장 고통스러운 일로 기록하고 있는 것은 굶주림이다.
성장기에 접어든 안네는 매일같이 시든 양상추나 시금치만을 먹어야
하는 생활을 말할 수 없이 참담하게 느꼈을 것이다.

그러나 우리는 이 일기에서 순진무구한 한 소녀에 의해 고발되는

전쟁의 참상만을 읽을 수 있는 것이 아니다. 식량 부족과 밀폐된 공간에서의 생활로 인해 빚어지는 동거인 사이의 불화가 솔직하게 묘사되고 있는가 하면, 또 한편으로는 숨어 살 수 있도록 많은 도움을 준 코프하이스 씨, 크라이렐 씨 등의 훈훈한 인간애가 감동으로 우리를 이끌기도 한다.

또한 암흑과 공포의 생활 속에서도 안네는 한 여성으로서의 자각에 눈뜬다. 시련을 겪을수록 인간은 서로를 더욱 의지해야만 하고, 공포와 굴욕이 뒤따르는 냉혹한 공간 속에서도 사랑과 삶을 위해 투쟁해야 한다는 생의 부조리를 통찰하기에 이른다.

일기는 후반으로 접어들면서 점점 암담해지지만 그래도 조금씩 희망이 비치기 시작한다. 연합군의 노르망디 상륙 작전 소식이 전해졌던 것이다. 또 팬 던 씨의 아들인 피터와 친해져 많은 이야기를 나눌 수 있게 된다. 그리고 안네는 첫사랑을 경험하게 된다.

『안네의 일기』는 미완성으로 끝난다. 결코 길지 않은 2년 2개월에 걸친 어린 소녀의 기록은 전쟁에 대한 고발이 순수한 영혼으로부터 제기되고 있기 때문에 더욱 큰 감동을 준다.

작가 연보

1929년   6월 12일, 아버지 오토와 어머니 에디트의 차녀로 프랑크
                       푸르트시 말바하 거리 307번지에서 태어남.

1930년(1세)   프랑크 집안이 프랑크푸르트 시내 강호퍼 24번지로 이사
                       함.

1933년(4세)   여름, 프랑크 집안이 유태인 박해를 피하여 프랑크푸르트
                       시를 떠남. 안네는 어머니, 언니와 함께 일단 외갓집이 있
                       는 아헨으로 감.

1934년(5세)   3월, 네덜란드의 암스테르담 멜웨데 광장 근처의 집으로
                       옮김. 몬테소리 유치원에 들어감.

1935년(6세)   9월, 몬테소리 초등학교에 입학함.

1936년(7세)   초등학교 2학년 무렵, 병으로 학교를 쉼.

1938년(9세)   초등학교 4학년, 외할머니가 독일의 아헨으로부터 네덜란
                       드로 이주하여 안네와 함께 살게 됨.

1941년(12세)   아버지가 트라피스 상회를 코프하이스에게, 코룬 상회를
                       크라이렐에게 넘겨 줌. 7월, 베크베르헨에서 캠프 생활을
                       함. 몬테소리 초등학교를 졸업하고 유태 중학교에 입학함.

1942년(13세)   1월, 외할머니가 돌아가심. 6월 12일, 생일날에 아버지로

부터 일기장을 선물받음. 6월 14일부터 일기를 쓰기 시작함. 7월 5일, 언니 마르고트를 불러 옴. 7월 9일, 가족 모두 아버지의 사무실이 있는 건물 안에 숨어 살게 됨.

1943년(14세) 숨어 사는 집에 익숙해져 감. 3월 9일, 프랑크 일가가 야간 공습 때문에 두려움에 싸임.

1944년(15세) 8월 1일, 『안네의 일기』는 여기서 끝마침. 8월 4일, 숨어 살던 집이 발견되어, 그곳에 살던 사람 8명이 게슈타포 본부로 연행된 뒤 베스테르부르크 수용소에 수용됨. 9월 3일, 폴란드의 아우슈비츠 수용소로 이송됨. 10월 30일, 언니 마르고트와 함께 독일의 베르겐베르젠 수용소로 옮겨짐. 12월, 초등학교 때 친구였던 다른 동에 있는 리스를 만남.

1945년(16세) 베르겐베르젠 수용소에 티푸스가 번짐. 1월 6일, 아우슈비츠에서 어머니가 병으로 돌아가심. 1월 27일, 아우슈비츠에 남아 있던 아버지가 소련군에 의해 구출됨. 2월이 끝날 무렵, 언니 마르고트가 티푸스로 죽음. 3월 초, 안네가 언니를 따라 세상을 떠남.